Allitera Verlag

Dieter Weißbach

Stockinger

Der letzte Bergbauer

Roman

Allitera Verlag

Weitere Informationen über den Verlag und sein Programm unter:
www.allitera.de

Für Christine

März 2011
Allitera Verlag
Ein Verlag der Buch&media GmbH, München

Umschlaggestaltung: Alexander Strathern, München
Titelbild: »Hochalmhütte 1705 m gegen Alpspitze«;
Fotografie von Rudolf Rudolphi
Printed in Europe · ISBN 978-3-86906-135-1

Teil 1

Er hörte die Türangel quietschen und dachte noch, hört das denn nie auf, da war sie bereits unter seiner Bettdecke und drückte ihren heißen kräftigen Körper so fest an seine alten, morschen Knochen, dass es wehtat.

»Sei doch nicht so wild!«

Wie oft hatte er ihr schon gesagt, sie solle etwas weniger grob mit ihm umgehen. Er war schließlich ein alter Mann, darauf musste man doch Rücksicht nehmen können. Noch dazu um diese Zeit, noch nicht einmal fünf Uhr.

»Bin ich immer so, du weißt schon, in der Früh, kann ich nichts dafür«, brummte sie und drückte ihre leicht nach oben gekrümmte Nasenspitze an seinen faltigen, bartstoppeligen Hals, was ihn immer an Minka erinnerte, ihre alte, grantige Hauskatze, die unten in der Küche bestimmt schon mit vorwurfsvollem Blick um den leer gefressenen Fressnapf strich. Sie reagierte immer sofort, wenn Swetlana aufstand und zum Bauern hinüberging. Mit hoch erhobenem Schwanz lief sie die Treppe hinunter, zwängte ihren Kopf durch die angelehnte Küchentüre, miaute einmal anklagend, schob den Rest ihres haarigen Körpers durch den Spalt und verzog sich schließlich an ihren Platz. Da blieb sie sitzen und wartete geduldig, bis sie an der Reihe war.

Ohne auf seine Einwände zu achten, schob die rotbäckige Russin ihre Hand in den Schlitz seiner Schlafanzughose und zerrte an seinem Gemächt.

»Ich bin doch keine Kuh«, protestierte er noch einmal schwach.

»Nein, aber mein Stier«, erklärte sie seinem Hals.

»In Gott's Namen«, ächzte er und ließ sich von ihr aus der Schlafhose helfen.

»Das auch, will ich dich ganz spüren.« Ungeduldig zerrte sie an seinem Oberteil.

»Muss das sein? Du wirst noch mal einen Knopf abreißen, wenn du immer so wild bist.«

»Alfons, du musst ja nicht annähen. Komm schon. Mach. Hilf.«

Als Swetlana noch ganz neu auf dem Hof gewesen war, hatte er es noch nicht so bequem gehabt. Da wollte sie noch experimentieren. Stellungen ausprobieren.

»In Gott's Namen, wenn's dir Spaß macht«, stöhnte er und zog die Bettdecke über Kopf und Rücken, wie schnell hatte man sich was verrissen bei dieser Akrobatik, kniete sich hin und wartete, bis sie sich ebenfalls in Stellung gebracht hatte.

Nachdem sein Ding endlich da war, wo es hin sollte, vergrub er lustvoll beide Hände in ihren fleischigen Hintern und fing an zu stoßen.

Trotz erster Erfolg versprechender Vor-und-zurücks musste er erkennen, dass er irgendwie zu hoch war, bei der Vorwärtsbewegung, am Ende. Sie schien dasselbe zu empfinden und stellte gleich ihre Knie etwas näher zusammen.

»Halt still, ich mach doch schon«, schnaufte er auf ihren Rücken hinunter.

»Soll ich wieder zurück?«

»Nein, bleib so. Passt schon.«

Er rutschte zurück in seine Ausgangsposition.

Swetlana fragte noch einmal nach. »Geht's?«

»Ja, ich glaub schon, aber bleib jetzt so.«

»Ah.« »Mhm.« Zufrieden brummten und stöhnten sie, er in die Luft, sie in das geblümte Kopfkissen, in das er sie langsam hineinarbeitete.

Da er nicht wusste, wo er sonst hinschauen sollte, betrachtete er ihren Rücken. Die zwei kleinen Sommersprossennester auf ihren Schultern, die er schon kannte, die feinen, schwarzen Härchen dazwischen, das breite, tiefe Tal ihres Rückens, dann die Stelle zwischen ihren kräftigen Hinterbacken – und augenblicklich fiel ihm der entzündete After seiner Lieblingskuh ein. Er durfte auf keinen Fall vergessen, Elvira hernach gleich einzuschmieren. Und die Futterzusammensetzung musste er sich natürlich auch anschauen. Schon war er aus dem Takt. Saublöd, warum musste ihm gerade jetzt das Arschloch von dem Rindvieh einfallen.

Erneut startete er seine Bemühungen. Er musste sich nur darauf konzentrieren, nicht nach unten zu schauen. Nicht daran denken, einfach nicht daran denken. Am besten die Augen zumachen. Aber Elviras After folgte ihm auch dahin. So, das war's dann. Jetzt ging gar nichts mehr. Auch nicht mehr von vorne.

Oder Oralverkehr. Auch so eine Sache, die er nicht haben musste. Er fand es einfach nur albern, und außerdem kitzelte das immer so.

Am liebsten war es ihm, wenn sie einfach auf ihn kletterte und sich ohne viel Federlesens sein Ding reinschob. Sich bequem in das große Kissen zurücklehnen, hin und wieder nach ihren schweren Brüsten greifen, so, als wollte er sich versichern, dass sie auch wirklich da hingen, und sie ansonsten werkeln lassen.

Immer wilder ritt sie auf ihm herum, immer tiefer krallten sich ihre Fingernägel in das graue Gewirr auf seiner Brust, immer enger wurden ihre Bewegungen, immer abgehackter ihr Stöhnen, und während sie noch rieb und wetzte und ihm dabei ihre schweren Brüste um die Ohren haute, wuchs langsam ein singender, klagender Laut aus ihrer Kehle, schwoll an und brach dann plötzlich weg. Er antwortete mit einem heiseren Grunzen, das anzeigte, dass es auch bei ihm so weit war.

Für einen Moment herrschte Stille im Schlafzimmer des alten Bauern. Ein letzter Blick auf den mondsüchtigen Heiland auf seinem Ölberg, dann fiel sie mit einem theaterreifen Seufzer neben ihm ins Bett.

Schwer atmend, die offenen Augen starr zur Holzdecke gerichtet, lagen sie so eine Zeitlang nebeneinander im Bett und lauschten auf die Geräusche, die der frühe Morgen für sie ausgesucht hatte.

Als Erstes reagierte der Bauer. »Ah, war des guat.«

Sie antwortete mit einem wohligen »Ja«.

Definitiv beendet war ihre Morgenandacht, wenn er sagte: »Zeit für den Stall. Komm, auf geht's.«

Sie schlug die Bettdecke zurück und sagte: »Hilft ja nix.« Und meistens seufzte sie dann noch einmal.

Aber irgendetwas war heute anders.

Wie er so über ihr kniete und sie alle Mühe hatte, sich sein halbsteifes Ding einzuverleiben, überkam ihn auf einmal ein Schwindel. Auch schien ihm der linke Arm eingeschlafen zu sein. Gleich würde er seitlich wegsacken. Er dachte noch, das ist mir auch noch nie passiert, dann brach er ohnmächtig auf ihr zusammen.

Er tippte sofort auf Schlaganfall. Unwillkürlich zuckte seine Rechte in Richtung Gesicht. Alles fühlte sich an, wie es sich anfühlen sollte. Keine tauben Stellen, kein verschobener Mundwinkel, keine hängenden Augenlider, nichts in der Richtung. Alles unauffällig. Unauffällig war gut.

Nächster Punkt: Funktionstest. Er rümpfte die Nase, riss die Nasenlöcher auf, öffnete den Mund, schloss ihn wieder, zog die müden Mundwinkel erst nach oben, dann nach unten, machte einen Schmollmund und zog die Lippen wieder in die Breite. Gut. Jetzt zwinkerte er ein paar Mal mit den Augen, schloss dann das eine und riss dafür das andere auf. Dann umgekehrt. Auch gut. Abschließend runzelte er die Stirn und zuckte ein paar Mal mit den Ohren. Das konnte nicht jeder. Er schon. Auch jetzt.

Noch einmal der Mund. Nur zur Sicherheit. Gott sei Dank. Nichts schlimmer als so ein blödes Grinsen auf ewig schief ins Gesicht geschraubt. Alles, nur nicht aussehen wie geistig behindert. Die Hand wanderte über Hals, Brust und Bauch. Überall Gefühle. Er betastete seinen Schwanz und spürte auch da sofort etwas. Ihm wäre es ja egal gewesen, aber wenn die Swetlana ihn deswegen verlassen hätte. Nicht auszudenken.

Erst tat er so, als würde er es nicht bemerken. Da bewegte er lieber die Zehen von seinem rechten Fuß, dann den Fuß, dann das ganze Bein, wackelte übermütig mit dem Knie, sodass die dünne Krankenhausbettdecke fast ins Rutschen geraten wäre, und hörte erst mit dem Blödsinn auf, als ihn die Intensivschwester streng anschaute.

Ohne ihn aus den Augen zu lassen, griff sie zum Telefon und drückte einen Knopf. Sie erinnerte ihn an die Kriminalbeamtin, die ihn seinerzeit befragt hatte. Er war im Vernehmungszimmer gesessen und hatte zu ihr hinübergeschaut. So wie jetzt zu der Schwester. Auch die Kriminalbeamtin hatte telefoniert und ihn dabei seltsam leer angeschaut, obwohl es offensichtlich war, dass es bei dem Gespräch um ihn ging. Dann war sie wieder herübergekommen und hatte gesagt, das am Telefon, das wäre der Staatsanwalt gewesen, und er könne jetzt gehen. Und dass es ihr leid täte, das mit dem Verlust seiner Frau. Aber das hat er ihr nicht abgekauft, nicht bei dem Blick, mit dem sie ihn dabei bedacht hatte.

Sagte man heute eigentlich noch Schwester? Sie hatten keine Hauben mehr auf wie früher und waren auch nicht mehr so angezogen. Stattdessen steckten sie in weiten blauen Hosen und Kitteln, genau wie ihre männlichen Kollegen, und die nannte man Pfleger. Folglich mussten die Schwestern heute Pflegerinnen heißen, kombinierte er.

Das tat er gerne. Kombinieren, Nachdenken, Lesen, Kreuzworträtseln. Aufs Kreuzworträtseln schwor er, das hielt sein Hirn in Schuss. Womit er wieder bei sich angelangt war, und da war einiges eben nicht in Schuss.

»Links stimmt was nicht.«

Er wollte den Satz eigentlich gar nicht laut aussprechen, wollte ihn nur denken. Aber jetzt stand er im Raum und keiner widersprach. Die Intensivschwester hatte mittlerweile den Hörer zwischen Schulter und Ohr geklemmt und machte Notizen. Zwischendurch bewegte sie ihren Mund.

Was hatte er erwartet? Dass jemand in den Raum kam und sagte, nun übertreiben Sie mal nicht, Herr Stockinger, das wird schon wieder, das kriegen wir schon wieder hin, wir haben schon ganz andere Sachen wieder hingekriegt?

Ja, warum eigentlich nicht. Das wäre schön gewesen. Aber er lag allein auf der Station. Weder ein Arzt noch ein Pfleger war anwesend. Niemand, der seine leblose Linke in die Hand hätte nehmen und mit gespitztem Mund und geschlossenen Augen seinen Atem über den wehen Arm hätte fließen lassen können.

Heile, heile Segen, morgen kommt der Regen, übermorgen Sonnenschein. Seine Mutter war lange tot, sein Vater auch, und Geschwister hatte er keine. Gott sei Dank, hat seine Mutter immer gesagt, wenn er wieder einmal damit anfing. Noch so einer. Nein danke, du reichst mir voll und ganz. Dann hatte sie gelacht, und allein dieses Lachen hatte genügt, ihn für den ganzen restlichen Tag in eine beschwingte Stimmung zu versetzen.

Daran erinnerte er sich jetzt, und wie sie in der Küche stand, in ihrer Kittelschürze mit immer dem gleichen Blümchenmuster. Es musste immer genau dieses Blümchenmuster sein, mit einer anderen Schürze brauchte der Vater gar nicht nach Hause zu kommen.

Jeden Samstag stand sie in der Küche und rollte den Teig aus. Samstag war Backtag. Außer sie erwarteten Besuch. Dann buk sie auch einmal außertourlich. Sie sagte immer außertourlich, wenn sie an einem anderen Tag als dem Samstag buk. Wie der Sonntag der Tag des Herrn, der Freitag Badetag, war der Samstag Backtag.

Ihre Hände fielen ihm ein. Die langen, sehnigen Finger, die blau geäderten Handrücken, die mit blondem Flaum besetzten Unterarme und ihre kräftigen Oberarmmuskeln, die sich beim Ausrollen des Teigs immer so schön lang machten, durch die ein Zucken ging, wenn ihr Oberkörper schon fast auf dem Tisch lag und sie den Teigroller gleich wieder zurückführen würde. Er dachte daran, wie sie aufrecht vor dem Tisch stand, in die Papiertüte griff und dann mit geübtem Schwung eine Handvoll Mehl über den Tisch streute. Alleine in der Art, wie sie ausholte oder eben gerade nicht ausholte, wie sie den weißen Puder ansatzlos aus dem Handgelenk über den großen Tisch warf, lag etwas Aufmüpfiges, Mutwilliges, Wildes. Unvermeidlich, dass dabei auch einiges auf dem Fußboden landete.

Gleich würde sie unter ihrem ausgestreckten nackten Oberarm hindurch zu ihm hinüberschauen und eine weitere kräftige Prise hinterherwerfen. Nicht auf das rot-weißkarierte Wachstuch, das sie nur zum Backen auflegte, sondern direkt auf den Boden, einfach so.

Sie verzog ihren Mund zu einem bösartigen Grinsen und rollte mit den Augen. Alfons wagte kaum noch zu atmen, die Spannung wurde unerträglich, die Luft um sie herum erstarrte, bildete Risse. Und aus einem dieser Risse wurde ein Spalt, dessen Ränder sich langsam bewegten.

»Wenn das der Papa sehen würde.«

Dieser eine Satz aus dem Mund von Bloody Mary, der schönsten Piratin, die je die sieben Weltmeere in Angst und Schrecken versetzt hatte, löste den Bann, befreite ihn aus den Klauen seines Vaters, des grausamsten, machthungrigsten, gierigsten Herrschers, der jemals im Auftrag der Krone über diesen Teil der Welt geherrscht hatte. Mit einer gewaltigen Kraftanstrengung sprengte er die Ketten, rannte los und warf sein ganzes Gewicht gegen die schwere Kerkertüre. Ein stechender Schmerz fuhr ihm in die Schulter. Wahrscheinlich gebrochen, dachte er verächtlich. Vorsichtig schob er seinen Kopf in die Lücke zwischen Tür und Mauerwerk, das mächtige Vorhängeschloss lag geborsten im Stroh. Lautlos schlüpfte er an dem schnarchenden Wächter vorbei, huschte die steinerne Wendeltreppe hinauf in den Hof und kletterte flink wie ein Kapuzineräffchen über die Festungsmauer. Dann flitzte er los Richtung Kai. Die Soldaten des Forts waren endlich aufgewacht, die ersten Musketenkugeln pfiffen bereits durch die Luft. Sein Herz raste. Mit einem gewaltigen Sprung aus vollem Lauf überwand er den von Mehlhaien verseuchten Abgrund zwischen seinem Stuhl und dem Küchentisch. Und landete direkt in den Armen seiner Mutter.

Nicht dass der Vater geschimpft hätte, wäre er Zeuge der Verschwendung geworden, wahrscheinlich hätte er das sogar selbst lustig gefunden. Aber vor irgendetwas musste man sich schließlich fürchten, wenn man tapfer sein wollte.

Erneut packte sie das schwere Nudelholz an einem der beiden weinrot lackierten Griffe, hob es hoch und wischte mit der anderen Hand die kleben gebliebenen Teigreste von der Rolle. Dann drehte sie das wuchtige Stück Holz in seinem Lager, dass es nur so surrte, und stemmte es erneut auf den Teig.

»Man kann gar nicht so viel Mehl über den Teig streuen, dass da nichts kleben bleibt. Da siehst einmal, wie wichtig das ist … Da gibt's gar nichts zu lachen.« Sie sah ihn streng von der Seite an, schüttelte den Kopf und machte: »Tztztz, so was aber auch, Nein, nein, nein.«

Jetzt musste er erst recht lachen. »Mach das noch einmal«, bettelte er.

Sie stellte sich dumm. »Wie, was soll ich noch einmal machen?«

»Das Gesicht, das Gesicht sollst noch einmal machen. Bitte, bitte.«

Erst tat sie, als wüsste sie nicht, was er meinte, dann sagte sie: »Meinst du – so?« Dabei riss sie die Augen auf und fletschte die Zähne, dass einem Angst und Bang werden konnte, legte den Kopf auf die Seite und grunzte, heulte und stöhnte wie ein eingesperrtes Ungeheuer, sodass Alfons jedes Mal eine richtige Gänsehaut bekam.

»So, jetzt reicht's aber. Sonst werden wir ja nie fertig.«

Schon schob sie das schwere Nudelholz wieder über Tisch und Teig.

Wenn der Alfons im richtigen Winkel saß, und er saß eigentlich immer im richtigen Winkel, konnte er durch die klebrigen Büschel ihrer blonden Achselhaare hindurchschauen und einen Blick auf ihre Brüste erhaschen, wobei er nicht hätte sagen können, was an diesem Anblick so besonderes gewesen wäre. Es gefiel ihm nur einfach, da hinzuschauen. Und bald war er so vertieft in dieses Winkelspiel, gebildet aus Mamas Arm, ihrem Oberkörper und der Tischplatte, dass er nichts anderes mehr wahrnahm.

Jetzt konnte es nicht mehr lange dauern. Gleich würde etwas Schweiß an ihren Achselhaaren hinunterlaufen, sich am Ende einer Locke in einen Tropfen verwandeln und in den Teig fallen. Darauf würde er sich vorstellen, er selbst wäre dieser in den Teig gefallene Schweißtropfen und gleich würde ihn der schwere Roller gnadenlos in die weiche, goldgelbe Masse hineinarbeiten. Sein letzter Blick würde der Mama gelten, ihren himmelblauen Augen, der feinen Nase mit den wie aufgemalt wirkenden Sommersprossen und ihren schmalen Lippen. Rasch wechselte er das Programm. Jetzt war er ein Skispringer, der winzigste der Welt, keine zwei Millimeter groß. Von ihrer Unterlippe aus, dem Beginn einer imaginären Sprungschanze, raste er talwärts. Am unteren Ende des Schanzentischs, ihrem nach vorne gereckten Kinn, ging er noch einmal tief in die Hocke und stieß sich dann mit aller Kraft ab. Beide Arme eng an die Nähte seiner aufgeregt flatternden Skihose gepresst, den Blick starr auf sein Ziel gerichtet, flog er durch die Lüfte. Und erst ganz weit unten, wo es nur noch warm und weich und keine Gefahr mehr war, würde er gleich sanft und sicher aufsetzen.

Schnell schaltete er zurück und war wieder der Schweißtropfen. Gnadenlos quetschte ihn der Teigroller in den Teig. Jetzt wartete er auf den entscheidenden Moment. In dem Augenblick, da ihre Brüste den Teig berührten, und darauf konnte er warten, lief es ihm heiß und kalt den Rücken hinunter, und er spürte ein Ziehen im ganzen Körper, fast wie ein Krampf, ein Ganzkörperkrampf. Und manchmal konnte er sogar einen leisen Seufzer nicht unterdrücken. Er schloss dann lieber die Augen und dachte schnell an etwas anderes oder hörte dem Radioreporter zu.

»... der stark angeschnittene Schuss von der Seitenlinie, der in einer bananenförmigen Flugbahn direkt auf das Tor zurast, beherzt läuft der Torwart hinaus, springt, schraubt sich in die Höhe, angelt sich mit der ausgestreckten Rechten gerade noch soeben den Ball, und erst im Fallen bringt er ihn unter seine Kontrolle. Er rutscht aus, meine Damen und Herren, liebe Fußballbegeisterte, er geht zu Boden, knallt mit dem Kopf auf den Rasen, au, das tut weh, aber er lässt den Ball nicht los, nein, er lässt ihn nicht aus seinen Händen, das vertraute Leder, meine sehr verehrten Damen und Herren, liebe Fußballfreunde an den Rundfunkempfängern zu Hause, schade, dass sie nicht dabei sein können, dass sie nicht sehen können, wie sich dieser Teufelskerl jetzt, mein Gott, noch ganz benommen von dem harten Aufprall auf dem staubtrockenen Rasen, er steht auf, stolpert, weiß nicht, wohin mit dem Ball, keiner da, der ihn unbedrängt annehmen könnte. Wer spielt sich frei, wer hat noch die Kraft? Jetzt ist guter Rat teuer. Ich sehe niemanden, sie sind erschöpft, am Ende ihrer Leistungsfähigkeit. Was macht er, was kann er machen, mein Gott, geht er erneut zu Boden? Nein, geht er nicht. Das harte Leder immer noch fest an seine Brust gedrückt, von drei Gegnern hart attackiert, jetzt kommt sogar noch ein vierter Wüterich, so ein schwarzer Kerl, der aussieht, als käme er geradewegs aus dem Busch. Vorsicht, mit dem ist nicht zu spaßen. Ja! Lauf, lauf! Als hätte er mich gehört, sprintet dieser Teufelskerl jetzt zurück in das sichere Geviert seines Torraums. Jetzt hebt er den Kopf und lässt seinen Blick wie suchend über die Zuschauertribüne schweifen. Was ist mit ihm? War der Aufprall vielleicht doch schlimmer als gedacht? Die verstörte Menge der Fußballbegeisterten hier in diesem weiten Rund des Stadions versucht, seinem umherirrenden Blick zu folgen. Was ist passiert in drei Teufels Namen, Schiedsrichter, pfeifen Sie doch endlich dieses Spiel ab, das ist doch kein Fußballspiel mehr! Das ist, das ist … ah, es scheint, als hätte er gefunden, was er gesucht hat, ein Lächeln huscht über sein Gesicht. Ist er jetzt verrückt geworden!? Gott sei Dank, der Schiedsrichter hat gepfiffen, das Spiel ist unterbrochen. Jetzt winkt er auch noch, Alfons Stockinger, unser Nationaltorwart, er winkt einer Frau zu, ja, jetzt kann ich sie erkennen, eine blonde Schönheit, wie sie ihm Buche steht, wer ist diese Frau, die keiner kennt, und jetzt pfeift der Schiri noch einmal, deutet auf die Uhr, pfeift noch einmal, das Spiel ist aus!! Deutschland hat gewonnen!! Eins zu null gegen eine übermächtige gegnerische Mannschaft, und die laufen jetzt auf den Schiri zu, auf den Unparteischen aus Schweden, aber vergebens, das Spiel ist aus! Eins zu null. Wir haben gewonnen! Wer hätte das gedacht, meine Damen und Herren. Wer das vor dem Spiel prophezeit hätte, den hätte man ausgelacht, und ich gestehe es hier und jetzt, ich hätte ihn auch ausgelacht, jawohl, so wahr ich hier stehe und Edi Forster heiße, und wem, meine Damen und Herren, liebe Zuhörer zu Hause, haben wir diesen fulminanten Sieg, diesen Triumph des Willens zu verdanken? Schauen Sie nur, ach so, Sie können ja nicht, aber ich kann, wie fertig diese Spieler sind, die alles gegeben haben und die sich jetzt von der außer Rand und Band geratenen Menge feiern lassen, wem haben sie, wem haben wir diesen Sieg zu verdanken!? Ich sage es Ihnen, Sie wissen es bereits, ich sage es Ihnen trotzdem noch einmal, dem Mann, den sie jetzt auf ihre Schultern geladen haben und den sie jetzt hinauftragen, der Frau entgegen, für die das Herz unseres jungen Fußballgotts Alfons Stockinger schlägt … Mein Gott, was für ein Sieg, was für ein Tag … Und damit zurück ins Funkhaus.«

»Hallo, hallo, Alfons? Wo sind wir denn wieder? Was in deinem Kopf vorgeht, das möcht' ich mal wissen. Alfons! Jetzt aber! Alfons, du träumst ja schon mit offenen Augen. Ja sag einmal, das ist ja zum Fürchten mit dir.«

Belustigt und verwirrt zugleich folgte sie seinem Blick.

»Ach, die schon wieder«, sagte sie leichthin und strich wie versehentlich über ihren Oberkörper. »Wo kommen die denn schon wieder her? Also so was.«

Noch einmal ließ sie ihre mehlbestäubten Hände über die Schürze gleiten und machte dadurch alles nur noch schlimmer.

»Die gehen ja gar nicht mehr weg, diese Schlingel«, stellte sie erstaunt fest.

Dann lachte sie, und er lachte mit.

Schlingel, das war es, dass sie ihre erigierten Brustwarzen Schlingel nannte. Denn das sagte sie auch zu ihm, wenn er etwas angestellt hatte. Aber nichts Schlimmes. So Kleinigkeiten, die Jungen in dem Alter eben so anstellten, aber eine gewisse Schlauheit musste darin erkennbar sein.

Sanft glitten ihre Hände ein letztes Mal über das Blumenmeer. »So, jetzt reicht's aber. Alfons ab.«

Übrigens, der Kuchen hat immer ganz hervorragend geschmeckt. Auch dem Vater, wenn er da war. Der Alfons hat dann an die beiden Schlingel und an den Schweißtropfen gedacht.

Freitag war Badetag. Weltbadetag. Nicht einmal im Traum wäre dem Alfons eingefallen, dass man auch an einem anderen Tag baden könnte.

In der Regel zwischen fünf und halb sechs Uhr abends betrat die Mutter mit einer alten Tageszeitung unter dem Arm das Bad. Meistens sagte sie dann: »Keine Illustrierten, nur Tageszeitungen und die Blätter schön einzeln auseinanderlegen und dann mit viel Luft drin zusammenknüllen. So, schau, ganz einfach. Alfons, schau' her wenn ich dir was zeig'!«

Rund um den Ball aus zerknülltem Zeitungspapier errichtete sie ein kleines Indianerzelt aus Holzspänen, und darüber noch eines aus etwas längeren und dickeren Hölzern. War die Konstruktion bis dahin nicht eingestürzt, genügte ein einziges Streichholz, und der kunstvolle Aufbau brannte sofort lichterloh. Legte man aber auch nur ein Stück Holz nicht richtig an oder ließ es im Feuerraum fallen, stürzte alles wieder ein. Dann musste man wieder von vorne beginnen und bekam unweigerlich schwarze Hände. So geschickt konnte man gar nicht sein. Brannte das Feuer, legte man kräftigere Scheite nach, aber nicht gleich zu große, sonst würde das Feuer sich daran verschlucken, und das wäre noch blöder. Dann musste das bereits angebrannte Brenngut mit der Brikettzange herausgezogen und in den Ascheimer geworfen werden, und das gab jedes Mal viel Dreck und Rauch und Gestank.

Da konnte die Mutter dann auch einmal ernsthaft sauer werden.

»Geh weg, jetzt mach ich es selber, so eine Sauerei. Ja, kann man dich denn gar nichts allein machen lassen!«

Aber oft ist das nicht passiert, denn das Feuermachen war seine erste große Leidenschaft, und er verwandte stets größte Mühe darauf, dass es auch gleich auf Anhieb gelang.

Bereits nach einer halben Stunde musste die Mutter den Boiler erstmalig befühlen.

»Glaub's mir halt, so schnell geht das nicht. Dass du mir das nie glaubst. Eine halbe Stunde wartest jetzt, mindestens, dann darfst mich wieder rufen, aber nicht früher. Und das Nachlegen nicht vergessen, hörst du.«

Nach einer weiteren zähen halben Stunde war der Boiler auch oben durchgängig warm.

»Mama komm, die halbe Stunde ist um, bestimmt ist es jetzt so weit, ich komm nicht ganz hin, aber so weit ich komm, ist es schon ganz, ganz warm.«

»Musst halt schneller wachsen«, scherzte sie aus der Küche. »Wart, ich komm ja schon.«

Ein flüchtiger Griff genügte.

»Tatsächlich, warm bis oben hin«, lobte sie.

Dann drehte sie beide Hähne voll auf und ging zurück in die Küche. »Kümmerst dich, gell, Alfons?«

Der Freitag war aber auch ein beliebter Einmachtag, natürlich nur im Herbst. Erntezeit gleich Einmachzeit.

Gurken, Kürbis, auch Eier, die hießen danach Soleier, alle Arten von Beeren und natürlich alles, was an den Obstbäumen hing, wurde auf diese Weise verarbeitet.

Am liebsten waren ihm die Zwetschgentage. Sauber herausgeputzt, halbiert und ordentlich entkernt warteten Armeen von Zwetschgenhälften auf ihren letzten Marschbefehl. Von einem Ende der Küche bis zum anderen erstreckte sich das gelb-violette Riesenheer, starrten einem diese wilden, fleischigen Kerle entgegen. Sogar auf der weiß lackierten Eckbank standen ganze Regimenter von zu allem entschlossenen Oberlandkampfzwetschgen und glotzten einen aus leeren Augenhöhlen an. Die ganze Küche ein einziges Aufmarschgebiet von schimmernden Obststücken, unheimlich und wunderbar zugleich, die Luft voll vom betörenden Duft aufgebrochenen Fruchtfleischs. Und mittendrin die Herrin dieses Zauberreichs und manchmal eine Magd und der Alfons. Kein Außenstehender war zugelassen, keinem Besucher wurde Einlass gewährt in den Tagen des Einkochens. Sogar die Zeit musste draußen bleiben. In dieser Zauberwelt existierten nur sie, die Herrscherin der Meere, Herrin über Leben und Tod und ihr getreuer Paladin, Ritter Alfons, und ganze Armeen von Fruchtsoldaten.

Jetzt war es so weit: Einem Scharfrichter gleich, mit zwei geschmeidigen Bewegungen ihrer Finger verhakte sie die metallenen Bänder, die sie aus einem kleinen, an ihrem Gürtel baumelnden Eimerchen fischte, unter den Rändern der Einmachgläser. Und erst jetzt, wo es zu spät war, begriffen die tapferen Fruchtstücke, was mit ihnen geschah, und erst jetzt, im Angesicht ihres nahen Todes, begannen sie, sich zu wehren. Wütend protestierten sie in ihren gläsernen Verliesen, hieben mit ihren kleinen Zwetschgenfäusten gegen die beschlagenen Wände, schrieen, tobten, bettelten. Doch vergebens. Alle Versprechen dieser Erde konnten sie nicht vor ihrem unausweichlichen Schicksal bewahren. Keiner da, der sie hören konnte, nicht einmal der Alfons. Doch der wusste auch so, wie es um sie stand.

Aufgeregt hin und her, rauf und runter zuckte das dicke, runde Thermometer aus dem Deckel des riesigen Kessels, neugierig reckte es seine blecherne Röhre in die dampfende Küche, nur unterbrochen von der Hand der Mutter, die alle paar Minuten die Temperatur ablas und den Kessel dann etwas weiter nach außen oder mehr in die Mitte des Herds rückte.

Nach ein paar Stunden, vielleicht kam es ihm auch nur so lange vor, hob seine Mutter endlich den Deckel. Sofort stieg eine gewaltige heiße Wolke zur Decke hinauf. Die Gummihandschuhe zum Schutz vor dem heißen Dampf doppelt über Hände und Unterarme gestülpt, griff sie beherzt hinein, packte die kochend heißen, rutschigen Gläser, hob sie empor, wischte mit dem Geschirrtuch schnell drüber und stellte sie dann der Reihe nach zum Abkühlen auf Eckbank, Anrichte und abgeräumte Fensterbänke, wo gerade frei war.

Er dachte an die gruslige Szene, die von einem namenlosen Künstler des Spätbarocks auf einen Flügel des rechten Seitenaltars der Pfarrkirche gemalt worden war. Da saßen sie alle dicht gedrängt im großen Höllenkessel, die Kleinen und die Großen, König und Bettelmann, Alt und Jung, und ein jeder hatte die Arme verzweifelt in die Höhe gereckt. Um den Topf herum hüpften lauter kleine freche Teufel, die ständig dafür sorgten, dass die armen Seelen unvorstellbare Qualen zu erleiden hatten. Bis in alle Ewigkeit würden die Teufel sie mit ihren spitzen Lanzen und furchterregenden Dreizacken stechen, und bis in alle Ewigkeit würden sie den Scheiterhaufen am Brennen halten und Pech und Schwefel auf die Häupter der Unglücklichen regnen lassen und ihnen lange Nasen drehen. Seltsam nur, dass da auch ein Priester in den Hexenkessel hineingemalt worden war. So oft und genau Alfons auch hinschaute, es war und blieb ein Mann Gottes, der da mit all den anderen großen und kleinen Sündern im Höllensud garte.

Waren entweder sämtliche Weckgläser voll oder alle Zwetschgen verarbeitet, lehnte sich die Mutter an die Küchentür, kramte eine Schachtel Zigaretten aus der Kittelschürze und ließ ihren nüchternen Feldherrenblick über das Schlachtfeld gleiten. Ratsch. Das unnatürlich laute Geräusch eines sich entzündenden Streichholzes zerriss die Stille. Gierig saugte sie an ihrer ersten Zigarette seit dem Mittagessen, blies den Rauch Richtung Decke und sagte: »Jetzt reicht's aber für heute.« Dann öffnete sie Fenster und Türen, und von einer Sekunde auf die andere waren sie wieder zurück auf ihrem Berg. Sie war wieder seine Mutter und er wieder ihr Alfons. Und auch alle Geräusche waren wieder von dieser Welt. Wenn das Wetter passte, gingen sie jetzt nach draußen. Eine Tasse Kaffee vor sich auf dem Tisch, die halb gerauchte Zigarette in der Hand, streckte sie ihre müden Beine unter die Bank und genoss die letzten warmen Sonnenstrahlen des Tages. Dann prosteten sie sich zu, die Mama mit ihrem Kaffee und der Alfons mit seiner Waldmeisterlimo, und lachten.

War der Vater im Haus, wurde der Freitag zum Großbadetag. Er arbeitete als Polier beim Staudammbau in Südtirol. Polier, das klang schön, so glatt, so sauber. Bis der Vater ihn aufklärte. Und auch dass Südtirol nicht in Österreich, sondern in Italien läge, und dass die Berge dort viel höher wären als bei ihnen zu Hause, erklärte er ihm. Der Alfons hat dann vor dem Einschlafen noch schnell im Atlas nachgeschaut, weil er das erst gar nicht glauben wollte.

Aber sicher waren sie nicht so schön, tröstete er sich. Über ihnen die Alpspitze, wie ein riesiges Zelt in den Himmel gemeißelt, links daneben die Waxensteine und schräg dahinter die majestätische Zugspitze, immerhin der höchste Berg Deutschlands. Glücklich darüber, in so einem schönen Teil der Welt leben zu dürfen, schlief er ein.

Schade nur, dass der Vater so selten da war. Aber wenn er da war, war es immer recht schön. Gemeinsam unternahmen sie Wanderungen, hinüber zum Schachen, dem Bergschlösschen vom König Ludwig, oder hinab ins Reintal oder über Eckbauer nach Wamberg hinauf oder an den Eibsee. Oder einfach nur einmal in den Ort hinunter und wieder zurück. In die Partnachklamm und in die Höllentalklamm gingen der Alfons und sein Vater alleine. Die Mutter plagte immer die Angst, dass der Alfons hineinfallen könnte in diese tosenden Wasser und sie dann hilflos dabei zusehen müsste, wie ihr kleiner Liebling darin umkäme.

Wanderungen, die sie zu zweit unternahmen, ließen die beiden Abenteurer gerne im Ort, in der »Post« oder in der »Linde« ausklingen. Die Mutter hielt das jedes Mal für rausgeworfenes Geld.

Alfons verzehrte seine Würstel, trank seine Limo, stellte die genagelten Bergschuhe unter die breite Eckbank, rollte sich dann einfach neben dem Vater zusammen und überließ sich seinen Träumen und dem Trubel um ihn herum. Dem Auf-den-Tisch-Dreschen der Spielkarten, den kantigen Ansagen der Spieler, ihren derben Witzen, dem Krachen aneinander geschlagener Bierkrüge, dem permanenten Hintergrundscheppern von Besteck und Geschirr, den Ansagen der Kellnerin, »wer hat die Schweinswürstel mit Kraut bestellt und wer die ohne, ein Schweinsbraten in Dunkelbiersoße, für wen ist der Leberkäs mit Ei, bittschön, guten Appetit, Finger weg von der Kellnerin, sonst gibt's was drauf, wer kriegt noch ein Dunkles?« Dazu die von Rauch und Bierdunst geschwängerte Luft, durchzogen von betörenden Duftfahnen, von der Kellnerin an ihnen vorbei und manchmal auch an ihren Tisch getragen.

Dann ging er zum Zug und war wieder wochenlang weg. Einmal wurde er mit dem Auto abgeholt. Ein richtiger Ingenieur stand plötzlich mit Anzug und Krawatte in der Küche, und die Mama wurde ganz rot, so überrascht war sie und nervös. So ein eleganter Herr im Haus und sie in der Kittelschürze.

»Grüß Gott, Frau Stockinger«, sagte er, als er eintrat, und ob sie wohl ihren Gatten rufen könne, sie hätten ein Problem, oben am Staudamm. Und seit heute würden auch noch die italienischen Eisenbahner streiken. Und keiner wisse, wie lang. »Was will man machen, gnädige Frau.«

Seine Mama eine gnädige Frau. Er schaute sie an und versuchte herauszufinden, welcher Teil von ihr am ehesten zu einer gnädigen Frau passen könnte. Da kam der Vater auch schon mit dem Koffer in der Hand die Treppe herunter und befreite die Mutter aus der unangenehmen Situation.

Der Herr Ingenieur ging derweil schon einmal voraus, sodass sich die Eltern noch einmal in den Arm nehmen konnten. Aber wie der Papa dann der Mama zum Abschied unter die Kittelschürze greifen wollte, hat sie schnell die Beine zusammengezwickt und ihm »der Bub!« ins Ohr gezischt. Der wollte natürlich nicht stören und machte, dass er hinaus kam.

Beide Hände in die Hosentaschen gestemmt, die Wurstigkeit in Person markierend, im Gefolge ein paar neugierige Hühner, die sich einfach nicht verscheuchen ließen, ging er direkt auf das Auto des Besuchers zu.

»Ein schöner Wagen, was? Mercedes 170, der hat fünfzig PS. Der geht hundertzwanzig. Mindestens. Möchtest du dich einmal hineinsetzen?«

Ein wenig unbeholfen kletterte Alfons in den Wagen und versank regelrecht in dem weichen Fahrersessel.

»Hundertzwanzig geht der?«, fragte er sicherheitshalber noch einmal nach.

»Sogar noch schneller, wenn es sein muss. Einhundertdreißig sind schon drin, wenn alles passt.« Der Herr Ingenieur schaute wieder auf seine Armbanduhr.

»Das ist ein Auto! So was sieht man nicht alle Tage, gell, Alfons?« Mit zwei, drei Sätzen war sein Vater am Wagen, öffnete die Beifahrertür, warf seinen Koffer auf den Rücksitz und stieg ein. »Da werd' ich wohl noch viele Staudämme und Brücken bauen müssen, bis wir uns einmal so was leisten können.«

Der Herr Ingenieur lachte. »Können wir?«

»Von mir aus«, gab der Vater gut gelaunt zurück.

Alfons sah zu, dass er aus dem Auto kam. Der Vater strich ihm noch einmal über den Kopf. »Pass mir gut auf die Mama auf und sei schön fleißig in der Schule.«

Der Herr Ingenieur startete den Wagen, der Vater winkte noch einmal durch das geschlossene Fenster, und dann stand Alfons plötzlich alleine im Hof. Er lief noch ein Stück hinterher und trottete dann zurück zum Haus.

Als hätten sich der Alfons und seine Mutter abgesprochen, war der Vater im Haus, auch wenn der gut aufgeräumt in der Wanne lag, ließen sie ihr kleines, neckisches Theater mit den beiden Schlingeln.

Nicht, dass die beiden, ein jeder für sich natürlich, die ganze Sache zu Ende gedacht hätten, aber irgendetwas haben sie wohl gespürt.

Dass er ihr beim Teigausrollen heimlich auf den Busen gelurt hat oder die Geschichte mit dem Schweißtropfen und dem Küchenroller (der Skispringer war übrigens nicht immer dabei), wusste seine Mutter sowieso nicht.

Auch mit dem Mehl ging sie heute sorgsamer um.

Der Vater zog den Stöpsel, es dauerte einen Moment, dann schickte das Badewasser erst einen deftigen Rülpser an die getrübte Wasseroberfläche und lief dann laut gurgelnd in Richtung Grube. Alfons wartete, bis der letzte Schwall im Ausguss verröchelt war, klappte sein Heft zu und rief noch von der Küche aus: »Darf ich rein?«

»Ja, freilich«, kam es vergnügt zurück. »Aber nur wennst mich nicht beim Rasieren störst.«

»Tut das nicht weh?« Er saß auf dem Wannenrand und sah zu, wie das Gesicht seines Vaters langsam hinter einer immer dichter werdenden Schaumwand verschwand.

»Nicht, wenn man sich vorher g'scheit einseift«, dozierte der Vater. »So schnellschnell geht da jedenfalls nichts. Beim Rasiern muss man sich schon konzentrieren. Das ist nicht anders wie bei jeder anderen Arbeit auch. Wenn man sie richtig machen will, muss man sie g'scheit machen.« Er drehte sich kurz um und meinte anerkennend: »Wenn du so weitermachst, wirst dich wohl auch bald rasieren müssen.«

»Zeigst du mir dann, wie's geht?«

»Aber nicht heut'. Das nächste Mal, wenn ich wieder da bin.«

In langen Strichen führte er die Klinge über den Schaum. Danach nahm er die Schere und stutzte den Schnauzer. Zum Schluss schüttete er sich beidhändig Rasierwasser ins Gesicht, das mochte er. Und dann alles verreiben. Da konnte die Mama noch so oft den Kopf schütteln, wenn sie hinterher das Bad wischte. Sie liebte diesen herben, männlichen Duft, und es tat ihr jedes Mal in der Seele weh, ihn mit dem Putzwasser in den Ausguss zu schütten.

Vielleicht war das genauso wie bei ihr mit dem Mehl. Gerade so, als würden sie sich einmal selbst nicht folgen wollen.

Jetzt noch schnell mit vier, fünf Strichen die Haare nach hinten geschaufelt, aber so, dass vorne eine kleine Welle blieb. An der Seite trug er die Haare immer ganz kurz, das hatte er den Amerikanern abgeschaut. Und dabei ist er sein Leben lang geblieben.

Auch die Mama verließ nicht gleich das Bad, nachdem sie den Stöpsel gezogen hatte. Obwohl sie sich nicht rasieren musste, dauerte es auch bei ihr, bis sie wieder erschien. Was sie die ganze Zeit machte, wusste er nicht. Es war ihm aber auch nicht wichtig.

Dann war es endlich so weit. Aber nicht die Mama, wie sie vor einer knappen Stunde im Badezimmer verschwunden war, sondern die Schneekönigin selbst war es, die in ihrem weißen, vorne akkurat über Kreuz gelegten Bademantel auf den Gang hinaustrat und um ein Haar über ihn gestolpert wäre.

»Hast du keinen besseren Platz zum Hausaufgaben machen«, fuhr sie ihn an. »Was liegst denn da überhaupt so blöd herum?«

Wie hätte sie auch wissen können, dass es in diesem Moment im ganzen Universum keinen besseren Platz für ihn geben könnte als genau da, wo er schon seit einer gefühlten Ewigkeit darauf wartete, dass sich die Tür öffnen und die Göttin mit dem nebelverhangenem Blick in die Welt hinaustreten würde.

Sogar ihre Füße waren anders. Viel feiner als sonst. Sonst hätten sie wohl auch nicht in die hellblauen Pantöffelchen mit den Püscheln vorne drauf gepasst, von denen ihn jetzt einer an der Nase streifte. Um ihr Haupt hatte sie einen weißen Turban geschlungen, der aussah wie der von der Frau aus der Seifenwerbung in der Zeitung. Sie sahen sich sogar ähnlich. Nur, dass die Augen der Frau in der Zeitung dunkler waren, und ihre Augenbrauen auch. Aber die waren angemalt.

»Na, dann geh schon rein, du Nervensäge.«

Während sie noch einmal nachspülte, zog er sich aus, setzte sich auf den Wannenrand, drehte beide Hähne voll auf und wartete. Bis ihm kalt wurde. Dann setzte er sich schnell in die noch nicht einmal viertel volle Wanne und wartete weiter.

»Mama, ich hab' das Badesalz vergessen.«

»Sperr halt deine Augen auf, ich hab's dir doch schon hingelegt. Unter dem Boiler. Und nur ein Viertel, nicht mehr, hörst du. Höchstens. Das langt.«

Es war nicht einfach, höchstens ein Viertel der brösligen, nach Meer riechenden – so stellte er sich den Geruch jedenfalls vor – weißgrüngesprenkelten Scheibe abzubrechen. Meistens brach mehr ab.

Nach einiger Zeit kam die Mutter und riss ihn aus seinen Träumereien. Mit übergeschlagenen Beinen setzte sie sich auf den Wannenrand, nahm den Waschlappen in die Hand und sagte: »Kopf runter. Sind die Augen zu? Lass bloß die Augen zu, ich sag' dir's dann schon.«

Nachdem sie Alfons Kopf, Gesicht und Hals gewaschen hatte, schlenkerte sie den Waschlappen ins Badewasser, hob die Brause aus der Verankerung und spülte ihm den Schaum aus den Haaren.

»Und jetzt hoch mit dir und umdrehen.«

Der Rücken war schnell gemacht. Dann mit dem Lappen über den Hintern und dazwischen, Beine rauf und runter. Fertig. Automatisch drehte sich Alfons wieder um. Mit dem kurz in das jadefarbene Badewasser getauchten Waschlappen fuhr sie ihm über Brust und Bauch.

»Du hast ja schon richtige Muskeln«, lobte sie.

Noch einmal tauchte sie den Lappen in das Wasser.

Immer öfter passierte es in letzter Zeit, dass sein Ding ohne Grund anschwoll und sich dann seltsam hart anfühlte, und je mehr er daran herumdrückte, je mehr er diesem Phänomen Beachtung schenkte, umso schlimmer wurde es. Aber genauso wie dieser Zustand auftauchte, verschwand er auch wieder.

»Musst du?«, fragte die Mutter besorgt.

»Nein, Mama, ich weiß auch nicht, was das immer ist, manchmal wachst der einfach, ganz ohne Grund, einfach so.« Stocksteif stand sein Schwanz jetzt von ihm ab. »Schau, so komm ich in keine Hose mehr rein.«

»In die Schlafanzughose schon.«

Der Alfons schaute abschätzend an sich hinunter. »In die schon. Aber sonst in keine.«

»Magst den Rest nicht selber waschen?«

»Nein, Mama, du.«

»Aber sonst bist doch auch schon so erwachsen«, gab sie zu bedenken.

»Ja, sonst schon.«

»Also gut. Aber bis in alle Ewigkeit geht das fei nicht mehr. So, und jetzt noch der Rücken. Dreh dich um. Aber wenigstens abtrocknen tust dich ab jetzt alleine, gell? Und dann gleich ab ins Bett, damit du dich nicht erkältest.«

»Und was ist mit dem Abendessen?«

»Ach so, ja freilich. Aber danach.«

Wenn sie ins Bett ging, schlief er in der Regel schon. Selten, dass er hörte, wenn sie schlafen ging. Dafür legte sie sich manchmal tagsüber ins Bett.

»Ich leg' mich ein bisserl hin. Gehst derweil hinaus, spielst ein bisserl im Hof? Draußen ist es so schön. Komm, geh schon.«

Wurde es ihm draußen zu langweilig, kam er einfach wieder herein und spielte im Haus weiter. Oder er flezte sich auf die Eckbank und las oder kramte in seiner Schultasche. Dann hörte er die Mama manchmal leise stöhnen, genauso wie jetzt, bloß dass er es jetzt besser hörte, weil es in der Nacht immer ganz still war auf der Welt.

War der Vater zu Hause, schickten sie ihn auch immer hinaus, wenn sie sich einmal hinlegen wollten. Da stöhnte sie dann auch, nur viel lauter, und der Vater und das Bett dazu.

Er hatte eine ziemlich klare Vorstellung von dem, was da vor sich ging, schließlich lebte er auf einem Bauernhof, und einmal war die Tür zum

Schlafzimmer einen Spalt offen gewesen, sodass er im Vorbeigehen einen schnellen Blick auf das Geschehen werfen konnte. Aber warum man da so stöhnen musste, ging ihm nicht auf. So anstrengend sah das eigentlich gar nicht aus.

Nicht zu Mariä Lichtmess, wie vielerorts üblich, sondern erst im späten Frühjahr bestellte Maria Stockinger jedes Jahr eine Saisonhilfe vom Tal herauf auf den Hof. Und nicht jedes Jahr war es dieselbe. Je nachdem, wie im vorangegangenen Dienstjahr die eine Partei mit der anderen zufrieden gewesen war.

Die jetzige Magd war noch nie vorher bei ihnen im Dienst gewesen, und sie würde auch nicht lange bleiben. Eine junge Frau, vielleicht neunzehn Jahre alt, die langen schwarzen Haare zu zwei schweren Zöpfen geflochten und fast einen ganzen Kopf kleiner als ihre Brotherrin. Dafür um die Hüften herum etwas breiter, die Brüste kleiner und fester. Und sie hatte grüne Augen.

Kam der Alfons morgens aus seiner Kammer, knisterte und knackte es ihm schon munter von unten entgegen. Auf dem Herd, ganz am Rand, damit nichts überkochte, stand der kleine Milchtopf. Auf seinem Platz am Küchentisch warteten ein Marmelade- und ein Honigbrot, und in dem mit kleinen gelben Küken bemalten Eierbecher daneben steckte schon sein hart gekochtes Frühstücksei.

Katharina, die neue Magd, war da längst draußen bei der Stallarbeit. Ausmisten, einstreuen, melken, füttern.

Apropos, der Beni, ihr Stier, hat auch immer einen Mordsappetit gehabt, und das, obwohl er keine Milch gegeben hat. Dieses Riesenvieh war wirklich das einzige Lebewesen auf dem Hof, das fürs dumm Herumstehen Futter bekam. Die Kühe gaben Milch, die Gänse einen guten Braten und die Hühner legten Eier. Und der Stier? Nichts. Oder fast nichts.

Von Zeit zu Zeit fuhr ein Viehanhänger auf den Hof, aber nur, wenn der Vater da war. Der führte den Beni dann an seinem Nasenring hinaus zu der angereisten Kuh. Wenn er sich einigermaßen sicher war, dass der Stier ihr nichts antun würde, ließ er die beiden alleine. Dann setzten sich der Bauer und sein Kollege an den großen verwitterten Holztisch im Hof, und die Mutter brachte Bier, Brot, Schinken und Käse und manchmal einen großen Rettich oder sonst etwas, das man einem Gast guten Gewissens anbieten konnte. Dann warteten sie.

Von ihrem Platz neben der Haustür hatte man einen guten Blick auf das Geschehen und war doch weit genug weg, damit sich der Beni und seine Holde nicht beobachtet fühlen mussten.

Manchmal ging es schnell, manchmal dauerte es und nur selten ging gar nichts.

Die erste Halbe war weg wie nichts, die zweite hinterher. Schon machte der Vater die nächsten beiden auf.

»Prost, Huberbauer. Herrgott, der lässt sich aber diesmal Zeit.«

»Prost, Stockinger«, antwortete der Angesprochene gedehnt, »schaut aus, als wär' das heut' nicht sein Tag. Oder er wird langsam alt.« Der Huberbauer soff auch die dritte Halbe in einem Zug aus. Dann sagte er: »Ich glaub', das wird heut' nichts mehr. Also«, ein herziges Kopperl schob sich zwischen seine Worte, »eine Viertelstund' geb' ich ihm noch.«

Nervös zupfte Alfons' Vater an seinem Schnauzer, dann fuhr er sich durch den Schopf. »Jetzt wart', der kommt schon noch in Fahrt, wirst sehen. Bei der schönen Kuh. Das letzte Mal hat er sich auch erst ziert, weißt noch?«

»Ja schon. Aber so lang wie heut ...? Na ja, das kann man nicht erzwingen, das Sexuelle.« Er schickte einen verstohlenen Blick über den Tisch, den die Adressatin aber nicht bemerkte.

Der Huberbauer folgte dem Blick der Bäuerin. »Ui, ui, ui, ich glaub ... Stockinger ... Jetzt! Sakradi!«

Unvermittelt war der Beni auf die Kuh gesprungen.

»Scho' is' vorbei. Is' scho' vorbei. Sakrament, Sakrament. Prost, Stockinger.«

Noch einmal klickerten die Halbeflaschen aneinander.

»Prost, Huberbauer. Glaubst, manchmal kost' er mich schon Nerven. Wart', ich mach noch eine auf. Du sitzt ja schon wieder auf dem Trockenen.«

Der Alfons dachte sich, der Beni hat es gut, muss sich um nichts kümmern, hat es im Winter warm, kann fressen, so viel er will und muss überhaupt nichts dafür tun. Abgesehen von dem bisschen Aufhüpfen.

Katharina war übrigens die erste Magd, die Alfons bewust wahrnahm.

»G'fällt dir die?«, fragte seine Mutter unvermittelt beim Frühstück.

»Warum?«

»Weilst seit Neuestem gar so fleißig bist.«

Während er noch versuchte, sich zumindest eine der vorangegangenen Mägde vorzustellen, fiel ihm ein, was die Mutter einmal zur Oma gesagt hatte, worauf die genickt und ein wissendes Gesicht gemacht hatte. Damals, als er noch klein gewesen war und die Großen in seiner Gegenwart noch nicht darauf aufgepasst hatten, was sie sagten. Zum Beispiel den Satz von »den jungen Dingern«.

»Wie die schon schauen, auf die muss man immer ein wachsames Auge haben.«

Dieser Satz verschwand erst gar nicht, der blieb gleich da wo er hingehörte, ganz vorne in seinem Kopf. Aber warum hat die Mutter dann die Katharina eingestellt, obwohl die doch auch so ein junges Ding war und auch so schaute? Vielleicht, weil sie so fleißig war. Da musste man wahrscheinlich so schauen.

Nachdem das klargestellt war, widmete er sich wieder seiner Arbeit. Er hing eh schon zurück.

»Wo bleibst denn, du Faultier, schau, wie weit ich schon bin. Ich hab meinen Rucksack schon fast voll und du?!«

Wenn er mit ihr draußen war, beim Sensen, beim Heumachen oder beim Steineklauben, richtete er es immer so ein, dass er hinter ihr ging. So konnte er ihr immer ein bisschen unter den Rock schauen, wenn sie sich bückte. So lange, bis sie sich dann irgendwann umdrehte. Dann glotzte er blöd und sie glotzte zurück und ließ ihn so schnell nicht aus.

»Willst was«, blaffte sie. Oder: »Was schaust'n so g'sprengt? Möchst du was?« Manchmal wurde sie auch deutlicher. Dann sagte sie in so einem herausfordernden Ton: »Wennst was möchst, musst schon dein Maul aufmachen.«

Aber was hätte er darauf antworten sollen? Er tat dann einfach so, als wäre gar nichts gewesen, und klaubte wortlos weiter.

Er war einfach gern in ihrer Nähe, am besten so nah, dass er sie riechen konnte. Mindestens einmal am Tag musste er diesen Geruch nach Kernseife, Erde, Stall, Schweiß und einem Hauch Kinderpuder – er brauchte einige Zeit, bis er heraus hatte, dass es tatsächlich Kinderpuder war, der gleiche, der bei ihnen im Badkästchen stand – in die Nase bekommen.

Ohne sich was dabei zu denken, ohne überhaupt etwas zu denken.

Mit den Kühen hatte er angefangen. Danach waren die Ziegen dran. Die Hühner hatten das auch, war allerdings schwer ausfindig zu machen unter all dem Federverhau, und entsprechend genervt war so ein Huhn, wenn der Alfons ewig an ihr herummachte. Die Katze, die Mimi, die hatte das natürlich genauso, ganz klein, mit Pelzbesatz, und die zeigte das auch ganz ungeniert.

Bei einer Frau musste das aber schon irgendwie anders aussehen. Schöner, feiner. Vielleicht wie bei den Engeln in der Kirche. Aber die hatten gar nichts. Eigenartig. Die Barockengel, die die Kanzel hielten und auch sonst überall in der Kirche herumhingen, waren so kunstvoll geschnitzt, jede Kleinigkeit war zu sehen. Die kleinen Flügelchen, die dicken Ärmchen und Beinchen, die Stupsnasen, die nach oben zum Heiland verdrehten Augen, sogar die kleinen Zehen, sogar die Zehennägel. Aber unten herum, wo es für ihn jetzt darauf ankam? Fehlanzeige. Entweder nichts oder ein goldenes Tuch, das wie dahergeweht über dem Nichts lag. Es konnte doch schlechterdings nicht sein, dass bei jedem Engel so ein Tuch vorne hingeflogen ist. Da musste doch wenigstens einer dabei sein, bei dem der blöde

Fetzen verrutscht war und man wenigstens ein bisserl was sah, wenigstens irgendwas. Aber wie er sich auch mühte und sich den Hals verdrehte. Nichts. Absolut nichts.

Wenigstens ist der Alfons auf der Suche nach dem verlorenen Körperteil so für kurze Zeit zu einem eifrigen Kirchgänger geworden, was ihm vom Herrn Pfarrer ein dickes Lob vor der ganzen Klasse und eine Eins in Religion gebracht hat.

Aber wirklich weitergebracht hat ihn das auch nicht.

»Hältst du auch g'scheit? Lass bloß die Leiter nicht aus! Depp.«

Dass Katharina ihn Depp nannte, nahm er ihr nicht übel. Das war er gewohnt. Außerdem klang es nie ärgerlich, eher spöttisch. Er war gerne ihr persönlicher Depp.

Die Magd, einzig und allein auf ihre Sicherheit bedacht, hatte gerade umständlich ein Knie auf den hölzernen Rand der Tenne geschoben und zog jetzt langsam das zweite nach. Schutzlos war sie den gierigen Blicken des frühreifen Bauernbuben ausgesetzt. Und der starrte sich schier die Augen aus dem Kopf in dem staubigen Halbdunkel, verätzte förmlich die Luft mit seinem Gestiere. Aber gesehen hat er nichts, eingebildet alles Mögliche. Und die Katharina tat die ganze Zeit so, als würde sie nichts merken.

Was blieb ihr auch anderes übrig. Sie hatte wahrlich andere Sorgen da oben auf der Leiter. Vielleicht merkte sie es auch gar nicht. Und wenn, was hätte sie tun können? Ihn statt ihrer hinaufschicken? Wunderbare Idee! Wäre er dabei heruntergefallen, hätte die Bäuerin sie wahrscheinlich auf der Stelle totgeschlagen, so, wie die mit dem Buben war. Vielleicht war es ihr aber auch gar nicht so unangenehm, wenn er ihr nachschaute. Wie gesagt, wenn sie überhaupt darauf geachtet hat. Auf jeden Fall war sie jedes Mal heilfroh, wenn sie endlich oben war.

»Ich ruf dich, wenn ich fertig bin, also geh nicht so weit weg, damit ich nicht so schreien muss. Hast g'hört, Alfons?«

»Ja. Ich bin ja nicht taub.« Er hatte seine Augen wieder eingefahren und trollte sich bereits Richtung Scheunentor.

Wenn sie ihn dabei ertappte, dass er unten stehen blieb, um noch ein wenig nachzuglotzen, verscheuchte sie ihn. Sie konnte es nicht leiden, wenn er sich grundlos in ihrer Nähe herumdrückte. Er war sowieso so lästig. Immer war er um einen herum. Wer weiß, was der im Schilde führte. Man wurde einfach nicht schlau aus diesem verdrucksten Jungen.

»Ist noch was?«, raunzte sie ihn an.

»Nein, nichts, ich geh' ja schon.«

»Aber nicht zu weit«, schärfte sie ihm noch einmal ein, »hast g'hört.«

Als sie genügend Heu und Stroh heruntergeworfen hatte, rief sie ihn wieder.

Teil zwei der Expedition ins Reich der Triebe, selbe Szene, selbe Darstellerin, nur rückwärts und langsamer.

Auf der Suche nach einer geeigneten Leitersprosse, und dann war es doch immer die dritte von oben, stocherte sie erst einmal mit einem Bein hilflos in der Luft herum – bis sie endlich einen sicheren Tritt gefunden hatte, stand sie jedes Mal Todesängste aus – dann schob sich als Erstes ihr Hintern über den Rand, danach der Rest.

»Fang mich auf.« Sie war schon fast unten, da drehte sie sich plötzlich um und sprang.

Er spannte seine Rückenmuskeln an und hob die Arme.

»Du bist aber stark.« Sie war ehrlich überrascht. »Aber jetzt kannst mich wieder auslassen.«

Automatisch öffnete er seine Arme. Entsprechend unsanft landete sie auf dem Boden.

»Huch«, sagte sie, rappelte sich wieder auf und langte ihm eine.

»Entschuldigung, das wollt' ich nicht«, stotterte er.

Weiter war nie etwas passiert. Bis auf einmal, aber das war eigentlich auch ganz harmlos. Sie war gesprungen, was jetzt öfter vorkam, und er hat sie aufgefangen. Aber jetzt hat sie ihn nicht mehr losgelassen. Stattdessen hat sie ihn zum Tanzen aufgefordert.

»Oder traust dich nicht?«

Natürlich hatte er noch nie zuvor getanzt und auch keinen Schimmer, was man da zu tun hatte.

»Stell dich nicht so, das ist doch ganz einfach.«

Sie griff nach seiner rechten Hand und legte sie sich auf den Rücken. »Nicht so, du musst schon richtig hinlangen. Ja so, ruhig noch fester, trau dich nur. Ja, genau so.« Dann riss sie mit ihrer rechten Hand seine linke in die Höhe und los ging's.

»Eins, zwei, drei, ein, zwei, drei«, zählte sie.

Der Alfons vollführte ein paar gut gemeinte Hopser, rutschte aus und knallte der Länge nach in die Stallgasse. Aber Katharina kannte kein Erbarmen.

»Keine Müdigkeit vorschützen, komm, steh auf, das wär' doch g'lacht.«

Schon sah er sich wieder im Dreivierteltakt durch die Luft gewirbelt. Nach einigen weiteren verwegenen Rundsprüngen, die ihn aussehen ließen wie ein Riesenkarnickel auf der Flucht, landete er mit dem Kopf an der Wand. Den Tränen nahe, mit zusammengebissenen Zähnen und völlig verwirrt blieb er jetzt einfach da stehen, wo die Katharina ihn hingeworfen hatte.

»Was machst denn auch für einen Schmarr'n«, schimpfte sie. Dann fragte sie besorgt: »Geht's wieder?«

Er nickte tapfer.

»Tut mit leid Alfons, aber du stellst dich schon arg blöd an.«

»Ich hab' noch nie getanzt«, blökte er.

»Das merkt man. Komm, wir machen jetzt was Einfaches. Komm her. Das ist wirklich ganz einfach, ehrlich, Alfons, wirklich. Komm her, du Dummerl.« Sie zog ihn am Hosenträger, worauf er sogleich wieder brav den rechten Arm in die Höhe streckte.

»Den Arm kannst runternehmen, der Hitler ist tot. Komm, wirst sehen, das wird dir gefallen. Und schau nicht so g'sprengt, ich pass' schon auf, dass du nicht wieder hinfällst. Aber da kann man eh nicht hinfallen, nicht einmal du.«

Ihre Hände hinter seinem Nacken verschränkt, seine Arme um ihre Mitte, begann sie sich langsam zu drehen, links, rechts, links, rechts, links, rechts. Und der Alfons drehte sich einfach mit.

»Na also, geht doch ganz gut. Das wird schon und rück ruhig ein bisserl näher her. Brauchst keine Angst haben, ich beiß schon nicht, komm her. Ja so, so is' gut.«

Sie schmiegte ihr Gesicht an seinen Kopf. Mit geschlossenen Augen absolvierten sie die ersten Runden. Was hätte der verwirrte Alfons jetzt dafür gegeben, in den Kopf seiner Tanzpartnerin schauen zu können, nur um wenigstens eine Idee zu haben, wie das hier weitergehen sollte.

»Na also, geht doch schon«, nuschelte sie in seine Haare. Zärtlich strich sie ihm über Kopf und Schultern. Er klemmte seine Ellbogen in ihre Taille, winkelte die Arme nach oben und begann, über ihren Rücken zu wischen. Sie nahm den Willen für die Tat und sagte erst einmal nichts, seufzte nur einmal. Sogleich verdoppelte er seine Bemühungen.

»Alfons, nicht so wild.« Ihr feuchter, heißer Atem strich beruhigend über seinen Nacken. »Aber nicht gleich wieder auslassen. Ja, so. Drücken, nicht wischen. Und ruhig ein bisserl fester. Mhm, ja so. Mach's wie ich. Ist doch ganz einfach. Ja, so is' gut.«

Sanft drückte sie seinen Kopf an ihre Brust. Langsam wurde es richtig schön. Aber nur kurz, dann spürte er, wie ihre Hände langsam nach unten wanderten. Gerade erst hatte er sich daran gewöhnt, sie im Arm zu halten, eins, zwei, eins, zwei, auch mit dem Tanzen kam er schon ganz gut zurecht, und jetzt so was, und das ohne Vorwarnung. Aber warum machte sie jetzt nicht weiter? Oder würde es gleich weitergehen? Machte sie vielleicht nur eine Pause? Und dann? Links, rechts, links rechts, wahrscheinlich war er ihr eh zu jung, natürlich, für sie musste er ja noch ein Baby sein, links, rechts. Aber warum fiel ihr das erst jetzt ein, links, rechts, links, rechts, ihr Mund war jetzt ganz dicht an seinem Ohr, ihre Hände knapp oberhalb seines Hosenbunds, links, rechts, Gott sei Dank, aber auch schade, links, rechts, links, rechts, mhm, ah, jeder ihrer Atemzüge direkt in sein Ohr, links, rechts. Oh Gott! Ihre Hände hatten sich nun doch über den Rand seiner Hose geschummelt und krallten sich bereits tief in seine Krachlederne, so fest, dass er fast die Bodenhaftung verlor. Auf den Zehenspitzen stand er schon.

Wahrscheinlich würde er sowieso gleich in Ohnmacht fallen, dazu ein Schuss Verwegenheit aus dem Erbe seiner Vorfahren, das vielleicht den Ausschlag gab. Ganz vorsichtig, unter größter innerer und äußerer Anspannung, legte er beide Arme auf ihre stabilen Hinterbacken, bereit, sie beim geringsten Anzeichen sofort wieder zurückzuziehen. Aber sie machte keine Anzeichen, schien das gar nicht wahrzunehmen, brummte und schnaufte nur immer weiter in sein Ohr, drückte sich an ihn, an seine zuckende, zu Beton gewordene Riesenfleischwurst, die mit ungeahnter Vehemenz gegen die Innenwand seiner Lederhose pochte, die mit Macht in die Welt hinausdrängte, förmlich aufbegehrte, die es auf der Stelle mit dieser jungen, heißen Möse aufnehmen wollte, und die, nur getrennt durch eine Lage Hirschleder und grober Baumwolle genau das herbeisehnte.

Jähes Entsetzen, allergrößte Not, sein Körper getaucht in heißestes Rot. Mein Gott, ihr konnte unmöglich verborgen geblieben sein, was sich da gerade bei ihm abspielte, in welche Nöte er gekommen war. Aber sie ließ nicht nach, im Gegenteil. Immer kräftiger drückte sie ihn an sich, links, rechts, links, rechts. Das war schon kein Tanzen mehr, wie sie sich an ihm rieb. Mein Gott, wenn er jetzt pieseln müsste, musste er aber nicht, definitiv. Aber wenn doch? Zusammenzwicken, da half nur äußerstes Zusammenzwicken, links, rechts, links, rechts, nicht gut, gar nicht gut. Lange würde er es nicht mehr aufhalten können, das war klar. Oh mein Gott, war das schön. Sie würde ihm bestimmt sofort eine runterhauen, wenn er sie jetzt anpisste, sicher sogar, egal, er würde es trotzdem nicht mehr lange aushalten. Er würde einfach in die Hose machen und schnell davonlaufen. Und dann die Lederhose verstecken und so tun, als hätte er sie verlegt, ihm würde schon eine Geschichte einfallen. Die Katharina würde schon nicht petzen, die war lieb. Hoffentlich schmierte sie ihm auch gleich eine, wenn er sie jetzt gleich anschiffte, dann wären sie quitt, dann wäre das wenigstens schon einmal erledigt. Jetzt rieb er auch, rieb zurück.

»Du bist mir aber einer … puh … also so was.« Mit dem Hintern an der Stallwand, die Hände auf ihre Oberschenkel gestützt, schnaufte sie noch einmal tief durch. Ein letztes abschließendes »Puh«, ein kurzer Blick auf seine ausgebeulte Hose, ein flüchtiger Kontrollblick in sein Gesicht, dann schnappte sie sich die Heugabel und sagte: »So, jetzt müssen wir aber wieder was tun, sonst werden wir nicht fertig. Was stehst denn herum wie bestellt und nicht abg'holt, auf geht's.«

Aber dem Alfons, der immer noch da stand wo sie ihn abgestellt hatte, stand der Sinn nicht mehr nach Stallarbeit. Außerdem brauchte er jetzt dringend frische Luft.

»Wo läufst denn hin, g'spinnerter Bub, g'spinnerter?«

Erst in der Küche kam er langsam wieder zu sich.

»Alfons? Seid ihr schon fertig mit einstreu'n?«

»Hab' keine Lust heute, ich bin lieber bei dir, Mama.«

Sie stand mit dem Rücken zu ihm am Herd und rührte in einem großen Topf, ihre Hinterbacken wackelten im Rhythmus ihres Rührarms. »Was sind denn das für neue Sitten? Na, bleibst halt da, machst Hausaufgaben, ist auch wichtig.«

Er setzte sich auf die Bank und fing an, in seinem Schulranzen herumzukramen, dann fielen ihm die Augen zu.

»Alfons. Alfons?«

Die paar Wochen, die Katharina noch bei ihnen auf dem Hof war, bekam er sie kaum mehr zu Gesicht. Fast schien es, als würde sie ihm aus dem Weg gehen. Nur zum Leiterhalten rief sie ihn noch. Aber auffangen durfte er sie nicht mehr. Wenn sie ihn jetzt rief, dann mit einem hörbaren Widerwillen im Ton, und wenn er beim Hinunterklettern trotz Verbot die Arme ausbreitete, weil sie sich dann vielleicht doch noch hineinfallen lassen würde, konnte sie richtig böse werden.

»Hörst du net, schleich dich!«, giftete sie ihn an.

Aber er stellte sich einfach immer wieder hin und breitete die Arme aus. So lange, bis ihr eines Tages der Geduldsfaden riss.

»Ja, hörst du jetzt endlich!«, schrie sie ihn an, »schleich dich, hab' ich gesagt, du Sau!«

So grob kam das.

Er hatte schon vorher verstanden, dass sie nicht mehr wollte, er war ja nicht blöd. Aber Sau, dass sie ihn eine Sau genannt hat, das versetzte ihm einen Stich. Und als die Mutter ein paar Tage später aus heiterem Himmel meinte, dass sie der Katharina nicht über den Weg traut, da hat er ihr aus ganzem Herzen zugestimmt. »Ich auch nimmer!«

Ziemlich bald darauf muss es zwischen der Katharina und der Mama dann auch richtig gekracht haben. Er kam gerade von der Schule, bog eben ums Eck, da schoss die Katharina wutentbrannt mit ihrem kleinen Koffer aus dem Haus.

»Dem Hundskrüppel, dem scheinheiligen. Wegen so einem Schmarrn schmeißt die mich raus, ja leckt's mich doch all'samt am Arsch …« Ohne ihn auch nur eines Blickes zu würdigen, stürmte sie an ihm vorbei. »Saukerl, miserabliger … Ja, tu nur so scheinheilig … Erst rummach'n und dann … Do konnst du schon blöd schaug'n …«

Obwohl er nicht wusste, auf wen oder was Katharina so eine Wut hatte, fühlte er sich gleich sauunwohl in seiner Haut. Sie hatte zwar während der ganzen Schimpferei kein einziges Mal zu ihm herübergeschaut, und das Einzige, was ihm einfiel, war ihr kleines Tänzchen und dass sie ihn seitdem nicht mehr leiden konnte, trotzdem verging ihm erst einmal der Appetit. Er ging ins Haus, zog die Sandalen aus, hängte seine Joppe an den Haken, warf den Schulranzen auf die Eckbank, setzte sich auf seinen Platz und erwartete ein mittleres bis schweres Donnerwetter, das als Erklärung herhalten könnte. Aber die Mama zeigte keinerlei Reaktion. Sie stellte ihm das Essen hin, fragte nach der Schule und meinte nur, dass sie von jetzt an für ein paar Tage ohne Magd auskommen müssten.

»Das geht auch einmal ein paar Tage ohne Hilfe, gell, Alfons? Gemeinsam schaffen wir das schon.«

»Freilich, Mama.« Ihm fiel ein Stein vom Herzen. »Das kriegen wir schon hin, du hast ja mich.«

»Ist ja nicht für ewig«, schloss die Mutter.

Aber ein kleines Unbehagen blieb.

Die ganzen letzten Wochen war schon so eine Stimmung zwischen den beiden Frauen gewesen, und auch ein bisschen zwischen der Mutter und ihm. Nichts Greifbares, mehr atmosphärisch. Dass die Katharina gepetzt hatte, konnte er sich eigentlich nicht vorstellen, darüber dass sie getanzt hatten und er sie dabei fast angepinkelt hätte. Eben, fast, nur fast, was sie aber eigentlich gar nicht wissen konnte, weil eben nur fast. Und fast heißt nicht. Und mit dem Tanzen hatte sie selbst angefangen, das war ja wirklich nicht seine Idee gewesen. Aber irgendwie war die Stimmung seitdem leicht verrutscht.

Nur einmal hat die Mama etwas herausgelassen.

»Zu blöd zum Marmeladenbrot streichen, Herrgottnochmal. Und die Milli läuft auch gleich über. Ja muss ich denn alles selber machen?«

»Wieso, die kocht doch gar nicht über?« Gemütlich mampfte Alfons sein Marmeladenbrot.

»Aber nur, weil ich sie grad noch weggstellt hab'. Und schleck dir endlich die Finger ab, siehst nicht, wie du tropfst?«

»Aber Mama, du hast doch den Topf gar net, der steht doch …«

»Hab' ich dich um dei' Meinung g'fragt?«, schnitt sie ihm das Wort ab. »Und schleck dir endlich die Finger ab. Und red net immer dagegen!«

Zufall oder nicht, irgendwie stieß ihre Hand gegen das Haferl. Milch tropfte auf die heiße Herdplatte. Es zischte, und sofort verbreitete sich ein brenzliger Geruch in der Küche.

»Kruzifix, so ein Mist! Hat's das jetzt gebraucht, und das alles bloß wegen dem Schlamp'n!« Jetzt bellte sie richtig los. »Kreuzsakrament, jetzt kann ich wieder eine halbe Stunde lang hinputzen.«

»Aber Mama.«

Weiter kam er nicht.

»Was aber Mama, was Mama!« Ihr Ton hatte mittlerweile eine bedrohliche Schärfe angenommen. »Nimmst sie jetzt auch noch in Schutz, den, den …« Unvermittelt brach sie ab, griff nach der Stahlwolle und fing an, die eingebrannte Milch vom Herd zu kratzen. »Ach was. Schau lieber, dass d' in d' Schul' kommst.«

»Aber Mama, ich hab' doch noch gar nicht fertig g'frühstückt.«

»Ja dann mach endlich, dass d' fertig wirst!«

»Ich mach' ja schon.«

»Und schleck dir endlich die Finger ab!«

»Hab' ich doch schon. Schau, ganz sauber, Mama, schau. Du musst schon herschauen.«

»Ist ja recht, Bub.« Langsam beruhigte sie sich wieder. Aber dann fing sie doch wieder an. »Du und die Katharina. Die eine kann nicht richtig Brot schmieren, der andere nicht einmal g'scheit essen.«

»Aber Mama …«

»Wo steckt des Luder überhaupt scho wieder?«

»Im Stall, wo sonst?«, antwortete er unbekümmert, während er weiterhin sein Marmeladebrot in sich hineinmampfte.

»Jetzt sei net so vorlaut, sonst fangst doch noch einmal eine. Und überhaupt, mit vollem Mund isst man nicht!«

Mit seinen knapp dreizehn Jahren war Alfons streng genommen noch ein Kind. Aber das zählt nicht viel in der rauen, entbehrungsreichen Welt der Berge, in der jeder von klein auf daran gewohnt ist, dass das Leben kein Spaß ist, sondern, abgesehen von dem bisschen Freizeit, das man zum Durchhalten braucht, aus Arbeit und Entbehrung besteht.

Alfons, von mittlerem Wuchs, schlank, aber muskulös, dichte schwarze Haare und dazu dunkle, fast schwarze Augen, die auf Vorfahren hinwiesen, die, seit Jahrhunderten von Süden her eingewandert, ihre genetischen Spuren im gesamten Voralpenraum verbreitet hatten, glich eher dem Sohn eines sizilianischen Landarbeiters als dem eines mitteleuropäischen Bergbauern.

Er war ein ernster, reifer, überlegter Junge. Nur in seinem Herzen wohnte – neben dem großen, der im Frühjahr selbstständig die Kühe auf die Alm trieb, sich problemlos die verschiedenen Futterzusammenstellungen aller auf dem Hof beheimateten Tiere merkte, der die Sense schwang wie ein Großer, der im Winter, sobald er von der Schule nach Hause kam, dafür sorgte, dass das Feuer im Herd bis zum Abend nicht ausging, der Schnee räumte, Holz hackte, der eben in allem schon einen recht erwachsenen Eindruck machte – immer auch noch der kleine Alfons, der problemlos einen halben Tag in der Küche verträumen konnte, ohne dass es ihm auch nur eine Sekunde langweilig geworden wäre.

Es war Sommer geworden und die neue Magd schon eine ganze Weile auf dem Hof, da nahm ihn einmal sein Freund, der Gmeiner Peter, sie hatten ja denselben Schulweg, beiseite und fragte rundheraus: »Hast du schon einmal g'vögelt?«

Die Frage erwischte ihn eiskalt, und obwohl er fast einen Kopf größer war als sein Freund, kam er sich gleich ganz klein vor.

»Denk dir nichts«, beruhigte ihn Peter schnell, »ich auch noch nicht. Aber wie's wichsen geht, das weißt schon, oder?« Dabei vollführte er in Höhe seines geschlossenen Hosenstalls eine schnelle Serie klar definierter, horizontal verlaufender Handbewegungen. Ein Blick und er wusste Bescheid: Der Alfons hatte keine Ahnung.

»Ich zeig' dir, wie's geht«, meinte Peter huldvoll, und schon hatte er sein Ding ans Licht gezerrt. Hart und steif stand es von seinem schmächtigen Körper ab.

Alfons war beeindruckt, weniger von der Größe als von der Lässigkeit, mit der sein Nachbar damit umging.

»Bei mir kommt schon was, magst schau'n?«

»Ich weiß nicht recht.«

Aber Peter war schon ganz in seinem neuen Element.

»Glaubst mir's nicht? Wart', das geht ganz schnell, wirst schau'n.«

Mit einem Tempo, das Alfons nicht für möglich gehalten hätte, rieb Peter jetzt sein Ding. Und tatsächlich, nur wenige Augenblicke später verdrehte er die Augen, drückte sein Kreuz durch, schnaufte ein paar Mal, und begleitet von einem hoch gestimmten Stöhnen, quollen ein paar milchig weiße Tropfen aus der Schwanzspitze. Nicht viel, aber als Beweis allemal ausreichend.

»Normalerweise kommt noch mehr«, gab er an, »besonders wenn ich dabei an die Neuner Kathi denk. Magst es einmal anlangen?«

Schon hatte Alfons die verklebte Hand seines Nachbarn vor der Nase.

»Schnell, bevor alles verrinnt!«

Pflichtschuldig zupfte Alfons einen klebrigen Rest Sperma aus der Hand seines Freundes, verrieb das blasse Etwas zwischen Daumen und Zeigefinger, sagte »aha« und »sauber« und »nicht schlecht, Frau Sprecht« und hatte es dann auf einmal ziemlich eilig.

»So, jetzt muss ich aber. Servus, Peter.«

»Ja, Servus, und sag mir Bescheid, ob was geht.«

Dass der Alfons umgehend gleichziehen musste, war eine ausgemachte Sache. Da traf es sich gut, dass seine Mutter mit der neuen Hilfe, der krummbeinigen, alten Hirtreiter Magda, schon den ganzen Tag beim Heumachen war. Die Steillagen, eine undankbare und gefährliche Arbeit. Eigentlich genau seine Sache.

Zusammengefaltet, wie er sie gefunden hatte, nahm er die alte Wolldecke und zwängte sich durch den engen Durchschlupf im ersten Stock. Das war auch der Platz im Heu, wo die Mimi immer ihre Jungen zur Welt brachte. Mit dem Rücken an die Bretterwand gelehnt, Hose und Unterhose bis auf die Knöchel hinuntergestreift, stellte er sich in das duftende Halbdunkel der Hochtenne und dachte an die Neuner Kathi. Halt, das ging ja schon einmal gar nicht, an die dachte ja schon der Gmeiner Peter, und der war sein Freund. Aber es gab ja noch die anderen Schulkameradinnen, und die ließ er jetzt der Reihe nach an seinem inneren Auge vorbeitanzen, als letzte die neue Aushilfslehrerin. Aber bei keiner wollte seine Fantasie anspringen. Gerade überlegte er, mit welchen weiblichen Wesen er es sonst noch probieren könnte, da tauchte unvermittelt die Mama auf, als Schneekönigin, mit Turban und Bademantel.

Wie immer war er rasch aufgestanden, und schon wieder hatte er diese nichtsnutzige Versteifung. Badetag gleich Versteifungstag. Zusätzlich waren ihm im Lauf der Monate da unten immer mehr Haare gewachsen, mittlerweile konnte er sie schon gar nicht mehr zählen. Seine Mutter war allerdings nicht mehr darauf eingegangen, sie hatte irgendwann nur so von unten herauf gesagt: »Du bist ja jetzt schon ein richtiger Mann, ich glaub', du wäschst dich ab jetzt selber. Wennst Hilfe brauchst, rufst mich halt, ich bin ja nicht weit weg. Aber ich glaub', du kriegst das schon hin, gell, Alfons? Ich kann dich ja nicht ewig waschen, bist ja schon groß. Zum Abtrocknen kannst mich ja wieder rufen. Ich mach dir dann den Rücken. Und tu dich vorher g'scheit abbrausen. Hörst du?«

Gespannt wartete die Welt auf den Fortgang der Ereignisse, selbst die Sonne hatte ihre Kundschafter gesandt. Geschickt zwängten sie sich durch die feinen Risse angeknackster Dachschindeln, lugten durch Astlöcher, fummelten sich durch Mauerritzen und angebrochene Ziegelsteine. Bis in die verborgensten Winkel drangen sie vor, alles, was sich nicht wegbewegen konnte, wurde von ihnen erfasst. Nur die Fliegen machten sich einen Spaß daraus und flogen immer wieder durch die Strahlen. Und das Licht konnte sich nicht dagegen wehren.

Die Katharina und ihr seltsamer Tanz, wie sie sich gewunden und ihm dabei ins Ohr gestöhnt hatte. Wie sie danach ein Gesicht gemacht und ausgeschnauft hatte wie der Peter vorhin. Sein immer öfter grundlos hart werdendes Glied, mittlerweile brauchte er nur daran zu denken, schon hatte er einen Steifen in der Hose, dass er gar nicht mehr richtig gehen konnte. Oder wenn sich wieder einmal zwei, drei Klassenkameraden in eine dunkle Ecke im Pausenhof verdrückten, die Mädchen, die auch immer blöder wurden, Beni, der Stier, dazu die verstohlenen Blicke seiner Mutter und der jeweiligen Magd, wenn der wieder einmal ranmusste, überhaupt der Stier, dessen ganze Existenz ausschließlich an seinem Gerät zu hängen schien, alles sah er jetzt plötzlich mit anderen Augen. Oder das Stöhnen der Mutter, wenn sie alleine im Bett war oder mit dem Vater, auch das bekam jetzt einen ganz neuen Anstrich.

Und noch etwas fiel ihm auf. Dass all die Gestalten, die in seinem Inneren wohnten, ihn anstarrten, etwas, das sie vorher noch nie getan hatten. Noch nie zuvor hatte jemand aus seinen inneren Bildern herausgeschaut. Und während er sich noch wunderte, erkannte er, dass all die Bilder, die sein Hirn so hervorkramte, auf irgendeine Art und Weise zusammengehörten und dass die Welt eine völlig andere war, als er bisher angenommen hatte.

Alles, wirklich alles bekam jetzt irgendwie einen neuen großen Sinn. Sogar die Ritter und Burgfräulein aus seinen Romanheften waren nicht mehr dieselben. Eine Unruhe war auf einmal in ihm, so ganz anders und so drängend, als hätte irgendjemand einen verborgenen Knopf gedrückt und dadurch eine gewaltige Maschine in Bewegung gesetzt.

Vor und zurück, vor und zurück, vor, zurück, vor, zurück. Schnell wich die anfängliche Verkrampfung, verlor sich das Ungewohnte der Bewegung.

Schon begann er zu variieren. Mal schneller, mal langsamer, mal fest zupackend, dann wieder locker aus dem Handgelenk, so wie die Mutter, wenn sie Mehl über den Teig streute.

Zwischendurch starrte er nach unten. Aber auch wenn er vorne ganz fest zusammendrückte. Fehlanzeige. Nichts. Er erhöhte für kurze Zeit das Tempo, um es dann wieder zu drosseln. Das hatte er sich schon etwas einfacher vorgestellt. Das dauerte ja ewig!

Was sollte der Peter von ihm denken, wenn er ihm beichten müsste, dass er nichts zusammengebracht hätte. Und das bei seinem Trumm. Na ja, vielleicht dauerte es einfach noch, bis sein Körper das hergab, was er von ihm verlangte. Es war ja nicht jeder gleich. Und es lief ja nichts davon. Zum Peter könnte er sagen, er hätte es noch gar nicht ausprobiert, noch keine Zeit gehabt oder so, und in der Zwischenzeit könnte er heimlich üben. Und wenn es dann so weit wäre, würde er das einfach so nebenbei fallen lassen, dass er auch, ja, schon länger, seit irgendwann halt, man könne sich ja schließlich nicht alles merken …

Aber es war auch so schön, auch wenn nichts kam, anstrengend halt.

Er lehnte sich zurück, schloss die Augen, und schon wieder war die Mama da. Merkwürdig, er hatte gar nicht mitbekommen, wie ihr der Bademantel über die Schultern gerutscht war. Während sie zu ihm hinaufschaute und dabei lächelte, glitt ihre linke Hand zu ihrer linken Brust. Schweißperlen traten auf ihre Stirn und sie zitterte. Sein Blick suchte nach dem Quell der Unruhe und fiel auf ihre rechte Hand. Vor und zurück, vor und zurück, vor, zurück, sie schien überhaupt nicht zu registrieren, was ihre Hand da trieb. Und anstatt zu schimpfen, lächelte sie ihn nur immer weiter von unten an.

Langsam kam sie in Fahrt, jetzt erhöhte sie sogar das Tempo, und auf einmal spürte er einen Druck, gerade so, als müsste er sofort lospissen, und bevor es ihn gleich zerreißen würde, gab er einfach nach und ließ der Natur ihren Lauf. Aber da lief nichts, zumindest nicht das, was er erwartet hatte. Er riss die Augen auf, starrte an sich hinunter und sah gerade noch, wie ein kräftiger, weißer Spritzer lautlos vor ihm im Heu verschwand, und noch einer, noch weiter, und noch einer hinterher, aber nicht mehr ganz so weit, dafür genau in seine Unterhose. Mit wackligen Knien, am ganzen Körper schwitzend, lehnte er heftig schnaufend an der rauen Bretterwand. Er fühlte eine Mattigkeit, eine süße Schwäche, ein Nichtmehrkönnen, ein Nichtsmehrwollen, so unbeschreiblich und so neu und so gut.

Eine verwunderte Mimi trippelte auf ihn zu, strich um seine nackten Beine, schnupperte neugierig an dem Spritzer Sperma in seiner Unterhose und trollte sich dann wieder.

Es war vollbracht. Es hatte geklappt und das gleich beim ersten Versuch. Und es war sogar viel mehr aus ihm herausgespritzt als beim Peter. Er fühlte sich wie ein König.

Nicht, dass er seine Mutter von jetzt an mit anderen Augen angesehen hätte. Nur auf der Hochtenne, neben dem Durchschlupf, verwandelte sie sich in dieses andere weibliche Wesen. Und die Katharina manchmal, zur Abwechslung, damit sich die Mamaträume nicht abnützten.

Aber kurz bevor er kam, musste es dann doch wieder die Mama sein.

Erwischt hatte ihn auch nie jemand. Nur einmal wurde es knapp. Er war die Leiter hinaufgestiegen, hatte losgelegt, und kaum war er fertig, hörte er auch schon die Magda von unten, die den Tropfen, der ihr da unerwartet von oben auf die Hand gefallen ist, befragte: »Ja, wer bischt denn du, wo komscht denn du auf oamol her?«

Erst war Alfons vor Schreck wie gelähmt, dann spielte ihm auch noch seine Fantasie einen Streich und ihm schien, als würde sich die Leiter bewegen. Er riss die Lederhose hoch, schlüpfte schnell in die Sandalen und quetschte sich so schnell wie möglich durch den kleinen Durchlass, den irgendeiner seiner Vorfahren einmal für seinen Hütehund ausgeschnitten hatte.

Noch wochenlang hatte er eine schmerzende Schulter und einen ziemlich großen blauen Fleck am linken Hüftknochen. Jetzt war er froh, dass seine Mutter ihn nicht mehr badete.

Die Magd traf er erst wieder am nächsten Tag, beim Kartoffelwaschen. Und weil er gerade nichts Besseres zu tun hatte und weil ihm das wilde Drehen an der Waschtrommel immer schon einen Heidenspaß gemacht hatte, wollte er ihr diese Arbeit gerne abnehmen. Als er seine Hand schon fast an der Kurbel hatte, zischte ihn die zaundürre Mittfünfzigerin giftig an: »Gescht weg mit deine Wichsgriffl.«

Er brachte noch ein kümmerliches »Dann eben net« über die Lippen und drehte ab. Ob sie es gesagt hatte oder nicht, beim Weggehen war ihm, als hätte sie ihm noch »Drecksau« nachgezischt. Aber eigentlich war er schon viel zu weit weg.

Der vergangene Sommer war ein besonders schöner gewesen. Es war ein Sommer, in dem sie besonders viel miteinander unternommen hatten.

Einmal waren sie mit der Bahn nach Starnberg gefahren. Ihr Ziel war die Stelle am See, an der König Ludwig II., der Märchenkönig, ertrunken war. Alfons war sehr gespannt auf den geheimnisumwitterten Ort. Wie enttäuscht war er, als sie endlich da waren. Ein einfaches Holzkreuz im Wasser, das sollte alles sein? Und dazu oben am Ufer eine langweilige Allerweltskapelle.

Erst zwei Tage davor waren sie in Neuschwanstein gewesen. Auch so eine Pleite. Von außen wirklich wunderbar, besonders von der Ferne, aber auch von nah. Überall diese schönen Malereien, die Nibelungen, Siegfried, Kriemhild, Hagen von Tronje und immer wieder Schwäne. Für das Anschauen der Bilder alleine hätte Alfons schon eine ganze Woche gebraucht. Aber da hieß es immer gleich, bitte weitergehen. Die Einrichtung in den einzelnen Räumen, soweit vorhanden, war auch schön, aber dann, mein Gott, die blöde Küche, in der hielten sie sich beinahe am längsten auf. Als würde sich irgendjemand, der ein Schloss besichtigt, für die Küche interessieren.

Dann standen sie endlich im Thronsaal – und kein Thron weit und breit. Das muss man sich einmal vorstellen, ein Thronsaal und kein Thron, ein Königsschloss ohne Thron. Und das bei einem Märchenkönig! Mein Gott, dann hätte man ihn doch nachträglich fertig stellen können. Die Pläne waren ja da, hatte der Fremdenführer ausdrücklich gesagt. Auf jeden Fall war Neuschwanstein für ihn gelaufen und der König gleich mit.

Und jetzt schon wieder so ein Reinfall.

Sein Vater schien ähnlich zu empfinden. »Ein bisserl mehr Mühe hätten sie sich schon geben können, bei dem Geld, das ihnen der tote König jedes Jahr einbringt«, meinte er trocken.

Auch an andere Ausflüge erinnerte er sich. An einen davon ganz besonders. Das fing schon damit an, dass sie ins Ausland gefahren waren, nur er und sein Vater. Zwar nur nach Tirol, aber Ausland ist Ausland. Seine Mutter hatte ihnen noch einen schönen Tag gewünscht und gesagt: »Kommt's mir nur g'sund wieder heim. Und immer schön auf dem Weg bleiben, hört's ihr? Alle beide.«

Nach ein paar Metern drehte sich Alfons noch einmal um, aber in der Dunkelheit konnte er nicht erkennen, ob sie noch etwas sagen wollte oder ob sie ihnen einfach nur lächelnd hinterherschaute. Am liebsten wäre er jetzt mit ihr ins Haus zurück und nie mehr herausgekommen.

Gemütlich ruckelte der Expresszug München-Mailand Richtung Landesgrenze. In dem überheizten Abteil fielen ihm sofort die Augen zu und er begann zu träumen. Lauter verworrenes Zeug. Seine Mutter kam darin vor, aber nicht als Mutter, sondern als Bergkönigin, mit einer gewaltigen Krone aus Eis und Schnee. Aus ihrem Kopf wuchs ein riesiges Hirschgeweih, das bis in den Himmel reichte und an dessen Enden Würste und Brezn an langen Schnüren bis zur Erde hinabhingen. Er schnappte danach, kam aber nicht heran. Er wollte springen, aber er kam nicht einmal vom Boden weg, war wie festgeklebt. Zwischen den Würsten und Brezn baumelten steinerne Maßkrüge und Limoflaschen. Aus ihrer Krone troff Vanilleeis, tropfte auf seinen Kopf, rann ihm über Gesicht, Hemd und Hose, aber kein Tropfen fand den Weg in seinen offenen Mund. Er versuchte, mit der Zunge etwas von der süßen Pracht zu erwischen, leckte sich über die Lippen und darüber hinaus, aber er kam nicht heran. Immer mehr von dem sahnigen Zeug tropfte aus der Krone und bald stand es ihm bis zum Hals und er bekam furchtbare Angst. Er wollte fliehen, aber er kam nicht weg. Er wollte schreien, aber sofort schwappte die cremefarbene Masse in Mund und Rachen und er verschluckte sich furchtbar. Überall war nur noch geschmolzenes Vanilleeis. Auf einmal verlor er den Boden unter seinen Füßen. Erst strampelte er noch ein paarmal, dann ließ er sich einfach fallen und tauchte vollständig ein in dieses warme vanillige Hochgefühl, das ihn umgab. Er breitete die Arme aus, drehte sich kunstvoll um sich selbst, vollführte Purzelbäume und bog und wand sich wie ein Delphin. Alles um ihn herum war mit einem Mal licht und klar, nur ein paar Sahneschlieren verloren sich in der Tiefe. Oder waren es Aale? Vanillefarbene Aale? Das musste er sich genauer anschauen. Verwundert stellte er fest, dass es ihm möglich war, unter Wasser zu atmen. Und er erkannte auch gleich, wie. Man musste es einfach nur tun. Das würde er sofort der Mama sagen. Das Problem war nur, dass sie ihm nicht glauben würde. Er musste sie irgendwie dazu überreden, gleich beim nächsten Mal in der Badewanne mit dem Kopf unterzutauchen und so lange die Luft anzuhalten, bis sie es nicht mehr aushielt. Dann brauchte sie nur den Mund aufzumachen und einfach weiterzuatmen.

Besser, er würde ihr helfen, ihr so lange den Kopf unter Wasser drücken, bis ihr die Luft ausging, bis sie atmen musste. Ja, so müsste es gehen. Dann müssten sie sich nur noch hoch und heilig versprechen, dass es ihr Geheimnis bleiben würde, und sie würden reich und berühmt werden mit ihrer Kunst. Jetzt bräuchten sie nur noch einen Namen, so etwas wie …

»Alfons. Komm, steh auf, wir sind da. Alfons! Aufwachen! Ja, sag einmal, was hast denn du zusammengeträumt. Jetzt komm, wir sind da. Und vergiss deinen Rucksack nicht.«

Noch ganz überwältigt von seinen wilden Träumen taumelte er dem Vater hinterher ins Freie.

»Geh'n wir noch einmal?«

»Nein, Papa, ich muss nicht.«

»Und wenn«, entschied sein Vater, »kannst ja irgendwo in die Büsche gehen. Klopapier hat die Mama ja eingepackt.«

Bald hatten sie die letzten Häuser des kleinen Orts hinter sich gelassen und bereits nach wenigen Hundert Metern hatten Berg und Wald sie vollständig verschluckt.

Hätte jemand gesehen, wie sie da miteinander gewandert sind, er hätte sich bestimmt eine ganze Weile an den Anblick erinnert, so ein schönes Bild gaben sie ab. Beide im grauen Janker und in der kurzen, speckigen Lederhose, beide Hüterhüte auf dem Kopf und schwere Bergstiefel an den Füßen, jeder ein rot gemustertes Halstuch locker um den Hals gebunden, die perfekten Hauptdarsteller für jeden Heimatfilm.

Stunde um Stunde gingen sie bergan, vorbei an kleinen Berghöfen, über Hochalmen und weiter hinauf, wo nur noch die Latschen sich halten konnten, immer steiler wurde ihr Weg, immer herrlicher der Blick.

Mittag kehrten sie ein. Neben der Wirtin leisteten ihnen nur ein paar Bergdohlen Gesellschaft und eine kleine Seilschaft, die am Stammtisch schweigend ihre mitgebrachten Wurst- und Käsebrote verzehrten und sich dazu Kaffee und Radler bringen ließen.

»Und, gefällt es dir in Tirol, ist schon was Anderes, gell?«, schwelgte der Vater.

»Auch nicht anders wie daheim«, rutschte es Alfons heraus.

Als er registrierte, was er da gerade von sich gegeben hatte und vor allem wie, zog er den Kopf ein wie eine Schildkröte wenn's blitzt und erwartete den fälligen körperlichen Verweis. Wie konnte er seinem Vater nur so eine Antwort hinrotzen.

»Da schau her«, erst nach einer gefühlten Ewigkeit kam die Antwort, »in dir steckt ja ein richtiger Philosoph.«

»Ich mein', ich wollt' sagen …«, Alfons war immer noch damit beschäftigt, sich eine Verteidigung zusammenzubasteln, da redete der Vater schon weiter, und wenn Alfons auch nicht auf die Worte achtete, weil er immer noch auf die fällige Ohrfeige wartete, so spürte er doch, dass es anders ausgehen könnte als befürchtet.

»Auch nicht anders wie daheim, du bist mir einer. Mein Alfons, der kleine Philosoph.«

Wie ein warmer Sommerregen rieselten die Worte aus dem Mund seines Vaters, und bevor Alfons noch realisieren konnte, was da eigentlich passierte, hatten sich bereits alle Poren seiner Haut geöffnet und sämtliche Körperhaare sich wie Miniantennen in die Höhe gereckt, um nur ja nichts zu versäumen von dem, was da ebenso unerwartet wie beglückend über sie kam. Die Welt um ihn herum war auf einmal viel farbiger, klarer, jedes Geräusch doppelt so laut als vorher. Selbst das Krächzen der Dohlen, dieser unschönen Riesenvögel, die klangen, als hätten sie die ganze Nacht durchgeraucht, fand er jetzt schön. Und auch die Männer der Seilschaft, ganz nah waren die auf einmal, jetzt redeten sie sogar.

Liebevoll strich der Vater über sein verschwitztes Haupthaar. Alfons schickte einen vorsichtigen Blick nach oben, der Vater schaute kurz zurück. Kurz, zu kurz für den, der vielleicht zu mehr vorgesehen war, als sein Leben lang hinter Kühen herzuhatschen, sich eine Frau aus gleichem Stand zu erwählen, ein, zwei, drei, vier Kinder in die Welt zu setzen und dann, eines Tages, unvermittelt ins Grab zu sinken. Der es bestimmt wert gewesen wäre, einmal mitgenommen zu werden in die Welt seines Vaters, dem das vielleicht Erkenntnisse gebracht hätte, wegweisende, und der jetzt fragend nach oben schaute. Aber wie das so ist, wenn sich zu viele Gedanken auf einmal durch den engen Durchschlupf zwängen wollen, der doch nur für Einzelabfertigung taugt, dann geht es meistens ganz schnell und es geht gar nichts mehr. Dann können sie wieder einpacken und sich zurückschleichen, dorthin, von wo sie gekommen sind, die Gedanken, die Pläne, die Theorien. Dann bleiben sie halt in der Schublade, und wenn es sein muss für immer. Und ein Leben, das ganz anders hätte verlaufen können, verläuft dann eben nicht anders.

»Auf geht's, du Schlauberger, pack mers wieder.«

Der Vater winkte der Wirtin, Alfons leerte den Rest seiner Limonade, und schon stiegen sie wieder in stillem Einverständnis den Berg hinauf, querten abschüssige Geröllhänge, durchmaßen sicheren Schritts vereinzelte Schneefelder oder sprangen über schmale Rinnsale, die unter dem Schnee hervorkrochen und nun hektisch talwärts strebten. Längst gab es keine Wege mehr, die sie verlassen hätten können, immer schwieriger wurde das Geläuf, immer großartiger der Ausblick und immer einsamer die Welt um sie herum.

»Alfons, schau, da oben, ein Steinadler. Der muss da irgendwo seinen Horst haben. Die gibt's nur noch ganz selten. Schau, wie elegant der seine Kreise zieht.«

Sein Vater hatte seine Augen anscheinend überall. Eben hatte er ihn noch auf ein wunderschönes Enziansträußchen hingewiesen, auf das Alfons beinahe getreten wäre.

»Papa, sollen wir schau'n, wo sein Nest ist?«

»Nein, das ist zu gefährlich. Da, wo der seinen Horst hat, da brauchst schon Seil und Haken, und außerdem lässt der das nicht zu, der greift dich an, da kennt der keinen Spaß. Die haben bestimmt Junge im Nest.« Er deutete auf seinen Hut. »Tätst dir wohl auch gern einen Adlerflaum anstecken?«

»Ja, des wär' was, ein Adlerflaum!«

Alfons war ganz berauscht von dem Gedanken. Hoffnungsvoll schaute er zu seinem Vater hoch. Aber der lachte nur. »Schlag dir das lieber aus dem Kopf. Und lass des bloß net die Mama wissen. Aber vielleicht finden wir ja einen auf dem Weg. Könnt' gut sein.«

Es war eine gefährliche Kletteraktion gewesen. Aber als einer der Arbeiter am Staudamm ihn auf einen Steinadler hingewiesen hatte, der irgendwo am Pass seinen Horst haben musste, hatte er nicht eher Ruhe gegeben, bis er ihn gefunden hatte.

Fünf Stunden kletterte er schon herum, dann endlich sah er das imposante Nest, keine hundert Meter von ihm entfernt, gut versteckt in einer Felsnische. Er setzte das Fernglas an und suchte nach einem gangbaren Weg hinüber. Dann wartete er. Er wollte schon fast aufgeben, es war schließlich schon weit nach Mittag und der Abstieg würde bestimmt kein Zuckerlecken werden, aber dann, das Männchen hatte schon vor einer halben Stunde das Nest verlassen, strich auch das Weibchen ab und die beiden Jungvögel hinterher. Jetzt begann der gefährliche Teil. Im Schutz der Felsen und vereinzelter Krüppelkiefern hangelte er sich an der Wand entlang, schlang das mitgebrachte Seil zweimal um eine kräftige Wurzel, seilte sich die noch fehlenden drei, vier Meter ab und stand dann mitten im Horst. Jetzt brauchte er sich nur noch zu bücken. Da hörte er auch schon den schrillen Warnpfiff des Weibchens. Aber er hatte, was er wollte, und befand sich bereits auf dem Rückzug.

Wesentlich schneller als hinauf ging es bergab. Trotzdem wurde es knapp. Mit dem letzten Gehlicht erreichten die beiden die Bahnstation.

Zu Hause angekommen, musste sich dann auch seine Mutter den Satz anhören, der dem Vater so ein Lob entlockt hatte. »Auch nicht anders wie daheim«, lachte der Vater, »unser Alfons.«

Seine Mutter lachte auch und freute sich, bloß nicht so stark, denn sie kannte ja ihren Sohn. »In dem steckt mehr, wie man meint, gell, Alfons?«

Dann zwinkerte sie ihm zu, und erst jetzt war er wieder ganz daheim. Angefühlt hat es sich wie unter dem großen, weichen Purpurmantel der Mutter Gottes von St. Anton.

Vielleicht behielt Alfons diesen Sommer auch deshalb als so besonders schön in Erinnerung, weil es der letzte war, den seine Mutter erleben durfte. Und weil sein Vater danach nie mehr richtig gelacht hat.

Es war Mittwoch und die Weihnachtsferien standen kurz bevor. Ein für diese Jahreszeit ungewöhnlich starker Wärmeeinbruch hatte das Quecksilber in den Thermometern auf deutlich über null Grad getrieben. Immer schneller schmolz der Schnee und immer höher stieg der Wasserspiegel der Loisach. Die ersten Keller waren bereits vollgelaufen.

Eigentlich sollte er um diese Zeit in der Schule sein. Aber schon nach der zweiten Unterrichtsstunde war heute Schluss gewesen. Zwei Einsatzfahrzeuge der Feuerwehr waren gekommen, und da angesichts dieser Attraktion an einen geordneten Unterrichtsverlauf nicht zu denken war, hatte man die Kinder lieber gleich heimgeschickt. Die Feuerwehr mit ihren Schläuchen und Pumpen im Hof, das glich geradezu einer Aufforderung, an die Fenster zu gehen und zu gaffen. Dann den Lehrbetrieb lieber ganz einstellen und alle nach Hause schicken. Zumindest die Großen konnte man dort bei diesem Sauwetter bestimmt besser gebrauchen.

Als er den Mercedes des Herrn Ingenieur aus dem Schuppen spitzen sah, die aristokratische Kühlerhaube, ein riesiges Kullerauge rechts daneben, darunter ein Teil der chromglänzenden Stoßstange mit aufgesetztem Hauer, überkam Alfons gleich so ein ungutes Gefühl. Es war zwar nicht das Modell, mit dem der Herr Ingenieur im Frühsommer seinen Vater einmal abgeholt hatte, denn hier stand ein nagelneues Cabriolet, jägergrün, mit weißem Faltdach, aber wer sonst als der Herr Ingenieur sollte so ein Auto fahren?

Nicht einmal der betörende Duft nach Backtag, der ihm entgegenwehte, konnte dieses ungute Gefühl in der Magengrube überdecken.

Seit einiger Zeit buk die Mama öfter auch einmal während der Woche Kuchen, und wenn Alfons von der Schule heimkam, durfte er ihn anschneiden. Und am nächsten Morgen gab es dann noch einmal welchen. Aber wenn er am Mittag wieder aus der Schule kam, war von dem Zwischendurchkuchen, wie er ihn nannte, nicht mehr viel übrig. Sein Vater war nicht da und seine Mutter machte sich nicht viel aus Süßkram, das wusste er, und Besuch während der Woche war eigentlich auch auszuschließen. Außer von der Gmeiner Appolonia, ihrer Nachbarin. Aber das war auch keine Süße.

Wenn Alfons dann fragte, wo der ganze Kuchen geblieben sei, sagte die Mutter, der habe ihr selbst so gut geschmeckt, da habe sie sich einfach nicht beherrschen können. Manchmal sagte sie auch nur: »Für dich wird's wohl noch reichen, oder? Und jetzt mach nicht so ein Gesicht, am Samstag backen wir doch eh schon wieder.« Wenn er daraufhin zu bedenken gab, dass sie sich doch eigentlich nie viel aus Kuchen gemacht habe, meinte sie nur: »Seit Neustem mag ich halt Kuchen, da ist doch nichts dabei.«

Geschimpft hat sie nie, auch wenn Alfons manchmal einen Ton anschlug von wegen »sein« Kuchen. Und dass am Wochenende, wenn der offizielle Kuchen auf dem Tisch stand, so gut wie nichts davon auf ihrem Teller gelandet ist, hat auch nicht so ganz gepasst.

Hätte ihn jemals einer gefragt, er hätte nicht sagen können, welcher unselige Geist ihn an diesem Tag geritten hatte, dass er nicht, wie er es immer machte, einfach ins Haus hineingegangen war. Er hätte auch schon draußen im Hof rufen können: »Mama, die Schule ist ausgefallen, wir haben eine Überschwemmung.« Und die Mama hätte, kaum wäre er in der Küchentür gestanden, antworten können: »Na so was« oder: »Ist es schlimm« oder: »Da bin ich ja froh, dass es dich nicht auch gleich mit davongeschwemmt hat« oder: »Wie soll denn da jemals was Gescheites werden aus euch, wenn andauernd die Schule ausfällt?«

Die letzte Version war seine Lieblingsversion, denn die Schule fiel so gut wie nie aus, und schon hätten sie ein Thema gehabt. Er hätte entrüstet antworten können: »Stimmt doch gar nicht« oder: »Mama, soll ich dir mal aufzählen, wie oft letztes Jahr die Schule ausgefallen ist.« Und sie würde lachend antworten: »Lieber nicht.« Darauf hätte er gesagt: »Nicht ein Mal, nicht ein einziges Mal.« Und vielleicht hätten sie jetzt sogar einen richtigen Streit vom Zaun gebrochen und er wäre beleidigt auf sein Zimmer gelaufen. Nach einiger Zeit hätte er dann Schritte auf der Treppe gehört und wäre froh gewesen, dass sie ihn gleich aus seinem Schmollwinkel herausholen würde. »Ich hab' extra einen Kuchen für dich gemacht. Ich glaub' dir's doch, ich wollt' dich doch bloß ein bisserl ärgern, da musst du doch nicht gleich beleidigt sein.« Und während er noch vor sich hin gebrummt hätte, hätte sie ihn bereits in den Arm genommen, und alles wäre wieder gut gewesen. Und das Auto vom Herrn Ingenieur wäre auch schon weg gewesen. »Einen schönen Tag noch, Frau Stockinger, auf Wiedersehen, Frau Stockinger.« Und sie hätten getan, als würden sie ihn gar nicht hören und hätten nur leise in sich hineingelacht.

Das wäre schön gewesen.

Aber so ist es nicht gekommen. Es ist anders gekommen, ganz anders, ganz furchtbar anders. Und es würde jeden Tag genau so wiederkommen, so lange er lebte.

In geduckter Haltung, ein leichtes Ziel für die geschickten Bogenschützen der Kiowa-Indianer, die ihn vom Oberen Bärenfelsen, keine hundert Meter Luftlinie entfernt, bereits ins Visier genommen hatten, tauchte der junge Apachenhäuptling unter dem Stallfenster hindurch.

In letzter Sekunde erreichte er die Stalltür, schob vorsichtig den Riegel zurück und trat auf Zehenspitzen in die Stallgasse. Vorsichtig stellte er seinen Schulranzen auf den Schemel und bedeutete den Kühen, allen voran der vorlauten Elvira, sich nur ja nicht zu mucksen. Lautlos durchquerte er den Stall, schlich zur hinteren Haustür, öffnete sie einen Spalt, zwängte sich hindurch und war endlich in Sicherheit. Nur noch ein paar Schritte bis zur Küche.

Jetzt müsste er nur noch die Türklinke herunterdrücken und sich mit einem »Grüß dich, Mama, Grüß Gott, Herr Ingenieur« in der Wirklichkeit zurückmelden.

In seiner Erinnerung würde es ein Tag wie jeder anderer sein, irgendein Schultag in irgendeinem Winter seiner Jugend, kurz vor den Weihnachtsferien.

Er schaute durch das Schlüsselloch. Beim Blick auf den Tisch kam es ihm wieder einmal so vor, als wäre der ganze Rest erst nachträglich um ihn herum errichtet worden, als müsste dieser Tisch schon immer hier gewesen sein, vom Anbeginn der Zeit. Vielleicht am siebten Tag der Schöpfung, als der Herr ruhte, da könnte sich der Tisch ins Bild geschwindelt haben.

Seine Mutter war fast fertig mit Ausrollen, der Teig schon ganz flach. Jetzt einfach aufstehen und reingehen. Seine Mutter würde vielleicht überrascht sagen: »Wo kommst du denn auf einmal her? Ich hab' dich gar nicht g'hört, hast dich etwa ang'schlichen?« Dann würde sie auf den Gast hinweisen und sagen: »Schau mal, wer uns heute besucht.«

Stattdessen sagte sie etwas anderes und auch nicht zu ihm. Er kauerte weiter vor der Tür und lurte durch das Schlüsselloch. Ein zweiter Kuchen lenkte ihn kurzzeitig ab, vielmehr ein erster, frisch gebackener auf der Anrichte. Es fehlte nur noch der Schokoguss.

Seine Mutter hatte durchaus registriert, dass es dem Alfons wiederholt komisch vorgekommen war, wenn am Morgen fast noch ein ganzer Gugelhupf auf dem Tisch stand und mittags, wenn er von der Schule heimkam, nur noch knapp die Hälfte. Ihre Ausreden hatten ihn auch nicht so richtig überzeugt. Also beschloss sie irgendwann, zwei zu backen. Einen für den Alfons und einen, den sie über Nacht im Schlafzimmerschrank einsperrte, für ihren Gast. So war allen gedient und sie müsste nicht länger lügen.

»Du bist zu früh, Herr Ingenieur. Donnerstag haben wir ausgemacht, nicht Mittwoch, Donnerstag«, schimpfte sie.

»Ich weiß«, er lockerte die Krawatte, »aber wer weiß, ob es bei dem Wetter morgen noch gegangen wäre, ich habe es einfach nicht mehr ausgehalten, verzeih. Aber wenn ich nur an dich denke … und nenn mich bitte nicht immer Herr Ingenieur.«

»Mir gefällt das aber, Herr Ingenieur.« Belustigt zog sie den »Ingenieur« in die Länge. Sie stand jetzt ganz nah vor ihm. Ihre Lippen suchten seinen Mund, eine Hand tastete nach der Beule in seiner Hose. Ein feines Lächeln, wie das, wenn sie aus dem Bad kam, legte sich auf ihr Gesicht. Langsam knöpfte sie ihm das Hemd auf, dann die Hose. Was sie daraufhin tat, konnte der Alfons nicht sehen. Aber als sie anfing, ihren linken Arm in einem langsamen, zähen Rhythmus vor- und zurückzubewegen, wusste er sofort Bescheid. Ihre andere Hand mühte sich derweil mit der Kittelschürze. Für den Alfons ein kurzer Moment des Durchatmens. Normalität. Eine vertraute Situation.

»Jetzt hilf mir halt«, bat sie und drehte ihrem Gast den Rücken zu.

Die Schürze fiel und sie drehte sich wieder um, direkt in die Arme des Herrn Ingenieur, der ihr jetzt geschickt den Unterrock über den Kopf zog. Während sie mit beiden Händen nach hinten griff, den BH öffnete und einfach zu Boden fallen ließ, öffnete er seine Krawatte und warf sie auf die Eckbank, das Hemd hinterher. Wieder schlich ihre rechte Hand nach unten, vor, zurück, vor, zurück, sodass Alfons schon meinte, lange würde der Herr Ingenieur es nicht mehr aushalten. Plötzlich griff er in ihre Haare und versuchte, sie nach unten zu ziehen. Sie schüttelte den Kopf und zischte: »Ich mag das nicht.« »Entschuldige«, sagte er und lockerte seinen Griff. Erneut küssten sie sich. Aber nur kurz, und dann ging alles ganz schnell. Er warf sie in den Teig und riss ihr die Unterhose vom Leib, sie schrie auf, zugleich zuckten ihre Hände nach unten. Dann verzog sie ihren Mund wieder zu diesem feinen Lächeln und öffnete ganz langsam ihre Beine. Aber anstatt jetzt sein Ding in die Mama zu stecken, Alfons war klar, dass das jetzt kommen würde, steckte er seinen Kopf zwischen ihre Beine. Sofort schaute Alfons auf das Gesicht seiner Mutter. Das konnte sie doch nicht zulassen, dass der Herr Ingenieur, da unten, Pfui Teufel. Aber nichts dergleichen, sie schimpfte nicht einmal.

»Thomas«, stöhnte sie, »Thomas, oh Thomas. Was machst du mit mir.«

Der Herr Ingenieur, der jetzt auf einmal einen Vornamen hatte, hörte nicht auf, sie weiter mit Mund und Zunge zu bearbeiten, und auch seine Mutter legte sich gehörig ins Zeug. Sie ächzte, seufzte, stöhnte, biss sich in die Hand, aber sie wehrte sich nicht. Im Gegenteil. Nur noch weiter riss sie ihre Beine auseinander, nur noch fester drückte sie ihn an sich, bäumte sich urplötzlich auf und ließ sich dann einfach fallen. Mehl spritzte auf den Boden. »Komm«, seufzte sie, griff mit beiden Händen nach unten und zog den Herrn Ingenieur an den Ohren sanft zu sich heran. Alfons war angewidert und doch konnte er seine Augen keine Sekunde von dem Treiben abwenden. Jetzt nahm sie auch noch seine Nase in den Mund. Das ging dem Herrn Ingenieur aber dann wohl doch zu weit, vielleicht bekam er aber auch einfach keine Luft. Er drückte ihre Schultern wieder zurück in den Teig, baute sich breitbeinig vor ihr auf und fing an zu stoßen. So fest, dass der alte schwere Tisch anfing, sanft mitzuschwingen. Fast wäre sogar der Teigroller auf den Boden gefallen, hätte er sich nicht vorher in den mehl- und teigverschmierten Haaren der Mama verfangen. Behutsam befreite der Herr Ingenieur sie von dem Ding.

»Tu das weg«, stöhnte sie. Bevor er noch reagieren konnte, knallte der Teigroller bereits auf den Boden, wo er noch einen Meter rollte und dann beleidigt liegen blieb.

»Komm, mach. Aah.«

Noch ein paar Mal stieß er zu, dann, mitten in der Bewegung, erstarrte sein Körper. Mit zusammengekniffenen Pobacken, den aufgerissenen Mund zu einem lautlosen Schrei Richtung Decke gewandt, drückte er sich noch ein letztes Mal mit aller Kraft in die Mama und sank dann haltlos auf ihr zusammen.

Wie ein Fußball, dem die Luft ausgegangen ist, schoss es Alfons durch den Kopf.

Dann war erst einmal Stille. Nur das gleichmäßige Tock-Tock-Tock der Küchenuhr und der keuchende Atem des schwer auf der Mama liegenden Herrn Ingenieur waren zu hören.

»Du musst jetzt gehen. Nicht, dass der Bub früher heimkommt. Komm, steh auf. Komm schon, sei vernünftig.«

»Ja, ich mach ja schon. Ich verstehe dich ja, aber du weißt, ich würd' gern einmal länger bleiben, du weißt, wie ich dich mag. Nicht nur …«

»Du weißt, dass das nicht geht«, schnitt sie ihm das Wort ab. »Komm lieber mit ans Becken.« Sie nahm einen feuchten Lappen, ging noch einmal vor ihm in die Hocke und begann, ihn vorsichtig abzureiben. »Den könnt'st mir gern dalassen.« Dann nahm sie sein Ding kurz in den Mund und sah ihn dabei frech von unten an.

»Lass das bitte, du weißt, ich mag das nicht, wenn du so bist«, sagte er unwirsch.

»Wie ›bist‹?«, fragte sie gereizt.

»Du weißt schon, so, so …«

»Du meinst, gierig.«

»Ja, genau. Du weißt, es ist nicht nur das eine, ich bin nicht nur deshalb da. Ich liebe …«

»Pst, sei still, das weiß ich doch.« Sie stand auf, nahm seinen Kopf in beide Hände und küsste ihn noch einmal eindringlich auf den Mund. »So, und jetzt schau, dass du fertig wirst.«

Während er sich hektisch anzog, sammelte sie in Ruhe ihre Kleider zusammen.

»Und jetz geh bitte.« Sanft schob sie ihn Richtung Küchentür.
»Bis bald, Maria.«
»Ja, Thomas.«
»So mag ich dich. Wenn du Thomas zu mir sagst.«
Nackt und voller Mehl, wie sie war, zog er sie noch einmal an sich.
»Komm, fahr jetzt, du musst jetzt wirklich los. Komm, sei g'scheit.«
Mit einer hilflosen Geste wischte sie ihm über den Anzug. Ein letztes Mal küssten sie sich.
»Pfüat di, Thomas.«
»Maria ...«

Nur ein beherzter Sprung in die Wäschekammer, direkt gegenüber der Küche, hatte Alfons vor der Entdeckung gerettet. Wie ein Karnickel in seinem Bau kauerte er hinter einem Korb Bügelwäsche. Sein Blick ging zum Fenster, Richtung Hof, Richtung Oberer Bärenfelsen. Keine Kiowa-Indianer mehr, keine Bogenschützen, nichts. Und auch aus der Küche drang kein Geräusch. Eine unbestimmte Zeit verharrte er noch in seinem Versteck, dann richtete er sich auf und marschierte los. An der Küchentür blieb er kurz stehen, atmete einmal tief durch, schob die nur angelehnte Türe auf und betrat den Raum.

Wie jedes Tier hat auch der Mensch eine Art sechsten Sinn. Und dieser sechste Sinn sagte ihr, dass sie nicht mehr allein im Zimmer war und dass es besser wäre, die Augen zu öffnen.

Nach einer Ewigkeit, in der nur das kurze Pendel der Küchenuhr zu hören war, fragte sie mit leicht zitternder Stimme: »Wie lange bist du schon da?« Sie lag auf dem Küchentisch und rauchte, Teigfetzen klebten auf ihrer Haut und überall Mehl. Ganz langsam, wie in Zeitlupe drehte sie ihm ihr Gesicht zu. »Alfons, ich red' mit dir. Sag. Hast du vielleicht ... ich mein' ... hast du zug'schaut ... ich mein, hast du alles g'sehn?«

Er konnte nur nicken und ihr dabei in die Augen starren. Und dieses bedächtige Nicken und dass er ihrem Blick standgehalten hat, dass er ihm nicht ausgewichen ist, nicht auf den Boden geschaut hat, wie es sich gehört hätte, war vielleicht der entscheidende Moment.

Trotzdem gelang es ihr, ruhig zu bleiben.

»Und? Hat dir des g'fallen, was du da gerade gesehen hast?«

Es war ihre einzige Chance. Sie saß in der Falle. Wie ein wildes Tier im Wald. Und genau so musste sie jetzt auch reagieren. Sie musste sich das Bein abbeißen, mit dem sie in dieses Tod und ewige Verdammnis bringende Eisen getreten war. Nur, dass sie nicht mit einem Bein davonkommen würde.

Sie drehte sich auf die Seite. Ihr Kopf auf dem ausgestreckten Arm, die schweren Brüste, das blonde Dreieck schonungslos seinen Blicken ausgesetzt.

»Möchst das auch einmal machen?« Ihr Mund war staubtrocken. »Komm«, krächzte sie, »komm her, komm her zu mir.«

Es sah aus, als müsste er es erst wieder lernen, aber er ging. Auch seine Augen bewegten sich wieder. Wie ein Pingpongball hüpfte sein Blick auf ihrem Körper hin und her.

»Meinst, ich weiß nicht, was du da immer machst oben im Heu? Meinst, ich hör' dich nicht? Meinst, ich weiß nicht, an wen du dabei denkst?«

Sie nahm ihn bei der Hand und er ließ sich führen. Sie musste jetzt alles wagen, musste bis zum Äußersten gehen, und wenn sie danach nie wieder einen Mann anfassen könnte, nicht ihren eigenen und schon gar nicht den Thomas. Wenn diese Geschichte herauskäme, und wie anders sollte sie das verhindern, mit Schimpf und Schande würde man sie vom Berg jagen, aus der Gegend, aus ihrem ganzen Leben. Und dann blieb nur noch der Strick.

Ein Gefühl, als wäre sie von einem schrecklichen Albtraum aufgewacht, nur, um festzustellen, dass die Wirklichkeit noch viel schrecklicher war. Sie starrte auf das heiße, pochende Ding in ihrer Hand, roch den herben Geruch, der ihm entströmte, schaute hinauf in das Gesicht des Jungen, der einmal ihr Sohn gewesen war, und schaltete mit einem brutalen Akt alles ab, was sie noch irgendwie von ihrem Vorhaben abbringen könnte. Sie schloss die Augen, krallte sich mit einer Hand in den Hintern des Jungen und hörte nicht eher auf, bis ihr Mund voll war vom Sperma ihres eigenen Sohnes.

Mit einem Ruck setzte sie sich auf, schluckte alles hinunter, wischte sich mit der Hand über den verschmierten Mund und lachte.

»Mama«, drang es wie aus weiter Ferne an ihr Ohr.

»Mama, Mama«, wiederholte sie flüsternd und überlegte, was es damit auf sich haben könnte. Es musste eine Art Zauberwort sein. Mama, Mama. eine geheime Formel vielleicht. Mama, Mama. Eine vage Ahnung versuchte vergeblich sich einen Weg zu ihrem Hirn zu bahnen, so lange, bis all die Mamas, die jetzt bereits zu Hunderten in ihr echoten, zu einem kleinen, wütenden »Mama, Mama!« schreienden Monster geworden waren, das randalierte, tobte und immer weiter »Mama, Mama, Mama!« schrie, das sie packte und durchschüttelte und schließlich vom Küchentisch fegte.

Dann, als hätte der Sturz auf den harten Dielenboden sie aufgeweckt, schrie sie zurück, schrie sich zurück ins Leben und war auf einmal wieder ganz klar, alles um sie herum war auf einmal licht und klar.

»Was willst denn noch!? Hast doch alles g'habt«, fauchte sie ihn an. »Was willst denn noch!? Mehr gibt's nicht! Du Drecksau! Hau endlich ab! Geh weg! Schleich dich!«

»Mama«, flehte die Stimme, »aber Mama.«

»Nix mehr Mama, aus is' mit der Mama!« Sie kauerte immer noch auf dem Küchenboden. »Ihr seid's doch alle gleich! Ihr wollt's mir doch alle nur euer Ding reinstecken! Schweine, Drecksäue, allesamt! Verschwind' endlich, Drecksau, grausliche!« Ihre Stimme erreichte ihn nur noch als ein heiseres Rauschen. »Was meinst, was dein Vater mit dir macht, wenn er das erfährt, wenn ich ihm das sag', was meinst, was der dann macht mit dir, ha, was meinst, ha, was meinst? Da schüttelst jetzt den Kopf, ich sag's dir, der schlägt dich tot wie einen Ratz.« Ganz ruhig redete sie jetzt mit ihm. »Weil nur der darf des, nur dem is 's erlaubt, sonst keinem. Hau ab, verschwind, schau, dass'd wegkommst, ich will dich nimmer sehen. Verflucht sollst sein. Verschwind! Aus meinen Augen! Weg, weg, weg!«

Sie winkte, als würde sie eine Fliege verscheuchen wollen, aber sie sah ihn nicht mehr an.

Erst war er wie gelähmt vor Schreck. Dann tat er einen Satz nach hinten, stolperte über den Teigroller, fiel hin und rappelte sich wieder auf.

Jetzt war sie kein Engel mehr, nicht einmal mehr eine Mutter, nur noch selbst eine Sau, eine nackte, dreckige Sau, und er spürte einen Hass von einer Intensität in sich, die er bisher nicht gekannt hatte, einen so abgrundtiefen, grenzenlosen Hass auf diese blonde Hexe, auf die er jetzt zuging, die ihn gerade noch angeschrieen, beschimpft, beleidigt hatte, die ihm Angst gemacht hatte wie noch nie etwas zuvor und die sich jetzt mit vor Schreck geweiteten Augen zwischen Eckbank und Herd am Boden krümmte, den Kopf zwischen die Arme versteckt, aber den riss er an den Haaren nach oben, wie der Herr Ingenieur, ja, der durfte das, und der Papa und wer sonst noch, aber er war ja nur ein dummer Bub. Und jetzt floss zum ersten Mal Blut. Und sie plärrte auch gleich los. Aber das spornte ihn nur an. Ja, das sieht dir ähnlich, jetzt kannst plärren, du Viech. Sie heulte und schrie und auf einmal konnte sie sich auch wieder an seinen Namen erinnern.

»Alfons, nicht, ich bin's doch, die Mama.«

Ja, auch das fiel ihr wieder ein. Aber er wollte jetzt nichts mehr hören. Er, den jede Sau eine Drecksau heißen durfte, schlug zu, auf ihre Brüste, den Kopf, ins Gesicht, auf den teigverklebten Rücken, zwischen ihre Beine, überall wo er sie erwischte. Bis das Holz vom Teigroller, von dem er später nicht mehr sagen wird können, wie er überhaupt in seine Hände gekommen ist, ganz rot war vom Blut seiner Mutter. Auch dann noch als sie sich schon längst nicht mehr bewegte.

Irgendwann hörte er auf, ließ sich neben seine Mutter auf den Boden fallen, rollte sich zusammen und kuschelte sich in ihre Arme. Und der Schweiß tropfte ihm vom Gesicht und vermischte sich mit dem Blut von der Mama. So schlief er ein.

Er wachte erst wieder auf, als es zu dunkeln begann. Die Küchenuhr machte leise tocktock, der Herd knisterte noch ein wenig, die Kühe im Stall wollten ihr Futter und die Mimi kratzte an der Küchentür.

Wie das Radio richtig vorhergesagt hatte, war es gegen Abend wieder kalt geworden. Der Frost hatte den versackten Schnee mit einer Decke aus Millionen kleiner Sterne zugedeckt, und auch der Himmel war voller Lichter. Nur der kleine Alfons, der Mörderbub, lag weiter in einem Sud aus Schweiß, Tränen und Blut und wollte nie mehr aufwachen. Aber irgendwann, mittlerweile war es tiefe Nacht geworden und ihm kalt, stand er dann doch auf, ging zum Herd und legte Holz auf das letzte bisschen Glut.

Schnell gewöhnten sich seine Augen an das Halbdunkel, der vereiste Schnee im Hof spendete zusätzliches Licht, und er bemerkte die ersten Blutspritzer. Am Herd, an der Wand, am Boden, auf der Mama, die war voll davon. Langsam kam er wieder zu sich.

Ein Schrei, den er bis ans Ende seiner Tage nicht hinausschreien würde können. Aber hören konnte er ihn, jetzt in seiner schwärzesten Stunde und den ganzen Rest seines Lebens. Und gäbe es einen Gott, und hätte der ihm jetzt in die Seele geschaut, dann hätte es ihn gefroren bei dem Anblick und er hätte wegschauen müssen, so schlimm sah es aus in seiner Seele.

Er stellte einen Kessel Wasser auf den Herd und fing an zu putzen. Licht machte er keines an, das hätte er nicht ausgehalten.

Zuerst die Flecken an der Wand, dann die Eckbank, die Tischbeine. Nur der Herd machte Probleme. Auf seiner noch warmen Außenhaut war das Blut bereits fest angetrocknet. Dann griff er sich den Eimer unter der Spüle, schüttete warmes Wasser vom Herd hinein, tat etwas Putzmittel dazu, aber nicht zu viel, und kniete sich auf den Boden. Drei volle Eimer brauchte er nur für den Boden.

Danach war die Mama dran, die wie friedlich schlummernd in der Ecke lag. Mit den Zehen fing er an, ganz vorsichtig, Stück für Stück. Dann die Beine, dann zwischen die Beine, aber ohne hinzuschauen. Als Nächstes nahm er sich den Rücken vor. Schlimm, wirklich schlimm. So viele blaue, grüne und rote Flecken, die Haut stellenweise aufgeplatzt wie bei einer Melone, teilweise richtig weggefetzt. Schwieriger als die großflächigen Partien wie Rücken, Bauch, Arme oder Brüste waren Gesicht, Hals, Nase und Ohren zu säubern. Aber auch damit war er irgendwann durch. Dann langte er an ihren Hinterkopf, der sich anfühlte, als wären lauter Scherben unter der Haut, und das Grauen stieg wieder in ihm hoch. Alfons, nicht tritscheln, ermahnte er sich, hopp, hopp. Einen ganzen Eimer Wasser mit Reiniger brauchte er nur für die Haare und dann noch zwei zum Nachspülen. Er holte das große weiße Mamahandtuch aus dem Bad, schob es ihr unter den Kopf und zog sie an den Füßen in die Mitte des Raums.

Vielleicht sollte er jetzt erst einmal den Badeofen einheizen. Nicht für die Mama, die hatte er ja schon gewaschen, sondern für sich. Das hast jetzt davon, schalt er sich, von nun an musst dir alles selber anschaffen.

Was jetzt aber wirklich keinen Aufschub mehr duldete, war der Stall. Bei den Kühen herrschte schon so eine Unruhe. Und danach musste er die Mutter wegbringen, da half alles nichts, so konnte sie nicht liegen bleiben. Und wie er die Schubkarre so durch den Stall schob, von einer hungrigen Kuh zur anderen, fiel ihm auch ein, wie.

Fast wäre er auf dem glitschigen Küchenboden ausgerutscht. Er ging in die Hocke, fasste die Mama unter den Knien und hinter ihrem Rücken, nahm seine ganze Kraft zusammen und hob sie in den Schubkarren. Dann schob er den Karren durch die hintere Haustür, stapfte durch den kleinen Gemüsegarten bis kurz vor die Abrisskante und legte sie dort in den glitzernden Schnee. Unter ihr die Klamm, im Hintergrund die Majestät der schneebedeckten Berge. Dann begann es zu schneien, und der Schnee blieb auf der Mama liegen, weil es ja nur noch ihre sterbliche Hülle war. Und die war schon ganz kalt und steif und wunderschön.

Er setzte sich ein Stück weit entfernt von ihr in den Schnee und schaute zu, wie der sie langsam zudeckte. Außerdem hatte er es nicht verdient, so nahe bei ihr zu sitzen, jetzt, wo sie so schön war, dass alle Sterne im Himmel auf sie herunterschauten. Immer mehr Schnee fiel auf die Mama, bis sie schließlich vollkommen eingehüllt war. Bald würde sie nicht mehr zu unterscheiden sein von ihrer Umgebung. Da ging er hin und schubste sie über die Kante und den Schubkarren hinterher. Und fast wäre er auch gesprungen. Aber das wäre noch eine Todsünde gewesen. Und die eine, die hat ihm schon gereicht.

Und vielleicht konnte er, wenn er nur lange genug leben und büßen durfte, die Hoffnung hegen, dass ihm in der Ewigkeit der Vater im Himmel eventuell doch noch verzeihen würde. Aber gedacht hat er das nicht, das hat er sich sein ganzes Leben lang nicht getraut.

Von Stund an war er allein und ist auch allein geblieben, auch wenn es manchmal anders aussah. Sogar seine Seele versteckte sich vor ihm, und obwohl er sie sein Leben lang suchte, konnte er sie nie mehr richtig finden. Nur weinen konnte er jetzt noch. Und als er damit fertig war, konnte er auch das nicht mehr. Aber aufstehen konnte er und zurück ins Haus gehen und sich ein Bad einlassen, und weiterleben. In der Wanne wurde dann alles noch einmal ganz weich in ihm und er weinte doch noch einmal. Weil aber keiner da war, der ihn getröstet hätte, hörte er irgendwann auf damit und fing nie mehr damit an.

Am nächsten Morgen ließ er sich mit dem Schulweg extra ein wenig mehr Zeit als sonst. Er hörte Peter zwar rufen, aber reagierte nicht darauf. Sicherheitshalber ließ er noch ein paar Extraminuten verstreichen, bevor er in den Fußspuren seines Nachbarn durch den tiefen Schnee ins Tal hinunterstapfte.

Als er nach einer knappen Stunde, mit geschwollenen Augen und ziemlich blass im Gesicht, von der Straße in den Schulhof einbog, warteten da schon Herr Mang, sein Klassenlehrer, der Schuldirektor, der Hausmeister, ein gebürtiger Sachse, den es nach dem Krieg nach Garmisch verschlagen hatte, und ein Polizist. Der Hausmeister lehnte gerade die Schneeschaufel an die Wand.

»Sagen Sie es ihm«, sagte der Polizist und schob den Lehrer nach vorne.

Der druckste erst ein wenig herum. »Ja … also … Alfons … hm … Alfons, sag einmal, äh … hat es dich nicht gewundert, dass deine Mutter in der Früh', ich mein', äh, geht's dir gut, Alfons?«

»Ja«, antwortete er, so zart und dabei so klar, dass die Worte in der Luft zu gefrieren schienen, was seinen Klasslehrer endgültig aus dem Konzept brachte. Hilfesuchend blickte er zu seinem Vorgesetzten. Der übernahm.

»Alfons, wer hat dir denn dein Frühstück gemacht heute in der Früh?«

»Selber, das hab' ich mir selber gemacht.« Er konnte sich nicht erinnern, jemals direkt vom Herrn Direktor angesprochen worden zu sein. Deshalb räusperte er sich jetzt erst einmal und sagte dann laut und deutlich. »Das mache ich mir öfter selber, Herr Direktor.«

»Aha, soso … Ich würd' sagen, wir gehen erst einmal hinein, da heraußen holt man sich ja noch den …« Er brachte den Satz nicht zu Ende, sondern fuhr stattdessen den Polizeibeamten an: »Himmelherrgott, Sie sind doch der Polizist, das ist doch Ihre Sache, dass Sie dem Buben …«

Als der Beamte nicht sofort reagierte, schaute der Herr Direktor in die Runde. »Also, was ist jetzt, meine Herren, mir ist kalt, ich frier', ich geh' rein.« Drehte sich um und ging.

Der Polizist schaute ihm ergriffen hinterher und bedachte dann den dürren sächsischen Hausmeister mit einem strengen Blick. »Dann gehen wir halt auch rein. Es ist ja wirklich kein Wetter zum draußen herumstehen.«

Als sie, den Alfons in ihrer Mitte, das Schulgebäude betraten, ertönte die Glocke zum Unterrichtsbeginn und bot nun auch Herrn Mang Gelegenheit, sich zurückzuziehen.

»Ich muss, die Kinder, der Unterricht, Sie hören es ja selbst.« Als Alfons ihm folgen wollte, sagte er im Ton größtmöglichen Mitgefühls: »Alfons, du nicht. Ich glaub', du brauchst heut' nicht in den Unterricht.« Dann fügte er mit einem strengen Blick auf Polizist und Hausmeister, hinzu: »Sie machen das schon.«

Der Hausmeister, sich seiner untergeordneten Stellung bewusst, hatte sich bisher betont im Hintergrund gehalten. Jetzt hatte er allerdings genug.

Er gab dem Uniformierten einen Wink in Richtung Ausgang, zog Alfons am Arm hinunter auf die Besucherbank, legte ihm beide Hände auf die Schultern und sagte: »Alfons, du musst jetzt ganz stark sein. Meinst du, wir kriegen das hin? Willst du mir das versprechen?«

Todmüde und unfähig, auch nur einen einzigen eigenen Gedanken zu fassen, ging er einfach tapfer den Weg, den die Erwachsenen ihm wiesen, und nickte.

»Gut. Also, Alfons, heute Nacht ist etwas Schreckliches passiert. Du musst jetzt wirklich ganz tapfer sein, denn so wie das aussieht, hast du ja noch von gar nichts eine Ahnung. Also, Alfons, deine Mutti, weißt du, die ist in die Klamm gefallen, irgendwann heut' Nacht, wie du geschlafen hast. Verstehst du mich?«

Alfons nickte.

»Deinen Vati haben wir schon angerufen, der ist bis Mittag da. Und bis dahin, weißte was, bis dahin bleibste erst einmal bei mir … Alfons, hast du mich verstanden? Machen wir das so?«

Wieder konnte der nur nicken.

»Nu komm, mein Junge.« Ächzend erhob sich der hagere Graukittel von der Bank, nahm Alfons an der Hand und führte ihn in seine bescheidene Wohnung. »So, nu setz' dich erst einmal hin. Ich mach derweil 'ne kräft'ge Brühe für uns zwee.«

Nach der Suppe brachte er Alfons zur Couch, deckte ihn zu und blieb bei ihm sitzen, bis er eingeschlafen war.

Gegen zwei Uhr kam der Vater. Schweigend gingen die beiden den langen Ziehweg hinauf zum Stockingerhof, wo niemand mehr auf sie wartete.

Wie zwei zusammengesunkene Marionetten, die unsichtbaren Lebensfäden vom großen Puppenspieler achtlos zur Seite gelegt, hingen Vater und Sohn über dem Tisch, der einmal der Mittelpunkt ihrer Welt gewesen war, und schwiegen dumpf vor sich hin. Dann wurde das Tock-Tock der Küchenuhr plötzlich leiser und langsamer und hörte schließlich ganz auf.

Wie ein Herz, dachte der Alfons, nur dass man ein Herz nicht aufziehen kann. Aber gesagt hat er: »Wer ist eigentlich im Stall?«

»Die Katharina vom Gmeiner«, antwortete sein Vater und fing dann endlich zu weinen an. »Jetzt sind wir ganz allein auf der Welt, Bub. Jetzt hast keine Mama mehr. Was machen wir denn jetzt? Was wird denn jetzt, was soll denn jetzt nur werden?« Wieder wurde er von einem Weinkrampf geschüttelt, in dem nur zwei Worte vorkamen: »Maria« und »Gott«. Zwei Worte, die Alfons danach nie mehr wieder aus dem Mund seines Vaters hörte.

Der Herr Ingenieur, mit dem er am nächsten Tag vom Tal aus telefoniert hatte, sei auch ganz fertig gewesen, obwohl er sie nur einmal gesehen habe, meinte der Vater.

»Ja, in der Stunde der Not, da sieht man erst, was man an jemand hat.«

Er spendierte einen großen Kranz mit einer schwarzen Schleife, auf der mit goldenen Buchstaben »In Liebe und Verehrung, Thomas Meinarz« stand, ein Text, über den sich der ein oder andere Trauergast vielleicht etwas wunderte, aber laut sagen traute sich keiner etwas. Weil ja auch niemand etwas wusste, außer vielleicht der alte Gmeiner. Dem war der Mercedes des Herrn Ingenieur schon ein paar Mal aufgefallen, immer zur selben Zeit, immer am frühen Vormittag, und er hatte sich natürlich seinen Teil gedacht. Aber da ihn das nichts anging, behielt er es für sich.

Die Beerdigung selbst war keine große Sache.

Von der Seite seiner Mutter kam, mit dem Zug aus Mittenwald, lediglich Hedwig Schwinghammer, Alfons Großmutter. Dann waren da noch Familie Gmeiner und einige andere Nachbarn vom Berg und eine Handvoll Klassenkameradinnen. Und ein paar ältere Leute aus dem Dorf, die bei so was immer gerne dabei waren, vielleicht, um sich schon einmal einzustimmen auf das eigene baldige Ableben. Und der ein oder andere gemeinsame Jugendfreund von Maria und Jacob.

In gedrückter Stimmung schlich die Trauergesellschaft anschließend zum Leichenschmaus. Auf vier Tische verteilt, verzehrten sie schweigend ihr Mahl. Keine Rede wurde gehalten, kein Trinkspruch ausgebracht, nicht einmal eine Unterhaltung kam an einem der Tische zustande, geschweige denn, dass eine Ermahnung zur Ruhe ausgesprochen hätte werden müssen. Zu sehr war allen der jähe Tod der Stockinger Maria in die Glieder gefahren.

Richtig in Erinnerung blieben Alfons nur die roten Augen von der Schwinghammer-Oma und wie sie ihn angeschaut hat. So wund, so traurig und schon von so weit weg, aber vor allem traurig. So endstraurig, wie vielleicht nur die ganz Alten in die Welt hinausschauen können, vor allem, wenn sie einen Krieg miterlebt hatten, oder gleich zwei.

Aber lang musste sie nicht mehr leiden. Nur zwei Monate später ging sie ebenfalls heim, dahin, wo ihre vielgeliebte Tochter und letzte Verbindung zur Welt der Lebenden schon auf sie wartete, und ihr Mann Karl-Theodor, den der Führer seinerzeit nach Stalingrad geschickt hatte, obwohl er gar nichts vom Krieg gehalten hatte. Fast auf den Tag genau vor sieben Jahren war der Briefträger zu ihrem Häuschen in die Klammstraße eingebogen, den Feldpostbrief – »gestorben für Führer, Volk und Vaterland« – schon in der Hand. Und kein Tag ist seitdem vergangen, an dem der Postbote den Brief nicht zugestellt hat, und immer mit demselben Gesicht. Gerade so, als wüsste er, was drin stand. Und natürlich hat er es gewusst.

Einen Sohn hatte sie noch gehabt, die Schwinghammer-Oma. Aber der war im September 1930, als Deutschland immer mehr in den Strudel der Weltwirtschaftskrise geriet und die Nazis gleich nach der SPD zweitstärkste Partei im Land wurden, nach Amerika gegangen und keiner hat je wieder von ihm gehört.

Vielleicht wartete der ja auch schon auf sie.

Nach ihrem Rausschmiss beim Stockingerhof war die Katharina geradewegs zum Gmeinerhof marschiert. Dort brauchte man sie zwar nicht unbedingt, merkte aber ziemlich schnell, welcher Schatz ihnen da so unverhofft ins Haus geflattert war. Arbeiten, die mitunter schon ewig auf ihre Erledigung warteten – einen umgefallenen Holzstapel in der Scheune aufrichten zum Beispiel, und zwar so, dass er in einem Jahr immer noch stand, den versotteten Küchenherd einer kompletten Innenreinigung unterziehen, eine Drecksarbeit, die man gerne auf den Sankt Nimmerleinstag verschiebt, die verschissene Stallgasse saubermachen, die verfaulten Legekästen neu anfertigen, die Obstbäume zuschneiden, falsche Zeit, aber besser jetzt als nie, hat sie gemeint, und, und, und.

Und das alles zusätzlich zur normalen Arbeit. Die Kühe füttern, melken, Stall ausmisten, der Bäuerin zur Hand gehen, gemeinsam mit dem Bauern Weidezäune reparieren, Steine ausklauben und was sonst noch alles an Vergnügungen auf eine Magd wartete.

Der Gmeinerhof war nicht sehr viel kleiner als der der Nachbarn. Trotzdem hatten sie keine Hilfe für das gesamte Sommerhalbjahr, nur eine Erntehelferin für die wirklich harten Wochen im Herbst. Es kam halt auch kein Geld von außen. Nicht so wie beim Stockinger drüben, wo der Jacob schon seit Jahren in der Welt herumkutschierte und bestimmt einen guten Schnitt dabei machte. Da konnten die sich so einen Luxus schon leisten.

Auf jeden Fall bloß kein Neid, so der Standardspruch des Gmeiner Johann, mit dem er sich jede Art von Missgunst und Bitternis vom Leib hielt, die einen schon überkommen konnte, wenn man so mitbekam, wie sich überall alles änderte. Telefon für bald jeden Haushalt, Fernseher, Urlaubsreisen, bald auch noch Autos für jedermann, und das Neueste, Samstag nicht arbeiten müssen, einfach so, und trotzdem bezahlt werden.

Sie selbst hatten sich damals, als der Hitler an die Macht gekommen war, ein Radiogerät angeschafft, wollten die allgemeine Euphorie, die damals auch noch den letzten Kuhhirten von neuen Zeiten hat träumen lassen, hautnah miterleben. Und letztes Jahr ein zweites, für den Stall. Das war sein ganzer Fortschritt. Aber die beiden Eheleute setzten sich nach getaner Arbeit einfach auf die Bank vor ihr Häuschen und schauten hinaus in ihre kleine, große

Welt. Und sofort war eine Zufriedenheit in ihnen, für die andere wahrscheinlich fünf Kofferradios und drei Urlaube hintereinander gebraucht hätten.

Nur als die Katharina meinte, dass man eigentlich auch gleich die Küche weißeln könnte, wo doch mit dem Herd wieder für etliche Jahre Ruhe sein müsste und wo sie gerade so schön drin war, meinte die Gmeinerin nur spitz: »Jetz' reicht's aber, wir sind doch nicht das Grand Hotel, wo man alle zehn Jahre weißeln muss, das kost' doch auch ein Geld. Aber das kann dir ja wurscht sein. Du musst es ja net zahl'n.«

Ansonsten war die neue Magd ein echter Segen für den Hof, und die Katharina heilfroh, dass sie so schnell und umkompliziert zu einer neuen Stelle gekommen war.

Sollten die drüben ruhig sehen, was sie an ihr verloren hatten. Blöde Kuh, blöde.

Die Gmeiners hatten schon Gewissensbisse gehabt, weil sie sich die neue Magd eigentlich überhaupt nicht leisten konnten, erst recht nicht über den Winter. Nur wie sie wieder loswerden, wo sie sich doch so viel Mühe gab, mit dem Hof, dem Haushalt, mit allem?

In diese erst zaghaften, dann immer lauter werdenden Überlegungen platzte der Stockinger Jacob mit der Nachricht vom grausamen Tod seiner geliebten Maria. Noch in der derselben Stunde machte Appolonia das Angebot, dass sie, falls er es sich nicht anders überlege und sein Bauerndasein wieder aufnehmen würde, den Alfons gerne bei sich aufnehmen wollten. Ja, und die Katharina könnte dann ja auch wieder bei ihm arbeiten und sich gemeinsam mit dem Buben um den Hof kümmern. Die Katharina kannte ja den Hof. Das wäre doch eine Lösung.

Wenigstens in der Richtung solle er sich bloß keine Sorgen machen. Allzu viel wäre im Winter ja eh nicht zu tun, dazu alle paar Tage durchheizen, dass das Haus nicht ganz auskühlte, und wie gesagt, wohnen könne der Alfons bei ihnen, sie würden sich freuen, keine Rede, Platz wäre schnell gemacht. Jetzt bräuchte er eigentlich nur die Katharina wieder in Dienst zu nehmen, die könnte auch gerne bei ihnen wohnen bleiben, wenn er nur für den Lohn aufkommen würde. Dann wäre doch alles bestens geregelt. Und dann könnte man in Ruhe weitersehen.

Alfons Vater blieb dann doch länger als die eine Woche. Erst am Sonntag nach Heilig Dreikönig packte er seinen Koffer. Dass der Herr Meinarz ihm eine so lange Trauerzeit eingeräumt habe, konnte er dabei gar nicht oft genug betonen.

Genau genommen nahm damals eine richtige Freundschaft zwischen diesen beiden doch recht unterschiedlichen Männern ihren Anfang. Der eine, ein wildes Gewächs aus dem Oberland, der andere, ein studierter Herr aus Hamburg, zwei Männer, eine gemeinsame Liebe, ihre Arbeit. Und noch eine gemeinsame Liebe, aber die war tot und über die verloren sie nie auch nur ein Wort. Der eine, weil er nicht durfte, der andere, weil er das nicht gelernt hatte, jemanden in sein Herzen schauen lassen.

Am vereinbarten Tag gingen Vater und Sohn dann hinüber zu den Gmeiners, wo der Bub von jetzt an wohnen sollte. Der Vater nahm ihn noch einmal in den Arm und ging dann hinunter zum Bahnhof, um von dort mit dem nächsten Zug Richtung Südtirol zu fahren.

Nicht mehr kraftvoll und elegant wie früher, kein Lied mehr auf den Lippen, kein Jodler mehr, sodass jeder gleich wusste, der Stockinger Jacob ist unterwegs, kein schriller Pfiff zum Abschied, mit dem er sämtliches Rotwild in der Gegend aufscheuchen konnte und dabei seine Frau jedes Mal zu Tode erschreckte.

An der Gabelung zum Hof blieb er noch einmal stehen und schaute hinüber. Und es sah aus, als würde er noch einmal weinen.

Am Abend zuvor waren sie noch lange auf der Eckbank gesessen, auf der einen Seite der Alfons, ums Eck der Vater, dazwischen an der Wand der Herrgott am Kreuz.

»Musst du wirklich morgen schon weg, Papa?«

»Ja, ich muss. Du weißt, ich hätt' schon längst wieder auf der Baustelle sein müssen. Das haben wir nur dem Herrn Meinarz zu verdanken, dass ich so lange bleiben hab' können. Wirst seh'n, bei den Gmeiners wird es dir bestimmt gefallen, und der Peter ist doch sowieso dein bester Freund. Und ich bin ja nicht aus der Welt.« Wieder musste der Herd die Unterhaltung eine Zeitlang alleine bestreiten, bevor der Vater weitersprach. »Wir müssen in die Zukunft schauen, es hilft alles nichts. Wir müssen jetzt tapfer sein … alle beide … wirst sehen, das vergeht … irgendwann … hoffentlich …« Dann weinter er wieder. Alfons verbarg sein Gesicht in der rauen Armbeuge seines Jankers und rieb sich die Augen rot, bis sein Vater ihm sanft über den Kopf strich und sagte: »Komm, Alfons, geh'n wir ins Bett, darfst heut' bei mir schlafen.«

»Ja, Papa. Danke, Papa.«

»Ach, Alfons«, seufzte der Vater und legte noch zwei Briketts in den Ofen.

Alfons schüttete ein wenig Milch und Wasser in den Napf für die Katzen und schlich dann seinem Vater hinterher die Treppe hinauf.

Dass die Gmeiners den Halbwaisen, der ihnen da halb tot ins Nest gelegt wurde, fast besser behandelten als ihre zwei, den Peter und die kleine Franziska, mag bestimmt auch an dem Geld gelegen haben, das der Stockinger Jacob zu jedem ersten des Monats auf ihr Konto überwies. Aber sie mochten ihn auch, besonders der Vater vom Peter.

»Eine kranke Seele ist nichts anderes wie ein gebrochenes Bein«, hat er zum Beispiel einmal zu seiner Frau gesagt, »das braucht auch einfach nur Ruhe, Ruhe und nochmals Ruhe.« Und den Peter ermahnte er: »Geh dem Alfons nicht gleich wieder auf den Wecker mit irgendeinem Schmarr'n, lass ihn einfach in Frieden. Der wird schon wieder. Das braucht halt seine Zeit.«

»Und, was macht's Wichsen?« Zwei Wochen war der Alfons nun schon bei ihnen, also höchste Zeit, wieder Normalität einkehren zu lassen, wie der Peter meinte.

»Nichts«, kam es trocken zurück.

»Und ich könnt' andauernd«, seufzte Peter. »Ich glaub', das hört überhaupt nimmer auf. Sag einmal, hörst du mir überhaupt zu? Weißt was, das glaub ich dir einfach nicht, dass du nimmer wichst. Ich mein', überhaupt nimmer? Wichst du überhaupt gar nimmer?«

»Nein, und jetzt lass mich in Ruh'.«

»Wahnsinn. Ich versteh gar nicht, wie man überhaupt noch an was anders denken kann. Was machst du da eigentlich, rechnen? Kannst du das alles?« Er war aufgestanden und ans Fenster gegangen. Wie meistens hatte er seine Hände in den Hosentaschen und knetete an seinem Ding herum. »Und du magst wirklich nimmer, überhaupt nimmer? Bei dem Trumm!? Also wenn ich so einen hätt', ich käm' überhaupt nimmer vom Klo runter. Außerdem«, er machte eine kleine Pause, »außerdem hab' ich fei schon einmal mit der Katharina.«

»Das glaubst ja selber nicht.« Alfons blieb unbeeindruckt, gab aber immerhin Antwort.

»Aber dich«, fing Peter nach einer kurzen Pause wieder an, »also dich tät' sie bestimmt lassen, ich mein' bei dei'm …«

»Ich mag aber nimmer.«

»Ja, ja, ich versteh' schon, wegen deiner …«

»Nichts verstehst du«, fauchte Alfons, warf den Füller auf den Tisch und stürmte mit heißen Augen aus der Kammer.

Es gab noch etwas, was Alfons nicht mehr mochte. Gleich am Sonntag nach seinem Einzug, zum schnelleren Eingewöhnen, wie sie sagte, buk die Gmeiner Appolonia extra einen Gugelhupf. Aber als sie Alfons ein Stück auf den Teller legen wollte, schlug er ihr, quasi reflexartig, den Teller aus der Hand, rannte aus der Küche und beruhigte sich erst wieder, als er zu Hause beim Beni und der Elvira im Stall stand. Die resolute, ein wenig rundlich geratene Gmeiner-Bäuerin, mit dem üblichen Dutt und zwei dunklen Knopfaugen, war gleich aufgegangen wie eine Dampfnudel, stemmte die Hände in die Seiten, da wo bei normal gebauten Leuten die Taille ist, und schimpfte lautstark: »Ja, jetz' wird's hint' höher wie vorn. Haut mir der Bub pfeilgrad' den Teller auf'n Plafond, ja wo gibt's denn so was. Derweil hat doch der Jacob extra g'sagt, dass er gern ein' Kuach'n mag, der Bub, und zwar genau so wie ich ihn g'macht hab'. Also so was hab' ich no' net erlebt.«

»Jetz' sei nicht so streng mit dem Bub, wer weiß, was in dem vorgeht«, sagte ihr Mann, der wie gesagt, schon ein bisschen mehr Gespür gehabt hat. Franziska kehrte die Scherben zusammen und Peter klaubte derweil den Kuchen vom Boden und legte ihn wie selbstverständlich auf seinen Teller.

»Was soll denn des? Du spinnst wohl!«, ging seine Mutter auf. »Den kriegt der Opa. Und wenn der ihn net will, dann der Papa und erst dann … wenn überhaupt.«

»Immer der Opa«, maulte der Peter.

»Du gell, glei' schlägt's ein!«

»Peter, tu die Mama nicht so seckier'n«, versuchte sein Vater zu schlichten.

»Aber Papa, du hilfst immer zur Mama.«

»Peter!«

»Und zum Alfons.«

Jetzt hatte er es geschafft, jetzt war auch der Vater auf hundertachtzig.

»Ja spinnst denn du, was denkst du dir denn da für einen Mist z'samm mit dei'm Spatzenhirn? Möchtest vielleicht mit dem Alfons tauschen? Soll die Mama auch über d' Kant'n hupfen, wär' dir das lieber? Ja, jetzt kannst blöd schauen, hast noch nicht drüber nachgedacht? Ja, so schaust aus. So, und das Stück vom Alfons kriegt jetzt die Mama und Schluss!«

In derselben Nacht wurde Alfons dann auch noch unfreiwilliger Zeuge eines Gesprächs, das er zwar nicht verstand, das ihn aber noch lange beschäftigte.

Er war auf dem Weg vom Klo zurück in seine Kammer. Er war eigentlich schon an der Küche vorbei, da hörte er die schrille Stimme seiner Gastmutter, die ihn noch einmal zurückschleichen ließ.

»Aber nackert!«

Problemlos drang jetzt der beruhigende Bass ihres Gatten durch die Tür.

»Ja mein Gott, vielleicht hat sie es nicht mehr ausg'halten und ist durch'dreht. Vielleicht wollt' sie aber auch gar nicht springen.«

»Was denn dann, den Mond anbet'n vielleicht?«

Aber der Gmeiner ließ sich nicht provozieren. »So eine junge, schöne Frau, die lässt man aber auch nicht andauernd allein, das ist doch kein Zustand.«

»Du musst es ja wiss'n. Die hat scho' immer so ausg'hungert g'schaut.«

»Appolonia, versündig' dich nicht. Und schrei nicht so herum!«, wies er sie zurecht.

»Ach, ist doch wahr.« Sie schwieg eine Weile und sagte dann: »Komm, tu net so, du hast es doch auch g'merkt.«

»G'merkt vielleicht, aber nicht hing'schaut.«

Sie benötigte wieder ein paar Augenblicke, bis sie reagierte. »Und wie soll des geh'n? Entweder hast hing'schaut oder net, du kannst doch nicht … du red'st aber auch manchmal einen Schmarr'n z'samm'. Natürlich hast g'schaut, du wärst der Einzige, der nicht g'schaut hätt'.«

»Komm, geh'n wir ins Bett, ich bin müd'.«

»Der arme Bub«, seufzte sie. Dann machte sie eine kleine Pause und sagte unvermittelt: »Und die Katharina ist auch so Eine.«

»Ja, is' scho' recht. Wenn du nur immer irgendwo G'spenster siegst, dann geht's dir gut. Komm, trink aus.«

Vielleicht hatte sich die Katharina ja anfangs wirklich Hoffnungen gemacht. Ausgeschaut hat es jedenfalls danach, weil sie sich gar so hergerichtet hat, wenn sich der Vater angekündigt hatte. Dass er sich ankündigt hat, war allerdings so vereinbart, schon allein wegen der Planung. Der Vater hat es ja schön haben sollen, wenn er da war, mit frischen Blumen auf dem Tisch, einem kaltem Bier im Kühlschrank und etwas Gutem zum Essen. Warum sollte da ausgerechnet sie selbst eine Ausnahme machen und ungepflegt daherkommen.

An einen Bilderbuchsommer, wie er im Gebirge gar nicht schöner sein konnte, schloss sich übergangslos ein milder, trockener Herbst, von dem zwar die Bauersleute, so eingespannt sie waren, nicht viel hatten, aber schön war er trotzdem.

Mit Sensen und Rechen auf den Schultern, das Wetzeisen umgeschnallt, Steigeisen und Brotzeit im Rucksack, ein lustiges Lied auf den Lippen, überall das Glitzern von Tautropfen, die Luft frisch und klar wie am ersten Tag und die Natur in ihren prächtigsten Farben – das war nicht die schlechteste Art, einen Tag zu beginnen.

Gegen Mittag hatte die Freude dann allerdings schon merklich nachgelassen, und der natürliche Tiefpunkt des Tages war dann meist zwischen drei und vier Uhr erreicht. Erst gegen Abend meldete sich die gute Laune wieder zurück. Vor allem wenn nichts passiert war. Denn es war eine gefährliche Arbeit, die bis über sechzig Grad steilen Bergwiesen abzumähen. Wer dabei nicht aufpasste oder gar meinte, sich einmal nicht anseilen zu müssen, landete schneller im Spital, als er »muh« sagen konnte.

Es war ihr letztes Schuljahr am Ort. Danach würden er und der Peter die Landwirtschaftsschule in Weilheim besuchen. Dann würden sie Bauern sein, Bergbauern. Wie schon Generationen vor ihnen.

Jeden Tag nach der Schule, nach dem Mittagessen und den Hausaufgaben, marschierte Alfons hinüber auf den Hof seiner Vorfahren. Ausmisten, einstreuen, kleine Reparaturen verrichten, füttern und noch einmal ein wenig ausmisten. Dann, ab dem ersehnten Frühjahr, ging's hinauf auf die Alm. Unter anderen Umständen hätte es die schönste Zeit seines Lebens sein können, und manchmal, wenn auch nur für Momente, war es das auch.

Natürlich wusste er, dass es ihm nicht mehr zustand, Wünsche zu äußern oder Vorlieben zu entwickeln oder gar glücklich zu sein. Das war vorbei, für alle Zeiten. Aber immer wenn sich wieder einmal eine von seinen Kühen hoffnungslos verstiegen hatte und in ihrer Not weder ein noch aus wusste und der Alfons ihr dann hinterherstieg, war er abgelenkt von seinen schwarzen Gedanken. Und das war ihm Glück genug.

Mit tatkräftiger Hilfe vom Gmeiner Johann und der Katharina, die sich wie immer eher ein Bein ausriss, als dass sie eine Arbeit liegen ließ, wuchs er so schnell in seine neue Rolle, dass man nur staunen konnte.

Der Jacob, sein Vater, wäre am liebsten gar nicht mehr nach Hause gekommen. Aber er wusste, dass er das seinem Sohn nicht antun konnte. Das musste ihm keiner weisen, auch nicht der Johann. Die erste Zeit nach dem Tod seiner Frau war er auch jedes Wochenende daheim gewesen. Aber wie es so ist, die Arbeit wurde nicht weniger, daheim brauchte ihn keiner, die Liebe seines Lebens war tot und das Band zwischen ihm und seinem Sohn nicht stark genug gewebt, als dass es ihn zurückziehen hätte können. Und das Wissen darum, dieser zusätzliche Schmerz, der wie ein Schatten auf jedem seiner Besuche lastete, zu denen er sich jedes Mal aufraffen musste wie zu einem überfälligen Zahnarztbesuch, jetzt, wo sie nur noch sich selbst hatten, belastete ihn noch mehr und hielt ihn zusätzlich davon ab, mehr als die allmonatlichen Pflichtbesuche zu absolvieren.

Wenn Jacob und Johann bei einem Kasten Bier beieinander saßen, meistens beim Stockinger drüben, da waren sie mehr für sich, sprachen sie über die Arbeit, ihre Söhne und die Zukunft der beiden Höfe.

Was den letzten Punkt betraf, waren sie allerdings nicht die Einzigen. Auch unten im Tal stellte sich der ein oder andere, wenn er in Gedanken über die Höfe und Almen im Goldenen Land wanderte, die Frage, was wohl aus »dem Sach« da oben noch werden sollte, wo seit Jahr und Tag keine rechte Herrschaft mehr war, wo der Bauer kein Bauer mehr sein wollte und sich lieber draußen in der Welt herumtrieb. Erst recht seit die Maria der Welt Adieu gesagt hatte und nur noch ihr seltsamer Sohn auf dem Stockingerhof herumwerkte. Denn Uneigennützigkeit, diese kostbare Charaktereigenschaft, hat der Herrgott eher sparsam an die Seinen verteilt.

Apropos führerlos. Alfons' Großvater, der Adolf Stockinger, hatte lange warten müssen, bis ihm sein Vater, also der Urgroßvater vom Alfons, den Hof übergab. Bis zum Schluss hat der alte Emeram vor sich hingewurstelt. Erst an seinem achtundsiebzigsten Geburtstag hatte der Tod ein Einsehen und ihn, besoffen wie er war, beim Versuch, seine Notdurft direkt in die Klamm zu verrichten, an der vereisten Kante des Bärenfelsens abrutschen lassen. Wobei es nicht ausgemacht war, wer zuerst in das Felsenmeer der Partnachklamm hineingekracht ist, seine Notdurft oder er selbst. Eine Denkübung, die noch lange danach an den Stammtischen der Gegend angestellt wurde und die nicht einmal der Herr Lehrer mit Sicherheit beantworten wollte.

Auf seinem Grabkreuz stand geschrieben: »Hier ruht in Frieden Emeram Stockinger, geboren am 12.12.1830, gar schrecklich abgestürzt am 12.12.1908.«

Noch Generationen von Friedhofsbesuchern hatten an dieser Formulierung ihre Freude, und es wäre nicht verwunderlich, wenn diese moderne Umschreibung einer durchzechten Nacht gerade auf diese Grabinschrift vom alten Emeram selig zurückzuführen wäre. Und so hätte er, über den seine Zeitgenossen nicht wirklich viel Gutes zu berichten wussten, doch noch einen kleinen, wenn auch unwesentlichen Beitrag zur Kultur unseres Landes geleistet.

Als Adolf jetzt endlich den Hof übernehmen konnte, kaufte er als Erstes einen gebrauchten Dampftraktor. Als dieses Ungeheuer eines Morgens am Bahnhof von Garmisch eintraf, war bereits der halbe Ort versammelt. Sogar die Schule hatte geschlossen, damit alle dieses Wunderding bestaunen konnten. Nur wofür dieses Mordsgerät gut sein sollte, da oben, wo es kaum eine gerade Wiese, geschweige denn einen Acker gehabt hat, den Adolf mit so einer Großtechnik sinnvoll bewirtschaften hätte können, blieb erst einmal ein Rätsel.

Wie dem auch sei, recht viel länger wäre es nicht mehr gut gegangen mit dem Hof, denn der Emeram war schon ein rechter Saufkopf gewesen. Am Schluss war er eigentlich überhaupt nicht mehr nüchtern, nicht einmal in der Früh. Es war nur eine Frage der Zeit gewesen, bis der Hof unter den Hammer gekommen wäre.

Es ist deshalb kein Wunder, dass sich die Trauer über den Verlust des Vaters in recht überschaubaren Grenzen hielt und er noch während der Beerdigung seine Cousine Kreszentia, die gemeinsam mit ihm auf dem Hof aufgewachsen war, fragte, ob sie ihn nicht heiraten wolle. »Das wäre doch praktisch.« Und wo sie eh schon einmal da wären, könnte man mit dem Herrn Pfarrer doch auch gleich einen Termin ausmachen, da ginge das quasi in einem Aufwasch, und schon hätte man sich einen Gang gespart. »Was meinst?« Worauf sie zaghaft antwortete: »Ja, praktisch wär's schon.«

In diesem Tempo ging es weiter, als gäbe es kein Morgen. Während er die Tage damit zubrachte, den Hof auf Vordermann zu bringen und alles zu erledigen, was die letzten Jahre liegen geblieben war, konstruierte er in langen Winternächten einen Mistbreiter für seinen Dampftraktor. Und als es ihm im Frühsommer gelang, zwei relativ ertragreiche Almwiesen und sogar ein bisschen brauchbares Ackerland zuzukaufen, ergab das alles sogar irgendwie einen Sinn.

Doch als er grad so richtig schön drin war im Werkeln und alles lief, wie er es sich vorgestellt hatte, rief ihn der Kaiser, und genauso freudig, wie er Bauer gewesen war, zog er von heute auf morgen in den Krieg. Und auch dort hat er seine Sache so ordentlich gemacht, dass sie ihn noch schnell zum Hauptgefreiten ernannten, ehe sie ihn nach drei Jahren Hauen und Stechen wieder heimschickten. Sogar ein Tapferkeitsorden hing an seinem Hals, als er stolz und innerlich unbesiegt im Spätsommer 1918 heimkehrte.

Sein erster Weg führte ihn geradewegs in den Stall. Dort zählte er die Kühe durch, ging wieder hinaus auf den Hof, da kam auch schon der Bub angelaufen, der es noch gar nicht fassen konnte und immer nur »Papa, Papa, Papa!« plärrte, und der Papa ließ sich auch nicht lange betteln und langte ihm erst einmal eine. »Schreit net so rum, da wird man ja taub.« Dann nahm er den flennenden Jacob auf den Arm und ging mit ihm in die Küche, wo seine Frau schon sehnsüchtig auf ihn wartete. Die heulte auch, allerdings vor Freude. Er verzog sein Gesicht, nahm sie schnell in den Arm und meinte: »Jetzt kannst schon wieder aufhör'n, ich bin ja wieder da.« Und der Bub gab wieder »Papa, Papa« von sich, aber wesentlich leiser jetzt.

»So, und jetzt ist Schluss mit dem Gewinsel, sonst fang ich auch noch an zu heulen.«

»Wirklich, Papa?«, fragte der Kleine staunend.

»Natürlich nicht, was meinst denn du, ein rechter Mann weint doch nicht. Und sei net so vorlaut, sonst fangst gleich noch eine.« Dann drehte er sich mit dem Buben an der Hand um und ging wieder hinaus in Richtung Scheune, die Mama hinterher, setzte den Fünfjährigen auf den Dampftraktor und sagte dabei: »Mein Gott bist du schwer«, worauf der Jacob gleich wieder ungefragt seinen kleinen Mund aufmachte.

»Du Papa, bleibst du jetzt immer bei uns?«

»Das wirst schon noch sehen. Und, sag einmal, red'st du immer so viel? Das kannst dir gleich abgewöhnen, hier redet nämlich nur einer ungefragt, und das bin ich, hast mich?«

Und die Mama machte ein strenges Gesicht dazu, sodass der Bub gleich begriff, aus welcher Richtung ab jetzt der Wind wehte.

»Wo bleibt mein Bier, willst mich vielleicht verdursten lassen?«, blaffte der Adolf jetzt die Kreszentia an, die vor lauter Freude, dass der Krieg ihren Adolf so unverändert entlassen hatte, völlig auf ihre Pflichten vergessen hatte.

»Mein Gott, wo hab' ich heut' bloß mei' Hirn. Bin glei' wieder da.«

Mit einem knallroten Kopf von dem vorgelegten Tempo und zwei Flaschen Bier in der Hand tauchte sie keine dreißig Sekunden später wieder in der Scheune auf. In ihrem Übermut probierte sie dann auch noch einen Witz aus. »Eine alte Frau ist doch keine Dampflok.«

Der Adolf stutzte. »Wo hast denn das aufgeschnappt? Dich sticht wohl der Hafer.« Er beließ es aber bei der Ermahnung und wandte sich stattdessen seinem Sohn zu. »Putz dir gefälligst den Rotz aus dem Gesicht, wie schaust denn aus, so wirst nie ein richtiger Mann.« Dann schwemmte er sich den restlichen Staub aus der Kehle und machte sich an die Arbeit.

Als nach gut einer Stunde das Eisenvieh endlich wieder ratterte und stank wie ehedem, fuhr er es in den Hof. Dann gingen die beiden Männer wieder ins Haus, der Jacob mit vor Stolz geschwellter Brust vorneweg.

»Mama, ich hab' lenken dürfen, ich hab' das Dampfdings ganz allein' in den Hof gelenkt.«

Auf dem Tisch standen zwei Teller Suppe, mit »extra was drin zur Feier deiner gesunden Wiederkehr«, wie sie beim Servieren gesagt hatte und schon liefen ihr wieder die Augen über.

»Mama, du sollst doch nicht weinen, das hat der Papa doch verboten«, mahnte der Kleine.

Aber der schaute gar nicht hin, sondern lehnte sich stattdessen würdevoll zurück und lauschte mit glühenden Wangen und einem feierlichen Gesichtsausdruck dem berauschenden Lärmen des Dampftraktors. Seine Frau sagte nichts mehr, sie war einfach nur froh, dass sie ihren Mann wieder hatte und ansonsten damit beschäftigt, ihr Geheule in den Griff zu bekommen. Und für den Jacob existierte im Moment eh nur mehr die Suppe mit »was drin«.

Am nächsten Morgen war Adolf bereits vor Sonnenaufgang auf den Beinen und schuftete weiter. Elf Jahre lang, bis 1933. In dem Jahr machten sie den Herrn Hitler in Berlin zum Reichskanzler. An dem Tag machte er zum ersten Mal Pause.

Weil Adolf allem Modernen gegenüber aufgeschlossen war, drehte er das Radio auf, sodass man es bis in den Stall hinaus hören konnte, und gratulierte sich, in einer so spannenden Zeit leben zu dürfen. Dass sein Namensvetter Österreicher war, gefiel ihm zusätzlich, denn Österreich und

Bayern, das war ja fast dasselbe. Und als sie fünf Jahre später im Radio den Anschluss feierten, freute er sich ehrlich mit.

»So is's recht, endlich wächst z'samm' was z'samm' g'hört.«

Jetzt war er es, dem die Tränen in die Augen stiegen. Aber das hier, das war schließlich etwas anderes.

Geändert hat sich für ihn und alle anderen deutschen Volksgenossen erst einmal nichts, zumindest nichts Greifbares. Es war eher so ein Hochgefühl, das alle ergriffen zu haben schien, fast wie ein Schwips, der sich dann, als der ersehnte Krieg endlich gekommen war, zu einem veritablen Rausch auswuchs. Wieder ließ er Hof Hof sein und Familie Familie. Und auch Jacob, mittlerweile verheiratet und selbst schon Vater, zog in den Krieg. Adolf boxte ihm gut gelaunt in die Rippen und meinte nur: »Was haben wir für einen Mordsdusel, dass wir in so einer Zeit leben dürfen.«

Die Mutter weinte und bettelte, dass doch wenigstens einer ihrer Männer auf dem Hof bleiben solle, aber ohne Erfolg.

»Wir sind ja nicht lang weg, Mama.« Der Jacob wusste, wie die Mama zu trösten war.

Aber auch der Vater fand aufmunternde Worte. »Und außerdem, wenn das Vaterland ruft, wer will da zurückstehen, und jetzt hör' zum Heulen auf. Du musst ja nicht mit, alte Zimperliese.«

Dann lachte er und sie versuchte mitzulachen.

Die Maria ging derweil mit dem kleinen Alfons über der Schulter in der Küche auf und ab, wartete auf das erlösende Kopperl und biss die Zähne zusammen. Sie würde bestimmt nicht weinen, erst recht nicht vor dem Alten, da könnte der lange drauf warten. Aber auch sie ließ schon einmal vorsorglich ein bisschen Angst in ihr noch junges Glück. Damit es später nicht so brutal zuschlagen konnte, wenn es denn wirklich so weit kommen sollte.

Gemeinsam, wenn auch nicht in einer Kompanie, kämpften sich Vater und Sohn erst durch Polen, das ging ratzfatz, dann gleich weiter nach Norden, Richtung Skandinavien, im Frühjahr waren Belgien und die Niederlande an der Reihe, und schon im Juni standen beide in Paris. In einem seiner Briefe schrieb Jacob nach Hause:

Liebe Maria und liebe Mama.

Mir ist schon ganz schwindlig, so schnell wie das mit dem Erobern geht. Macht euch also bitte keine Sorgen. Wenn das so weitergeht, gehört uns bald ganz Europa, und dann sind wir schneller daheim, als wie wir gedacht haben. Der Führer ist wahrscheinlich der größte Feldherr aller Zeiten, der Vater hat das ja schon immer gesagt. Und dass er auch immer gesagt hat, dass wir glücklich sein dürfen, für ihn zu kämpfen, das sehe ich jetzt auch so. Ihr erinnert euch bestimmt daran, wie wir den Vater immer nachgemacht haben, wenn er so geschwärmt hat vom Führer, aber recht hat er gehabt, das sehe ich jetzt selber. Da werden wir ihm wohl Abbitte leisten müssen, wenn wir erst wieder alle miteinander auf der Bank im Hof sitzen und in die neue Welt hinausschauen. Und sollte einer von uns beiden doch noch für unseren geliebten Führer fallen müssen, dann müsst ihr glücklich sein, das müsst ihr mir versprechen, weil für den Führer zu sterben, ist wahrscheinlich das Größte, was einem passieren kann. Aber macht euch bitte keine Sorgen, so weit ist es ja noch nicht, und so weit wird es auch nicht kommen. Es liegt eben alles in Gottes Hand. Ich hoffe, euch geht es gut. Und Mama, halt dich einfach an der Maria fest, die ist stark und denkt wie ich. Und du, liebe Maria, ich weiß, du denkst wie ich, und große Zeiten erfordern nun einmal große Opfer. Das ist nicht von mir, sondern von einem Größeren, in diesem Sinn, Heil Hitler, liebe Maria. Es grüßt euch

Euer euch liebender Jacob.
Und drückt mir meinem kleinen Alfons ein Busserl auf beide Backen.

Während Adolf im Westen das Reich tapfer bis zum Schluss verteidigte, erlebte sein Sohn die Wende vor Stalingrad, wo er, keine drei Jahre nach seinem begeisterten Brief an die Familie, in der Eishölle der russischen Taiga, im Blut der Kameraden liegend, seine gesammelten Illusionen über den Führer und dessen geniale Kriegskunst, restlos und ein für allemal loswurde. Von zwei Jahren Arbeitslager völlig entkräftet, aber ansonsten gesund, abgesehen vom Verlust seiner beiden kleinen Zehen, kehrte der Vierunddreißigjährige im Frühjahr 1947 in seine Heimat zurück.

Ganz anders der Vater mit seinen dreiundsechzig Lenzen. Als dessen großdeutscher Traum ausgeträumt war, kroch er nach Hause wie ein geprügelter Hund.

Aber nicht, dass er jetzt übergeben hätte. Es steckte zwar keine Energie mehr in seinen alten Knochen, aber seine Wut auf alles und jeden, auf Gott und die Welt, reichte aus, um genau wie sein Vater vor ihm, bis zum Tod weiterzuwursteln. Nur dass der Tod sich diesmal nicht so lange betteln ließ wie beim Emeram selig.

Weil der Adolf nun einmal so war, wie er geworden ist, und den Hof lieber verkommen ließ, als dass er ihn an seinen Sohn weitergegeben hätte, sah sich der Jacob schon bald nach seiner Rückkehr gezwungen, nach etwas anderem Ausschau zu halten. Es konnte ja keiner wissen, dass er nur zwei Jahre hätte ausharren müssen, bis der Weg frei sein würde.

Als Knecht wollte er auf jeden Fall nicht gehen. Er hatte sich lange genug schikanieren lassen, erst vom Militär, dann vom Vater. Bei einem fremden Bauern den Dienstboten geben und dort, in der Fremde, abwarten, bis der Alte daheim den Weg endlich freigab, sei es durch vorzeitiges Ableben oder doch noch durch Einsicht? Nein danke.

Das Problem war nur, dass er außer Bauer zu sein und Kämpfen nichts gelernt hatte.

Die allabendliche Stallarbeit war getan, die Mutter erledigte gerade den Abwasch, Maria, seine Frau, hatte das Bügelbrett vor sich aufgebaut, der Alte stöberte in irgendwelchen Plänen, und auf der Eckbank kauerte Alfons, der neunjährige Spross der Familie, und rätselte über seinen Hausaufgaben.

Hin und wieder blickte Jacob von seiner Zeitung auf, sah, dass sich in den letzten zehn Minuten oder seit der letzten Zigarette nichts verändert hatte, wechselte ein paar Worte mit seiner Frau oder seiner Mutter und las weiter.

Erst wenn der Alte sich endlich in seine Werkstatt verzogen hatte, kam manchmal etwas von der alten Fröhlichkeit auf, als hätte jemand ein Fenster geöffnet, zwar nur einen Spaltbreit, aber genug, um eine Ahnung zu bekommen, wie schön das Leben sein könnte. Ein Aufseufzen ging durch den Raum, fing bei Maria an, Jacob hob ebenfalls den Kopf und schnaufte einmal tief durch, und ganz leise, als hätte sie Angst, dass der Alte jeden Moment zur Tür hereinkommen könnte und sie sofort handgreiflich zur Rechenschaft ziehen würde, zog Kreszentia nach. Als alle drei mit Durchschnaufen einmal dran gewesen waren und sich der kleine Alfons, vielleicht weil er dachte, dass sich das so gehörte, aber wahrscheinlich war es nur eine unbewusste Nachahmung, ebenfalls einen kleinen Seufzer von sich gab, konnte es sogar passieren, dass sie lachte. Aber es war nur mehr ein kümmerlicher Rest, wie ein Echo aus glücklicherer Zeit. Und das tat Jacob dann noch mehr weh.

Eigentlich hätte Jacob ja eine Schwester bekommen sollen, aber als sein Vater und der Doktor sich endlich durch den Schneesturm auf den Hof hinaufgekämpft hatten, war das Kleine schon eine ganze Stunde tot in seinem Körbchen gelegen, und die Kreszentia hatte die ganze Zeit nichts anderes tun können, als zu warten, dass der Doktor endlich käme, damit er das tote Etwas untersuchte und sie es beerdigen könnten. Danach hat sie keins mehr gewollt.

Ihr Schwiegervater und Onkel, der alte Emeram, war schon seit vielen Jahren tot, ihre Mutter, von der keiner wusste, wie sie geheißen hatte und wo sie beerdigt worden war, noch im Kindbett gestorben, und von einem Vater war nie die Rede gewesen. Manche glaubten zu wissen, dass noch am ehesten der Emeram ein Anrecht auf diesen Titel hätte. Seltsam, dachte sie jetzt oft, nie hat sie als Kind jemand von ihrer Mutter erzählen hören, und Fotos von ihr existierten auch keine. Als sie dann größer war und fragen hätte können, hat sie sich nicht getraut, und später, als sie sich getraut hätte, hat sie so lange nach einem passenden Zeitpunkt gesucht, bis der alte Emeram darüber gestorben war. Und er war der Letzte gewesen, der ihr noch Auskunft hätte geben können.

Vielleicht die schönste Zeit ihres Lebens war während des Ersten Weltkriegs gewesen, diese vier Jahre, in denen sie mit ihrem kleinen Jacob ganz allein auf dem Hof lebte und in denen sie tun und lassen konnte, was sie wollte. Jede freie Minute war sie, mit ihm auf dem Rücken, durch die Hochwälder, über die Almen und Matten der näheren Umgebung gestrichen.

Auch später noch, da war er schon längst verheiratet, waren sie so oft es ging gemeinsam losgezogen, sammelten Kräuter und Pilze und stellten dabei heimlich Kaninchenfallen auf.

Während der Schlaf, der die Welt jede Nacht aufs Neue in den Urzustand der Liebe zurückversetzt, damit sich die Menschen vielleicht am nächsten Morgen daran erinnern, den Rest der Familie noch fest umschlungen hielt, den kleinen Alfons mit seinen Eltern genauso wie den schnarchenden Alten in der Ehekammer, stand sie leise auf und weckte ihren Sohn. Zu zweit zogen sie dann los. Diese wenigen Stunden, dieser Rest von Freiheit, den sie sich aus ihrem Schlaf herausschneiden musste, war alles, was ihr vom Leben geblieben war.

Wenn der Jacob zwischendurch einmal von seiner Zeitung aufsah und dabei heimlich seiner Maria beim Bügeln zuschaute oder dabei, wie sie dem Alfons bei den Hausaufgaben half, fragte er sich jedes Mal, wie es ihm eigentlich gelungen war, so eine Schönheit wie die Schwinghammer Maria aus Mittenwald zur Frau zu bekommen. Wenn er zu lange hinschaute, konnte es passieren, dass ihre Blicke sich trafen und sie ihm ein freches »Ist was?« hinwarf. Dabei machte sie die Augen ganz klein, so, dass links und rechts feine, scharfe Fältchen aus den Augenwinkeln sprangen. Dazu schickte sie ihm zwei blaue Blitze hinüber, dass ihm ganz anders wurde.

Es hätte alles so schön sein können, wenn nur der Alte nicht so ungut gewesen wäre. Ihm, seinem Sohn, tat er nichts, er hätte sich das auch nicht gefallen lassen. Aber die Mutter litt furchtbar unter der gnadenlosen Wut des Alten, auf die Welt, den verlorenen Krieg, sein Schicksal, auf alles einfach.

Ein einziges Mal hatte Jacob mit ihm über das geredet, was ihn so umtrieb. Er hatte ja schon vorher gewusst, was los war, zumindest die Richtung. Er war schließlich auch im Krieg gewesen und hatte da Sachen gemacht, für die hätte man ihn nach dem Krieg jederzeit aufhängen können.

Aber ihn plagte das nicht so wie seinen Vater. Er hatte immer nur getan, was man ihm befohlen hatte, und daran hielt er sich jetzt.

Ganz anders der Vater, ein begeisterter Hitleranhänger von Anbeginn, den er nur auf Drängen seiner Mutter hin und wieder in seiner Werkstatt besuchte, wo er jetzt in seinem graublauen Kittel, ein Sensenblatt vor sich auf den Knien, hinter dem Dengelstock saß und mit leeren Augen in die Nacht hinausstarrte.

»Und i steh do und es hoaßt, zehne für oan von de' unsern ...« Aber in dem Dorf, das sie für ihr Exempel ausgesucht hatten, gab es nur Kinder, alte Leute und Frauen. »Und dann daschiaßt si' der einfach selber!«

»Wer?«, hatte Jacob gefragt.

»Ja wer scho, da Hitler, wer sonst.«

Und er stand jetzt da mit der ganzen Verantwortung, saß jede Nacht in seiner Werkstatt, weil er sich nicht einschlafen traut, weil ihn dann gleich wieder die Französin mit den großen, ungläubigen Augen und dem Loch mitten in der Stirn anstarrt.

»Und de foit einfach net um, verstehst, Jakl, bleibt einfach steh' und schaut mi' o', schaut mi' einfach nur o', so, ois daat de überhaupt net dro denga, dass verreckt. Und der haut einfach ab!«

»Wer, wer haut einfach ab?«, musste Jacob erneut nachfragen.

Der Alte bäumte sich auf, Rotz und Wasser im fleckigen Gesicht und plärrte: »Wer scho', ja wer denn scho', du Siach, für wen ham mir denn des ois auf uns g'nomma, ha? Warst du vielleicht net in Stalingrad, ha? Wer wacht denn jede Nacht auf und schreit ›Achtung, da Iwan, ois in de Unterständ'‹, ha? Da Hitler hoit, wer sonst!« Dann drehte er sich wieder zum Fenster und murmelte heiser hinaus in die Nacht: »Und de foit einfach net um, warum foit de net um, und des bei am Kopfschuss. Da foit ma doch um, do reißt's oan doch förmli' um. Foi um, du Franzosensau!«, plärrte er in die Nacht.

Nur für ihn verlässt sie jede Nacht ihr Grab in einem kleinen Ort in der Normandie, dessen Namen er nicht einmal kennt und in dem auch er sein Leben verloren hat, nur, dass sein Sterben Jahre dauern wird. Nur für ihn steht sie jetzt mitten im Hof.

Er sprang auf, legte die Sense an wie ein Gewehr und beschrieb ruhig, was er gerade tat: »Hob' i no' amoi nochg'lod'n und ihr an Bauchschuss verpasst, damit s' endlich umfoit, verstehst, de war doch scho hin, verstehst, de war scho hinüber, des war doch bloß, damit's endlich umfoit.« Er krümmte den Finger, rief laut »peng« und schrie genauso wie damals: »Stirb, stirb endlich, foi endlich um!« Dann nahm er langsam die Sense herunter, und seine Stimme klang verwundert, als er sagte: »Aber des hat de mir net verzieh'n, verstehst. Dass i no amoi nochg'lod'n hab, des hat de mir net verzieh'n. Nur wega dem Bauschuss, versteht? Net wega dem Kopfschuss, verstehst mi?« Er schaute seinem Sohn in die Augen und schüttelte den Kopf. »Na, du verstehst net, macht nichts. I woaß es, i konn's in ihre Aug'n les'n.« Er spreizte Zeige- und Mittelfinger der rechten Hand zu einem V und deutete in die Nacht hinaus. »Weil red'n duat de ja net mit mir. Aber seitdem hot s' mi' am Wick'l. Geht einfach nimma weg, nie mehr, obwoi i ihr des scho' tausendmal erklärt hab.«

Die Sense rutschte ihm aus der Hand und fiel scheppernd zu Boden. Sie starrten sich in die Augen und bemerkten es nicht einmal. Mit beiden Händen hängte sich der Adolf an das Revers seines Sohnes, um ihm noch einmal zu erklären, wie das alles gekommen sei, mit ihm und dem Hitler, dass er das alles nur gemacht habe, weil er ihm ewige Treue geschworen habe, seinem Namensvetter. So, wie er es auch jede Nacht seiner Besucherin erklärte.

»Und dann macht si' der einfach aus'm Staub und lasst mi z'ruck, und i steh' jetz' do, Alfons!«

Wieder brach er zusammen, diesmal endgültig, und der Jacob ließ ihn sitzen und ging hinaus in die Nacht.

Von Stund an gingen sie sich noch mehr aus dem Weg, der Jacob, der das alles so gut es eben ging von sich schob, und sein Vater, der das nicht konnte, der keine Zukunft mehr hatte, nur noch diese Drecksvergangenheit, der auch nur einen Befehl ausgeführt hatte, und wenn er es nicht gemacht hätte, dann halt ein anderer. Tot war sie sowieso. Aber seinem Gewissen war das nicht egal, das pochte darauf, dass er es war, der abgedrückt hatte. Er und kein anderer.

Das Einzige, was den Jacob vielleicht noch interessiert hätte an dem verlorenen Krieg, war, wie es eigentlich gekommen war, dass sie die Schuldigen waren und andere als Helden des Widerstands in die Geschichte eingegangen waren? Hatten die nicht genauso mitgemacht? Erst als sie gemerkt hatten, dass ihr schöner Krieg nicht mehr zu gewinnen war, hatten sie sich doch gegen ihren obersten Kriegsherrn gewandt und versucht, ihn ins Jenseits zu sprengen. Er, Jacob, hatte ihre Befehle ausgeführt, auch Exekutionen an der Ostfront, bei den sogenannten Untermenschen, wo keiner gefragt hat, ob dreizehnjährige Buben eigentlich schon Partisanen sein konnten. Und was war mit denen, die heute immer noch oder schon wieder in Amt und Würden waren? Und da sollte ausgerechnet er sich das Leben schwerer machen, als es eh schon ist?

Nur seinem Vater, dem Adolf, der jetzt nicht mehr Adolf gerufen werden wollte, gelang es nicht, die Vergangenheit abzuschütteln. Er machte lieber aus jedem Tag ein kleines Martyrium, für sich selbst, seine Frau, seinen Sohn, für alle, die mit ihm unter einem Dach leben mussten. Und lieber gingen sie alle abends zeitig zu Bett, als ihm noch einmal zu begegnen.

Früher, vor dem Krieg, waren sie jeden Abend zusammengesessen, da war das noch etwas, auf das man sich freuen konnte. Nach dem Abendessen holte der Vater die Gitarre unter der Bank hervor, drehte ein bisschen an den Stimmschrauben, und los ging's. Die Mutter verfügte noch über ihren weichen, etwas schleppenden Alt, in den hinein der Vater mit viel Gefühl seinen Bariton wob, sodass Jacob erst mit seiner hellen Knabenstimme, später als Tenor, darüber brillieren konnte. Seine Mutter meinte immer, aus dem werde noch mal ein richtiger Heldentenor, nicht Tenor, Heldentenor, hat sie gesagt, wie der Caruso, von dem sie sogar mehrere Schallplatten hatte.

Wenn dann auch noch der alte Gmeiner nebst Frau, Hackbrett und Sohn Johann herüberschauten, ging es meist bis nach Mitternacht mit Singen, Musizieren und Lustigsein. Und am nächsten Morgen waren alle heiser, weil sie es wieder einmal übertrieben hatten, und die Arbeit ging ihnen an dem Tag gar nicht gut von der Hand. Trotzdem saßen sie schon am selben Abend wieder beieinander. Und wenn einer so müde war, dass er noch am Tisch einschlief, weckte man ihn nach einiger Zeit wieder auf und lachte ihn aus. Und zur Strafe musste er sich ein Schnaderhüpfl auf seine Kosten anhören, das die anderen sich derweil zusammengereimt hatten.

Das war eine schöne Zeit gewesen. Nicht nur in der Erinnerung.

Fast hätte er sie übersehen, eigentlich hatte er sie schon übersehen.

Es war nur dieses eine Wort, schwindelfrei, das ihn noch einmal zurückblättern ließ zu der gerahmten Anzeige. Das war es auch gewesen, der Rahmen. Er hatte die Annonce für eine Todesanzeige einer wichtigen Person gehalten. Er kannte aber niemanden, der wichtig war. Ausgerechnet in seiner Sonntagszeitung suchte eine Hamburger Firma Männer für ein großes Staudammprojekt in den Dolomiten. Dolomiten, auch so ein Wort, wie erfunden für ihn. Genauso wie Abenteuer oder eben schwindelfrei. Und diese drei Wörter fanden sich in dem Inserat. Aber auch, dass sie gut zahlen würden, stand drin. Er fing noch einmal ganz oben an.

Wollen Sie Abenteuer erleben und dabei viel Geld verdienen?
Sind Sie ein junger Mann? Schwindelfrei? Stark? Fleißig? Mutig?
Wenn JA, dann sind Sie unser Mann.
AUF IN DEN SÜDEN, AUF IN DIE DOLOMITEN,
AUF ZUM PASSO DI FEDAIA, AUF ZUM STAUDAMMBAU.
Nähere Auskünfte erhalten Sie bei der Redaktion Ihrer Heimatzeitung.

Dass er daran nicht schon früher gedacht hatte! Wenn er nicht Bauer sein konnte, warum dann nicht gleich etwas ganz anderes machen? Und zwar nicht irgendetwas. Genau das! Abenteuer erleben, in den Bergen herumklettern, Kameradschaft, fremde Länder. Und dabei auch noch viel Geld verdienen. Wieder und wieder und ganz genau, jedes Wort einzeln, las er die Anzeige, bis er sie fast auswendig konnte.

»Maria? Maria, schläfst du schon?«

»Ja, was gibt's denn?«

»Maria, ich hab' eine Anzeige gelesen, in der Zeitung, die suchen da Arbeiter beim Staudamm in Südtirol.« Er wollte seine Stimme nicht zu begeistert klingen lassen.

»Ja, und?«

»Ich mein' ja bloß.«

»Was?«

»Ich mein', ich mein', das könnt doch auch was für mich sein.«

»Alfons, du bist Bauer, und jetzt schlaf' wieder. Die suchen doch bestimmt keine Bauern.«

»Die nehmen jeden.«

»Das wird was G'scheites sein, wenn die jeden nehmen. Gut' Nacht.«

»Nicht jeden natürlich«, korrigierte er sich.

»Was red'st denn, jeden oder nicht jeden?«, gähnte sie in ihr Kopfkissen.

»Ach, schlaf lieber wieder, reden wir morgen weiter.«

»Jetz' is' auch schon egal, jetz' bin ich schon wach, also red' schon. Was willst denn sagen?«

Er kratzte sich am Kopf, setzte sich umständlich auf und griff nach seinen Zigaretten. »Natürlich nehmen die nicht jeden. Das ist eine Firma aus Hamburg, meinst, dass die jeden nehmen!? Bestimmt nicht, die suchen sich schon die Besten aus. Mutig, fleißig, schwindelfrei, das muss einer schon sein, und noch was, was mir jetzt grad nicht einfällt, Herrgott, was war das jetz' noch? Is' ja egal, auf jeden Fall meld' ich mich. Gleich morgen gehe ich hinunter zur Zeitung. Das heißt«, er nahm einen tiefen Zug, »wenn du mich lässt.«

»Ach Jacob.«

Während des Kriegs, der ihr den Mann wegnahm, hatte sie jeden Abend und jeden Morgen gebetet: Lieber Gott, lass ihn nur bitte wieder heimkommen, egal wie, egal in welchem Zustand, Hauptsache, ihn wiederhaben, den geliebten Ehemann. Und dann, sie hatte schon gar nicht mehr daran geglaubt nach den vielen Monaten ohne Nachricht, stand er plötzlich in der Küche. Und kaum war ein Jahr vergangen – und wie schnell hatte sie sich wieder an ihn gewöhnt, auch an die Einschränkungen, die ein Mann im Haus mit sich bringt – da sollte sie ihn schon wieder hergeben.

Und wie geschickt er das eingefädelt hatte. Zuerst wurden ein paar vage Andeutungen in den Raum gestellt, dann wurde ein bisschen herumgestottert. Und während sie sich noch fragte, von was er eigentlich sprach, wo er denn hinwolle mit dem Gerede und warum mitten in der Nacht, stand plötzlich dieser Halbsatz mitten im Raum: Wenn du mich lässt. Und sofort hatte sie dieses flaue Gefühl in der Magengrube, das sie schon kante. Es dauerte noch ein paar Sekunden, bis ihr Hirn erste Bilder lieferte, und schon sah sie sich wieder verlassen auf dem Hof, mit dem bösen Alten, dem Kleinen, der gerade aus dem Gröbsten heraus war, und dem ganzen Sack voll Arbeit und Sorgen, den sie ab sofort wieder alleine schleppen müsste.

Und was war mit der Liebe? War das alles nur hohles Geschwätz? Kalter Schweiß trat ihr aus allen Poren. Jetzt bloß nicht krank werden, schoss es ihr durch den Kopf, und als Nächstes: Wie interessant, das Pflichterfüllungsprogramm hat schon auf Einzelbetrieb umgeschaltet.

Und wenn sie jetzt nicht Ja und Amen zu den Plänen ihres Gatten sagen würde, wäre sie auch noch die böse Ehefrau, die dem Mann das Leben schwer macht, die ihn nicht leben lässt, wie es für einen rechten Mann gehört. Wild, frei, ungebunden. So war das also, so fing es also an, und am Ende würde sie eine vor der Zeit gealterte, kraftlos durch das Leben schleichende Betschwester sein.

Ihr fiel ein, was sie einmal als Kind aufgeschnappt hatte, von der älteren Schwester ihres Vaters: Dass da, wo sie herstammten, aus Rohrbach in Niederbayern, dass da die Mütter bald nach der Geburt mit ihren neugeborenen Mädchen in die kalte Nacht hinausgingen, damit der liebe Gott sie wieder zu sich nehmen und ihnen so das Frauenleben ersparen möge. Und wie schnell hat sich so ein kleiner Wurm eine Lungenentzündung geholt. Sie hatte sich damals nur schaudernd gedacht, bloß gut, dass dieses Niederbayern, wo die grausamen Mütter leben, so weit weg ist und dass sie schon so groß war und kein Baby mehr. Dann hatte sie ihrer Puppe schnell die Ohren zugehalten, damit die das nicht mitbekam und gleich begonnen, eine neue Decke für ihren Puppenwagen zu häkeln.

Aber jetzt dachte sie anders darüber, jetzt, in diesem Moment wäre es ihr lieber gewesen, wenn ihre Mutter sie damals auch dem lieben Gott zurückgegeben hätte. Dann wäre sie jetzt tot und hätte ihre Ruhe. Aber was nicht war, konnte ja noch werden. Da würde er schön blöd schauen, wenn sie sich aufhängen würde, Seile hingen genug herum im Stall … Nein, das mit dem Aufhängen würde wohl noch warten müssen, das konnte sie dem Alfons nicht antun, und die Kreszentia, die wäre dann ganz alleine mit dem Alten. Aber etwas anderes konnte sie ihm antun. Sie würde ihm einfach seinen Herzenswunsch – Herzenswunsch, von wegen, dass ich nicht lach' – aber genau das war's, sie würde ihm einfach keine weiteren Kinder mehr schenken, da konnte er sie besteigen, wie er wollte. Wenn sie ihn überhaupt noch einmal drüber ließe. Und sie wusste, wie wild er auf sie war. Wie er sie erst heute Abend wieder angeschaut hatte, als würde er sie am liebsten sofort aufs Bügelbrett werfen. So, und jetzt, du gottverdammtes Weiberschicksal, komm und nimm deinen Lauf.

»Ich bin ja nicht für immer weg, ich darf bestimmt jedes Wochenende heim«, säuselte er.

»Jedes Wochenende, meinst wirklich?«, flötete sie zurück.

»Bestimmt«, antwortete er. Dann dachte er, mein Gott wie schnell das durchgeht.

»Vielleicht nehmen's dich ja gar nicht, wenn die bloß die Besten nehmen?«

»Traust mir des net zu?«, meinte er verwundert.

»Was trau' ich dir nicht zu?«

»Dass ich des kann.«

»Was?«

»Ja, so eine Arbeit auf dem Bau?«

»Warum sollst du des nicht können?«

»Ja, weil du g'rad g'sagt hast ...«

»Ich hab' gar nichts g'sagt. Gib mir lieber auch eine.«

»Seit wann rauchst denn du?«

»Ich rauch' net, nur jetzt.«

»Die san aber stark.«

»Mir doch wurscht.«

Eine Zeit lang verriet nur das Aufglimmen der Zigaretten, dass sie noch wach waren.

»Solang' der Vater das Sagen hat, da heroben, was soll ich da? Dass der ans Übergeben denkt, vorher verreckt der doch. Und der Hof läuft mir nicht davon, der steht in hundert Jahren immer noch.«

»Ich versteh' dich ja«, log sie.

»Lässt mich dann gehen?«

»Natürlich lass ich dich gehen, was fragst denn so blöd, du bist doch der Mann.«

»Na, net so. Wenn du mich geh'n lässt, dann musst mich schon gern gehen lassen.«

»Gern? Ja spinnst jetzt! Was willst denn noch? Aber bitte, dann lass ich dich halt gern gehen, wenn dir das so wichtig ist.«

Konnte es sein, dass ihr das wirklich so egal war, dass er gehen wollte?

»Wenn dir des so wichtig is! Davon kann doch gar keine Rede sein! Ich muss, weil ich es nicht mehr aushalt!«

Andererseits konnte er froh sein, dass das so glatt durchgegangen war. Schnell beruhigte er sich wieder und hob die ganze Angelegenheit erst einmal auf eine quasi höhere Ebene, wo sie ungestört abkühlen konnte.

»Außerdem kann es nicht schaden, wenn wieder einmal Geld hereinkommt, so wie wir dastehen momentan«, sagte er.

»Jetzt übertreibst aber, bisher hat's auch immer g'reicht.«

»Ja gereicht, aber wie halt.«

Wieder sendeten die Zigaretten hektische Botschaften in die Nacht.

»Gibst mir deinen Segen?«

»Meinen Segen?« Bekam er denn nie genug? »Tätst ohne den daheim bleiben? Und denkst du eigentlich auch an die Mama und den Alfons?«

»Ja, der Alfons, die Mama, ja, das stimmt, für die wird das hart. Aber sie haben ja dich. Und ich bin ja nicht aus der Welt.«

Eine große, düstere Leere breitete sich in ihr aus. So einfach ist das also für dich, dachte sie und beugte sich hinüber zum Aschenbecher. Er ergriff die Gelegenheit und fasste ihr an die Brüste.

»Maria.«

»Nichts Maria, nimm deine Finger weg! Spinnst du jetzt, weg hab' ich g'sagt!«

»Gut' Nacht, Maria.«

»Gut' Nacht.«

Als es dann so weit war und er Abschied von daheim nehmen musste, hätte er seinen gepackten Koffer am liebsten wieder in die Ecke gestellt. Aber dann plärrte der Vater zum Fenster heraus, dass er sich bloß vor dem falschen Itakerg'schwerl in Acht nehmen solle und ja keinem von denen den Rücken zudrehen, wenn er nicht mit einem Messer im Rücken aufwachen wolle und dass dieses feige Pack damals dem Hitler in den Rücken gefallen sei und von wegen der Mussolini, das Großmaul. Da verzogen sich die Gefühlsnebel schlagartig und der Abschied fiel ihm gleich viel leichter.

Ganz wie sein Vater früher war auch der Jacob ein allem Neuen gegenüber höchst aufgeschlossener Mensch, und schon wenige Wochen nach seiner Ankunft am Passo di Fedaia entfachte der Anblick einer perspektivisch gezeichneten zweistegigen Plattenbalkenbrücke in ihm deutlich mehr Leidenschaft als ein bunter Abend im Kreis der Kollegen.

Seinen Vorgesetzten, den Ingenieur Thomas Meinarz, ein großer, schlanker Mann, blond, klarer Blick und kaum drei Jahre älter als er selbst, kannte er bereits vom Einstellungsgespräch. Drei Tage war der Herr Ingenieur von früh bis spät auf seinem Platz gesessen und hatte jeden gleich konzentriert angeschaut, den letzten noch genauso wie den ersten. Als der Jacob, er war der sechste in der Schlange der interessierten Jungmänner aus der Gegend, die meisten von ihnen Knechte oder Kleinhäuslersöhne, kaum ein Bauernsohn darunter, zumindest keiner, den er kannte, in diese strahlenden Augen blickte, fühlte er sich unmittelbar zurückversetzt in seine Zeit bei der Wehrmacht. Da hatten sie auch diese Vorzeigearier, die einen mit ihrem eingeübten kalten Blick ansahen, dass man sich gleich vorkam wie der letzte Dreck.

Als der Jacob den Ingenieur später einmal fragte, warum er die Leute eigentlich alle nach Murnau hatte kommen lassen, wo er doch in Garmisch inseriert habe, antwortete er auf seine hanseatisch-sachliche Art: »Weißt du, Alfons, wenn die Leute sich nicht einmal die Mühe machen und bis nach Murnau herauskommen, dann sind das von vornherein nicht die Richtigen für uns.«

»Und warum dann nicht gleich München?«, schob der Jacob leicht belustigt nach.

»Erstens finden wir die Leute, die wir brauchen, nicht in der Stadt. Und zweitens kann es sich nicht jeder leisten, einfach mal nach München zu fahren. Und dann, wo in München? Da hätten wir vielleicht gute Leute abgeschreckt, die Angst haben vor der Stadt. Oder wärst du nach München gefahren?«

»Ich schon.«

»Ja, du schon«, lachte der Ingenieur.

Zu der Zeit wusste der Jacob auch längst, dass Thomas Meinarz kein ehemaliger SS-Mann war, sondern einer alten Hamburger Unternehmerfamilie entstammte, die nach 33 rechtzeitig erkannt hatte, was da auf sie zurollte, und den jüdischen Zweig ihrer Familie vorsorglich ins Ausland gebracht hatte.

Gleich nach Kriegsende war Meinarz über die Schweiz wieder in die Heimat zurückgekehrt und machte da weiter, wo seine Familie vor dem Krieg aufgehört hatte.

Wie beeindruckend erschienen ihm die Dolomiten, diese riesige Gebirgskette zwischen dem Pustertal im Norden, Sexten, Kreuzbergsattel und Piave, Valsaguna im Süden und den Tälern von Etsch und Eisack. Und mittendrin die Marmolata, dieses gewaltige Bergmassiv rund um das Staudammprojekt am Passo di Fedaia. Wenn er abends oder an den freien Tagen über den Büchern saß, die ihm der Herr Ingenieur zur Verfügung gestellt hatte, und hin und wieder auf eine Zigarette ans Fenster der Baracke trat und hinausblickte auf dieses grandiose Panorama, auf welches Kleinformat schrumpfte ihm da die Welt, aus der er gekommen war. Und schon nach nur einer Woche stellte er betroffen fest, dass er es sich eigentlich gar nicht mehr vorstellen konnte, jemals wieder zurückzukehren. Nach all den vergeudeten Jahren im Feld und dem Joch, das ihm sein Vater danach aufgebürdet hatte, war er im Herzen froh, hier zu sein und endlich etwas Sinnvolles tun zu können.

Zwei Jahre führte Maria Haus und Hof gemeinsam mit ihrer Schwiegermutter, und in der ganzen Zeit fiel kaum ein lautes Wort zwischen den beiden Frauen. Und alle Liebe, die sie in sich trugen, steckten sie in das Kind. Und alle drei gemeinsam fürchteten sie sich vor dem Großvater.

Dann war die Maria plötzlich alleine mit ihrem Buben.

Anfang März 1950, in ihrem dreiundsechzigsten Lebensjahr, starb Kreszentia. Schon lange hatte sie kein Geheimnis daraus gemacht, dass ihr der Lebenswille abhanden gekommen war. Trotzdem war es ein Schock. Drei Monate später, mit fünfundsechzig, starb Adolf Stockinger. Und er hatte es nur deshalb so eilig gehabt, weil er seiner Frau den Sonnenplatz im Himmel nicht vergönnte und weil ohne sie keiner mehr da war, an dem er jeden Tag seine Wut hätte auslassen können, wie die Mama sagte: »Und das glaubst, da wo der jetzt ist, da gibt's keine Oma und keinen Sonnenplatz, höchstens das Höllenfeuer.«

Die Oma starb, wie sie gelebt hatte, still und bescheiden. Obwohl noch nicht an der Zeit, hörte ihr Herz eines Nachts einfach auf zu schlagen.

»Alfons, schau doch mal nach der Oma. Sei so gut, die hat, scheint's, verschlafen.«

»Ja, mach ich, Mama.«

Als Alfons nach zehn Minuten immer noch nicht wieder zurück war, ging sie nachschauen. Sie öffnete die Tür und sah die Oma reglos auf dem Rücken liegen, die Kinnlade auf der Brust.

»Alfons! Um Gottes Willen! Was machst denn da?«, rief sie im Flüsterton.

Er kniete neben dem Bett, die Hände gefaltet, und schaute unverwandt auf das bleiche Gesicht seiner Großmutter und sagte nur: »Die Oma ist tot.«

»Bist dir sicher?«

»Ja, ich schau' ihr doch schon die ganze Zeit zu.«

»Du schaust ihr zu?«

»Ja.«

»Alfons, komm, geh raus.«

Auch der Opa machte drei Monate später nicht viel Aufhebens um sein Ableben. Nur, dass er nicht im Bett starb, sondern an seiner Werkbank.

»Das Herz. Genau wie bei der Kreszentia«, meinte der Doktor.

Immer wieder hatte sie ihn angeschaut, bei der Beerdigung, hatte ihn nicht gefragt, nur angeschaut. Und auch vorher, am offenen Grab seiner geliebten Mutter. Und er hatte nichts gesagt. Schon da stand die Frage im Raum, und der kleine Alfons sprach sie aus: »Papa, bleibst jetzt da?« Aber auch Alfons wartete vergebens auf eine Auskunft, und das Herz tat ihr weh, als sie den Buben so am Anzug seines Vaters hat ziehen sehen. Und der tat so, als hätte er nicht einmal bemerkt, dass da ein Menschenwesen seinen größten Herzenswunsch äußerte. Sie wiederholte die Frage nicht, sie wollte keine Diskussion anzetteln, die nur im Streit geendet hätte oder mit Tränen, denn es wären ihre Tränen gewesen. Vielleicht war das ein Fehler gewesen, vielleicht wäre alles anders gekommen, wenn sie gefragt hätte. Aber er hätte zu ihr kommen müssen, nicht umgekehrt. Er war der Mann. Er hätte sagen müssen, was passieren soll, hätte nur sagen müssen, jawohl, ich will nicht mehr auf den Hof zurück, nein, ich will kein Bauer mehr sein, tut mir leid. Genau so, oder vielleicht nicht ganz so grob, nur irgendetwas, dass sie sich auf den Weg hätten machen können, eine Lösung finden, irgendeine. Aber er war zu feige gewesen, und das hat sie ihm nicht verziehen.

So sah die Maria das und so bewahrte sie es sich in ihrem Herzen auf. Nie hätte sie sonst etwas angefangen mit dem Herrn Ingenieur. Nie!
Kennengelernt hatten sich Maria und Jacob 1935 bei den Feierlichkeiten zur Ortsvereinigung von Garmisch und Partenkirchen. Er wollte heim und sie zum Zug. Da bot er ihr seine Begleitung an. Den ganzen Weg redeten sie über die Ortsvereinigung, die keiner wollte, ohne die es aber im folgenden Jahr keine Olympischen Winterspiele gegeben hätte. Sie schwärmte von Sonja Henie aus Norwegen, die wahrscheinlich zum dritten Mal in Folge Gold im Eiskunstlauf gewinnen würde, er von Ivar Ballangrud, dem Eisschnellläufer, gegenseitig versicherten sie sich ihrer Begeisterung über den fulminanten Siegeszug der nationalsozialistischen Idee, redeten über die Arbeit, das Wetter, die Familie. Und wie es eben ist, wenn man gerade dabei ist, sich zu verlieben: Der Gesprächsstoff ging nicht aus, und der Jacob machte extra einen Riesenumweg und sie tat, als würde sie es nicht merken. Aber irgendwann fand er dann doch noch den Weg zum Bahnhof, und erst als sie weg war, fiel ihm siedendheiß ein, dass er vergessen hatte, sie nach ihrem Namen zu fragen und woher sie komme. Aber aus dem Sinn ging sie ihm lange nicht, und immer wenn er ins Tal musste, schaute er nach ihr. Und in diesem Sommer musste er oft ins Tal. Aber immer umsonst.

»Da is' wer für di'.« Sein Vater grinste über beide Ohren, als er die Werkstatttür aufmachte, um den Jacob von seinem Dengelstock aufzuscheuchen. Doch der schaute nicht einmal auf.

»Bist gar net neugierig?«, fragte sein Vater.

»Wart', i hab's gleich. Wer is' denn? Der Hans?«

»Schau selber, dann weißt es, aber i glaab', es rentiert si'. Jetz' kimm scho, stell di' net so, de Sans lafft dir scho' net davo'.

Auch sie hatte ihn nicht vergessen, den feschen Burschen vom Berg mit den lebhaften, fast schwarzen Augen im kühn geschnittenen Gesicht und den schön geschwungen Augenbrauen. Fast wie bei einer Frau. Und wie der geredet hatte! Es war ihr nicht verborgen geblieben, dass die Sprache eigentlich nicht sein Element war. Zu oft verhedderte er sich im Dickicht der Sätze und Satzhälften, nicht immer brachte er Gedanken und Worte zu gegenseitigem

Nutzen zusammen. Aber wie er sich abgemüht hatte, das war so lieb gewesen, das war einfach zum Gernhaben müssen, auch wenn sie sich manchmal regelrecht auf die Zunge beißen musste, um ihm nicht ins Wort zu fallen oder ihn nicht zu verbessern, wenn er etwas durcheinanderbrachte oder einen Satz irgendwo im verbalen Unterholz enden ließ. Auch dass er sie kreuz und quer durch Garmisch-Partenkirchen schleifte, wie das Ortsgebilde ab sofort hieß, hatte ihr gefallen – entflammtes Herz, was willst du mehr.

Aber als der Zug den Bahnhof verlassen hatte und sie wieder einigermaßen klar beisammen war, fragte sie sich dann schon, warum es ihn eigentlich gar nicht interessiert hatte, wo sie daheim war. Zumindest nach ihrem Namen hätte er sie fragen können. Oder sollte sie sich die ganze Zeit nur etwas eingebildet haben? Hat die ganze Zeit den Schnabel offen, aber das Wichtigste, das lässt er aus. So ein Depp! Das fragt man doch! Das ist doch das Wichtigste! Damit was weitergehen kann!

»Und du meinst, der wär' der Richtige? Du kennst ihn doch gar nicht, deinen Herzensbrecher ... Ein Bergbauer, soso. Wennst mich fragst, klingt das nach viel Arbeit und wenig Geld. Und das willst du dir antun? ... Aha, gut ausschau'n tut er. Und du meinst, das reicht? Von einer schönen Larve kannst nicht abbeißen ... Das spürst du? Aha ... Ganz tief drin auch noch, ja, ja, wo sonst ... Nein, ich mach' keine Witz'.«

Als sie nach einem Vierteljahr immer noch nicht geheilt war von ihrem Jodelkönig, erbarmte sich ihr Vater schließlich doch noch und zog Erkundigungen ein.

»Aber ganz unauffällig, hörst, Papa, nicht, dass der sich noch was einbildet, nicht, dass er vielleicht was mitkriegt und am End' gar meint, ich würd' ihm nachlaufen.«

»Ja, stimmt das vielleicht net?«, lachte er.

»Papa, bitte ...!«

Und dann, an einem ausgesucht warmen Sonntag im Vorfrühling, stand sie vor ihm, in ihrem Sonntagsdirndl, die blonden Haare zu zwei dicken Zöpfen geflochten, die Augen kornblumenblau, so blau, dass er gar nichts mehr anderes sah vor lauter Blau. Und aus denen sah sie ihn jetzt ein wenig schüchtern und ein wenig herausfordernd zugleich an.

»Kennst mich noch?«

Der Jacob lief an wie eine überreife Tomate.

»Freilich«, stotterte er, »ich hab dich doch sogar g'sucht.«

»Wirklich?« Jetzt wurde auch ihr ganz heiß.

»Jacob.«

Erst tat sie einen Schritt auf ihn zu, dann noch einen, dann bekam er ein Bein vom Boden, dann das zweite, und dann waren sie endlich da, wo sie sein wollten. Und wenn sie jetzt alleine gewesen wären, hätten sie sich wahrscheinlich geküsst.

Sie heirateten, so schnell es ging, am fünften April 1936.

Auf halbem Weg hinunter ins Tal hatte im vorigen Sommer eine kleine Gastronomie ihren Betrieb aufgenommen, das Café Kramerblick.

Eigentlich war es ein kleiner Hof mit ein paar Wiesen drum herum, zum Sterben zu viel, zum Leben zu wenig, wie es so schön heißt.

Dass mit dem Sach kein Auskommen zu finden war, konnte man schon alleine daran merken, dass keiner von denen, die sich bisher daran versucht hatten, länger als höchstens zwei Jahre durchgehalten hatte. Aber immer wieder versuchte es einer. Meistens kamen die Hungerleider aus dem Allgäu herüber, nie einer aus der Gegend.

Die einzigen beiden Flächen, die überhaupt etwas taugten, hatte der junge Adolf Stockinger so einem Kandidaten, als der mit seiner Frau und den fünf Kindern schier am Verhungern war, im Frühsommer 1909 abgeluchst. Und zwar für so wenig Geld, dass es eine Schande war.

Als die Kottmüllers, so hießen die armen Leute, nach einem weiteren verregneten Frühjahr und als sie es endlich aufgegeben hatten, auf ein Wunder zu hoffen, mit ein paar Reichsmark in der Tasche abgezogen waren, hatte er es sich nicht nehmen lassen, sie und ihre paar Habseligkeiten eigenhändig zum Bahnhof zu bringen. Und alle die dabei gewesen waren, zogen den Hut vor so viel Edelmut. Nur der alte Kottmüller kochte innerlich vor Wut, und seine Frau und die Kinder schämten sich furchtbar. Als sich dann der verhinderte Bergbauer nach seiner Frau und den Kindern an den johlenden Schaulustigen vorbei in den Zug zwängen wollte, versperrte ihm auch noch ein besonders ekelhafter, grobschlächtiger Kerl den Weg und nötigte ihn lautstark, sich öffentlich bei seinem Wohltäter für dessen selbstlose Hilfe zu bedanken. Der wusste natürlich, wie eins mit dem anderen zusammenhing, und das schlechte Gewissen war ihm durchaus anzusehen. Aber was will man machen, wenn das mit demselben Gesicht daherkommt wie die Bescheidenheit. Da will man dann auch nicht so sein und gibt halt notgedrungen den Heiligen. Dem Kottmüller jedoch, dem gab das den Rest. Er hätte den barmherzigen Samariter am liebsten auf der Stelle abgestochen wie eine Sau und den anderen, der ihn so sekierte, gleich mit, so einen Hass bekam er. Und dieser Hass schwang sich mit ihm aufs Trittbrett, setzte sich neben ihn ins Zugabteil und wich ihm nicht mehr von der Seite.

Einige, die drüben waren bei den Kottmüllers, erzählten, er habe sich tot gesoffen. Und dass er dafür nur ein knappes Jahr gebraucht hat, nötigte dann doch wieder einen gewissen Respekt ab.

Aber dieser Neue jetzt, schon wieder einer aus dem Allgäu, hinter vorgehaltener Hand allgemein bedauert, war gar nicht darauf aus, sich mit der Landwirtschaft abzuplagen. Sofort nachdem er eingezogen war, verpachtete er das bisschen Grund und machte aus dem Wohnteil eine nette kleine Jausenstation. Er selbst war gelernter Koch und seine Frau eine wahre Meisterin auf dem Gebiet der Mehlspeisen und Kuchen. Am Pfingstsonntag, mit Blasmusik und Freibier für alle, öffnete der Kramerwirt seine Wirtsstube nebst einem kleinen Gastgarten, den er gegenüber auf der anderen Seite des Forstwegs eingerichtet hatte. Auf diesen fulminanten Start, einen erfolgreichen Sommer und einen ebensolchen Herbst folgte unweigerlich der Einbruch im Winter. Dass es zäh werden würde, war dem lustigen kleinen Schwaben mit dem rotblonden Haarkranz und den rosigen Bäckchen schon klar gewesen, er hoffte halt, im Sommer genügend Stammgäste heranzuziehen, die ihn dann schon einigermaßen unbeschadet durch den Winter bringen würden. Nicht gerechnet hatte er mit der Widerborstigkeit der Eingeborenen.

Kaum lag der erste Schnee einen Meter hoch im Gastgarten des Kramerblicks, widmeten sich die Stammtische im Tal schon ihrem neuen Lieblingsthema, der Frage, wie lange es der Schwabe da oben bei Eis und Schnee und ohne Einkommen wohl aushalten und wann ihm endlich sein penetrantes Grinsen vergangen sein würde. Aber als der tapfere kleine Schwabe im nächsten Frühjahr immer noch da war und immer noch genauso zuversichtlich jeden anlächelte, der nachschauen gekommen war, ob er noch lebte, hatten sie sich erst einmal gewundert und ihn dann umgehend in ihr Herz geschlossen. Denn Tapferkeit und Stehvermögen sind Tugenden, die hoch geschätzt werden in einer Gegend, die zwar einmalig schön ist auf der Welt, aber zum Überleben nicht viel taugt. Und wenn einer sich überhaupt nichts gefallen lässt, weder Tod noch Teufel noch seine Mitmenschen fürchtet, dann hat er es geschafft, dann ist er angekommen, egal, von welchem Stamm er ist.

Von Stund an war er einer der ihren und er kannte sich gar nicht mehr aus vor lauter Geschäft. Und daran hat sich bis heute nichts geändert, außer, dass er mittlerweile längst unter der Erde liegt.

Die Hochzeit des jungen Paares kam auf jeden Fall gerade noch rechtzeitig, denn der aufgeweckte Schwabe und seine Frau waren wirklich am Ende ihrer Nerven. Und für die Stockingers war es praktisch, weil sie nach der Feier ihren Rausch nicht so weit zu tragen hätten. Und schon allein wegen der Nachbarschaft würde man bestimmt einen guten Preis aushandeln können. Dumm nur, dass der Wirt dasselbe dachte, bloß umgekehrt. Und so fiel die Hochzeit dann doch etwas teurer aus als vorausberechnet.

Um den aufgebrachten Adolf gleich wieder einzubremsen, ging der Wirt Punkt für Punkt, Zahl für Zahl die Rechnung noch einmal durch und wiegte dabei immer wieder bedeutungsvoll mit dem Kopf, besserte hier mit wichtiger Geste eine Ziffer aus, strich dort eine Zahl durch und kritzelte dafür eine andere hin. Aber am Ergebnis selbst änderte das nicht viel.

Gute Nachbarschaft, schön und gut, aber davon alleine könne schließlich keiner leben und außerdem gelte immer noch der eherne Grundsatz, Geschäftliches und Privates zu trennen, und wenn das jemandem nicht passe, dann täte es ihm zwar leid, aber dann müsse der halt woanders hingehen, schließlich sei er ja nicht die Wohlfahrt. Und nun stand er da, mit einem knallrotem Kopf und einer Menge Schweißperlen auf der Glatze, die er jetzt umständlich abtupfte, und schnappte nach Luft wie ein an Land geworfener Karpfen.

Er dachte schon einen Augenblick, er wäre durch. Aber der Adolf, der in einem Anfall von Großmannssucht angeboten hatte, die Feierlichkeiten ganz alleine zu bezahlen, worauf der Brautvater ehrlich erfreut: »Sauber, das nenn ich ein Wort« gesagt hat, etwas, mit dem der Adolf allerdings überhaupt nicht gerechnet hatte, keilte sofort zurück. Was er sich einbilde, der Schwabenschwengel, der windige, er solle froh sein, überhaupt so ein Geschäft gemacht zu haben, man hätte auch ins Tal hinuntergehen können, da gäbe es genügend Wirtschaften, die sich jeden Finger einzeln abschlecken würden. Eine Hochzeit gäbe es schließlich nicht jeden Tag auszurichten, und überhaupt, er legte eine kleine Kunstpause ein, bevor er zum ultimativen Vernichtungsschlag ausholte. Und überhaupt würde es ihn nicht wundern, wenn der Herr Schwabe, von dem keiner recht wisse, woher er eigentlich käme, von jüdischem Geblüt wäre, was wiederum kein Wunder wäre bei dem Geschäftsgebaren.

Totenstille jetzt, alle Augenpaare gerichtet auf den kleinen Mann in der blauen Schürze mit dem aufgenähten Enziansträußchen auf der Brust. Der machte erst ein erstauntes Gesicht, kniff dann die Augen zusammen, dass nur noch zwei kleine Fettwülste zu sehen waren, krempelte sich betont langsam beide Ärmel bis zum Ellbogen hoch, und jetzt war es der Adolf, der da augenscheinlich an den Falschen geraten war, weil einen Juden, der Kramerwirt machte jetzt ebenfalls eine kleine Kunstpause, warf sich in Positur und stemmte beide Fäuste in die Hüfte, einen Juden würde er sich nicht heißen lassen. Der Herr Stockinger, der vielleicht keinen Spiegel zu Hause habe, sonst würde er nicht so daherreden und rechtschaffene Wirtsleute derart unbegründet beleidigen, könne jederzeit seinen Stammbaum sehen, jederzeit, bis ins 17. Jahrhundert, nicht einmal der Führer selbst hätte so einen vorzuweisen. Und wenn er, der Herr Stockinger, das mit dem Juden nicht augenblicklich zurücknähme, dann …

Alles schaute jetzt auf den Stockingerbauer, sogar der Hund vom Wirt, was den Adolf am meisten durcheinander brachte.

»Ja, ja, ist ja schon gut«, krähte der zurück. Und dass er das auch gleich hätte sagen können, der Vorzeigearier, dann hätte man sich das ganze Gezeter nämlich sparen können.

Nachdem alsbald festgestellt wurde, wann und wo der jeweils andere, damals 14/18, aufrecht im Feld zur ruhmreichen Verteidigung des Vaterlands beigetragen hatte und dass man politisch und weltanschaulich auf gleicher Wellenlänge schwamm, war es eine Kleinigkeit, auch die materiellen Nöte des jeweils anderen entsprechend zu würdigen, womit einer umgehenden Versöhnung nichts mehr im Wege stand. Der Adolf zählte umstandslos die geforderte Summe auf den Tisch des Hauses, und der Schwabe schmiss eine Lokalrunde und zum Schluss noch eine Lage Obstler für einen sicheren Nachhauseweg.

Trotzdem schüttete der Adolf beim Verabschieden dem Kramerwirt noch schnell versehentlich eine Maß Bier über die Hose. Weil das letzte Wort da heroben, das wollte schon noch er haben.

Sonst passierte an diesem Tag nicht viel auf der Welt, zumindest nichts, was die beiden Hochzeiter mehr interessieren hätte können als sie selbst und ihr Glück.

Nicht einmal vom Herrn Hitler in Berlin gab es Neuigkeiten.

Teil 2

Da wäre mehr drin gewesen. Schade, Alfons.«

Mit diesem Satz, begleitet von einem bedauernden Schulterzucken, drückte ihm Herr Mang, sein Klasslehrer, das Abschlusszeugnis in die Hand, und mit diesem Wisch in der Hand ging Alfons zurück auf seinen Berg und wäre am liebsten nie mehr heruntergekommen. Aber sein Vater bestand auf einer vernünftigen Ausbildung. Also fuhr er einmal in der Woche gemeinsam mit Peter nach Weilheim in die Berufsschule.

Wenigstens kannte ihn dort keiner als den armen Sohn der nackten Selbstmörderin, auch gab es in der Landwirtschaftsschule keinen Religionsunterricht mehr und folglich auch keinen Pfarrer, der weiter in ihn dringen hätte können, von wegen, warum er nicht mehr zur Beichte käme und in der Kirche sähe man ihn auch nicht mehr. Aber was Alfons zu beichten gehabt hätte, wäre definitiv zu groß gewesen für den kleinen Beichtstuhl des Herrn Pfarrer.

Niemand hat sich das vorstellen können, am allerwenigsten der Schurike Mike, der sich seiner Sache so sicher war, dass es schon fast an Frechheit grenzte.

Die Sache hieß Regine Häusler und war die Tochter des Sägewerkbesitzers Karl Friedrich Häusler, genannt Lufti, aus Farchang, der in jungen Jahren ein recht lustiger Kerl und erfolgreicher Schürzenjäger war. Aber das war lange her, und wer den Lufti als jungen Menschen nicht gekannt hat, wäre nie darauf gekommen, dass er einmal ganz anders war, einer, zu dem der Name Lufti wirklich gepasst hatte. Vielleicht hatten ihm die Dörfler diesen lustigen Spitznamen ja auch deshalb verpasst, um ihn aufzumuntern, oder es handelte sich einfach um einen derben Scherz, der hängen geblieben war. Wer wäre schon auf die Idee gekommen, dass Lufti für Luftpumpe stand und dass die dazu gehörige Geschichte alles andere als lustig war.

Obwohl er sich das nie eingestanden hätte, war auch dem Stockinger Alfons die schöne Regine aufgefallen, ihr roter Pferdeschwanz, der so streng gebunden war, dass einem schon beim Hinsehen die Kopfhaut wehtat, die hoch angesetzten, jakutischen Wangenknochen und die grünen, leicht schräg stehenden Augen, die jeden, der ihr zu nahe kam, mit einer Verachtung ansahen, die fast schon an Körperverletzung grenzte. Eine fleischgewordene Kriegerinnenstatue, die so gar nicht hineinpassen wollte in die Riege der zukünftigen Jungbäuerinnen aus der Gegend.

Aber er gehörte der Mama, seiner übergroßen Schuld und der lebenslangen Buße, die er sich auferlegt hatte. Das war so, das blieb so, und davon würde ihn auch nichts abbringen. Auch keine Häusler Regine.

Dieses offensichtliche Desinteresse, nicht nur an der Regine, sondern an allem, was nicht zwingend zu seinem Bauernleben gehörte, dazu der dumpfe, gluthaltige Blick, mit der er die Welt auf Abstand hielt, ließen seine weiblichen Mitschüler nur umso eifriger um die Gunst des Unerreichbaren wetteifern. Umso mehr als dann auch noch durchsickerte, auf welch tragische Weise er seine Mutter verloren hatte. Auch Regine, gewohnt, zu bekommen, was sie wollte, und dass ein jeder zumindest sein Seelenheil für eine Nacht mit ihr opfern würde, konnte sich diesem abgründigem Zauber nicht entziehen. Aber sie merkte schnell, dass da kein Blumentopf zu gewinnen war, und wandte sich, bevor ihr dieser Jungöhi noch das Image versaute, wieder dem Schurike Mike zu.

Wie der Name schon andeutet, waren die Schurikes nicht von hier. Der Vater soll ein hohes Tier in der Wehrmacht gewesen sein, und sein Sohn, der kleine Michael, als Kind sogar mit Hitlers Schäferhund gespielt haben, in der Sommerfrische auf dem Obersalzberg. Geglaubt hat das natürlich keiner. In Wirklichkeit war der Schurike als Handelsvertreter für Damenunterbekleidung unterwegs. Aber Geld hatten sie.

Als sie im Sommer 45 von Berlin hierher gezogen waren, kamen sie erstens im Auto, und zweitens kaufte sich Mikes Vater sofort die alte Seidelmannvilla. Die bisherigen Eigentümer, die das Haus keine fünf Jahre zuvor für einen Spottpreis vom Erbauer Salomon Seidelmann übernommen hatten, mussten ganz plötzlich nach Argentinien auswandern.

Was allerdings Alfons' Bußgeschäft wirklich störte, da mochte er noch so dagegen ankämpfen, sich noch so sehr davon wegdenken, war der Trieb, der immer dann erwachte, wenn er sich zum Beten in die Küche vom Stockingerhof kniete.

Über ein Jahr kämpfte er dagegen an, dann gab er auf. Mit geöffneter Hose kniete er in seinem Büßereck und legte los, mit einer Inbrunst, als müsste er alles nachholen, was er in dem einen Jahr versäumt hatte. Dabei presste er die Lippen so fest zusammen wie er nur konnte. Kein Stöhnen sollte in die Welt hinaus, wenigstens das, ein kleines Zeichen des Widerstands. Dann betete er weiter.

Die ganze nächste Woche widerstand er dem Tier, dann kapitulierte er erneut und diesmal endgültig. Von da an onanierte er erst und kümmerte sich dann um das Seelenheil seiner Mutter. Das passte. Aber immer ohne Stöhnen.

»Du Alfons, magst mich eigentlich gar nicht mehr leiden? Das hat dir doch auch gefallen? Du weißt schon, wie wir getanzt haben.«

Katharina, die den Gedanken an eine Verbindung mit Alfons' Vater endgültig aufgegeben hatte, war jetzt vierundzwanzig Jahre alt und wollte endlich Bäuerin werden.

Aufgewachsen war sie in der Gegend um Benediktbeuern als Tochter eines armen Kleinhäuslers, der sich viel versprochen hatte vom Dritten Reich.

»Wirst sehen«, hat er immer gesagt, »wir kommen noch ganz groß raus, und die, die jetzt auf uns 'runterschau'n werden sich noch wundern, weil, weißt, der Hitler schaut auf uns kleine Leut', weil der war ja selber einmal ganz klein. Gell, da schaust, das würd' man heut' gar nicht mehr glauben. Aber ein Nichts war der, ein Niemand, genauso wie wir heut'. Und schau' was aus dem geworden ist.«

Dann schob er ihr die Bettdecke bis unters Kinn und wünschte ihr eine gute Nacht. Und meistens sagte er dann noch: »Und wenn wir dann erst mal in Russland sind, haben wir ein Gut mit so viel Land, so weit kannst du gar net schau'n, Dirndl.«

Und so träumte Katharina jede Nacht ihren Gutsbesitzerstochtertraum, in dem es von wunderschönen, zierlichen Geschöpfen, vornehmlich Prinzessinnen, jungen Adligen in schmucken Uniformen, von artigen Kammerzofen und Dienern in Livree nur so wimmelte. Und ihre Mutter war eine vornehme Dame, die nichts anderes zu tun hätte, als sich den ganzen Vormittag schön zu machen, in den Spiegel zu schauen und Kleider anzuprobieren und sich ab Mittag mit ihren ebenso vornehmen Freundinnen zum Kaffeklatsch zu verabreden. Der Vater wäre ein schneidiger Offizier in Fliegeruniform, säße in der Regel in kerzengerader Haltung auf einem großen, braunen Hengst, die Stiefel blank gewichst, und wartete bereits ungeduldig auf seine in den besten Internaten der Welt zwar gut erzogene, aber trotzdem ziemlich wilde Großgrundbesitzerstochterprinzessin.

In gestrecktem Galopp jagten sie vom Hof, hinaus in die unendlichen Weiten Russlands, wo sich von Horizont zu Horizont die gewaltigen Ländereien ihres Vaters erstreckten und Reihen von kräftigen Männern mit gezwirbelten Schnurrbärten und Frauen in bunter Tracht freudig ihrer Arbeit nachgingen, zwischen ihnen fröhliche Kinder, die spielten oder auch schon fleißig mitarbeiteten. Sobald die braven Leute die beiden herannahen hörten, wandten sie ihnen ihre gutmütigen Gesichter zu, nahmen die Strohhüte ab und grüßten untertänig. So froh waren sie, auf dem blühenden Gut des Vaters arbeiten zu dürfen.

Auf einmal ergriff eine seltsame Unruhe die guten Leute, sie sanken auf ihre Knie, richteten die Augen flehentlich gen Himmel und begannen zu beten. Ihr aufgeregtes, angsterfülltes Murmeln und ein schnell lauter werdendes, wildes Singen, unterlegt von einem anschwellenden, dumpfen, rollenden Stampfen, fügten sich zu einer Symphonie des Grauens, die ihr kalte Schauer über den Rücken jagte. Lauter und immer lauter erschallten die wilden Gesänge der Kosaken, die Erde dröhnte unter den Hufen ihrer Pferde. Mit angstvoll geweiteten Augen blickte sie hinauf zu ihrem Vater, und auch der starrte in die Ferne, aber anders, mit einem feinen Lächeln im Gesicht, Todesverachtung in den Augen. Jetzt, schrie es in ihrem Innersten und sie schloss die Augen, bereit, den Tod aus der Hand ihrer Widersacher entgegenzunehmen. Mit einer letzten, schier übermenschlichen Kraftanstrengung verzog sie ihren Mund zu einem Lächeln, selbst der Tod sollte in Ehrfurcht erstarren vor ihrer Tapferkeit. Doch, was war das? Unmittelbar vor ihrem Vater teilte sich die wilde Reiterschar. Der Unerschrockene war keinen Millimeter zur Seite gewichen, hatte nicht einmal mit der Wimper gezuckt, und ein Leuchten war in seinen Augen, eine Kraft, die reine Todesverachtung.

»Uuund Schnitt!

Nächste Szene, Nacht. Bitte Ruhe im Studio. Ruhe! Ruhe, verdammt noch mal! Na also, warum nicht gleich so. So, und jetzt alle Akteure bitte wieder auf ihre Plätze. Katharina, meine Liebe, bitte sei so nett, du auch. Und, Katharina, Liebes, ich brauch' jetzt dein ganzes Talent.

Uuund bitte!«

An großen Lagerfeuern, friedlich vereint bei Wein und Würfelspiel, lagerten Kosaken und Landarbeiter. Am größten, ein wenig abseits, sie und ihr Vater, und ihnen gegenüber, auf der anderen Seite des Feuers, der Anführer der Kosaken, ein schöner, großer Mann mit schmalem Gesicht, durchdringendem Blick und langen, schwarzen Haaren und noch ganz jung.

Rassige Zigeunerinnen mit großen goldenen Ohrringen trugen Weinfässchen von Feuer zu Feuer und füllten die Becher der Zecher. Plötzlich riss einer der Kosaken so einem Mädchen ihr Fass aus der Hand und ließ sich unter dem rohen Gelächter und den Anfeuerungsrufen der Umstehenden das rote Nass direkt in den Mund laufen. Bis er sich verschluckte und aufgeben musste. Schon fand sich ein anderer, der seinen Platz einnahm, dann der nächste, und dann noch einer und so weiter. Der letzte steckte sogar seine Zunge in das enge, dunkle Spundloch, um auch noch den letzten Tropfen herauszuholen, stand dann auf und warf das Fässchen unter dem Gejohle seiner Kumpane ins Feuer.

Für einen Moment kreuzten sich ihre Blicke. Wenn der junge Kosakenhäuptlings sie weiter so anschaute, würde sie sich unweigerlich in ihn verlieben. Aber als deutsche Frau wusste sie, dass man sich nicht unter Wert verkaufen durfte. Verzicht, Katharina! Wer zu Höherem geboren ist, muss früh lernen zu verzichten.

Der Regisseur gab ein Zeichen, augenblicklich wurde es still im Rund. Einigen der bärtigen Männer rannen Tränen übers Gesicht, und eine große Sehnsucht griff nach jedem Herzen, und von irgendwoher erklang das alte Lied der Taiga.

»Uund Schnitt!«

Als dann das Ende da war und kein Vater mehr, den sie hätte fragen können, wann sie denn jetzt endlich umziehen würden nach Russland, weil er war ja schon dort, nur tot, und die Mutter nur noch betrunken und ließ sich für ein paar Reichsmark von jedem hernehmen, der es gerade nötig hatte, ging sie mit ihren fünfzehn Jahren und einem kleinen Koffer in der Hand ins nahe gelegene Garmisch, um dort ihr Glück zu suchen.

»Geh zu die Amis, die haben alles, bloß keine Weiber, des ist dei' Chance, du bist jung und g'sund«, riet ihre Mutter.

»I geh' nur, wenn du mitkommst, Mama. Du musst auch mit.«

Aber ihre Mutter schüttelte nur traurig den Kopf. »Kind sei g'scheit, was wuist denn mit mir oid'n Schacht'l. Bei de' Amis, da mach' i koan Stich nimmer, schau' mi' doch bloß amoi an. Sei g'scheit. Und vielleicht nimmt di' sogar oana mit auf Amerika. Aber lass dir bloß koa Kind ohänga, sonst bist verratzt, hörst, da muasst aufpass'n. Mach's gut, Kind, und vergiß mi' net, wennst in Amerika bist.«

Knapp zwei Jahre blieb sie bei den Amerikanern. Zwei Jahre, in denen sie von einem zum anderen gereicht wurde, immer in der Hoffnung, dass einer sie mitnehmen würde ins Gelobte Land. Versprochen hatten es viele, es gehalten keiner. In manche war sie verliebt, in andere nicht. Manche taten ihr gut, andere weniger.

Einmal hatte sie einen kunstsinnigen Captain, und als der merkte, dass Katharina noch nie in einem Museum oder in einem der Königsschlösser gewesen war, sah er es direkt als seine Pflicht an, sie überall dort hinzuschleifen, wo seiner Meinung nach Kultur zu finden war.

Am besten gefielen ihr natürlich die Schlösser. Linderhof, Nymphenburg, Herrenchiemsee und natürlich Neuschwanstein. So hätte sie leben wollen, in all der verschwenderischen Pracht und Herrlichkeit. Aber die Museen, die vielen alten Bilder, die langweiligen Statuen, übergewichtigen Frauen, Männer mit Miniaturpimmelchen. Wenn das Kunst war, konnte sie gerne darauf verzichten. Wie man da stundenlang davor stehen konnte, war ihr ein Rätsel. Aber wer zahlt, schafft an.

Dieser Amerikaner war überhaupt ein wenig komisch, nicht nur sein Tick mit der Kunst. Irgendwann, eigentlich schon nach ein paar Mal, wollte er nicht mehr zahlen dafür, dass sie mit ihm schlief, einfach so. Nicht, dass er kein Geld gehabt hätte, er war vielmehr der Ansicht, dass man Liebe nicht kaufen könne. Doch da kam er bei ihr an die Falsche, »weil nichts ist umsonst, nicht einmal der Tod, weil der kost's Leb'n«, erklärte sie ihm. Der Captain war dann auch der Einzige, mit dem sie von sich aus Schluss machte. Und der war dann sogar richtig traurig. Überhaupt war er irgendwie seltsam, fast schon unheimlich. Gaben sich die anderen GIs damit zufrieden, Katharina so oft wie möglich ihr Ding reinzustecken und mit ihr hin und wieder Ausflüge an die nahen Seen oder in die Berge zu machen, hatte sich dieser seltsame Heilige mit der Nickelbrille auf der Knubbelnase doch tatsächlich in sie verliebt. Aber mitgenommen nach Amerika hätte der sie auch nicht, das war sicher.

Jede freie Minute verbrachte Katharina in den Bergen, wo niemand sie kannte und wo es auch keinen interessierte, welchem Broterwerb sie im wirklichen Leben nachging.

Sie musste nur über die Martinstraße gehen und über eine große Wiese laufen. Nur ein paar hundert Meter und sie war aus der Welt. Die feuchte Kühle, die sie sogleich umfing, das Rascheln im Laub, das sanfte Raunen eines nahen Bachs, dazu das Säuseln des Winds in den Blättern der Laubbäume, hin und wieder ein leises Knacken, ein Reh, das verwundert aufsah, ehe es zurück ins Unterholz brach, der Anblick des kleinen Forsthauses am Wegrand, in dem niemand zu wohnen schien, Eichkätzchen, die alle paar Meter über den Weg huschten, wie schön und wie schön weit weg von all der Härte und Lieblosigkeit, die sie umgab. Dazu die Geschichten von wilden Wölfen und Bären, verwunschenen Prinzen und Prinzessinnen aus den Märchen ihrer Kindheit, Sagengestalten aus den alten Mythen der Germanen, die jahrelang hoch im Kurs gestanden hatten und jetzt schnell wieder vergessen werden mussten. Hierhin hatten sie sich zurückgezogen und hier in diesen Bergen würden sie warten, bis eine neue Lichtgestalt sie dereinst rufen würde, bis ein neuer, gottgesandter Heros sie wieder auf ihren Thron setzen würde. Odin, Thor, Freya, der schlaue Lok, auch Siegfried und die Nibelungen, Kriemhild, das blonde Dummchen, der schwache Gunther, Hagen und ihre Lieblingsgestalt, Brunhilde, stärker als jeder Mann und nur durch gemeine List zu besiegen. Am Eingang zu dieser Welt der wirklichen und zusammenfantasierten Wunder legte auch sie ihren Panzer ab.

Erst ging es ziemlich steil bergan, sodass man gleich richtig ins Schnaufen kam. Dann, vielleicht nach einer halben Stunde Gehzeit, man hatte sich gerade eingewöhnt, den Schritt entsprechend verkürzt, öffnete sich der Weg und der Anstieg wurde flacher. Zu beiden Seiten drängten kleine Lichtungen den Wald nach hinten, ein Teich auf der linken Seite. Dann machte der Weg einen lang gezogenen Linksbogen, und schon war man wieder von Baumstämmen umzingelt. Als hätte sich der Bannwald nur zurückgezogen, um sich in einem unbeobachteten Augenblick hinterrücks auf einen zu stürzen. Weiter ging es Richtung Schlucht, das dumpfe Brausen der Fälle, erst noch ganz leise, aber Schritt für Schritt näherkommend, und plötzlich, nach der letzten Kehre, stand sie direkt davor. Nur einen Steinwurf weiter oben friedlich über Stock und Stein dahinplätschernde einzelne Rinnsale und ein träge vor sich hinträumender Gebirgsbach, vom großen Baumeister ohne Rücksicht auf Verluste von jetzt auf gleich in ein viel zu enges Bett zusammengezwungen, donnerten wild schimpfend und tosend keine zehn Meter an ihr vorbei in die Tiefe. Richtig losreißen musste sie sich jedes Mal von dieser Orgie aus Wasser, Licht und Lärm. Eine schmale Eisenbrücke brachte sie sicher auf die andere Seite. Dort folgte sie dem alten Triftpfad, der eng an der Wand, teils eingetunnelt, teils offen und nur durch ein altes, verbogenes Eisengeländer gesichert, an den tosenden Wassern entlang zum oberen Ende der Klamm führte. Von dort aus schienen glitschige Holzstufen geradewegs in den Himmel zu führen.

Nur wenig später stand sie auf einem schrundigen Hochplateau, besetzt mit dürren Weidegräsern, abgerissenen Moosflächen, gelbem Arnika, rosa Fingerkraut, auch ein paar blaue Enzianpflänzchen waren darunter, wild wachsenden Bergkräutern, dürrem Buschwerk und einer einzelnen großen alten Tanne. Direkt vor ihr erhob sich das wilde, zerklüftete Bergmassiv des Wettersteingebirges.

Lockeren Schritts ging sie weiter, bis hinauf auf die Hochalmen, wo manchmal noch mitten im Sommer Schnee lag und ihr die vom Wandern schmerzenden Füße kühlte. Dort suchte sie sich dann ein schönes Plätzchen mit Blick weit hinaus ins Werdenfelser Land und gab sich ganz ihren Träumen hin.

Manchmal setzte sich die ein oder andere Magd auf einen kleinen Ratsch dazu und erzählte von ihrem harten Leben, den Gefahren, die in den rauen Bergen hinter jedem Fels auf einen lauern konnten, der beschwerlichen Arbeit in den Steilwiesen und von einsamen Nächten, weil der Liebste auf einem anderen Hof seine Arbeit hatte und sie sich nur am Wochenende in die Arme nehmen konnten. Auch von langen, frostklirrenden Winternächten, wenn Schnee und Eis die Bewohner der Berge heimsuchten und wilde Winterstürme alles mitrissen, was sich nicht rechtzeitig in Sicherheit bringen konnte. Wenn nicht einmal sicher war, ob man am nächsten Tag noch ein heiles Dach über dem Kopf haben würde.

Auf so einen grimmigen Winter folgte gerne ein ebenso heißer Sommer. Und auf einmal läutete die Glocke und jeder wusste, es war etwas Schreckliches geschehen. Auf der Suche nach einer Kuh, die sich verstiegen hatte, war der jüngste Sohn in Bergnot geraten, jetzt hing er in der Wand, die blutigen Finger hineingekrallt in den nackten Fels, wusste weder vor noch zurück und rettete sich gerade noch auf einen Felsvorsprung. Hilflos winkten die Seinen hinauf und er winkte zurück. In diesem Moment packte ihn eine Bö und riss ihn hinab in die Schlucht. So böse konnte der Berg sein. Mut und Tapferkeit waren ihm gleichgültig, die Unvorsichtigen brachte er gleich um.

Doch so beschwerlich und gefahrvoll das Dasein am Berg auch sein mochte, keine von denen, die Katharina auf ihren Wanderungen kennenlernte, wollte mit einer aus dem Tal tauschen.

»Net um vui Geld.«

Obwohl gerade das ein guter Grund gewesen wäre, bei den Hungerlöhnen, die hier oben gezahlt wurden.

Es war an Katharinas siebzehntem Geburtstag, als eine Magd, mit der sie gerade die Reste einer Tafel ›Hersheys‹-Amischokolade teilte, die nahe liegende Frage stellte, warum sie denn nicht einfach hier oben bliebe, wenn es ihr so gut gefiele und sie nichts im Tal hielt. Kein Schatz, keine gescheite Arbeit, nichts.

Das war's. Von einem Moment auf den anderen wusste sie, was sie werden wollte: Bäuerin auf einem Bergbauernhof. Das sollte ihr neuer Traum sein. Nein, kein Traum. Das war was zum Angreifen, das war machbar. Von jetzt an würde sie nie mehr sinnlos vor sich hinträumen, sich nie mehr ins Bockshorn jagen lassen, von niemandem mehr, auch nicht von sich selbst. Auf einmal fühlte sich alles richtig an, passte alles zusammen, ergab alles einen Sinn. Beschwingt wie nie zuvor hüpfte sie ins Tal.

Klar, dass niemand auf sie wartete, weder hier noch sonst wo auf der Welt. Sie würde schon ganz unten anfangen müssen. Aber wenn sie sich vor Augen führte, wo sie jetzt stand, war alles andere ein Aufstieg. Und dann würde man weitersehen. Es müsste doch mit dem Teufel zugehen, wenn sich über kurz oder lang nicht ein Hof finden würde, dem eine Bäuerin abging. Fleißig sein hatte sie gelernt und wie man einen Mann um den Finger wickelte, musste ihr keine sagen. Was sollte da also schief gehen?

Zwei Wochen später trat sie ihre erste Stelle auf einem großen Hof im Karwendel an. Viel Arbeit bei schlechtem Lohn. Aber egal, sie war da, wo sie sein wollte.

Lange hielt sie es dennoch nicht aus an ihrem ersten Arbeitsplatz. Die alte Bäuerin konnte sie nicht leiden und zeigte ihr das auch von Anfang an. Vielleicht, weil der Jungbauer, obwohl frisch verheiratet, von Anfang an mit ihr ins Heu hüpfen wollte, und der Senior gleich hinterher. Aber da hätte sich die Altbäuerin keine Sorgen machen müssen, ihr stand der Sinn nicht nach derartigen Abenteuern. Außerdem musste sie auf ihren guten Ruf achten. Was hatte sie denn sonst anzubieten, als Frau ohne Stand, ohne Vermögen, ohne Sach, ohne nichts. Sie hatte ja nicht einmal einen Beruf gelernt. Und war der Ruf erst ruiniert, hatte so eine Geschichte erst einmal die Runde gemacht, und das ging ganz schnell, da brauchte gar nichts gewesen sein, dann gute Nacht, Bäuerin.

Hatte sie ja selbst erlebt. Nur weil sie mit dem Alfons ein bisschen herumgealbert hatte, musste sie sich von dieser blonden Schnepfe vom Hof jagen lassen. Da war doch wirklich nichts dabei gewesen, das war doch ganz harmlos, so gut wie jedenfalls. Und außerdem, man wird doch wohl noch ein bisschen Spaß haben dürfen, und überhaupt war er damals eh noch zu jung. Mein Gott, wie konnte man da nur so ein Drama draus machen.

Übrigens, gesprungen soll sie sein, nackt in einer kalten Winternacht, die Katharina konnte sich noch gut erinnern, war ja noch keine drei Jahre her. Irgendwie gruslig. So nah.

Sie hat ihr natürlich leid getan, erst Mitte dreißig, eine schöne Frau. Aber was soll's, sie würde jedenfalls nie freiwillig in den Tod gehen, nie, erst recht nicht, wenn sie endlich Bäuerin wäre.

Vielleicht sollte sie einfach versuchen, sich von ihm ein Kind machen zu lassen, dann würde er nicht mehr auskönnen. Dass der Jacob sie schwanger vom Hof jagen würde, konnte sie sich nicht vorstellen. In den letzten sechs Jahren war aus ihr eine tüchtige Bäuerin geworden, genau das, was fehlte auf dem Stockingerhof, und den kannte sie mittlerweile in- und auswendig. Aber wenn es doch in die Hose ging? Wenn der Junge bockte? Sollte sie also lieber noch warten? Aber wie lange? Bis er volljährig war? Vier Jahre, vier lange Jahre? Ausgeschlossen! Sie war jetzt schon nicht mehr die Jüngste, und auf so einen Hof spechtete mehr als eine. Da brauchte sie nur an diese Regine denken, die neulich mit ihrem Freund auf dem Stockingerhof aufgetaucht war. Aber sie hatte ihr den Kaffee schon so auf den Tisch geknallt, dass die andere gleich wusste, wo der Hammer hängt. Die würde sich so schnell nicht wieder blicken lassen, die sollte nur bei ihrem Preußenfreund bleiben, eingebildete Kuh, blöde. Das nächste Mal würde die nicht mit einem Spritzer Milchkaffe auf der Bluse davonkommen.

Scheppernd fiel die schwere Stalltür in den altersschwachen Türstock, hart fuhr der Riegel in die Wand. Er wartete noch, bis er die Schritte der Magd nicht mehr hörte, dann öffnete er die Hose und kniete sich in sein Eck. Nur ein dämmriger Streifen Abendrot schickte noch etwas Licht auf den Felsen. Ein Geräusch an der hinteren Haustür ließ ihn kurz innehalten, wahrscheinlich die Mimi. Die konnte aber genauso gut über die Tenne herein.

Schon seit Längerem beschäftigte sie die Frage, was er da wohl immer machte, wenn er abends alleine zurückblieb. Allerdings nie lange und immer ohne Licht, nicht einmal jetzt, wo es doch schon stockdunkel war um diese Zeit. Das musste einen ja neugierig machen.

Sie warf die Stalltür ins Schloss, schob den Riegel in die Wand, schlich in einem großen Bogen zum Hintereingang und horchte eine Zeitlang ergebnislos an der geschlossenen Tür. Dann trat sie ein. Das leise Keuchen, das aus der Küche an ihr Ohr drang, lieferte sofort die passenden Bilder. Vorsichtig schob sie die Tür auf. Ohne weiter nachzudenken ging sie auf den zwischen Eckbank und Herd kauernden Jungbauern zu, nahm sein Gesicht zwischen beide Hände und küsste ihn zärtlich auf den Mund.

Noch bevor sich das Räderwerk seines Gehirns in Bewegung setzen konnte, spürte er zwei große, kräftige Hände in seinem Gesicht. Gleich würden sie ihm den Hals umdrehen. Mama! Erbarmungslos wurde sein Blick nach oben gezerrt. Katharina.

An diesem Abend ließ er sein Bußgebet zum ersten Mal ausfallen.

Der Gmeinerbauer und seine Frau standen am Fenster und schauten hinüber zum Stockingerhof, von dem hinter den meterhohen Schneeverwehungen nur mehr das Dach und ein Teil vom ersten Stock zu sehen war.

»Wie die Zeit vergeht«, seufzte er, »nur noch zwei Wochen bis Weihnachten. Und so vui Schnee scho' wieder. Was macht eigentlich das Babygewand, kommst voran? Bis Weihnachten is' nimmer weit.«

Ungläubig starrte Appolonia ihn von der Seite an und sagte: »Des Kloane kommt doch net an Weihnachten.«

»Nicht? Ah so, ja freilich, stimmt. Hab' ich jetzt glatt verwechselt.«

»Hans, Hans, wo du nur ollweil dei' Hirn hast.«

Eine ganze Weile schauten sie wieder schweigend aus dem Fenster und lauschten dabei dem heimeligen Knistern und Knacken des alten Stubenofens.

»Ich hab' nur g'meint, weil im Sommer wirst keine Zeit mehr haben.«

Sie verschränkte die Arme, legte den Kopf leicht schräg und sagte: »Sag einmal, ist dir langweilig?«

»Mir? Warum?«

Ein Rudel Rotwild querte unaufgeregt das Plateau. Hin und wieder scharrte eines der Tiere im Schnee. Plötzlich hob der Bock seinen Kopf und nahm Witterung auf. Wie eingefroren verharrte die Gruppe in der Bewegung. Unwillkürlich folgte der Gmeiner ihrem Blick. Bestimmt würde jetzt kein Bär auftauchen oder ein Rudel Wölfe, wie auf dem alten Ölbild, das neben ihm an der Wand hing. Ein unbekannter Maler der hier einmal zur Sommerfrische war, hatte in den frühen Zwanzigerjahren diese Szene seiner Fantasie entnommen und auf Leinwand gebannt. Schon damals hatte nur noch der Name Bärenfelsen an längst vergangene Zeiten erinnert.

»Weil du dich um Sachen kümmerst, die dich gar nichts angeh'n. Ich kann mich jedenfalls nicht erinnern, dass du dich jemals um meine Strickarbeit gekümmert hätt'st.«

»Nur so halt, es interessiert mich eben. Mein Gott, ich frag' doch nur.«

Langsam wurde es spannend. Wenn er ihr so kam, steckte meistens etwas dahinter, irgendeine Leibspeis, die sie ihm kochen sollte, oder ein altes Gewand, das sie flicken sollte, obwohl sie es längst weggeworfen hätte, wenn er nicht so daran hängen würde.

Ihr Blick forschte in seinem eckigen Profil.

Immer noch dieser klare Blick, mittendrin die lange Nase mit dem gekrümmten Höcker, ins Gesicht gestellt wie ein Fragezeichen. Sie erinnerte sich an ihr erstes Rendezvous und wie sie sich schon vorher angstvoll die Frage gestellt hatte, ob er mit einem solchen Zinken überhaupt küssen konnte. Aber wenn er es konnte, woher? Hatte er vor dem Spiegel geübt, so wie sie? Nein, eher nicht, Buben taten so etwas nicht. Oder hatte es ihm jemand beigebracht, hatte er vor ihr schon viele geküsst? Sie wollte unbedingt die Erste sein, auch wenn es vielleicht nicht gleich klappen würde mit dem Küssen. Und als sich ihre Nasen dann tatsächlich erst einmal in die Quere kamen, war sie selig. Unter seinem Riechkolben dann der schmale Mund, nicht viel mehr wie eine harte Kerbe. Als hätte sich der für das Antlitz zuständige Künstler mit dem grandiosen Gesichtsgiebel derart verausgabt, dass er glatt den Mund vergessen hatte. Und erst als er schon an der Werkstatttür stand und sich noch einmal umdrehte, fiel es ihm auf. Also ging er noch einmal zurück, trotz des Bratendufts, der ihm von der Küche her bereits verlockend in die Nase stieg, und drosch das Holz in den weichen Ton. Ohne sich noch einmal umzudrehen, verließ er den Raum. Er wusste auch so, dass er das Gesicht verpfuscht hatte. Dafür hatte der eine Nase bekommen, die hätte jedem Medici zur Ehre gereicht. Welcher von den Medici war es eigentlich, dem er so einen Zinken verpasst hatte? War es überhaupt ein Medici? War es überhaupt ein Italiener? Wie kam er jetzt eigentlich auf die Italiener? Ach so, weil die früher Römer hießen, und eine römische

Nase war schließlich ein Begriff. Der Typ von der Endabnahme sollte sich bloß nicht so haben wegen dem bisschen Mund. Jetzt musste er lachen. Ein bisschen Mund, das war es, ein bisschen Mund. Er würde ihn im Auge behalten, den Bayern. Wer weiß, vielleicht setzte sich der Mund ja durch, der Bisschenmund, vielleicht würde daraus sogar einmal ein richtiger Trend. So wie die römische Nase. Und er hätte ihn kreiert.

»Du Hansei«, sie hatte plötzlich einen Kloß im Hals, den sie erst einmal wegräuspern musste. »Du, komm, geh'n wir ins Bett.«

»Jetzt schon?«, fragte er erstaunt, »es ist ja noch nicht einmal dunkel.«

»Aber bald.«

»Aber ich bin doch noch gar nicht müd'.«

»Das kommt schon noch.«

Diesmal war sie es, die etwas Besonderes wollte.

Die energische Katharina mit ihren vierundzwanzig Jahren und der Alfons, der vor der Zeit Gereifte, waren also ein Paar. Dass sie schwanger geworden war, wusste sie noch in derselben Nacht, als sie auf unsicheren Beinen, mit Alfons zaghaft händchenhaltend, zum Gmeinerhof hinübergeschwebt war. Und noch bevor der Winter über das Hochgebirge gekommen war, wussten es auch alle anderen, die es wissen sollten. Mit dem Heiraten würden sie aber noch bis zum Frühjahr warten, erst dann würde sie auch hinüberziehen in den Stockingerhof. Bis dahin hausten sie brav in ihren Kammern, in die sie nach dem Nachtmahl verschwanden und die sie am nächsten Morgen wieder verließen. Über die Stunden dazwischen verlor keiner ein Wort.

»Warum gehst eigentlich immer noch rüber, du hast doch jetzt mich?«

Erschöpft und verschwitzt lagen sie eng nebeneinander in Katharinas Bett. Bereits zum zweiten Mal war sein rechter Arm auf den Boden gefallen, jetzt schob er ihn unter sein Kreuz, was sich besser anfühlte als erwartet. Den anderen Arm ließ er auf ihrem rechten Oberschenkel, auf dem er lag, seit er von ihr heruntergerutscht war, und jetzt traute er sich nicht mehr, ihn wegzunehmen.

»Du weißt schon. Auf d'Nacht, in der Küch'. Nach'm Stall.«

Hätte er jetzt den Mund geöffnet, die Worte wären nicht mehr zu halten gewesen. Ein kleiner Spalt hätte genügt. Aber er schluckte sie alle hinunter. Übrig blieben nur drei kleine, harmlose Worte.

»Wegen der Mama.«

»Ach Alfons.« Wenn sie es bis jetzt noch nicht gewusst hätte, jetzt war sie sich absolut sicher, dass es Liebe sein musste. »Und was machst du da?«

»Beten.«

»Beten? Alfons, das find ich schön von dir, dass du für deine Mutter beten tust.« Und sie dachte: Den geb ich nimmer her. Dann küsste sie ihn noch einmal ganz zärtlich auf den Mund und sagte: »Jetzt musst aber wirklich gehen.«

»Ja«, sagte er und war froh, dass er endlich die Hand von ihrem Oberschenkel nehmen konnte.

»Du, Alfons?«

»Ja?«

»Ich hab' dich ganz furchtbar gern.«

»Ich dich auch.«

»Schwanger? Ein Kind? Vom Alfons, von meinem Alfons? Ja spinnen die denn, der ist doch selber noch ein Kind!«

Der Gmeiner Johann hatte sich so eine Reaktion schon gedacht, als Katharina ihn am Abend vorher gebeten hatte, Alfons' Vater, der gegen Mittag aus Südtirol kommen würde, die frohe Botschaft zu überbringen, weil so sicher war sie sich jetzt doch nicht mehr, ob das wirklich so eine frohe Botschaft sein würde. Alfons traute sich gleich nicht. Aber das konnte sie ihm nicht abnehmen, auch wenn sie gewollt hätte. Also übernahm der Gmeiner diese delikate Aufgabe.

»Bist jetzt fertig?«

»Was heißt fertig, du red'st dich leicht! Und überhaupt, du hast das auch noch zug'lassen, Hans!«

»Was heißt zug'lassen. Die haben mich nicht nach meiner Meinung gefragt, wenn du das meinst, es ist einfach passiert. Mein Gott, Jacob, wir war'n doch auch einmal jung.«

»Nicht g'fragt, einfach passiert«, polterte Jacob gleich wieder drauflos, »so was passiert doch nicht einfach so, da merkt man doch was, ich mein', so was kündigt sich doch an!«

»Eben nicht.« Johann legte begütigend seine Hand auf die seines Freundes. »Da war vorher nichts. Wie ein Blitz aus heiterem Himmel, hat die Katharina g'sagt, hat es sie erwischt.«

»Die Katharina«, knurrte Jacob zurück, »wer's glaubt, wird selig, g'rad' die Katharina. Und, was soll jetzt werden? Wie habt's ihr euch des jetzt vorg'stellt?«

Bevor er antwortete, lehnte sich Johann erst einmal bequem zurück und stopfte seine Pfeife.

»Also, erst einmal, ich stell' mir gar nichts vor, des machen die zwei schon selber. Und im Übrigen, im Übrigen liegt des ganz bei dir.«

»Bei mir?«

»Du musst nur dem Alfons des Heiraten erlauben, dann ist alles in bester Ordnung.«

»Aber der ist doch vui z'jung zum Heiraten, und sie ist vui z'oid für ihn. Die ist doch bestimmt … Umgekehrt, in Gott's Namen, aber des, des ist doch nicht normal.«

»Normal, was ist schon normal. Wenn man sich mag, ist das Alter doch völlig egal. Und außerdem ist's, wie's ist, da kannst nichts mehr ändern, und, sei ehrlich, es ist nicht das Schlechteste, wie es jetzt gekommen ist. Gut, zu früh vielleicht. Andererseits«, er sog an seiner Pfeife, »andererseits, wie lang soll denn das noch so weitergeh'n bei euch drüben? Jacob, sind wir uns doch einmal ehrlich, ich mein', seitdem du damals weg bist …«

Jacob war bereits bei der zweiten Zigarette und folgte überrascht der Wendung des Gesprächs.

»Und weil wir gerade dabei sind, bei der Katharina weiß man, was man hat. Eine bessere Bäuerin kann deinem Alfons doch gar nicht passieren als wie die Katharina.«

»Aha, aha«, Jacob platzte jetzt endgültig der Kragen, »so weit sind wir also auch schon! Jetzt wird's hint' höher wie vorn! Das ist immer noch mein Hof! Vergiss das nicht! Ja, da schau her, und das hinter meinem Rücken. Das ist bitter, Hans, das hätt' ich mir, ehrlich gesagt nicht gedacht von dir.«

Doch den brachte so leicht nichts aus der Ruhe. Er sagte jetzt zum Beispiel nicht: »Hätt'st ja nur du die Katharina nehmen brauchen, hätt'st bloß auf deinem Hof bleiben müssen, dann wär' das alles nicht passiert, dann könnt' der Bub noch eine Zeitlang selber Kind bleiben, anstatt dass er jetzt Vater wird.«

Stattdessen sagte er, und das ist in so einer Situation eigentlich nie verkehrt: »Komm, trinken wir erst noch mal einen Schluck. Prost, Jacob.«

»Prost Hans.«

»So, und jetzt gib dei'm Herzen einen Ruck und dem Alfons den Hof.«

»Übergeben? Ja, spinnst jetzt komplett!«

»Nein, i spinn überhaupt nicht, ich hab' nur nachgedacht. Geh zum Notar, der tüftelt was aus, sodass es für euch beide passt. Oder willst du es genauso machen wie dein Vater mit dir?«

»Wie, was? Ich versteh' nicht, du willst mich doch nicht ernsthaft mit meinem Vater vergleichen? Komm, sag' was, willst du mich wirklich mit meinem Vater vergleichen? Du hast ihn doch miterlebt, dir muss ich doch nicht sagen, wie das damals war. Ja sag' einmal, spinnst du jetzt komplett, ja spinnt's ihr jetzt allesamt da heroben, das gibt's doch gar nicht! Also dass du mir jetzt so kommst. Hans!«

»Ja, willst deinen Alfons vielleicht auch so lange in der Luft hängen lassen, bis er irgendwann geht?«

»Was soll denn das jetzt, das kann man doch nicht vergleichen!«

»Doch, kann man eben schon. Er wird Vater, er braucht eine klare Ausrichtung. Also was ist?«

»Aber doch nicht mit siebzehn! Was tät'st du denn sagen, wenn dein Peter …«

Mit einer Handbewegung wischte der Gmeiner den Einwand vom Tisch. »Der Peter ist nicht der Alfons und hör' endlich auf mit seinem Alter. Der Alfons ist erwachsener wie manch anderer, der doppelt so alt ist wie er, und er ist Bauer durch und durch. Und er wird Vater. Jacob, gib dir einen Ruck. Muss ja nicht heut' sein, hast ja Zeit. Es eilt ja nicht, denk einfach d'rüber nach. Ach ja, und noch was, ich wär' stolz auf so einen Sohn.«

Für einen Moment herrschte Ruhe am Tisch.

»Schmier' du mir nur Honig ums Maul. Nein, nein, musst gar nicht abwinken, ich kenn dich schon. Dein G'sicht möcht' ich seh'n, wenn dein Peter einer einen dicken Bauch machen würd'.«

»Der Peter, der Peter. Um den geht es doch gar nicht«, wehrte Johann ab.

»Nicht? Wär' das dann was anderes oder würdest dann auch so einfach übergeben, so von heut' auf morgen, ha? Aha, aha, das schaut dann gleich schon wieder anders aus, gell? Aber lass gut sein, vielleicht hast ja recht, d'rüber nachdenken kann ich ja mal. Da ist ja dann noch nichts entschieden.«

Er stand auf und ging ans Fenster. Seine Gedanken verloren sich in der von den nächtlichen Gestirnen geheimnisvoll erleuchteten Winterwelt der Berge. Eine Nacht wie diese musste es gewesen sein, in der Maria den Tod gefunden hatte, nicht gesucht. Oder doch? Was wusste er überhaupt von ihr, vom Alfons? Er war ja andauernd weg gewesen, hatte sie die ganze Zeit alleine gelassen. Bis auf das bisschen Urlaub. Aber was zählte das schon.

Bisher hatte er das immer erfolgreich abwehren können. Mit einem Schulterzucken war das jedes Mal abgetan, es war gar nicht durchgedrungen. Bis jetzt. Aber es konnte doch damals wirklich keiner ahnen, dass der Vater es nur noch zwei Jahre machen würde. Gut, danach hätte er zurück können. Oder müssen? Können, müssen, können, müssen, egal. Hatte er nicht tausend Ausreden gesucht? Und am Ende war ihm doch nur die eine geblieben, das gute Geld, das er verdiente. Und daran hatte er sich dann aufgehängt. Hatte immer wieder den Hof schlecht geredet. Nicht nur vor sich selbst. Jedem, den er traf, rechnete er, ob gefragt oder ungefragt, vor, dass es so das Beste sei, dass sich so ein kleiner Berghof in der heutigen Zeit einfach nicht mehr rentiere, und jeder, der das nicht einsähe, würde sich noch wundern. Und eigentlich hatte ihm auch jeder recht gegeben. Nur nachgemacht hat es keiner. Der wahre Grund aber war ein anderer, er wollte einfach nicht mehr, er war draußen gewesen. Nicht wie im Krieg, sondern als freier Mann. Hatte eine Arbeit gefunden, die ihn ausfüllte,

Verantwortung übernommen, konnte sich immer wieder neu entscheiden. Nicht dieses ewige Immergleich des Bauernlebens, ein Jahr wie das andere, und wenn man Glück hatte, kam man gerade so über die Runden. Das Leben als endloser Tunnel, aber ohne Licht am Ende. Er war draußen gewesen, und er würde nicht zurückkommen, er würde weitergehen, immer weiter, bis zum Schluss. Von wegen Bauer sein. Herausgewachsen wie aus einem alten Anzug. Und seine Frau und den kleinen Alfons hatte er dafür geopfert. So und nicht anders.

Nein, er durfte sich nichts vormachen, da hatte der Johann schon recht, er hatte dem Hof auch nicht gerade gut getan. Und Bauer war er schon lange keiner mehr. Er war jetzt staatlich geprüfter Hochbaumeister im Dienste seines Freundes und Mentors Thomas Meinarz, sein angestammter Platz aber, der Platz des Bauern, war und blieb verwaist. Es war ja nicht so, dass er es nicht versucht hätte, ganz praktisch sogar, lächerlich vielleicht, hatte sich an seinen Platz auf die Eckbank gesetzt und getan, als ob. Aber es hatte sich nichts mehr eingestellt. Und wenn er heute seinem Sohn, natürlich rein hypothetisch, den Hof übergeben würde, was würde sich denn ändern? Nichts eigentlich, für niemanden, es wäre nur Klarheit geschaffen für alle Beteiligten. Und dann, ja dann könnte er zum Beispiel endlich seinen Traum wahr machen und mit Thomas nach Übersee gehen. Das hätte er zwar auch vorher schon können, aber irgendwie doch nicht. Sein Freund bedrängte ihn schon lange, den hielt auch nichts in der Heimat. Sie waren sich mit den Jahren so ähnlich geworden.

»Jacob, da können wir bauen, was wir wollen, da warten sie nur auf uns. Ich habe Pläne. Liegen alle fix und fertig in meiner Schublade.«

Ganz nah war das auf einmal, wie unter einem Brennglas. Er brauchte nur nachzugeben, nur zu akzeptieren, was ohnehin nicht mehr zu ändern war.

»Wo sind sie denn überhaupt, die zwei Helden?«

Johann stocherte aufgeregt im versotteten Kopf seines alten Nuckelholzes, während er am oberen Ende wie wild saugte.

»Ja, wo werden die schon sein? Bei dir, auf deinem Hof, arbeiten, was sonst.«

»Ist ja schon gut, musst jetzt nicht mit der Brechstange kommen.«

Jacob ging zurück zum Tisch, drückte die abgerauchte Zigarette in den Aschenbecher und zündete sich eine frische an.

»Schaust aus«, die Pfeife sandte wieder erste Rauchzeichen, »als hätt'st dich zu was durchgerungen?«

»Ich mach's.«

»Was?«

»Was, was, ich übergeb'. Oder brauchst es erst schriftlich? Der Bub soll seine Chance haben. Warum drauf warten, dass sich die Leute das Maul zerreißen über den dicken Bauch von der Katharina, so weit kommt's noch. Denen werden wir's zeigen.«

Johann fiel fast die Pfeife aus der Hand. »Sakrament, Jacob, also du bist mir einer, Hut ab. Hut ab, sag' ich da nur. Doch, wirklich. Ich glaub' nicht, dass ich, also, noch vor fünf Minuten, also wirklich. Gehst gleich hinüber? Das Gesicht von denen möcht' ich sehen … jetzt brenn halt endlich, Scheißglump, ich schmeiß dich doch noch einmal auf den Kompost.«

»Nein, nein, nichts dergleichen«, winkte Jacob ab, »das würd' denen so passen.«

Beide, auch die Appolonia, von deren Tarnung nur der große Schöpflöffel geblieben war, sahen ihn fragend an.

»Wie jetzt?«

»Nein, nein, keine Sorge, ich sag's ihnen schon, aber ein bisserl Strafe muss schon sein. So einfach lass ich die nicht davonkommen.«

»Hä?« Johanns Pfeife war nun endgültig ausgegangen.

»Wisst's was, wenn sie wieder herüberkommen, sagt's ihnen, dass ich stocksauer bin und dass ich beim Frühstück mit ihnen reden will. Weil das sollen die mir schon selber sagen. Die zwei schau an, so weit kommt's noch, Kinder machen, Hof übernehmen wollen und dann dich vorschicken. Und, tut's mir den Gefallen, macht's mit bei dem Spaß?«

»Dei'n Humor hast anscheinend auch wieder g'funden. Freilich bin ich dabei. Wir Erwachsenen wollen schließlich auch unser'n Spaß haben.« Umständlich räumte er seine Pfeife aus. »Weißt was, Appolonia, geh' bring uns einen Obstler. Hast mitgekriegt was wir ausg'macht haben?«

»Ja, freilich, ich bin ja nicht taub. Aber übertreibt's nicht. Die Katharina ist schließlich in andere Umständ', mit so was spaßt man nicht.«

Schon standen drei Schnapsgläser und eine halb volle Flasche Obstler auf dem Tisch.

»Und? Was hat er g'sagt? Wie hat er's aufg'nommen?«

Sie waren ohnehin schon auf das Schlimmste eingestellt, und jetzt auch noch der Gesichtsausdruck des alten Gmeiner, der geradezu um Jahre gealtert schien. Dazu der warnende Blick seiner Gattin, die mit einem seltsam entrückten Glanz in den Augen auf ihren Mann stierte. Auch schien sie irgendwie Gleichgewichtsprobleme bekommen zu haben.

Katharina dachte erst: Hoffentlich nichts Ernstes, dann: Mein Gott, so schlimm war das also für den Jacob. Und sie sah sich schon vom Hof gejagt wie ein streunender Hund. Hatte sie vielleicht den Fehler ihres Lebens begangen? War jetzt alles aus? Und plötzlich schien es gar nicht mehr so abwegig, sich in die Klamm zu stürzen. Ob das wohl sehr wehtat? Vielleicht doch lieber der Strick? Ganz ruhig, Katharina, ermahnte sie sich, das läuft ja nicht davon. Weder Tenne noch Klamm.

»Er hat g'sagt, das möcht' er euch morgen in der Früh lieber selber sagen. Der hat sich vielleicht aufg'führt.« Johann schüttelte bedenklich den Kopf. »Na ja, wird schon nicht so schlimm werden, ich bin ja auch noch da, ich lass' euch schon nicht allein mit ihm. So, und jetz' ab ins Bett. Komm, Appolonia, wir gehen auch ... Appolonia, was ist denn?«

»Kimm ja scho'.«

Schwerfällig erhob sich seine vom Alkoholmissbrauch gezeichnete Gattin. »Gu, gu, gut' Nacht mitnand.«

Der Einzige, der in dieser Nacht gut schlief, war Johann. Appolonia musste erst noch zweimal zum Kotzen raus und schlief erst weit nach Mitternacht, mit einem gemurmelten »Scheißobstler« auf den Lippen, ein.

Katharina und Alfons lagen da immer noch hellwach in ihren Kammern. Jacob saß die halbe Nacht an seinem Platz unterm Herrgottswinkel und dachte darüber nach, wie es wohl gewesen wäre, wenn er Katharina geheiratet hätte. Aber nur kurz, dann übernahm Maria wieder das Ruder, und er fragte sich, was sie wohl gesagt hätte, wenn sie das noch miterlebt hätte. Maria als Oma. Dann ging er ins Bett und weinte sich in den Schlaf.

Weihnachten verbrachten sie alle noch einmal gemeinsam auf dem Gmeinerhof. Appolonia, Johann, Peter, seine kleine Schwester Franziska, die beiden Stockingers und Katharina. Ebenso an Silvester. Nach einem gemeinsam eingenommenen späten Abendessen gingen sie nach draußen, stellten sich genau in die Mitte zwischen den beiden Höfen, so, wie es die beiden Familien seit jeher hielten, und schauten dem Feuerwerk zu, das auf der anderen Seite des Tals, am Kriegerdenkmal abgebrannt wurde. Dann gingen sie ins Bett, und als sie aufwachten war es 1955.

Die Hochzeit feierten Katharina und Alfons, wie schon seine Eltern, im Café Kramerblick. Diesmal vermischte der alte Wirt ausnahmsweise einmal Privates mit Beruflichem und machte dem jungen Paar gleich einen guten Preis. Und auch diesmal musste der Vater des Bräutigams die Hochzeit ausrichten. Von Seiten der Braut war keiner mehr da, der das übernehmen hätte können. Der Vater wartete in irgendeinem russischen Massengrab auf die Ewigkeit, und die Mutter, vor zwei Jahren an Leberzirrhose eingegangen, hatte außer Schulden nichts hinterlassen.

Als Katharina als einzige Angehörige, neben dem Herrn Pfarrer, zwei Ministranten und einem ortsbekannten Trunkenbold, dem letzten Nichtsnutz im Leben ihrer Mutter, vor dem Sarg gestanden und sich verwundert gedacht hatte, das ist also das Ende, so schaut das also aus, so eine wichtige Sache und doch braucht's dazu nicht mehr als ein Sonntagsgwand und eine einfache Holzkiste, irgendwie beruhigend, hatte sie ihr versprochen, dass sie es auf jeden Fall besser machen würde im Leben.

Für eine Hochzeit würde sie ihre hart erarbeiteten Dollars jedenfalls nicht zum Fenster hinauswerfen.

Der nächste Sommer brachte neben reichlich Arbeit und einer guten Heuernte Sebastian, Katharinas und Alfons' erstes Kind.

Als Alfons am Morgen nach der Niederkunft in die Klinik durfte, blieb sein Blick sofort an den blauen Augen seines Sohnes hängen. Wie der ihn anschaute, als habe er die ganze Zeit nur auf diesen Augenblick gewartet. Und er starrte zurück. Kein Geräusch kam über ihre Lippen. Jeder sprachlos, jeder auf seine Weise. Die schwarzen Haare waren die Katharinas, oder seine, ebenso der Mund, die Nase verriet auch noch nichts. Nur die blauen Augen erkannte er sofort. Immer noch starrten sie sich gegenseitig an. Bis die Schwester nervös herüberäugte und der Kleine seinen Mund zu einem umgekippten Schüsselchen verzog und zu weinen begann.

»Was hat er denn?«

Katharina, schon ganz Mutter, reagierte unaufgeregt. »Vielleicht hat er Angst gekriegt. So wie du ihn auch anstarrst, ein Wunder wär's keins. Aber was hast denn, bist ja auf einmal käsweiß? Das muss die Krankenhausluft sein. Sie, Schwester, kann man nicht einmal ein Fenster aufmachen?«

»Wenn Sie wollen, dass Ihr Sohn sich erkältet und stirbt?«

»Natürlich nicht, Entschuldigung, ich hab' ja bloß g'meint. Alfons, komm, hock dich zu mir aufs Bett, das vergeht schon wieder.«

»Das geht aber nicht, dass sich der Herr Gemahl auf das Bett setzt. Schon allein wegen der Keime.« Dabei schaute ihn die Schwester an, als wäre er von oben bis unten voll davon. »Ich bring ihm lieber einen Stuhl, nicht, dass er uns am End' noch umkippt. Das ging' uns gerade noch ab.«

»Gell, Alfons, ist schon komisch, so ein neuer Mensch. Gefällt er dir, dein Bub, der Sebastian?«

»Ja, schon. Freilich.«

Aber wie er mit diesen blauen Augen unter einem Dach zusammenleben sollte, das hätte ihm erst einmal einer verraten sollen.

Gut dreieinhalb Jahre war die Mutter jetzt tot. Wie oft war er in der Zeit an seinem inneren Abgrund gestanden und nicht nur an seinem inneren. Wie gerne wäre er hinterhergesprungen, gleich damals und noch tausendmal seitdem. So schön wäre es gewesen, einfach so zu tun, als würde man stolpern, Arme und Beine ausgebreitet, im freien Fall hinunter in die kühle Klamm. Dann der Aufprall. Wie oft hatte er sich das ausgemalt. Endlos konnte er seinem Teddybären die gewagtesten Stellungen abtrotzen, bis dem das Heu zum Maul heraushing. Dann Stille, für immer, in Ewigkeit Amen. Nie mehr dieses quälende Wüten in seinem Inneren, dieses beständige Anbranden, jeden Tag, jede Stunde, jede Minute seines Lebens, die er nicht abgelenkt war.

Aber dann, eines Tages, schien seine gequälte Seele ein Einsehen gehabt zu haben mit dem leidenden Jungen und hatte, um dessem unbehausten Grauen eine Heimat zu geben, begonnen, in seinem Inneren einen Raum anzulegen, mit einer Mauer außen herum. Und die Mauer wuchs und alles, was gut war in seinem Leben, buk seine Seele da hinein. Und das Grauen fing an, sich an diese Mauer zu gewöhnen, schnupperte erst einmal nur widerwillig daran herum, ging dann auch einmal hinein, blieb ein paar Stunden, auch einmal einen halben Tag und zog sich irgendwann ganz dahinter zurück und lernte, dort zu warten, bis er kam. Jeden Tag eine Stunde. Das war es, was seine Seele mit ihm und seinem Grauen ausgehandelt hatte, ein Geschäft zu beiderseitigem Nutzen. Jeden Tag eine Stunde, bis an sein Lebensende. Im Gegenzug würde ihm das Grauen ein menschenwürdiges Leben gestatten, würde hinter seiner Mauer bleiben, würde sich zufrieden geben mit dieser einen Stunde täglich. Sonst wäre er irgendwann doch noch zerbrochen an dem ewigen Anrennen der Selbstvorwürfe, an dem namenlosen Entsetzen, das ihm außer im Schlaf oder auf der Suche nach einer verlaufenen Kuh keine ruhige Minute gönnte. Irgendwann wäre er doch noch gesprungen oder hätte sich totgesoffen oder sonst was.

Und nun schickte ihm seine Mutter diesen grausamen Gruß aus der Ewigkeit, diese strahlend blauen Kinderaugen, und sofort war diese alle Sinne lähmende Müdigkeit wieder da, die er so satt hatte und die er fürchtete wie nichts, und das Grauen war zurück in seiner Welt und er war zurück in seinem Grauen, bereit, sich erneut bedingungslos zu unterwerfen, sein Kreuz wieder aufzunehmen und nie mehr abzulegen.

»Alfons, hallo, Alfons, Alfons! Komm, hock dich hin, du bist ja ganz blass. Das ist die Krankenhausluft, die verträgt nicht jeder, da brauchst dir nichts denken.«

»Ich glaub', es geht schon wieder.«

»Jetzt setzen Sie sich schon endlich. Ich hab' doch den Stuhl nicht umsonst geholt«, giftete die Schwester und ging zum Fenster. »Und so was will Vater sein.«

Eine angenehm frische Brise durchflutete den Raum.

Die Reise ins Dunkel war ausgefallen. Zurück blieben Sebastian mit den blauen Augen, Alfons, Katharina und noch neun andere Wöchnerinnen, mit und ohne Besuch.

Auf einen schier nicht enden wollenden Sommer folgte übergangslos ein Herbst, wie man ihn in dieser Pracht wohl nur in den mittleren Lagen der Hochgebirge findet, wenn die beinahe waagrecht stehende Sonne ihr weiches Licht durch die Äste und Zweige der Laubbäume schickt und jeder noch so kleine Wind unzählige bunte Blätter von den Bäumen zupft, bis auch das letzte von ihnen am Boden liegt.

Dann begann es zu schneien. Schicht auf Schicht legte sich der Schnee auf die Almen und Bergwiesen, schwer lastete er bald auf den Dächern der kleinen Gehöfte und Katen der Bergler, und noch vor Weihnachten säumten mannshohe weiße Mauern die Pfade und Wege im gesamten Oberland. Dann, Mitte März, wollte der Winter sich wieder verabschieden, genauso wie er gekommen war, ohne große Worte, begleitet nur vom sanften Tröpfeln seiner dahinschmelzenden Pracht und dem unheimlichen Knacken brechender Eisflächen. Doch der ungeduldige Frühling wollte diesmal nicht warten, bis der Winter freiwillig gegangen war. Rastlos war er durch die Wüsten Afrikas gezogen und hatte den einzelnen Wüstenwinden von den gewaltigen Schneemassen erzählt, von der schier unglaublichen Kälte, die im Norden die Welt beherrschte, gar nicht weit, gar nicht weit. Nur einmal kurz über das Meer, dann noch ein bisschen, schon war man im Land des weißen Goldes, aber schnell jetzt, nicht säumen, sonst würde es sich ein anderer holen, es gab genug heiße Winde auf der Welt, die warteten nur auf so eine Chance. Und vor allem die jungen werden es gewesen sein, die er dafür begeisterte, mit ihm auf den großen Beutezug nach Norden zu ziehen. Die Alten hingegen mögen darauf verwiesen haben, dass niemand wüsste, wie es einem ergehen würde in jenem fremden kalten Land, von dem keiner je wieder zurückgekommen ist, und viele wären schon aufgebrochen Jahr für Jahr.

Aber was zählen die Bedenken der Alten, wenn man jung ist und das Adrenalin in den Adern kocht. Mit einem heiseren Lachen hatten diese Rotzlöffel von Jungwinden die Reden der Alten abgetan und waren den Versprechungen des Frühjahrs gefolgt und ihm in einem wahren Gewaltmarsch bis an den Fuß des Alpenhauptkamms gefolgt. Unbemerkt, im Schutz der Dunkelheit, überwanden sie die große Wetterscheide, und der neue Tag war noch nicht angebrochen, da hatten sie sich auch schon in breiter Front auf das winterkalte Land geworfen. Die Sonne, hocherfreut von der unerwarteten Unterstützung, verdoppelte sogleich ihre Anstrengungen. Mehrmillionenfach brachte sie dem Winter in den nächsten Tagen und Wochen kleine und große Wunden bei, an denen er, da mochte er sich noch so dagegen wehren, noch so sehr toben, über kurz oder lang eingehen würde. Die Welt fing langsam wieder an zu atmen.

Doch bevor ihm das Frühjahr nun endgültig den Garaus machen konnte, bäumte sich der Winter noch einmal auf und schleuderte über Wochen Tod und Verwüstung hinab ins Tal. Erst Schnee und Eis und Skifahrer, und als die alle waren, Steine, Dreck und ausgerissene Bäume. Mit einer gewaltigen Überschwemmungsarie, zeitgleich vorgetragen in sämtlichen Tälern der Nordalpen, beendete der Winter sein diesjähriges Gastspiel und verging.

Aus dem Morast, den er hinterlassen hatte, schälte sich irgendwann ein griesgrämiges spätes Frühjahr, das sich kraftlos und grau bis weit in den Juni hineinschleppte, ehe daraus ein Sommer wurde, auf den sich die Menschen am liebsten gar nicht einstellen wollten, so kühl, nass und ungemütlich kam er daher. Und während sie immer noch auf ein paar schöne Wochen hofften, damit sie wenigstens etwas trockenes Heu in die Scheunen bringen konnten, zogen auch schon wieder die ersten Herbstgewitter über die Berge.

Alles in allem kein gutes Jahr für die Bauern im Oberland.

Auf dem Stockingerhof ging derweil alles seinen gewohnten Gang. Der kleine Sebastian wuchs und gedieh und Alfons' Dämonen blieben hinter ihrer Mauer und warteten geduldig, mitunter tagelang, auf den Besuch ihres Herrn. Und während draußen die Welt langsam ihr Gesicht veränderte, gebar Katharina im August 1956 ihr zweites Kind, Felicitas.

Jacob, Alfons' Vater, war mit seinem Chef, dem Ingenieur Meinarz, tatsächlich nach Amerika gegangen. Mit der Zeit war Ruhe in sein Herz eingekehrt, der Schmerz über den Verlust seiner geliebten Maria mehr und mehr in den Hintergrund getreten und schließlich ganz verschwunden. Aber nicht nur der Schmerz sondern das ganze Bild, das er von seiner toten Frau im Herzen trug, die gesamte Erinnerung an sein früheres Leben, tauchte immer mehr in den Nebel des Vergessens ein. Wie ein alter, schlecht aufbewahrter Film, der zwar noch die ganze Geschichte erzählt, aber nur mehr blasse Farben liefert.

Heute würde man das vielleicht Arbeitstherapie nennen, vielleicht war es aber auch nur die Zeit, die ja bekanntlich alle Wunden heilt, auf jeden Fall funktionierte es. Und mittlerweile freute er sich sogar richtig auf die Besuche daheim.

Mit dem Geld, das er dann mitbrachte, konnten auf dem Stockingerhof dringende und weniger dringende Anschaffungen getätigt werden, zum Beispiel ein grüner Kachelofen mit ein paar eingestreuten Jagdmotiven, der im Winter seine Wärme über ein einfaches Schachtsystem auch in die darüber liegenden Räume schicken konnte, oder neue Fenster und eine neue Haustür. Eines Tages stand sogar ein nagelneuer Traktor auf dem Hof, im Jahr darauf ein gebrauchter Unimog, und zu Alfons' fünfundzwanzigstem

Geburtstag kam der Vater zum ersten Mal nicht zu Fuß, sondern am Steuer eines gemütlich brummenden VW Käfers.

»Jetzt müsst ihr nur noch den Führerschein machen«, sagte er, als alle um das schwarz lackierte, mit viel Chrom herausgeputzte Exportmodell standen.

»Aber Papa«, sagte der Alfons, der sofort wusste, an wen ihn dieses noble Gefährt erinnerte, »ich hab' doch bisher auch keinen g'habt und bin trotzdem gut gefahren, auch ohne so einen Wisch.«

»Ja, mit dem Unimog, aber mit einem Auto brauchst schon einen Führerschein, der ist schließlich nicht für die Berg' gemacht, sondern zum Ausfahren. Aber das ist gleich erledigt, ich hab' mich schon erkundigt, ich hab' auch schon einen Termin für euch beide ausg'macht. Gleich am Montag nächste Woche, die Unterlagen habe ich auch schon dabei. Ich geb' derweil auf die Kleinen Obacht.«

Katharina, die schon einmal auf der Fahrerseite Platz genommen hatte und einen Sender mit Volksmusik suchte, meinte: »Dann können wir ja gleich mit dem neuen Auto in die Fahrschule fahren, oder?«

»Ja, aber stellt's ihn nicht vor die Tür, das macht keinen guten Eindruck.«

Und noch etwas hatte er gekauft, etwas, was alle kaufen, wenn sie genügend Geld übrig haben. Es war eher aus einer Laune heraus passiert, dass er ins Rathaus hinein ist und einfach gefragt hat, wie es ausschauen würde, was das wohl kosten würde. Vielleicht entschied sich aber auch der Schritt für ihn, vielleicht fanden die Altvorderen, die seinerzeit den großen Felsen bewohnbar gemacht hatten und die sich, als Gene verkleidet bis in alle Ewigkeit in die Entscheidungen ihrer Nachkommen einzumischen gedachten, dass es an der Zeit war, wieder einmal etwas Neues zu wagen. Vielleicht spielte aber auch der Wunsch, noch einmal allen zu beweisen, dass er sich damals zu recht gegen den Hof und für ein Leben in der Welt draußen entschieden hatte, ein gewisse Rolle. Auf jeden Fall kaufte er sich von der Gemeinde den Rest des schrundigen, unfruchtbaren Felsens, auf dem ihr und der Hof seines Nachbarn standen.

Nach einem gemütlichen Weißwurstfrühstück in einer der immer zahlreicher werdenden Ausflugsgaststätten am Ort ging er ins Bauamt der Gemeindeverwaltung und erkundigte sich rundheraus, was das da oben kosten würde, wenn man es denn kaufen wollte. Erst machte der zuständige Verwaltungsbeamte ein dummes Gesicht, dann holte er die Pläne heraus, und in der nächsten Sitzung beschloss der feixende Gemeinderat, dass der Stockinger Jacob wahrscheinlich zu viel Geld verdienen würde in Amerika und dass man ihm da gerne weiterhelfen wolle. Dann dachten sie sich einen schönen Preis aus und baten den Jacob schriftlich, doch einmal bei Gelegenheit vorbeizuschauen, was er bei seinem nächsten Besuch auch umgehend tat.

»Nehmen S' doch bitte Platz, Herr Stockinger, einen Kaffee, einen kleinen Cognac?« Der Bürgermeister hatte darauf bestanden, höchstselbst die Verhandlungen mit dem Kaufinteressenten zu führen. »Oder vielleicht ein Weizen? Wir sind ja hier nicht in Amerika, ha, ha, ha, oder wollen sie lieber eine Coca Cola, ha, ha, ha.«

Auch Jacob machte jetzt »ha, ha, ha« und sagte dann: »Nein danke, so weit bin ich dann doch noch nicht. Ein Weizen wär' schon recht, Herr Bürgermeister.«

»Ein Weizen also, ein ›Karg‹, das ist doch recht?«

»Bitte, gern sogar.«

»Fräulein Andrea, geh' sind S' so gut, ein Weizen für den Herrn Stockinger und für mich auch gleich eins.«

Und damit der Herr Stockinger gleich merkte, dass er es bei dem Gemeindevorsteher nicht mit einem einfältigen Provinzpolitiker zu tun hatte, gab es zur Einstimmung erst einmal eine kleine Erörterung der Weltlage. Er legte los mit dem Beginn des Atomzeitalters, von wegen diesem Dingsbums in Brüssel, der Herr Stockinger wisse schon, das von der Weltausstellung, schwadronierte dann von der roten Gefahr und dem drohenden dritten Weltkrieg, näherte sich schließlich dem deutschen Wirtschaftswunder, wobei er wiederholt darauf hinwies, dass sie durchaus schon wieder wer wären auf der Welt, streifte kurz aber nachdrücklich das Thema Wiederbewaffnung, mit Sorge, Herr Stockinger, mit Sorge, aber ein Land ohne Wehrmacht, äh, Bundeswehr, unvorstellbar eigentlich. Aber immer mit Augenmaß, kein Hitler mehr, niemals, davon wäre man weiß Gott geheilt, endgültig, für alle Zeiten, ja, ja, unvorstellbar eigentlich, dieser Österreicher, vermutlich sogar nichtarische Vorfahren, ja, er selber, unsaubere Ahnentafel, ganz unsauber. Ja, ja, ich hab's ja selber nicht geglaubt, da tut man und macht, dass alles stimmt mit dem Stammbaum, macht sich Sorgen … Ach, Sie waren in Stalingrad? Im Kessel? Sauber, Respekt … Selber? Wie meinen? Ach so, wo man selber im Krieg? Ja, also, leider nur Heimatfront, in der Etappe, ja, unter Protest versteht sich. Wie gerne wäre man dabei gewesen, an der Front, bei der kämpfenden Truppe, aber wie gesagt, der Nachschub, musste ja auch jemand machen … Wie meinen? Wo genau? Ach so, da und dort, überall und nirgends sozusagen, wo man halt gebraucht wurde, aber wen interessiert das heute noch, ist doch alles längst passé, ex finitum, wie der Lateiner sagt, ha, ha ha«, drehte dann ab in Richtung Spielbankenaffäre, mit deren Hilfe man der Bayernpartei ebenso elegant wie nebenbei das Kreuz gebrochen hatte, verbreitete sich in die Frage, wie es der SPD gelingen konnte, drei lange, bittere Jahre den Ministerpräsidenten hier in diesem unserem schönen Bayernland zu stellen, und bereits bei der dritten Halben hatte der gewiefte Ortsvorsteher seinen Gast da, wo er hin sollte. Ohne mit der Wimper zu zucken, verpackt in einen dürren Nebensatz, ließ er dem halben Amerikaner, ha, ha, ha, wissen, was der Spaß denn so kosten würde. Worauf Jacob nur meinte, dass er eigentlich nicht den ganzen Berg kaufen wollte, sondern nur den Rest von dem Felsen, dem verdutzten Herrn Bürgermeister einen Guten Tag wünschte, sich höflich für die zuvorkommende Bewirtung bedankte und ging. Aber der Bürgermeister hatte sich schon so auf den Verkauf gefreut, dass er ihn ohne Unterschrift nicht gehen lassen wollte. Also ließ sich Jacob überreden und trottete hinter Bürgermeister Gottlieb Schuhwieser wieder brav zurück auf seinen Platz. Drei weitere Halbe Weizen später konnte Jacob nur noch den Kopf schütteln über seine eigene Dummheit und sich lautstark einen einfältigen, romantischen Esel schimpfen, weil er sein sauer verdientes Geld für so einen schrundigen Felsen zum Fenster hinauswarf, setzte dann aber doch seine Unterschrift unter den mittlerweile mehrmals in der Summe überarbeiteten Kaufvertrag.

Bei seiner nächsten Sitzung beschloss der Gemeinderat einstimmig, dass der Kaufpreis für den Felsen als Verschlusssache zu gelten habe, und auf die Frage des Vertreters der Opposition, warum der Herr Bürgermeister den Felsen nicht gleich hergeschenkt habe, bei dem Preis, dann hätte er der Gemeinde wenigstens einen Haufen Bürokratie erspart, bekam er unter dem zustimmenden Gemurmel der Ratsmehrheit zur Antwort, er solle bloß sein blödes Maul halten, weil sonst könne er sich gleich nach der Sitzung so eine Tracht Prügel abholen, dass ihn weder seine eigene Frau noch seine Kinder und wahrscheinlich nicht einmal mehr sein eigener Hund wiedererkennen würden.

Letztendlich lief es darauf hinaus, dass die dem Vertreter der Opposition vom Herrn Bürgermeister angebotenen Schläge nicht ins Protokoll aufgenommen wurden, die Stammtische im gesamten Oberland für Wochen mit einem ergiebigem Thema versorgt waren und der Herr Bürgermeister die nächste Wahl wie immer mit absoluter Mehrheit gewann.

Was sich außerhalb ihrer kleinen, überschaubaren Welt abspielte, war für die Leute im Tal und vor allem für die auf dem Berg noch nie sonderlich von Belang. Ob ein gewisses Fräulein Nitribitt von einem ihrer Freier umgebracht wurde, sich der Schah von Persien ein neues Auto kaufte und für die Probefahrt eine Autobahn gesperrt werden musste, wer gerade Kanzler in Bonn war, was es später mit den Ostverträgen auf sich hatte und warum diese Langhaarigen plötzlich so renitent wurden und woher die überhaupt kamen, interessierte nicht halb so viel wie der aktuelle Wetterbericht oder die Frage, ob der Heustadel vom Kronseder Herbert von alleine zum Brennen angefangen hatte oder ob er einfach das Geld von der Versicherung gebraucht hatte, weil sich jetzt endlich auch für die jüngste und letzte seiner drei schwer vermittelbaren Töchter ein Interessent gefunden hatte.

Doch nicht alles, was in der Welt draußen passierte, ging spurlos an ihnen vorbei. Ein untrügliches Zeichen, dass sich die Welt veränderte, waren die Sommerfrischler, die Sommer und Winter immer mehr in die Berge schwappten.

Und spätestens, wenn man ein gutes Geschäft witterte, war man da heroben gerade so modern wie die Leute in der Stadt.

»Du Mama, heut' war schon wieder so eine da, so eine Ausflüglerin, und die hat schon wieder um was zum Trinken g'fragt.« Ganz aufgeregt war Felicitas, als sie das ihrer Mutter erzählt hat.

Aber die hörte gar nicht so genau darauf, sondern fragte automatisch: »Und?«

Felicitas, die nur irgendein Signal gebraucht hatte, redete munter weiter. »Ich hab' ihr dann eine Limo gebracht.«

»Das ist aber lieb von dir, Feli. Aber hoffentlich gibst du nicht jedem eine Limo, der da heraufkommt zu uns, sonst sind wir nämlich bald arm. So, jetzt komm, trag schon mal die Teller und das Besteck hinüber, sonst sind wir nicht fertig, bis die Männer da sind. Ich glaub', ich hör' sie schon.«

»Du Mama, die Frau hat mir sogar eine Mark gegeben.«

»So viel Geld! Und was machst jetzt damit?«

»Sparen halt.«

»Das ist g'scheit, Feli. Bringst du das Brot?«

Achteinhalb Jahre war sie jetzt schon Bäuerin auf dem Stockingerhof, durchwegs gute achteinhalb Jahre, wie sie fand. Ein eigenes Dach über dem Kopf, immer ausreichend zum Essen auf dem Tisch, dazu zwei liebe Kinder und ein braver Mann. Was konnte man sich mehr wünschen?

Zufrieden mit sich und der Welt, die Augen schon ganz klein, neben sich den gemütlich vor sich hinschnarchenden Alfons, sodass an schnelles Einschlafen eh nicht zu denken war, blickte sie zum Fenster hinaus. Vollmond, noch ein Grund, dass sie nicht einschlafen konnte. Wie frech der ins Zimmer hereinsah. Aber wer sagte eigentlich, dass der Mond ein Mann sein musste, konnte doch ebenso gut eine Frau sein. Frau Mond. »So ein Schmarn«, gähnte sie und ihre Augen wurden gleich noch ein wenig kleiner. Nein, kein Schmarr'n, nur ungewohnt. Man muss sich das nur oft genug vorsagen, Frau Mond, Frau Mond, Frau Mond. Jetzt klang eher Herr Mond blöd. Herr Mond klang sowieso blöd, Frau Mond aber auch, hm, Fräulein Mond. Das klang doch nett, Fräulein Mond. Zufrieden schloss sie die Augen, Fräulein Mond, Mondfräulein. Erneut öffneten sich ihre Augen. Jetzt, wo aus dem Mond ein Mondfräulein geworden war, schaute der doch gleich viel hübscher aus.

Hallo Mondfräulein, ist dir langweilig da oben, schaust du deswegen immer in jedes Fenster hinein? Neugieriges Mondfräulein. Wie die Feli, die ist auch so ein neugieriges Mondfräulein. Was war denn das heute, irgendetwas war doch heute? Aber was? Bei der ist ja andauernd was und alles immer gleich so wichtig und vor allem anstrengend. Wird schon nichts Wichtiges gewesen sein, mein Gott, bin ich müd', wenn ich doch nur einschlafen könnt'. Die Feli, die hat einen Schlaf. Legt sich hin und weg ist sie, beneidenswert. Ist aber auch kein Wunder, bei dem, was die zusammenredet den ganzen lieben langen Tag. Bloß gut, dass sie Vormittag in der Schule ist. Aber wenn sie da ist, wie ein Wasserfall. So wie das Mondfräulein jetzt. Das darf doch nicht wahr sein, hab' ich jetzt zwei solche Plappermäuler im Haus. Ach so, die Feli hat sich ja nur in das Mondfräulein verwandelt. Feli, was hast denn? Schaust aus, als hätt'st eine Käsevergiftung. Was? Nein? Kein Käse? Eine Limonadenvergiftung hast du? Ja, das glaub' ich dir aufs Wort, du schaust schon so gelb aus wie ein Limo. Was schütt'st denn aber auch immer alles so in dich hinein. Ich hab' dir doch schon tausendmal gesagt, du sollst nicht immer alles so in dich hineinschütten. Jetzt legst dich hin und tust dir eine Wärmflasche auf den Bauch, wirst sehen, das vergeht dann schon wieder, und jetzt schlaf endlich. Aber Mama, hör doch mal, schon wieder ... Ausflüglerin ... trinken haben, eine Limo, eine Mark, eine Limo, eine Mark! Eine Limoflasche kommt angetanzt, eine ernsthafte, grüne Waldmeisterlimo mit einem Gewehr auf dem Rücken, gefolgt von einer ganzen Schlange von Waldmeisterlimonaden, die alle im Gleichschritt den Berg hinaufmarschieren, und die Feli fängt schon wieder an, Mama, eine Ausflüglerin ... trinken haben, eine Limo, eine Mark, eine Limo, eine Mark. Feli, bist jetzt still! Wenn das der Waldmeister hört, der erschießt dich, der schaut eh schon so bös'. Schau, wie der schaut. Bist jetzt endlich still, Feli. Feli! Feli? Wo willst denn hin? Oh Gott, jetzt singen die auch noch, eine Limo, eine Mark, wer hat noch nicht, wer will noch mal, eine Limo, ein Mark. Eine Limo, eine Mark, Mama, du musst schon mitsingen, so geht das nicht, wenn alle singen, musst du auch singen, jetzt lass dich doch nicht so geh'n. Aber Feli, wie red'st denn du mit mir, ja wo sind wir denn, wo gibt's denn so was, so redet man doch nicht mit seiner Mutter, eine Limo, eine Mark, eine Limo, eine Mark ...

Wie jeder Mensch verfügte auch Katharina über einen gewissen Fundus an Reizwörtern, Feli hätte wahrscheinlich Zauberwörter gesagt, die sofort ein Bild oder ein Gefühl hervorrufen. Und eines der Zauberwörter, auf die vor allem Erwachsene sehr gut ansprechen, ist Geld, besonders wenn sie aus der Armut kommen und sich in mühevoller Arbeit aus ihr herausgearbeitet haben und ihnen immer noch die Angst im Nacken sitzt, dass es jederzeit wieder vorbei sein könnte mit dem bisschen Glück. So einer ist richtiggehend geeicht auf das Wort Geld und alle seine Sprachkinder.

»Du Alfons, schläfst du schon?«
»Hm«, brummte er unerwartet freundlich in sein Kissen.
»Du, Alfons, du sag einmal, was tätest jetzt sagen ...«
Er unterbrach sie mit einem weiteren »Hm«, einer exakten Kopie des ersten, was nun eher nicht so klang, als würde er demnächst wirklich aufwachen wollen.
»Alfons, horch zu, ich hab' eine Idee. Alfons, lass uns eine Wirtschaft aufmachen«
»Eine Wirtschaft?« Er weigerte sich weiterhin, aufzuwachen. »Wir sind doch Bauern.«
»Aber Alfons«, sie war jetzt hellwach, »jetzt horch doch erst einmal zu. Wir brauchen bloß eine Außentür in die Bügelkammer machen, das ist doch gar keine großartige Geschichte. Und da können dann die Leute drin sitzen, und in der Küche mach' ich ihnen eine Brotzeit, das ist schon alles. Und vor das Haus bauen wir ein Dach und stellen Biertische drunter. Fertig, ganz einfach.«
Es dauerte ein wenig, bis er das eben Gehörte in die richtige Reihenfolge gebracht hatte. »Eine Wirtschaft in der Bügelkammer, aha. Komm, schlaf wieder. Und außerdem«, schob er nach ein paar Atemzügen hinterher, »das gibt's doch schon, das macht doch schon der Schwab'.«
»Du Alfons, sag einmal, wie viele Wirtshäuser gibt es eigentlich im Ort herunten? Zehn? Zwanzig? Fünfundzwanzig?«
»Keine Ahnung, i wui jetzt schlaff'n.«
»Darfst ja gleich, aber sag', was meinst, komm, sag schon, irgendeine Zahl, dann lass' ich dich schlafen, wirklich.«
»Also gut. Lass mich mal nachdenken, hm, also zwanzig sind das bestimmt, aber ich bin da nicht der Richtige, da müsstest eher den Vater fragen, der weiß so was. Aber wahrscheinlich mehr, wahrscheinlich sogar viel mehr, wenn man alle z'samm zählt, und jetzt lass mich schlafen. Ich bin saumüd'.«
»Doch so viele, das ist ja unglaublich«, staunte sie.
»Mindestens.«
»Dann geht da heroben bestimmt auch noch ein zweites Café. Weißt was, jetzt bin ich mir ganz sicher, das probieren wir. Ach Alfons, ich hab' dich ja so lieb.«
Sie vergrub ihr Gesicht in seinen Nacken und gab sich gleich ganz ihrem neuen Traum hin. Mit einem Ohr lauschte sie seinem regelmäßigen Atem. Gott sei Dank, er schien es geschluckt zu haben.
»Ich bin Bauer und kein Wirt.«
Alfons' Versuch, eine letzte Verteidigungslinie aufzubauen, war von vornherein zum Scheitern verurteilt.
»Alfons schau, für dich ändert sich doch rein gar nichts. Du kannst ja

Bauer bleiben. Du hast damit rein gar nichts zu tun. Die Arbeit hab' doch bloß ich.«

»Und der Stall?«, fragte er in sein Kopfkissen.

Er hätte sich die Antwort denken können. Es war einer ihrer Standardsätze, den sie jetzt in sein Ohr nuschelte.

»Das krieg' ich schon hin, kein Problem.«

»Und der Sebastian und die Feli bedienen, oder wie?«

»Alfons, an was du alles denkst«, säuselte sie, »so weit war ich noch gar nicht, das ist eine wirklich gute Idee.«

Sie wusste, dass sie mit dieser Frechheit den Bogen endgültig überspannt hatte, aber es war ihr egal, der Traum von der eigenen kleinen Gastronomie war in nur wenigen Minuten schon so sehr ein Teil von ihr geworden, dass nichts mehr sie davon abbringen würde.

»Katharina, du spinnst, die Feli ist g'rad einmal sieben Jahre alt, wie soll denn die bedienen? Und außerdem muss die in d' Schul'.«

»Ja, am Vormittag, aber die brauch' ich doch sowieso nur, wenn's brennt. Und überhaupt, was denkst denn du, das war schließlich der Feli ihre Idee! Was meinst, die würd' mir was husten, wenn die nicht mitarbeiten dürft'. Die hat mich überhaupt erst darauf gebracht, sie hat nämlich einer Urlauberin eine Limo verkauft, und zwar für zwei ganze Mark!«

»Das sieht dem Mädel ähnlich«, seufzte er.

»Genau«, jubilierte sie in sein Ohr, »schon allein wegen der Feli. Ich würd' mir das nie verzeih'n, wenn wir das jetzt nicht machen würden. Schließlich muss man ja auch an die Zukunft denken. So, jetzt müssen wir aber schlafen, schau mal auf die Uhr wie spät es schon ist. Gut' Nacht, lieber Alfons.«

»Gut' Nacht, Katharina.«

Besonders beliebt bei den Gästen war von Anfang an Katharinas Kaiserschmarrn, der jeden Tag in großen Mengen frisch gemacht werden musste. Überhaupt, ihre Mehlspeisen. Da hatte sich ihre ärmliche Kindheit doch noch auf eine schöne Art ausgezahlt, denn wer von klein auf lernen muss, wie man mit billigen Zutaten wie Eier, Mehl und Milch täglich etwas Genießbares auf den Tisch zaubert, der kann das dann eben auch. Für die Stallarbeit hatte sie auf jeden Fall keine Zeit mehr. Dafür war Alfons, der die vielen Fremden, die da an fünf Tagen die Woche zu ihnen hinaufpilgerten, nur als Heimsuchung sehen konnte, jetzt alleine zuständig.

Noch unangenehmer waren ihm allerdings die Leute, die auch an den Ruhetagen zu ihnen heraufkamen und dann, ohne anzuklopfen einfach ins Haus spazierten, oder in die Scheune oder den Stall, und sich dann bei ihm beschwerten, dass zu wäre. Da konnte er dann schon auch einmal patzig werden, und Katharina musste das dann ausbaden. Aber das konnte sie, der Umgang mit Menschen schien ihr wirklich zu liegen.

In irgendeinem ihrer Romanhefte hatte sie gelesen, dass Katharina die Große sich als erste Dienerin ihres Reiches gesehen hätte. Erst hatte sie gestutzt, aber dann darüber nachgedacht und sich gesagt, dass das eigentlich auch für sie passen könnte. Erste Dienerin ihres kleinen Reichs.

Abgesehen von Alfons fanden alle die Wirtschaft eine feine Sache. Und wenn er Katharina und Feli zusah, wie sie nach Feierabend gemeinsam die Kasse auf den Küchentisch leerten, dann musste auch er zugeben, dass die Idee so schlecht nicht war. Aber gefallen hat sie ihm trotzdem nicht.

Trost fand er dann beim alten Gmeiner, der ihm zwar nicht zustimmte, vielmehr auch nur wieder auf dem schönen Geld herumritt, das er jetzt verdiente, aber wenigstens zuhörte.

»Alfons, jetzt hör aber mal auf«, Johanns Stimme schien direkt aus der Pfeife zu kommen, »solche Sorgen möchten wir einmal haben. Wenn's bei uns das Geld so hereinweh'n tät wie bei euch«, dabei deutete er hinüber auf das Treiben im Gastgarten seines Nachbarn, »könnt' ich endlich aufhör'n. Und dann hast auch noch den Wast und die Feli, die helfen auch so schön mit, besser könnt's doch gar nicht laufen.«

»Ja, die zwei verzieht sie mir auch noch, das werden noch richtige Wirtshausschratz'n«, grantelte Alfons.

»Jetzt spinnst aber wirklich«, Johann schüttelte den Kopf, »die zwei sind goldrichtig. Und die Katharina sowieso.«

»Ach was. Ach, ich weiß nicht. Das ist alles so anders auf einmal.«

»Alfons, denk doch einmal nach. Hast eine Frau, die anschiebt, die ein Geld reinbringt, und einen Vater, der auch immer was zuschießt. Zum Jammern hast du wirklich keinen Grund. Prost, Bua.«

Es begann bereits zu dunkeln, als Alfons sich auf wackligen Beinen auf den Heimweg machte. Er umschlich den Gastgarten und schlüpfte unbemerkt durch die Hintertür in den Stall. Wie immer kam er sich dabei ziemlich blöd vor. Dann setzte er sich zum Beni, der als Einziger im Stall geblieben war. Wenigstens der und die Kühe auf der Alm, die sich bestimmt schon alle niedergelegt hatten, verstanden ihn.

Entweder zündete er sich jetzt eine an oder der kleine Sebastian tauchte bei ihm auf. Dann war die Welt wieder für eine Weile in Ordnung. Dann spielten sie ausmisten und einstreuen. Und der Beni schaute zu.

Die Jahr für Jahr immer zahlreicher werdenden Gäste brachten jedoch nicht nur Geld, sondern auch Gedanken und Ideen mit auf den Berg. Manchmal kam es den Bauern direkt vor, als wären diese Ausflügler von einem anderen Stern. Und die Ausflügler schienen ähnlich zu empfinden.

Wenn vielleicht nicht gerade auf einen anderen Stern, so wähnten sie sich doch mitunter in ein anderes Jahrhundert zurückversetzt. Gerade einmal, dass die hier oben ein Radio hatten, ein Telefon war schon gleich gar keine Selbstverständlichkeit. Und wie die herumliefen, so was gab es doch eigentlich nur noch im Museum oder im Trachtenverein. Ganz abgesehen von der Sprache. Wie sagten die da doch gleich noch? Herzig. Irgendwie war hier oben ja alles herzig, vor allem die Kinder. Und dabei so höflich und auch so aufgeweckt, machten eigentlich gar keinen zurückgebliebenen Eindruck.

»Wilhelm, kuck doch mal, sind die nich' süß, die Kleenen, so herzich?«

»Wenn du dat sachst.«

»Och Willem, wat biste denn so stießelich, du hörst ja gar nich' richtich zu.«

»Sonja, bitte, ick bin in Urlaub und nich' im Kleintierjeheche.«

»Gib dem Kleenen doch mal 'ne Mark.«

»Eene janze Mark, bist de meschugge, wir sind doch hier nich' bei Rockefellers.«

»Willem, jetzt sei doch nich' so, der is' so süß. Kuck doch nur ma', wie schön der den Tisch abräumen tut.«

»Nur fürs Tischabräumen 'ne janze Mark, bei dir piept's wohl.«

»Willem, wenn du nich' willst, dann nehm ick halt von meinem Jeld, reich mir doch mal mein Täschken.«

»Is' ja jut, ick mach' ja schon. He Kleener, komm ma' her, der Onkel hat wat für dich. Wie sacht man?«

»Danke schön.

»So, und nun schwirr mal wieder ab.«

»Ach Willem, wie is' dat allet schön.«

»Ja Sonja, da haste ausnahmsweise mal wat Vernünftijes von dir jejeben, dat erste vernünftije Wort, dat ick von dir höre, seit wir hier oben sind.«

Und was sonst noch alles den Berg hinaufkeuchte. Kleine, dicke Männer in kurzen Hosen, Typ rheinische Frohnatur, Feinripp über Wohlstandsbauch, vierfach verknotete Stofftaschentücher auf rotfleckigen Halbglatzen, schweißüberströmt, aber ungebeugt, weit abgeschlagen dahinter der quengelnde Rest der Familie. Alleinstehende ältere Damen mit dunkelgrüner Kniebundhose, Jägerhut auf praktischer Betonlockenfrisur, Oberkörper rot-weiß kariert, die Lippen steif geschminkt, eine feucht-fröhliche Herrenrunde auf Junggesellenabschied, die Kegelfreunde »Schluck auf« aus Castrop-Rauxel, Heinz Erhard, Hans-Joachim Kulenkampff, Heinz Schenk und Lia Wöhr, Vico Torriani, Hänschen Rosenthal, Wim und Wum, der Kommissar, und und und.

Die Jahre vergingen, jedes ein bisschen schneller als das vorherige, und längst war die kleine Bergwirtschaft unterhalb der Alpspitze zu einer festen Größe im Leben der Bewohner und der Ausflügler von nah und fern geworden. Nur Alfons blieb, was er war und wie er war. Wie die bucklige Spitze eines Bergs ragte sein alter, speckiger Hüterhut mit der roten Plastikrose hinein in die neue Zeit.

Mittlerweile hatte er sich damit abgefunden, dass nichts mehr so sein würde, wie es einmal war, aber auch damit, dass sie sich nicht mehr um ihr Fortkommen sorgen mussten. Und immer wenn er wieder einmal maulig wurde wegen der Umstände, die die Fremden machten, wegen Feli und Sebastian, die gar keine richtigen Bauernkindern mehr waren, sondern irgendetwas anderes, und weil er selbst anscheinend zu überhaupt nichts mehr nütze war, sagte sie nur: »Denk ans Geld« und er war wieder auf Linie gebracht.

Die gute alte Zeit – hier schien sie überdauert zu haben. So eine schöne Ruhe fanden die geplagten Menschen aus den Städten der Wirtschaftswunderzeit in den Bergen, dass sie am liebsten dort oben geblieben wären.

Apropos dort oben geblieben. Das war auch so eine Idee der umtriebigen Wirtin. Sie wusste bloß noch nicht, wie sie es Alfons beibringen sollte. Der war ja schon mit dem bisschen Gastronomie überfordert. Wenn der wüsste …

Seit Neuestem kam es vor, dass sie sich zwischendurch schnell einmal für eine halbe Stunde abmeldete. Dann ging sie in Richtung Gmeinerhof, bog auf halbem Weg rechts ab, stellte sich auf die große Freifläche, die der Schwiegervater erst vor ein paar Jahren zu einem guten Preis erworben hatte, setzte sich auf einen großen Stein und schaute zurück auf den Stockingerhof. Was sie dann sah, hatte mit dem, was in Wirklichkeit dort stand, allerdings nicht mehr viel zu tun. In ihrer Fantasie war aus dem alten Hof samt Gastronomie ein Hotel mit breiter Zufahrt, Rezeption, überdachter Terrasse, Restaurant und Wintergarten geworden.

Auf die Idee gebracht hatte sie eine Pensionistin aus Köln, die hier auf Kur gewesen war und jeden zweiten Tag auf eine kleine Brotzeit im Stockingerhof vorbeigeschaut hatte.

»Schade, Frau Stockinger«, meinte sie eines Nachmittags, »dass man bei Ihnen nicht übernachten kann.«

Katharina war baff. »Übernachten?«

»Ja, natürlich, ein Hotel in der Lage, da bräuchten Sie sich um zahlungskräftige Gäste nicht zu sorgen, liebe Frau Stockinger.«

»Ein Hotel? Ja, Sie san lustig!«

Bis in den nächsten Winter trug Katharina den Gedanken mit sich herum, vom Bett ins Bad, von dort in die Küche, von der Küche in den Gastgarten und wieder zurück, wo er vielleicht in eine Schublade fiel oder beim Hinunterbücken in die Kühltruhe, weswegen sie ihn vielleicht ein, zwei Stunden oder auch einmal einen ganzen Nachmittag lang gar nicht vermisst hat, nur um ihn dann beim Aufräumen wieder in der Hand zu halten. Mit ihm im Arm schlief sie ein und wachte am nächsten Morgen wieder auf. Hin und her hat sie ihn gewälzt, bis er sich schließlich so richtig rund anfühlte.

Jetzt musste er nur noch in die Welt, und die reagierte auch prompt so, wie sie es befürchtet hatte.

»Ich glaub', jetzt spinnst wirklich, was willst du? Kriegst du denn nie genug?«

»Was heißt nie genug?«, keilte sie zurück. »Was soll denn das jetzt heißen? Ist es dir vielleicht nicht recht, dass wir ein gutes Geld verdienen mit der Wirtschaft?«

»Was heißt nicht recht«, raunzte er. »Wegen mir hätt's die Wirtschaft nicht gebraucht, wegen mir nicht, ich hab' nur Ja gesagt, damit du eine Ruhe gibst, ich brauch' die Fremden nicht, und ihr Geld dreimal nicht, dass du's weißt.«

»Aha, aha, so schaut das also aus, das ist ja interessant. Ja soll ich die Wirtschaft vielleicht wieder zusperren? Ist es das, was du willst? Bitte, kannst schon haben, dann wirst schon sehen, wie weit wir kommen, wenn das Geld von den Fremden fehlt! Und außerdem, du hast doch selber g'seh'n, wie stolz der Vater auf uns ist, dass wir was aus dem Hof g'macht haben. Und eins sag' ich dir auch gleich, in den Stall geh' ich nicht mehr zurück, da wirst dir dann schon eine andere suchen müssen. Das kannst dir gleich merken!«

»Nein, gegen die Wirtschaft sag' ich doch eh schon lang nichts mehr«, ruderte er, der ihrem Temperament noch nie gewachsen war, zurück.

»Das hat jetzt aber g'rad ganz anders geklungen.«

»Ja, mein Gott, wenn du aber auch gleich immer so laut wirst.«

»Was heißt immer so laut? Wer wird hier laut?!«

»Und überhaupt, ein Hotel, wie kommst denn nur auf so was. Ein Hotel, also, sei mir nicht bös'. Da soll man es dann nicht mit der Angst kriegen. Und überhaupt, so mancher hat sich schon verschluckt an seiner Gier. Denk nur an den Schwaben, der hat im Frühjahr auch groß um'baut und jetzt drücken ihn die Schulden. Und da willst du ein Hotel bau'n. Also wirklich, Katharina, sei mir nicht bös' wenn ich mir da Sorgen mach'.«

Eine beeindruckende Rede aus dem Mund des bedächtigen Stockingerbauern, diesem wandelnden Mahnmal innerer Kraft und Ruhe.

Kam ihr zum Beispiel jemand blöd, ein renitenter Gast oder ein Bierkutscher der sich um einen Tag vertan hatte und anstatt sich zu entschuldigen meinte, witzig sein zu müssen, konnte der sich auf einen Anschiss gefasst machen, den er so schnell nicht vergessen würde.

Aber bettelte zum Beispiel eines dieser kleinen Urlauberkinder um einen Lutscher, konnte es sein, dass ihr vor lauter Rührung die Tränen in die Augen stiegen. Schnell drehte sie sich dann weg und hielt dem Zwerg gleich die ganze Schachtel hin und sagte: »Glaubst es, jetzt ist mir doch tatsächlich was in die Augen geflogen. Nimm dir einfach raus so viel du willst. Ja, ja, trau dich nur, lang einfach rein in die Schachtel ...«

Jeder Marketingberater hätte seine helle Freude an Frau Stockinger gehabt, von wegen Produktbindung schon im frühesten Kindesalter.

»Emotionen, meine Damen und Herren, Emotionen, Emotionen und nochmals Emotionen. Gefühle! Der Zielkunde kann mit den Bergen vielleicht gar nichts anfangen oder mit Ihren Kälbchen oder mit Ihren Schäfchen oder was da sonst noch kreucht und fleucht bei Ihnen auf der Alm oder der schönen Aussicht. Vielleicht wollte er sogar lieber an die See, ist aber dem Wunsch seiner Familie gefolgt und zu Ihnen in die Berge gefahren. Einerlei. Was er in den schönsten Wochen des Jahres wirklich will, ist geliebt werden. Er wird wiederkommen, wenn sie ihm geben, was er am meisten will, Liebe! Das ist der Schlüssel. Lieben Sie Ihren Gast, auch wenn er ein Depp ist und Sie ihn am liebsten den nächsten Berg hinunterwerfen würden und seine ganze unverschämte Brut gleich hinterher. Sie wollen ja schließlich auch einmal Ihren Spaß haben und träumen wird man ja noch dürfen ... So, genug gelacht, wir fahren fort nach der Mittagspause, mit der GastVO. Muss ja auch einmal sein.«

Doch sollte sich der kleine Urlauber tunlichst hüten, der Aufforderung mit den Lutschern Folge zu leisten. Nahm er einen oder nach einigem Zögern und erneuter Aufforderung noch einen, hatte er bei der freundlichen Wirtin einen Stein im Brett, wenn es sein musste, bis an sein Lebensende. Griff er aber wirklich mit der ganzen Hand hinein, wobei es keine Rolle spielte, dass er vielleicht erst drei Jahre alt war und die hochkomplexen Vorgänge im Gefühlsleben der Frau Wirtin noch gar nicht verstehen konnte, hatte er mit ernsthaften Konsequenzen zu rechnen.

Auf jeden Fall sollte er versuchen, schleunigst Land zu gewinnen und danach mindestens eine Saison verstreichen lassen, ehe er ihr wieder ungestraft unter die Augen treten durfte.

Lange fand sie keinen Schlaf in dieser Nacht. War sie wirklich gierig? Gier, kein schönes Wort. Aber viel Geld haben wollen war doch keine Schande, oder? Eigentlich hatte sie ohnehin nicht an Geld gedacht, im Gegenteil, bei dem Gedanken an das Geld, das man für so ein Hotel benötigte, wurde ihr angst und bang. Also war sie vielleicht gar nicht geldgierig? Aber wenn es nicht das Geld war, was dann!? Oder war sie doch gierig und wusste es nur nicht? Sie wollte nicht gierig sein. Dann lieber kein Hotel. War sowieso eine blöde Idee gewesen. Ein Hotel, Schulden machen, und dann Sorgen haben bis an sein Lebensende. Nein, Schuster bleib bei deinem Leisten. Ein kleines, nettes Ausflugslokal, das war doch eh schon eine Riesensache. Na ja, so riesig auch wieder nicht, aber auch nicht nichts. Nein, nein, der Alfons hatte schon recht, manchmal spann sie wirklich, und nicht nur ein bisschen. Nur gut, dass der Alfons keine Flausen im Kopf hatte. Und wer sollte sich um die Kinder kümmern? Nein. Schluss damit.

Ein ganzes Jahr hielt sich der Hotelgedanke von ihr fern. Dann war er wieder da.

»Geht das jetzt schon wieder los?«

»Ich mein' ja bloß, ist doch bloß so eine Idee, nur ein paar Zimmer, nichts Großes, eine Frühstückspension halt, nur eine kleine Frühstückspension.«

»Du und deine Ideen immer. Letztes Jahr war es ein Hotel, dieses Jahr eine Pension, und was kommt als Nächstes?« Er lachte. »Kaufen wir dann eine Bergbahn?«

»Das mit der Wirtschaft war auch erst so eine Idee«, entgegnete sie sanft, »und was ist daraus geworden? Und war das vielleicht keine gute Idee, dass wir im Frühjahr die zwei großen Schaukeln und den Sandkasten gekauft haben? Jetzt sind viel mehr Familien mit kleinen Kindern herobep als vorher.«

»Ja, schon, aber nicht schon wieder das Hotel. Ich hab' gedacht, das wär' ein für alle Mal durch. Und überhaupt, nicht jede Idee von dir ist so gut, wie du immer tust. Da brauch' ich bloß an die Geschichte mit diesem Zitterheini, dem Leitl Anderl, denken, der hat nur gesoffen, schlecht gespielt und die Gäste dumm angeredet, und dann hat er auch noch einen Haufen Geld verlangt, der Saufschädel. Oder die Idee, dass man den Weg mit Laternen ausleuchtet.«

»Nur die letzten fünfzig Meter«, warf sie schnell ein. Sie wusste eh, was kam.

»So viel Geld hat das gekostet, allein schon den Strom verlegen, und dann waren diese sündteuren Laternen nicht einmal wasserdicht. Uns hat es andauernd den Strom nausg'haut und die Gäste waren stinkig, da wolltest du am liebsten zusperren, erinnerst dich, erinnerst dich?«

»Ja, schon.«

»Ich mein' ja bloß, weil du immer so tust mit deinen Ideen. Katharina, uns geht's doch gut, wir haben doch alles, was willst denn mehr?«

»Ist ja schon gut. Ich hör' ja schon auf.«

Ihr war heute nicht nach Streiten zumute, es war so ein schöner Abend.

»Katharina, ein Hotel, das ist doch Wahnsinn.«

»Ist ja schon gut, hab' ich g'sagt, reden wir nicht mehr drüber. Außerdem habe ich gesagt Frühstückspension.«

»Hotel, Frühstückspension, wo ist denn da der Unterschied. Und wie hast dir denn das vorgestellt? Wer soll denn das bezahlen?«

»Ich hab' ja gesagt, ist schon gut. Und außerdem hab' ich gespart.« Er sollte zumindest wissen, dass sie auch darüber nachgedacht hatte.

»Katharina, bitte! Ich hab' zwar keine Ahnung, aber so viel weiß ich doch, dass das hinten und vorne nicht reicht, nie. Und Schulden machen kommt nicht in Frage, auf jeden Fall nicht mit mir.«

»Du hast ja recht, ich seh's ja ein.«

»Freilich hab' ich recht.«

»Ja, ja, sag' ich ja.« Sie fühlte, wie sie langsam die Geduld verlor. Sie würde jetzt wohl besser nichts mehr sagen. Dann rutschte ihr aber doch noch ein ganz kleines »Aber« heraus.

»Was aber?«

»Nichts.«

»Was aber?«

»Der Vater.« Sie brach gleich wieder ab.

»Was ist mit dem Vater?«

»Ach nichts.«

»Was nichts?«

»Nein, nichts, vergiss es einfach.«

»Katharina! Was hat denn der Vater damit zu tun? Du meinst doch nicht, dass der uns ein Hotel …?«

»Frühstückspension, Alfons, nur eine kleine Frühstückspension«, versuchte sie zu beschwichtigen. »Vielleicht will er ja was investieren?«

»Investieren? Der hat schon genug in die alte Hütte gesteckt.«

»Du hast ja recht. Alfons, sei mir nicht bös', ich bin müd'. Und außerdem wird's langsam frisch da heraußen im Schatten.«

»Ja, geh'n wir rein. Ich muss eh noch in den Stall.«

Jetzt waren es schon sechzehn Jahre, dass Katharina ihre Gastronomie hatte, sechzehn Jahre, in deren Verlauf sich für den Alfons eigentlich nicht mehr viel geändert hat. Den Sommer verbrachte er auf der Alm und im Winter half er Katharina im Café. Hätte ihn allerdings jemand nach der Einrichtung des Lokals fragen wollen, hätte er schon scharf nachdenken müssen. »Ja mei«, hätte er vielleicht gesagt und sich dabei am Hinterkopf gekratzt, »fünf Tisch', Stühle dazu, rundrum eine Sitzbank, an der Wand ein ausgestopfter Birkhahn, gegenüber der Kopf von einem Zehnender.« Irgendwann wäre ihm dann noch die kleine Kuckucksuhr über der Küchentür eingefallen sowie das kleine Bild von Katharina der Großen über der Tür zum Gastgarten, das einzig ungewöhnliche Utensil im ansonsten typischen Wirtsraum. Nach dem, was sich im Lauf der Jahre auf den beiden Fensterbänken so zusammengefunden hatte, ein Fleißiges Lieschen, eine vergessene Legofigur, eine einarmige Barbiepuppe, ein Stapel Romanhefte, ein paar Cowboyhefte darunter, ein buntscheckiger Porzellanclown mit Ziehharmonika, ein kleines Fläschchen Enzianschnaps, ein Räuchermännchen, hätte man ihn schon nicht mehr zu fragen brauchen. Dass in der alten Anrichte mehrere Kartenspiele und eine kleine Holzkiste mit Brettspielen drin waren, hätte er aber gewusst.

Sicher, stolz war er schon auf seine Katharina. Was die da alles auf die Beine gestellt hatte, Hut ab, wirklich. Dazu jeden Tag die Gäste, im Sommer viele, im Winter weniger, und zu jedem freundlich sein, bitte, danke, bitte, danke, und da waren schon welche dabei, mein lieber Schwan, denen hätte er eher eine Mistgabel ins Kreuz geworfen, als ihnen auch noch den Kaffee in den Schatten hinterher zu tragen. Wegen nichts konnte so einer einen Aufstand machen!

Aber das mit dem Berghotel, das ging entschieden zu weit. Ein ganz anderes Leben wäre das doch, am Ende müsste er vielleicht gar noch seine Kühe aufgeben. Wer wusste schon, was in so einem Hirn wie dem von der Katharina herumspukte. Später einmal, wenn der Sebastian mal den Hof übernehmen würde, der war jetzt vierundzwanzig, und ob der für den Rest seines Lebens Bauer bleiben würde? Oder doch eher die Feli. Der lag das Bedienen, die Leute, das ganze Herumgewirtschafte. Die war genauso wie ihre Mutter. Vielleicht sollte er morgen wieder einmal hinübergehen zu den Gmeiners. Mal hören, was die so hielten von den erneuten Hirngespinsten seiner Frau. Besonders die Meinung vom alten Johann war immer noch Gold wert.

»Keine blöde Idee, Alfons, wenn man ein Geld hat und wenn einem das liegt. Ich bräucht' kein Hotel mehr, aber ich bin ja auch ein alter Mann. Allerdings kann ich mir auch nicht vorstellen, dass das für den Peter und seine Vroni was wär'.«

»Seh' ich ganz genauso. Aber die Katharina meint, das wär' eine gute Idee.«

»Eben, und die Katharina ist nicht blöd. Vielleicht denkt die ja weiter als wir. Denk nur einmal an das Café, das hast anfangs auch nicht haben wollen, und jetzt? Weißt, ich bin ein alter Mann, ich denk nicht mehr so weit in die Zukunft, aber«, seine Augen blitzten kurz auf, »wenn du Hotelier wirst, kannst ja dem Peter deine Wiesen günstig verpachten, und die Alm. Dann könnten wir vielleicht aufstocken.«

»Das würd' dir so passen, aber da mach dir mal lieber keine Hoffnungen. Ich werd' kein Hotelier, bestimmt nicht, und überhaupt, wo soll denn das Geld dafür herkommen?«

»Also, wir haben auf jeden Fall keines, da kann ich dich beruhigen«, lachte der Alte.

»Du hast gut lachen. Ich hätt' auch lieber meine Ruhe von dem Schmarr'n.

Aber weißt, das Schlimme ist, ich trau's der Katharina zu, dass die das auch noch irgendwie deichselt.«

»Alfons«, seufzte der alte Gmeinerbauer, »glaub' mir's, ich versteh' dich ja. Aber wir zwei halten die Welt nicht auf.«

Wieder hielt der Winter Einzug ins Wettersteingebirge und brachte Eis und Schnee und viel Zeit für die Bergbauern und die, die mit dem Wintertourismus noch nichts zu tun hatten.

Wintertourismus, auch so ein Zauberwort, das es Katharina angetan hatte. Mit den Fremden, die jetzt auch im Winter in Scharen in die Berge kamen, hatten die Stockingers noch nicht viel zu schaffen. Dass sich das ändern musste, war für Katharina eine ausgemachte Sache. Sie wusste nur noch nicht wie. Also bastelte sie weiter unverdrossen an ihrem Traumhotel. Keine Frühstückspension mehr, wenn schon träumen, dann richtig. Und zum Träumen war die kalte Jahreszeit, in der das Vieh im Stall stand und eine meterdicke Schneedecke alles Leben außerhalb der beheizten vier Wände zum Erliegen brachte, die ideale Zeit. Sie war jetzt neunundvierzig Jahre alt, nächstes Jahr würde sie fünfzig werden. Kein Grund, nichts mehr vom Leben zu erwarten, und schon längst kein Grund, mit dem Träumen aufzuhören.

Die Tür schwang auf. Einen Schwall eiskalter Luft wie den unsichtbaren Schweif eines Kometen hinter sich herziehend stapfte Alfons in die Küche.

»Herrgott, ist das heut' kalt draußen, das müssen mindestens zwanzig Grad minus sein.« Ein heftiger Schauer schüttelte seinen Körper. »Aaah, tut das gut.«

»Komm, setz dich her zu mir, ich massier' dir die Füße.« Katharina schob unauffällig einen französischen Hotelführer unter ihr Sitzkissen. Was die in ihre Berge hineinstellten, schon beeindruckend, aber so hässlich. Querschlitze statt Fenster. Nein, das war nichts für sie. Sie erschrak. »Mein Gott, die sind ja eiskalt! Irgendwann friert dir noch einmal ein Zeh ab, wenn du nicht aufpasst. Armer Alfons. Ich hab' schon Tee aufgesetzt. Der muss nur noch ein wenig ziehen. So, und jetzt trinkst erst mal einen Schnaps. Übrigens, der Vater hat angerufen, der kommt am Wochenende. Alfons?«

Er war auf der Stelle eingeschlafen. Mit der einen Hand massierte sie langsam wieder Leben in seine Füße, mit der anderen Hand griff sie sich den Katalog unter ihrem Hintern. Sie musste unwillkürlich lachen. Unter dem Herrgott an der Wand lag ein Stapel Hotelprospekte und Restaurantführer, und genau da drauf hatte er seinen Kopf gelegt.

Na ja, dachte sie, vielleicht hilft's ja. Den Seinen gibt's der Herr ja bekanntlich im Schlaf.

»Magst dir das wirklich antun«, versuchte Alfons noch vergeblich, seinen Vater von der Lektüre abzuhalten.

»Aber sicher. Ich möcht' doch wissen, was ihr vorhabt mit meinem alten Hof.«

Natürlich hatte er erst einmal gestutzt, als ihm Katharina von ihren Ideen erzählt hatte. Aber der Karton voll mit Prospekten, Katalogen und Angeboten, einer Mappe mit selbst gefertigten Skizzen und ausgeschnittenen Abbildungen von Hotels aus dem gesamten Alpenraum, dazu Dutzenden von Detailansichten aus den edelsten Hotels der Welt, hatten dann doch sein Interesse geweckt. Alles hatte sie gesammelt, sogar Fotos von Hotelküchen waren darunter, selbst Aufnahmen von Sonnenterrassen inklusive Ausblick.

»Das hätt' ich dir gar nicht zugetraut, äh, ich mein', versteh' mich bitte nicht falsch. Also, Respekt, ehrlich.«

»Meinst wirklich? Auch die Zeichnungen? Weißt, ich hab' sie vorher noch keinem gezeigt. Ich kann ja eigentlich gar nicht zeichnen, also so, dass man sich das wirklich vorstellen kann.« Jetzt stiegen ihr auch noch Tränen in die Augen. Mein Gott, Katharina, spinnst jetzt, wies sie sich selbst zurecht und sprang auf.

»Ich setz' noch schnell frischen Tee auf.«

»Aber der ist doch gut.«

»Nein, nein, der schmeckt irgendwie komisch.«

»Find'st du? Also ich schmeck nichts.«

Die unvermeidliche Zigarette in der Hand, fuhr sich der alte Stockinger alle paar Minuten durch die Haare und kratzte sich danach am Hinterkopf. Am Kopf kratzen, dann wieder durch die Haare fahren, dann wieder am Kopf kratzen. Ein Wunder, dass er nicht schon längst kahl war. Steckte er sich dann auch noch die Lesebrille ins Gesicht, sah er aus wie der Wiedehopf aus der Hopsi-Fibel. Aufmerksam nahm er jedes einzelne Blatt in die Hand, auch die, die sie ihm eigentlich gar nicht zeigen wollte.

»Musst dir nichts denken, the idea, ich mein', die Idee, die dahinter steht, das ist, was zählt. Hauptsach', man erkennt, was du meinst.« Dann schob er den ganzen Stapel zusammen und lehnte sich zurück.

»Well, schön und gut, und wie willst du das finanzieren?«

»Magst noch was von dem Presssack? Ist noch genug da.«

»Ja, danke. Der ist wirklich gut. Und ein Bier, wennst noch hätt'st?«

»Kommt sofort.«

»Und?«, fragte er, als sie wieder zurück war.

»Was und?«

»Wie du das finanzieren willst.«

»Ja, also, wie ich das finanzieren will. Hm, also darüber hab' ich auch schon nachgedacht.«

»Und was ist herausgekommen?«

»Ganz einfach«, Katharina atmete einmal tief durch und sagte dann im normalsten Tonfall, den sie gerade finden konnte, »du steigst mit ein und was dann noch fehlt, gibt uns die Bank. Und außerdem hab' ich gespart.«

Dann hielt sie den Atem an und starrte angestrengt in Richtung Herd.

Jacob presste einen gewaltigen Zug aus der Filterlosen tief hinab in die Spitzen seiner Lungenflügel, ließ dort das Nikotin für ein paar Sekunden seine nervenberuhigende Wirkung entfalten und blies dann den ganzen Krempel wieder zurück in die Welt. Mit einem strengen Blick und einem freudlosen Ton in der Stimme fragte er: »Wie kommst denn du eigentlich auf die Idee, dass ich so viel Geld hab'?«

»Na ja, wissen tu ich das natürlich nicht«, stotterte sie und wurde rot. »Aber wie ich mal in der Bank war und nachgefragt hab', wie das ausschauen würd' mit einem Kredit und so, da hat der Mann von der Bank, der Herr Dings, der Herr Nickelmann, na ja, der hat da so eine Andeutung gemacht.«

»Eine Andeutung? Der Nickelmann von der Sparkasse? Aha, also auf der Bank warst du auch schon, soso. Und was meint der Herr Nickelmann?«

»Naja, dass es schon reichen könnte, wenn wir alle zusammenlegen und er uns einen Kredit dazu gibt.«

»Ja, das glaub' ich gern. Ich weiß, wie das läuft. Erst leihen sie dir das Geld und lassen dich werkeln und tun und machen und wenn dir dann die Puste ausgeht, dann gehört alles der Bank und dir bleiben die Schulden. Glaub' mir, ich kenn' mich da aus. Alles schon miterlebt.«

»Aber der Herr Nickelmann …«

»Der Nickelmann«, unterbrach er sie, »mit dem Nickelmann Christian seinem Vater bin ich zur Schule gegangen, der Christian ist schon okay. Aber der ist auch nur ein Angestellter. Dem Christian würd' ich schon trauen, aber nicht der Bank. Nein, nein, Katharina, das würd' denen so passen. Die haben schon längst kapiert, was das da heroben wert ist. Nein, nein. No way. Nicht mit mir. Für so was braucht es eine solide Finanzierung und die haben wir nicht im Kreuz. Am Besten, du vergisst das gleich wieder, je eher umso besser.« Er zog noch einmal kräftig ehe er weiterredete. »Alfons, was sagst du denn eigentlich dazu?«

»Ich? Ich werd' bestimmt kein Hotelier. Für mich ist das sowieso alles ein ausgemachter Schmarr'n. Was der Sebastian und die Feli mal mit dem Hof machen, das ist was anderes, was nach mir kommt, ist mir wurscht, ich mein', du weißt schon, wie ich's mein'. Auf jeden Fall, solang' ich Bauer bin da heroben, geigt sich da gar nichts in der Richtung, aber auch schon überhaupt nichts.«

»Ja, was ist denn jetzt das auf einmal«, fuhr Katharina auf. »So hast du mir das noch nie gesagt! Du hast bloß g'sagt, dass wir kein Geld haben! Also, also, jetz'. Du kannst doch mich nicht planen und machen lassen und dann so saublöd daherred'n!«

»Ja Alfons«, der Vater hatte aufgehört, sich am Kopf zu kratzen, »habt's ihr nie darüber geredet? Ich hab' mir gedacht, das käm' von euch beiden. Also ihr seid's lustig. Aber trotzdem, ich seh' das genauso, Katharina, sei mir nicht bös', aber ich werd' mich nicht verschulden. Sei gescheit, du hast doch die Gastronomie. Das ist eine solide Sache und durchaus noch ausbaufähig. Ich hab' da natürlich noch keinen exakten Plan im Kopf ...«

Katharina schöpfte wieder Hoffnung und sah ihn erwartungsvoll an.

»... aber da ich auch schon einmal in der Richtung überlegt habe, also kurz und gut, wir könnten doch einen kleinen Dranbau machen? Oder? Das wär' doch was, Katharina, Alfons, das wäre doch okay, oder? Da kannst du Bauer bleiben und die Katharina Wirtin, jetzt sogar mit Pensionsbetrieb. Und wer weiß, was die Zukunft bringt? Ich habe mir mein Leben auch einmal anders vorgestellt.«

»Ja, aber da bin ich doch direkt umzingelt von lauter Fremden«, sagte Alfons entsetzt, »die sind doch dann überall!«

»Nein«, Katharina war schon wieder ganz in ihrem Element, »das machen wir schon so, dass die dich nicht stören. Das kriegen wir schon hin, da mach dir mal gar keine Gedanken.« Dann griff sie nach der Hand ihres Schwiegervaters und sagte: »Jacob, danke« und ging dann schnell zum Herd.

Teil 3

So wie seine Vorfahren einst vom Süden in den Norden gegangen waren, so hatte es den Jacob in den Westen der Welt gezogen. Bei einem ist es der Magen, der ihn aus der geliebten Heimat vertreibt, bei dem anderen die politischen Verhältnisse, bei wieder anderen einfach die Sehnsucht, die einen nicht zur Ruhe kommen lässt. Der eine hofft auf Errettung, wenn er angekommen ist, der andere, indem er in Bewegung bleibt.

Er war wohl mehr der zweite Typ.

Seine letzten Jahre aber wollte er in den Dolomiten verbringen, so hatte er sich das zumindest ausgedacht. Da, wo sein zweites, sein eigentliches Leben einst seinen Anfang genommen hatte, in der ruhigen, wilden Majestät des Rosengartenmassivs, mit Wandertouren im Sommer und Skifahren im Winter.

Aber das Alter, das über kurz oder lang jeden auf die Bretter schickt, sucht sich für diesen letzten Akt gerne einen ganz besonderen Platz aus, und das ist nicht unbedingt der, an den man zuerst denken würde.

War es die Katharina, die immer noch ihrem Traum nachhing, oder der Rest Unruhe, den er nicht loswurde, oder einfach die Möglichkeit, das Alter noch etwas hinauszuschieben, was ihn schließlich dazu bewog, Katharinas Wunsch doch noch aufzugreifen. Und weil es seinem Freund und ehemaligem Chef Thomas Meinarz bestimmt auch nicht anders ging, sollte es eigentlich ein Leichtes sein, ihn zu überreden.

Kein Tag war vergangen, an dem er nicht an sie gedacht hatte, an Maria, die gesprungen war, weil sie nicht so hatte können, wie sie wollte, die sich aufgerieben hatte zwischen der Liebe zu ihm, ihrem Thomas, und dem Treueversprechen gegenüber ihrem Mann. Maria, die nur noch den einen Ausweg gesehen hatte, und er hatte die ganze Zeit nichts gemerkt, hatte gedacht, er wäre der gewesen, der unglücklich liebte. Hätte er auch nur etwas geahnt von ihrem Leid! Nur ein Wort von ihr! Aber vorher war sie gesprungen, und in Sekundenbruchteilen war auch sein Lebenszug aus den Schienen gesprungen. Weißer Rauch, weiß wie Mehl, Maria, die Mehlbestäubte, Teigreste im Haar. Das war es, was blieb, dieses Bild. Und wie er sie ausgeschimpft hatte wegen ihrer Gier. Ausgerechnet er, der sie doch erst so weit gebracht hatte. Und was war das Letzte, was sie von ihm zu hören bekam? *Du weißt, ich mag das nicht, wenn du so bist.* Das blieb für ihn das Schlusswort, und nie würde er es zurücknehmen können, nie würde er sich dafür entschuldigen können. *Du weißt, es ist nicht nur das eine.* Was für ein blasierter Bockmist. Und er stellt sich hin wie der Lehrer Lämpel bei Wilhelm Busch und kommt ihr mit dem erhobenen Zeigefinger. Und warum? Weil es ihm hinterher peinlich war, dass sie noch einmal unschuldig an seinem Ding herumgespielt hat, es gewaschen hat wie der Heiland die Füße seiner Apostel, es noch einmal liebkosen wollte, sich verabschieden wollte. So natürlich. So unverdorben. So rein. Und statt dass er stolz darauf gewesen wäre, sie auf höchste Gipfel der Lust gebracht zu haben, war er sich hinterher immer vorgekommen wie ein Pfaffe, der jedem Onaniervorgang zwölf »Vaterunser« und fünf »Gegrüßet seist du« hinterherschicken musste. *Du weißt, ich mag das nicht. Du weißt, es ist nicht nur das eine …*

Erschöpft war er dann jedes Mal zurückgesunken, fix und fertig vom heiligen Kreuzzug gegen sich und seine ganze Nichtswürdigkeit. Erst danach trauten sich seine Träume aus ihren Verliesen, um ihm eine Zukunft vorzugaukeln, die es nie geben würde. In tausend Variationen. Bis zum Grab und darüber hinaus, bis hin zu den Enkeln, die nie die unendlichen Fluchten seiner Fantasie verlassen würden.

Alles, was nach ihrem Tod kam, war nur mehr Reaktion auf den Verlust des eigentlichen Plans, der permanente Versuch eines Nebenentwurfs. Nie mehr würde der Motor von alleine laufen, immer auf's Neue musste er den Anlasser betätigen, immer neue Pläne mussten her, die Leere auszufüllen.

Nun lag sein Arbeitsleben hinter ihm wie eine weite Ebene, mit vielen, schönen Bauwerken drauf. Hätte er zufrieden zurückschauen können. Aber Maria gab keine Ruhe. Maria und die Vormittage auf dem Berg. Träume wie Bernsteinblasen.

Es war wie bei einem seiner Staudämme, wenn ein ganzes Tal geflutet wurde und am Schluss nur noch die Kirchturmspitze herausschaute, und gleich würde auch die verschwunden sein. Immer schwerer wogen die Tränen, immer bitterer schmeckten die Erinnerungen, und bald tat es nur noch weh. Und dann dachte er auch schon einmal an Selbstmord.

Ja, das Altwerden. Nicht nur die körperliche Kraft schwindet dahin, auch die Energie, die man braucht, seine Erinnerungen in Schach zu halten. Die einen, die einem wichtig sind, verkrümeln sich, andere machen sich einen Spaß daraus, sich in Schubläden zu verstecken, in die sie gar nicht hineingehören, wieder andere, längst vergessen geglaubte, tauchen wie aus dem Nichts auf, drängeln sich nach vorne, machen sich ungefragt wichtig, gehen überhaupt nicht mehr weg. Und solche, die man zeitlebens im Griff hatte, machen nur noch, was sie wollen. Und selten wollen sie einem etwas Gutes.

In dieses zunehmend dichter werdende Dunkel in der Nachspielzeit des

Lebens von Thomas Meinarz grätschten seit Neuestem immer öfter die Telefonattacken seines alten Freundes Jacob. Er ging schon gar nicht mehr dran, überließ es vielmehr dem Anrufbeantworter, diese Zumutungen anzunehmen. Ein Hotel inmitten seiner Pein, und ausgerechnet er sollte es bauen. Aber irgendwann ging er dann doch an den Apparat, sein Peiniger hatte gedroht zu kommen.

»Nein, du hast dich nicht verwählt … Warum ich so komisch klinge? Ach so, ja, ich war ein bisschen krank, nein, nichts Schlimmes, das Alter eben … Ja, deshalb bin ich auch nicht ans Telefon, das ist der Grund … Nein, sonst nichts … Wirklich.«

»Ja, das Alter«, gab Jacob seufzend zurück, »aber du weißt doch, was die beste Medizin ist bei dieser Art Beschwerden.«

»Was meinst du?«

»Ganz einfach, Arbeit. Und so eine Medizin hätt' ich für dich, ich hab' dir's doch schon auf Band gesprochen. Also komm, zier dich nicht länger.« Unvermittelt brach er ab. Für einen Moment schien die Leitung unterbrochen, kein Atemzug war zu hören. »Sag mal, wie lang' warst du eigentlich schon nicht mehr hier? Das war ja noch zu Marias Lebzeiten! Mein Gott, ist die Zeit vergangen. Thomas, alt sind wir geworden, aber wirklich. Ach, was soll's. Also, wann kommst du?«

»Wann ich komme? Du meinst … also, das kann ich jetzt so aus dem Stegreif …«

»Also, komm her. Bitte! Wir erwarten dich gleich dieses Wochenende. Ich buch' dir schon mal ein Zimmer in der ›Post‹, wird dir gefallen, haben sie schön renoviert. Passt dir Samstag?«

»Samstag? Ja …«

»Also Samstag, dann bleibt's dabei, also mach's gut, old boy, ich freu' mich. See you.«

»Ja, also, Jacob, also, ich weiß nicht recht, da muss ich erst noch … Jacob? Jacob! Einfach aufgelegt.«

So kam es, dass an einem Samstag im Winter 79 Jacob, Alfons, Felicitas und der Herr Ingenieur zusammen auf der Eckbank vom Stockingerhof saßen und Katharinas Ausführungen lauschten. Sebastian war im Stall geblieben, er konnte mit der ganzen Hotelgeschichte ebenso wenig anfangen wie sein Vater, nur konnte der sich nicht drücken. Ein einziger Blick seiner Frau hatte genügt, jeglichen Fluchtgedanken bereits im Keim zu ersticken. Innerlich schwankend zwischen ungläubigem Staunen und hellem Entsetzen war er den ganzen Abend gezwungen, auf seinem Platz auszuharren und zuzuhören. Mehr als einmal wäre er am liebsten schreiend davongelaufen.

Man macht sich keinen Begriff von der Überwindung, die es Thomas Meinarz gekostet hatte, am frühen Morgen in den Wagen zu steigen, nicht mehr Mercedes, aber immer noch große Limousine, silbergrau, schwere Maschine, Sportfahrwerk. Solange er den Wagen nicht verließ, war er in Sicherheit. Er konnte jederzeit umkehren. Nur nicht zu schnell ankommen, am besten überhaupt nie ankommen. Mit einhundertzwanzig Stundenkilometern trödelte er über die Autobahn und freute sich über jede Behinderung, die ihn zwang, noch langsamer zu fahren. Trotzdem kam er viel zu schnell voran. Schon passierte er die Landkreisgrenze. Aber nichts geschah, weder öffnete sich vor ihm der Asphalt, noch erlitt er eine Panikattacke. Dann fuhr er durch den Ort, hinaus Richtung Mittenwald. Jetzt scharf rechts und schon ging's hinauf. Ein kleiner Herzanfall wäre jetzt nicht ungelegen gekommen. Aha, doch etwas Neues, aus dem alten Forstweg war eine Teerstraße geworden. Aber nur hundert Meter. Verdammt, er war viel zu schnell in den Schotter gerast. Ein gewaltiges Schlagloch zwang ihn zu einer Vollbremsung. Steine spritzten auf und prasselten von unten gegen den Wagen. Jetzt saß er auch noch auf. Wie kann man nur so blöd sein und mit einem Jaguar in die Berge fahren. Mit einem hässlichen Knacken zersplitterte der Frontspoiler. Er riss den Fuß vom Pedal. Mist, gleich stehe ich im Wald, Mist, Mist, nur nicht stehen bleiben jetzt, verdammt, verdammt. Er knallte seinen Fuß wieder auf's Gas, während seine rechte Hand gefühlvoll mit der Handbremse spielte. Komm schon, komm schon, mach, mach endlich! Kiloweise Schotter prasselte gegen das Blech, Gift für den Lack, schoss es ihm durch den Kopf, die Bremsbeläge verbreiteten einen unangenehmen Gestank. Wie in Zeitlupe schob sich der Forstweg wieder vor seine Augen. Das Lenkrad bis zum Anschlag eingeschlagen, die Rechte weiter um die Feststellbremse gekrallt. Wie eine silbrig glänzende Riesenechse schwänzelte der tonnenschwere Wagen den Berg hinauf, verfolgt von einem Schweif aus Schotter, Rauch und Motorengebrüll. Geschafft, nicht schlecht, gar nicht schlecht. Mit einem Jaguar auf elfhundert Meter hinauf, das macht mir so schnell keiner nach. Aber die Straße muss generalsaniert werden, vorher brauchen wir gar nicht anfangen.

Er hatte furchtbare Angst gehabt vor dem Wiedersehen mit dem Berg, furchtbare Angst, aber die war weg, wie ein alter, böser Traum, einfach weg. Als wäre er nach Jahrzehnten Strampeln und Rudern im zähen Nichts auf Grund gestoßen, als hätte ihm jemand einen Unterboden eingezogen. Und eine Ruhe und eine Kraft war auf einmal in ihm, eine ruhige Freude wie nach einer langen Krankheit. Sodass sich Maria beleidigt aus dem Staub machte.

»Also gut, ich bin dabei. Aber das wird ein harter Brocken. Ich habe noch nie ein Hotel gebaut. Nicht, dass ich das nicht könnte, es hat mich nur nie interessiert. Außerdem«, lachte er in die Runde, »hat noch nie jemand eines bei mir bestellt. Ihr seid die Ersten, gratuliere. Aber, wie gesagt, mit mir gibt das keine halben Sachen! Wenn wir das wuppen, dann wird das ein Paukenschlag. Mir schwebt da etwas nie Dagewesenes vor. Noch etwas, zwei Bedingungen habe ich. Ich habe keine Familie, nur ein paar enfernte Verwandte, und die kenne ich nicht einmal richtig. Also, ich habe mir das so gedacht, ich werde euch das Geld nicht leihen, ich baue das Hotel auf eigene Kosten, ich habe genug Geld. Und sollte es wider Erwarten doch nicht ausreichen, dann pumpe ich eben den Jacob an. Scherz beiseite, obwohl, man sollte nichts ausschließen, und wir nehmen auch niemanden mit an Bord. Euch gehört der Grund, mir das Hotel, wir sind dann so etwas wie Teilhaber. Und die Katharina und den Alfons setze ich unwiderruflich als meine Erben ein. Das wird genauso beim Notar hinterlegt. So, das ist das eine.« Er tat, als würden ihm die verwirrten Blicke nicht auffallen. »Zweitens, ich möchte mir ganz oben eine Wohnung einrichten, nur für mich. Ja, das war's auch schon, das ist mein Angebot, das wäre alles … Nein, nein, bitte sagt jetzt nichts, ich bitte euch, darüber nachzudenken und mir dann eure Entscheidung mitzuteilen, Anruf genügt. Ihr wisst ja, wo ich bin. Ich fahre jetzt in den Ort, bevor es endgültig Nacht wird.«

Er stand auf, reichte jedem die Hand und war dann plötzlich weg.

»Was war denn das jetzt? Ist der immer so?«

»Ja, so ist der immer, aber nur wenn es um die Arbeit geht. Ach so, du kennst ihn ja gar nicht. Ich glaube, der Alfons wird sich auch kaum noch an den Herrn Meinarz erinnern, oder Alfons?«

»Nur schwach«, log er. »Jetzt muss ich aber in den Stall, also bis hernach.«

»Aber der Wast ist doch …«, rief ihm Katharina noch hinterher.

Jacob schenkte sich frischen Tee ein und sagte: »Er macht nicht viele Worte, aber das, was er sagt, meint er auch.«

»Ja, gut«, stotterte Katharina, »aber dann ist das nicht mehr unser Hotel, das gehört dann ihm.«

»Ja«, sagte Jacob, »aber der Grund, auf dem es steht, der gehört uns, abgesehen davon, siehst du einen anderen Weg?«

»Aber Jacob, dem gehört dann das Hotel. Das sollte doch unser Hotel sein!«

»Ja, schon, mag sein, aber doch nur auf dem Papier. Wir können ihm vertrauen, er ist mein bester Freund, und das schon länger als mein halbes Leben. Weißt, Katharina, der will uns nichts Böses.«

»Wenn du meinst.«

Den ganzen Winter über planten Katharina, Jacob und der Herr Ingenieur ihr Hotel. Genau gesagt planten der Herr Ingenieur und Jacob, und Katharina gab ihren Senf dazu. Sie wusste, was sie wollte, und die beiden Männer wussten, was ging. Sie tüftelten, verwarfen, ließen sich Angebote kommen, rechneten, verhandelten mit Handwerkern, Zulieferern, Behörden und dabei vor allem mit der Gemeinde, die oft eher den Eindruck erweckte, das Vorhaben nach Kräften zu torpedieren, als es zu befördern.

Die Gastronomie, gut, die hatte man der Katharina und dem Alfons gegönnt, auch ein paar Betten. Kein Problem. Aber so ein Hotel, das ging zu weit. Das stand denen da heroben schon rein rangmäßig nicht zu.

Er, der Alfons, der Lapp, dann sein Vater, der sein Leben lang in der Weltgeschichte herumgefahren ist, weil er seine Frau, die nackerte Selbstmörderin, nicht vergessen hat können, überhaupt, eine Selbstmörderin in der Familie. Und dann dieser Ingenieur mit seinem Geld und seiner Wichtigtuerei, der sich aufspielte, als würde ihm die ganze Welt gehören, überall herumtelefonierte, alle Handwerker im Ort verrückt machte, dies wissen wollte, da herumbohrte, sich in Dinge einmischte, die ihn überhaupt nichts angingen. Eine Unruhe war da auf einmal. Und gefragt ist man auch nicht worden, das heißt, gefragt schon, aber wie, auf jeden Fall nicht, wie es sich gehört. Gerade so, als hätte man zu parieren, als wäre schon im vornhinein klar, dass man so und nicht anders entscheiden würde. Direkt überfahren ist man sich vorgekommen. Und was sollte das alles? Noch nie zuvor hat sich jemand dafür interessiert, für wie viele Tonnen die oder eine andere Brücke oder irgendein krummer Forstweg zugelassen waren. Beschleunigtes Planfeststellungsverfahren, Feststellung beziehungsweise Genehmigung des Wege- und Gewässerplans. Landschaftspflegerischer Begleitplan. Pfeil um Pfeil schoss der Erbauer des Hotels seine Anfragen und Eingaben, Wünsche und Forderungen in den behäbigen Leib des Amtsschimmels.

Und auf welchem Misthaufen war denn dieser ganze Hotelwahnsinn überhaupt gewachsen?

Katharina wusste genau, wie und vor allem was über sie geredet wurde. Und wer. Der Reihe nach hätte sie sie benennen können. So viele waren von den Honoratioren von damals nicht mehr am Leben. Erst »Heil Hitler« schreien, bis der Hals kratzt und dann die Ersten sein, die an der Straße stehen, mit der Amifahne rumwedeln und »Thank you for the Befreiung« plärren. Immer auf der richtigen Seite. Erst im Tausendjährigen Reich und kaum geht das unter, singt man halt das Lied von Freiheit, Demokratie und Menschrechten, Hauptsach', es rechnet sich. Sie hätte sie benennen können, jeden Einzelnen, der damals nach dem Krieg angeschissen gekommen ist, für den sie ein gutes Wort bei ihrem jeweiligen Ami eingelegt hat, damit wieder was ging. So klein mit Hut. Aber nicht lange, dann waren sie wieder wer. Und sie war wieder niemand.

Und jetzt saßen sie bei ihr im Lokal, im Gastgarten oder am Stammtisch, wo sie nicht aus konnte, und erzählten den Nachgeborenen von den schlechten Zeiten, in denen sie angeblich so gelitten haben. Sie, die Not und Elend nur von den Nachbarn kannten und später aus dem Fernsehen. Solange bis sie es selber glaubten.

Nicht nur einmal musste sie sich solche Geschichten anhören. Und wenn sich dann einer zu ihr umdrehte und sie mit einem provozierenden »Stimmt's Katharina« einbeziehen wollte in seine Märchenstunde, ging es ihr jedes Mal hart an, ihm nicht ihre Meinung um die Ohren zu hauen. Aber was hätte sie sagen sollen? Wo hätte sie anfangen sollen? Nur wo das hinführen würde, war klar.

Es war schon bitter, dass das jetzt alles wieder hochkam, und das aus purem Neid. Und noch bitterer war, dass das nachgeplappert wurde, von Leuten, die damals noch nicht einmal auf der Welt waren, die sie nicht einmal kannten und die nicht den blassesten Schimmer davon hatten, was das für eine Zeit war, gleich nach dem Zusammenbruch, wie sich das anfühlte, wenn einem nichts anderes mehr eingefallen ist, als gegen Geld seinen Körper zu verleihen.

Dann wälzte sie sich wieder die halbe Nacht von einer Seite auf die andere, weil ihr der Kopf schwirrte wegen dem Scheißhotel und dem ganzen Rattenschwanz von Arbeit und Sorgen und den nächtelangen Diskussionen mit dem Herrn Ingenieur. Aber auch das hielt sie aus, und wenn sie weinte, dann lautlos, das ging keinen etwas an, am allerwenigsten ihren Mann. Sie wusste eh, was er sagen würde. Aber er hat es dann doch gemerkt und sie in den Arm genommen, weil Hotel zwar blöd, aber dass seine Katharina so gekämpft hat, hat ihn schon auch mit Stolz erfüllt.

Und dann, eines Tages, stand der Lohn für drei harte Jahre Planung und Bau als wahr gewordener Traum auf dem Bärenfelsen. Fein auf jeden Fall, klein eher weniger, aber nicht protzig, eher außerirdisch.

In dezenten Lettern überwölbte der Name »Stockingerhof« den Eingang des breit angelegten, dreiflügeligen Prachtbaus aus Holz, Beton und viel Glas.

Aus Anlass der Einweihung schrieb die »Süddeutsche Zeitung«:

In keinem anderen Hotel im gesamten Alpenraum wurde der Ansatz, ein Haus dieser Größe aus Glas zu bauen, jemals so konsequent umgesetzt. Nicht nur sämtliche Außenwände bestehen aus Silikatglas, dieser fulminanten Mischung aus Quarzsand, Soda, Kalkstein und Dolomit, auch im

Innenbereich wurde so viel davon verbaut, dass die Bezeichnung Glaspalast noch am treffendsten beschreibt, was sich dem staunenden Auge des Gasts da bietet ... ein filigranes Gebilde aus Licht und schwebender Leichtigkeit ... in seinem Rücken steil und majestätisch das Wettersteingebirge ... hat man den Eindruck, als würde der Berg es in seinen Armen halten ... das Königshaus am Schachen mit seinem berühmten Türkischen Zimmer, in dem der König, verkleidet als Herr über alle Muselmanen, einen seiner vielen Träume lebte ... an diesem Kleinod würde er seine Freude gehabt haben ... ist es mit Sicherheit nicht übertrieben, von einem Vermächtnis zu sprechen ... das Zusammentreffen von Tradition und architektonischer Avantgarde ... eine gelungene Symbiose aus Berghoamat und fiktionaler Wohnästhetik ...

Es war ein Wagnis gewesen. Monatelang war sich sein Erbauer nicht einmal sicher gewesen, ob es überhaupt zu realisieren sein würde. Aber dieser neue Baustoff und die Möglichkeiten, die er bot, hatten es ihm einfach angetan. Möglichkeiten, Ansätze, Chancen, architektonische Visionen, erst Jahre später wieder aufgegriffen und erst viel später, in den Zeiten des beginnenden globalen Klimawandels und der explodierenden Rohstoffpreise so wirklich begriffen. Wie die Spitze eines gewaltigen Stalagmiten, der nach Jahrmillionen des unterirdischen Wachsens endlich durch die Oberfläche gebrochen war, glitzerte der Bau im Licht der Sonne.

Ganz oben im Glaspalast wohnte sein Erbauer Thomas Meinarz, und auch sein Freund und Weggefährte über viele Jahre, Jacob Stockinger, ging nicht mehr zurück auf den Hof.

Sicherlich ein schöner Gedanke für einen Baumeister, in dem Bauwerk, das als Krönung seines Schaffens gelten konnte, seine letzten Jahre verbringen zu dürfen, und der alte Meinarz meinte denn auch einmal zu seinem Wohnungsnachbarn: »Du kennst doch die Asambrüder. Jetzt geht es mir wie dem Cosmas Damian, der durfte auch in seiner eigenen Schöpfung sterben.«

Und langweilig wurde ihm auch nicht mehr, denn der Bau lockte, wie von der Fachpresse vorausgesagt, Kollegen und Studierende aus der ganzen Welt.

Jeden Morgen, wenn er aufstand, schickte er als Erstes einen Gruß nach drüben auf den Stockingerhof, der fast noch genauso dastand wie damals, als er die Frau seines besten Freundes so begehrte, dass er bedenkenlos ihre gerade erst entstandene Freundschaft über Bord geworfen hätte. Und nicht nur die Freundschaft. Wenn er mit dem Fernglas am Fenster seiner Baracke gestanden und zur Baustelle am Passo di Fedaia hinübergeschaut hatte, dort, wo der Stockinger Jacob arbeitete, der Mann, der ihm in wenigen Monaten zum Freund geworden war, dessen Tatendrang er unterstützte, so gut er nur konnte, dem er bereitwillig jede freie Minute opferte, den er bewunderte, weil dem nichts zugeflogen war, weil der sich alles hart erarbeiten musste und dafür seine komplette Freizeit opferte, jeden Abend, jedes Wochenende, das er nicht zu Hause verbrachte, wie oft hatte er in diesen Augenblicken davon geträumt, dass er abstürzte, dass er nicht lebend zurückkäme von der Schicht und er endlich freie Bahn hätte bei der Frau, die er liebte. Und wie hatte er sich dann gesuhlt in dem Leben, das unweigerlich dem Überbringen der Todesnachricht folgen würde. Endlich wäre sie die Seine gewesen, keine Heimlichkeiten mehr, keine Abschiede mehr, die ihm jedes Mal das Herz herausrissen. Jedes Wochenende wäre er bei ihr gewesen. Oder sie wäre zu ihm gezogen, der Junge natürlich mit. Und direkt nach diesem Auftrag wären sie in die USA gegangen.

Und dann war er doch immer wieder froh gewesen, wenn Jacob am Abend gesund in ihre karge Unterkunft zurückgekommen war.

Während Thomas Meinarz seinen Frieden gefunden hatte, war es jetzt Jacob, der an seinen Erinnerungen litt. Gerade so, als fände Maria immer noch keinen Frieden, als würde sie immer noch nach einem Weg suchen, den Lebenden die wahre Geschichte ihres Dahinscheidens zu erzählen.

Vielleicht sind die Toten uns Lebendigen gar nicht so unähnlich in ihrem Verhalten, vielleicht machen sie auch manchmal Sachen, von denen sie wissen, dass sie nicht funktionieren, aber sie probieren es trotzdem. Vielleicht wollen sie uns immer nur etwas sagen, wenn sie uns belästigen, uns im Traum erscheinen, uns nicht mehr aus dem Sinn gehen.

War es über Jahrzehnte Thomas, den sie nicht in Ruhe gelassen hatte mit den alten Geschichten, den sie so der Möglichkeit beraubte, ein eigenes Leben zu führen, war jetzt ihr Mann an der Reihe.

Natürlich träumte er nicht von ihrem gewaltsamen Ableben, so weit geht die Macht der Toten in der Regel dann doch nicht, aber von ihrer gemeinsamen Zeit, und da ging so manche alte, vergessene Schublade auf, und heraus kamen Bilder von ungeahnter Schönheit, schwammen auf kleinen Tränen nach oben, beglückten und schmerzten zugleich das innere Auge seines Betrachters, der im Schatten der großen Markise vor dem Hotel saß, das seinen Namen trug, gerade den Heimatteil seiner Zeitung las und urplötzlich überschwemmt wurde von so einer Erinnerung, der dann den Blick hob und hinüberschaute auf den Hof seiner Vorfahren, der nie so richtig der seine war, und da stand dann die Maria am Fenster und winkte ihm zu, und er spürte wieder den Abschiedsschmerz, den er gefühlt hatte, als er zum ersten Mal in die Welt hinausgegangen war. Ein halbes Menschenleben war das jetzt her, und heute, mit der Zeitung in der Hand, vor sich ein Halbe Bier, zwischen den Fingern eine Zigarette, und auch das Wetter zeigte sich von seiner schönsten Seite, heute würde er nicht mehr gehen, heute würde er sie in die Arme nehmen und nie mehr auslassen.

Sebastian, obwohl er eigentlich keine rechte Lust darauf verspürte, lernte erst einmal Landwirt, zum einen, um seinem Vater nicht wehzutun, und zweitens hatte er einfach keine Idee, was er sonst anstellen sollte. Aber zufrieden war er nicht.

Wenn er sich sagte, hier ist es doch schön, ich hab' doch alles, meldete sich sogleich die innere Opposition und maulte, was hast du denn schon, schau dir doch bloß einmal deine Zukunft an. Dann stützte er sich auf die Mistgabel und dachte, ein schönes Zuhause, so schön, dass andere Leute hier ihren gesamten Urlaub verbringen, ist das vielleicht nichts? Ja, aber die können danach wieder zurück in ihre Städte, wo man richtig lebt. Aber ein Leben, das er nicht führen wollte. Der Lärm, der Gestank, die vielen Leute. Nein, das war es auch nicht.

Am meisten bewunderte er die Mutter, die allein mit ihrem Willen ein ganzes Hotel aus dem Boden gestampft hatte. Wo vorher ein Stück unfruchtbarer Felsen gewesen war, stand jetzt ein kleines Imperium, eine ganze Welt.

Die Feli hatte das auch. Nur er geriet da leider ganz nach dem Vater.

»Ich seh' dir's doch an, du bist doch nicht glücklich.« Katharina stand in der Stallgasse. Sie mochte den Geruch, die Geräusche, das gedämpfte Licht, das Klirren der Ketten, das gemütliche Mampfen des Stiers, seinen dampfenden Atem in der kühlen Abendluft.

»Wie kommst denn da drauf?«

»Komm erzähl' mir nichts, eine Mutter spürt so was.«

»So ein Schmarr'n.«

»Wieso kommst du eigentlich nicht ins Hotel?«

»Ins Hotel? Und wie soll das gehen?«

»Wie, wie soll das gehen, das ist doch ganz einfach. Musst halt noch mal die Schulbank drücken.«

»Aber ich bin doch schon fast dreißig.«

»Ist doch kein Problem.«

»Meinst«, sagte er und schob den Schubkarren ein paar Meter weiter.

»Natürlich mein' ich, was denn sonst.«

»Ich denk' drüber nach.«

»Und wann?«

»Ja, dann halt.«

»Und wann ist dann?«

»Ja, soll ich mich vielleicht jetzt, da herin im Kuhstall entscheiden?« Geschickt löste er einen eingetrockneten Kuhfladen vom Untergrund.

»Warum denn nicht? Auf was willst denn warten? Oder muss dir zum Nachdenken erst der Heilige Geist erscheinen? Mein Gott, Wast, dir stinkt's doch schon die ganze Zeit, du bist doch nicht glücklich, erzähl' mir doch nichts. Du bist doch nicht der Vater. Komm zu uns ins Hotel. Da hast eine vernünftige Arbeitszeit und eine menschliche Ansprache hast auch. Du verkümmerst doch da herin.«

»Also gut.« Er rammte die Gabel in den aufgetürmten Mistwagen und schob ihn zum nächsten Fladen.

»Also gut? Und was heißt also gut?«

»Was soll das schon heißen. Ich mach's. Ich kann's ja mal probieren. Der Vater braucht mich sowieso nicht wirklich.«

»Öha! Das geht aber schnell. Bist dir sicher?«

»Was passt dir denn jetzt schon wieder nicht? Erst willst, dass ich's mach, dann wieder nicht. Ich hab' mir gedacht, du freust dich.«

»Jetzt hör endlich mit dem Herumstochern auf. Natürlich freu' ich mich. Aber nicht, wenn du es wegen mir machst.«

»Aber Mama, ich bin doch kein Kind mehr. Ich weiß schon was ich mach'. Probier'n kann ich's ja mal. Und du gibst ja sowieso keine Ruh'.«

»Da hast recht.« Katharina lächelte. »Weil ich weiß, was gut ist für dich ist. Und jetzt komm her und lass dich in den Arm nehmen. Ach Wast, bist halt doch mein Bub. Wirst sehen, wir drei sind ein unschlagbares Team. Ach, wie ich mich freu! Du, das muss ich gleich der Feli erzählen und dem Opa.«

»Und wer bringt's dem Papa bei?«

»Keine Angst, das mach' ich schon. Gleich morgen in der Früh, bevor er auf d'Alm geht. Dann hat er Zeit zum Verdau'n.«

»Kann man nichts machen«, meinte er achselzuckend, »jeder muss seinen eigenen Weg gehen. Ein großer Verlust is' keiner.«

Alfons, der sich nun endgültig zurückgelassen fühlte wie ein leerer Brotzeitbeutel, drehte sich um und ging grußlos hinaus in den kalten Morgen. Katharina stand noch eine Weile da und schaute ihm nach. Bis zum Abend wird er sich schon wieder einkriegen, dachte sie. Ich lass ihm einfach was Feines kochen, dann wird er schon wieder.

Sie schaute auf die Uhr. Höchste Zeit. Bis die ersten Gäste auf den Beinen sein würden, besonders die Berggeher, die schon in aller Herrgottsfrühe eine Hektik verbreiteten, als würden die Berge am Nachmittag nicht mehr stehen, musste das Buffet fix und fertig aufgebaut sein. So einen Stress hatte der Alfons nicht.

Für einen Moment überkam sie die Vorstellung, einfach alles liegen und stehen zu lassen und ihm hinterherzugehen. Aber was sollte das bringen.

Sie war keine Bäuerin mehr. Das war vorbei. Pure Nostalgie. Vielleicht war sie nie eine gewesen.

So, jetzt aber los, die Küchenhilfen warteten sicher schon.

Nur widerwillig war er damals mit ihr ins Hotel hinübergezogen. Und wenn sie meinte, für sie mache es einfach mehr Sinn, im Hotel zu wohnen, wo sie schnell da war wenn sie gebraucht wurde, hielt er mit seinen Kühen dagegen. Die wollten schließlich auch Tag und Nacht den Bauern in der Nähe spüren. Aber weil Alfons die Landwirtschaft ziemlich eingeschränkt hatte, für wen sollte er sich noch anstrengen, und der Sebastian auch nicht recht zog, musste er wohl oder übel nachgeben und mit ihr hinüberziehen. Es war reine Nostalgie, da hatte die Katharina schon recht, eher Zeitvertreib als sinnvoller Broterwerb. Aber was sollte er sonst tun? Drüben auf der Veranda beim Vater sitzen und wie der Löcher in die Luft starren?

Im Sommer darauf war erst der Herr Ingenieur, ein halbes Jahr später der Vater gestorben.

»Jacob, du weißt, wie es um mich steht, ich habe nicht mehr lange zu leben … Nein, lass nur, ist schon recht, ich hatte ein gutes Leben, und irgendwann ist doch sowieso für jeden Schluss … Nein, nein, ist schon gut. Ja, also, wo war ich, ja, also, wie soll ich das jetzt sagen. Ja, am besten ich frage dich rundheraus, ich weiß natürlich, dass das ein etwas ungewöhnlicher Wunsch ist und wenn du das ablehnst, verstehe ich das natürlich. Also, Jacob, wie soll ich sagen, du weißt, ich bin alleine, ein Heimatloser, wenn man so will …«

»Findest du? Ich hab' gedacht, du fühlst dich hier wohl?«

»Natürlich, das ist es ja. Ich habe mich falsch ausgedrückt.« Die Abendsonne schien ihm direkt ins Gesicht. »Es stimmt, ich bin hier zu Hause wie sonst nirgends auf der Welt, das ist es ja. Deshalb auch meine Bitte, Jacob, ich würde gerne in eurem Grab beerdigt werden. Ich meine, natürlich nur, wenn das geht, also ich meine, wenn nicht dann nicht …«

»In unserem Grab? Du möchtest in unser Grab? Thomas, also …«

»Wie gesagt, wenn nicht, respektiere ich das natürlich. Aber findest du das wirklich so, wie soll ich sagen … nein, lass, war eine blöde Idee.«

»Nein, nein, das ist es nicht. Ich hab' schon Wunder gedacht, was jetzt kommt. In unser Grab«, wiederholte er noch einmal. »Ich find' das, wie soll ich sagen, rührend, irgendwie romantisch. Wenn ich drüber nachdenke, im Tode vereint, das hat doch was. Aber ich muss das erst einmal mit den Kindern bereden. Also, ich fänd's schön. Klingt zwar blöd, weil ich hab' ja nichts mehr davon. Aber der Gedanke, der hat was, irgendwie beruhigend. Aber wie gesagt, da muss ich noch mit den Kindern reden. Ich sag' dir einfach Bescheid. Aber was sollen die schon dagegen haben … eine ganz andere Frage: Geht das überhaupt?«

»Meinst du vom Platz her?«

»Nein. Nein, ich mein' vom rechtlichen. Es gibt doch bestimmt eine Gräberordnung.«

»Ach so. Ich hab' jetzt eher an den Platz gedacht.«

»Hm.«

So kamen sie dann doch noch zusammen, der Herr Ingenieur und die Maria. Tot zwar, aber dafür für immer.

Ein halbes Jahr später, kurz vor Weihnachten, gesellte sich dann auch der Jacob zu ihnen, und es wurde tatsächlich etwas eng auf der Etage, links der Jacob, rechts der Thomas und in ihrer Mitte die Maria. Aber der Pfarrer hat nur gemeint: »Es sind ja erwachsene Leut', die werden sich schon nicht gleich streiten in der Ewigkeit.«

Übrigens, der Jacob ist nicht an Krebs gestorben, wie man bei seinem Zigarettenkonsum hätte vermuten können. Er ist einfach eingeschlafen und nicht mehr aufgewacht, genau wie seine Mutter.

»Alfons?«

Den ganzen Vormittag hatte er schon so ein Gefühl, als würde das Wetter umschlagen wollen. Selten, dass er sich täuschte. Je älter er wurde, umso feiner wurde sein Gespür für die atmosphärischen Eigenheiten seiner Heimat.

Er war jetzt Mitte fünfzig und fühlte sich so gut wie nie zuvor. Auch sein durch die Entscheidung seines Sohnes kurzfristig aus dem Lot geratenes seelisches Gleichgewicht hatte sich wieder eingependelt. Mittlerweile gab er ihm sogar recht.

»Weißt, Sebastian«, sagte er einmal, »wir Bergbauern waren immer arme Leut' und da wird sich auch nichts ändern. G'scheiter, man sattelt rechtzeitig um, solang' man noch kann. Hast es schon richtig gemacht, Bub.«

»Danke Papa. Du weißt gar nicht … ich hab' schon gedacht … ach, was soll's. Komm, ich helf' dir schnell beim Mistauflegen. Ich hab' grad ein bisserl Zeit.«

»Meinst, du kannst das überhaupt noch?«

»Aber geh, Mistauflegen ist wie Radl fahren, das verlernt man nicht.«

Alfons lachte. Zu zweit machten sie sich an die Arbeit.

»So, Sebastian. Das Ausleeren mach' ich. Nicht dass du dich noch dreckig machst und einen Anschiss von der Mama kriegst.«

»Ja, das geht schneller, als man glaubt. Der entgeht nichts. Ich muss jetzt eh wieder zurück.«

»Alfons? … Ja wirklich. Der Alfons.«
»Regine? Regine Häusler.«
»Respekt! Du erinnerst dich ja sogar noch an meinen Namen.«
»Mein Gott, ist das lange her. Regine Häusler. Was machst denn du da heroben?«

Er hatte eben seine Mittagspause beendet und reparierte gerade einen Zaun. In der Holzkiste, die er neben sich auf den weichen Almboden gestellt hatte, lag alles, was er brauchte. Eine Beißzange, ein großer und ein kleiner Hammer, Nägel, Krampen, eine Rolle Draht, und ein kräftiger Holzschlegel.

»Wandern. Und du?«
»Sieht man das nicht?«, entgegnete er belustigt.
»Wenn ich es nicht besser wüsst'«, gab sie ebenso leicht zurück, »würd' ich sagen, du reparierst einen Zaun.«
»Das ist auch so, das schaut nicht nur so aus.«

Sie folgte seinem Blick und nestelte dabei an ihrer Bluse. »Ich hab' mir gedacht, du bist ein reicher Hotelbesitzer und sitzt den ganzen Tag auf der Veranda und liest Zeitung.«

»Das täuscht«, lachte er, »meine Frau ist der Hotelbesitzer, aber die sitzt bestimmt nicht auf der Veranda. Ich bin Bauer und daran ändert sich auch nichts. Und du? Ich mein', was machst du so?«
»Ich bin geschieden.«
»Oh, das tut mir leid.«
»Muss dir nicht leid tun, mir geht es schon wieder gut … Du kennst ihn übrigens.«
»Wen?«
»Ja, den Mike.«
»Mike, Mike, welcher Mike?«
»Den Schurike Mike von der Landwirtschaftsschule, weißt nimmer?«
»Ach so. Ah ja, ja freilich.«

Immer wieder wanderte sein Blick hinauf zum Grat. Da braute sich etwas zusammen. Die ersten Wolken spähten schon über den Kamm.

»Der war genau wie sein Vater, hat auch keine aus'lassen.«
»Ich glaub', jetzt kommt ein Wetter«, unterbrach er sie unaufgeregt.

Sie schaute in den Himmel und sagte: »Ich seh' nichts.«
»Komm, stellen wir uns lieber unter. Da vorn' hab' ich einen Schuppen.«
»Aber es regnet doch noch gar nicht.«

Die Ruhe in seiner Stimme stellte einen irritierenden Kontrast zu der Eile dar, mit der er voranschritt. »Aber gleich«, antwortete er. Dann fing er an zu laufen.

Als keine zwei Minuten später das Unwetter losbrach, saßen die beiden wohlbehütet im Trockenen und lauschten dem Geknatter, das der Regen auf dem alten Scheunendach veranstaltete.

»Du hast dich gar nicht verändert. Immer noch derselbe Alfons, immer noch derselbe Blick. Wirklich, ganz dieselben Augen.«

Verlegen suchte er nach Worten, wollte etwas Nettes zurückgeben, aber es fiel ihm nichts Gescheites an. Obwohl es voll und ganz genügt hätte, einfach zu beschreiben, was er sah.

Auch sie hatte sich nicht so verändert, wie man nach all den Jahren meinen könnte. Ein paar Stirnfalten und die Frisur vielleicht. Sie trug die roten Haare jetzt offen, mit Wellen. Ihre grünen Augen hatte er grüner in Erinnerung. Und sie war fülliger geworden, was ihr gut stand.

»Und immer noch der große Schweiger.« Wieder machte sie eine Pause, als wartete sie auf eine Reaktion. »Du weißt schon, dass alle Mädel hinter dir her waren?«

»Ach geh zu.« Eine heiße Woge brandete über sein Gesicht.

»Tu nicht so, das merkt man doch«, neckte sie ihn.

»So ein Schmarr'n.«

»Doch, doch, glaub's nur.« Sie machte eine kleine Pause, ehe sie gedankenverloren fortfuhr: »Ich mein', ich nehm' mich da gar nicht aus.«

»Aber du hast doch da schon den Mike gehabt.«

»Ah, daran erinnerst dich also noch. Dann hast du mich ja doch bemerkt. Aber das mit dem Mike, also den hab' ich ehrlich gesagt erst genommen, nachdem du, weil mit dir … du weißt schon.« Sie sah ihn von schräg unten an.

Er schaute verwundert zurück. »Äh, nein.«

»Ich mein', sonst wären wir zwei heute … vielleicht …«

»Bist recht allein?«, fragte er.

»Ja, schon.« Dann drehte sie schnell den Kopf zur Seite. Sie wollte nicht weinen. Das war das Letzte, was sie jetzt brauchen konnte. Nach all den Jahren traf sie ihn wieder und heulte ihm gleich was vor. Krampfhaft unterdrückte sie ein Schluchzen.

»Mir geht es genauso«, sagte er. Über sich und seine Worte selbst am meisten erstaunt, brach er ab. Er dachte, das stimmt ja wirklich, mir geht es ja wirklich genauso.

Jetzt hätte er schon eine Sortiermaschine gebraucht für das, was auf einmal alles an Gefühlen auf ihn einstürzte. Und am liebsten hätte er auch gleich losgeheult.

»Alfons, du …«

Da konnte der Regen noch so auf das alte Blechdach eindreschen.

Als er am Abend von der Alm nach Hause kam, legte er sich sofort ins Bett. Und auch den ganzen nächsten Tag litt er so heftig an seinem schlechten Gewissen, dass es kaum auszuhalten war. Mehrmals war er drauf und dran, vor seine Frau zu treten und ihr alles zu beichten. Aber der Tag verging. Und noch ein Tag und noch einer und nichts passierte. Und bald lag das Gröbste hinter ihm. Eine seltsam schöne, prickelnde, erwartungsfrohe Unruhe, von der er nicht wusste, was sie von ihm wollte, hatte stattdessen von ihm Besitz genommen.

Immer wenn so ein Menschlein sich anmaßt, über dem Schicksal zu stehen oder gar vermeint, es in der Hand zu haben, ist der Abgrund nicht weit. So weit nichts Neues. Doch beim Alfons war es schlimmer, er ging ja von Anfang an schon angeschlagen durchs Leben. Ohne seine Katharina würde er doch schon längst auf den Brettern liegen und alle Viere von sich strecken. Und so lange hätte man gar nicht zählen können, dass der wieder aufgestanden wäre. Nur war ihm das nicht bewusst. Genauso wenig wie er auch nur einen Schimmer von dem immerwährenden Belagerungszustand hatte, in dem sich Seele und Dämonen seit über vierzig Jahren gegenüberlagen. Die Seele wartete angstvoll darauf, welchen Zug das Schicksal als nächsten plante, die Dämonen auf ihre Chance.

Wenn Alfons jetzt kreuzfidel auf die Almen ging, die Zäune kontrollierte, nach seinen geliebten Kühen sah, sich mittags ein einfaches Mahl zubereitete, den kleinen Bach von Schmutz und Treibgut reinigte, die Wege sauber hielt und bei Bedarf mit einfachen Mitteln instand setzte, und wenn er dann, auf seinen langen Stecken gestützt, ins Land hinausschaute, dachte er an Regine. Vierzehn Tage lang. Dann war sie wieder da. Genauso wie sie gegangen war, ohne Erklärung, ohne Rechtfertigung. Und er erwartete auch keine. Keine Fragen, keine Antworten, keine Ansprüche. Nichts, was auch nur ansatzweise ihr Glück stören könnte. Wenn sie kam, kam sie, wenn nicht dann nicht. Aber einmal in der Woche konnte er von nun an mit ihr rechnen. Und die Zwischenzeit verlebte er im Zustand hoffnungsvoller Vorfreude oder im genussvollen Nachschmecken. Das eine nährte das andere.

Wie die Kinder. Als gäbe es kein Heute, kein Morgen, keine gegebenen Treueversprechen, nichts. Als wären sie aus der Welt gefallen.

Die Häusler Regine, das schönste Mädchen ihres Jahrgangs, und der Schurike Mike, der heißeste Tipp bei jeder Tanzveranstaltung im ganzen Gäu, das war ja schon in der Schule eine ausgemachte Sache gewesen. Wie der mit den Frauen umgehend konnte, einfach phänomenal.

Ganz anders der geheimnisumwitterte Stockinger Alfons. Der hatte ihr zwar auch gefallen, war ihr dann aber doch zu seltsam gewesen. Vielleicht war der aber auch nur unsicher.

Da war der Mike schon ein anderes Kaliber, ein echter Draufgänger, und sah auch noch bestens aus. Sportliche Figur, blond, blaue Augen und immer ein Lächeln im Gesicht, ein bisschen debil vielleicht und auch schon ein bisschen älter als seine Mitschüler. Was der junge Schurike allerdings auf der Landwirtschaftsschule gewollt hatte, wusste er wahrscheinlich selber nicht. Auf jeden Fall war er keinen Tag in seinem Leben Landwirt gewesen, sondern vielmehr gleich nach der Schule bei seinem Vater in dessen Handelsvertretung eingestiegen. Damenunterwäsche.

Ein halbes Jahr später fuhr er im roten Porsche seines Vaters bei ihren Eltern vor, einen riesigen Blumenstrauß für die gnädige Frau Mutter, eine Flasche Chivas Regal für den Herrn Papa, und hielt um ihre Hand an.

Es war die Hochzeit des Jahres. Mit einem extra gemieteten schneeweißen Daimler-Cabrio fuhren sie erst vom Standesamt zur Kirche, dann nach Seeshaupt zum Mittagessen, Sieben-Gänge-Menü, anschließend Kaffee und Kuchen im Yachthafen, Hochzeitsnacht im Bayerischen Hof und dann ab in die Flitterwochen. Venedig, wohin sonst. Anfangs, das heißt, das erste halbe Jahr, trug er sie regelrecht auf Händen. Später zwar auch noch, aber da war sie dann schon nicht mehr die Einzige, die diese Vorzugsbehandlung genoss.

»Dat arme Mädchen, auf wat hat die sich da nur einjelassen.« Ihre Schwiegermutter hätte ihr so manches Lied singen können über den Mike. Tat sie aber nicht, ging sie auch nichts an. Außerdem hatte sie genug an ihrem eigenen Mann zu knabbern. Aber Geld brachten die nach Hause, keine Frage. Da waren die topp. Der junge genauso wie der alte, da gab's nichts. Aber wie sagte die Schwiegermutter immer, »dat Sexuelle, da sind die leider ooch topp«, daran würde sie sich gewöhnen müssen. Aber wenn erst einmal Kinder da wären, wäre das alles nur noch halb so schlimm. »Man jewöhnt sich schließlich an allet, wa.« Sie hatte sich schließlich auch daran gewöhnt, so weit das eben ging. »Meen Jott, wat hat die sich aber ooch, die Kleene? Es gibt doch wirklich noch anderet als dat Sexuelle. Hat die nich' allet, wat se sich nur wünschen kann? Schönet Heim, Waschmaschine, elektrischer Herd, Staubsauger, Schrankwand, elektrische Nähmaschine, Couchgarnitur, kleener Garten, wat denn noch!? Soll mal lieber hinne machen, dat se schwanger wird. Wat bildet die sich eigentlich ein, wat is' die schon? Kleenet, abgewirtschaftetet Sägewerk zu Hause, der Alte 'n Säufer und die Mutter so ein verhärmtes, abgearbeitetes Schürzentier. Keen Wunder, dat der Mike sich herumtreibt, wahrscheinlich ist die kalt wie Hundeschnauze. Wenn sie ihn überhaupt drüberlässt, die Provinzzicke, die alpenländische. Een Fahrgestell wie Gina Lollobrigida und immer noch kein Braten in der Röhre, die soll man janz stille sein, die soll sich man bloß nich' so haben. Die soll lieber froh sein, dass der Mike sich nich' scheiden lässt. Is doch wahr!«

Und so war sie froh. Auch wenn sie die Zähne fest zusammenbeißen musste, wenn er am Wochenende nach Haus kam, seine Unterwäsche in den Korb mit der Schmutzwäsche warf und sie die andere Frau roch. Oder wenn frischer Lippenstift an seinem Hemdkragen klebte und er nur mit der Schulter zuckte, wenn sie ihn fragend ansah. Anfangs mit Tränen in den Augen.

Jahr für Jahr hatte sie so ausgehalten, hatte alle Demütigungen von ihm und seiner frustrierten Mutter klaglos eingesteckt. Sie hatten ja recht, sie war eine Versagerin.

Im fünften Jahr ihrer Ehe nahm sie ihrer Katze Tinka die drei Kleinen weg, gleich nach der Geburt. Klospülung durchgedrückt und weg waren sie. Da jammerte die Tinka ganz herzzerreißend, richtig schaurig hatte sich das angehört, fast menschlich, und lief dann tagelang im ganzen Haus herum und machte alle nervös mit ihrem Geplärre. Strich ihrem Frauchen um die Beine, holte sie immer wieder, damit sie ihr beim Suchen half, legte alle Hoffnungen in ihre zweibeinige Geschlechtsgenossin. Und die spielte das perfide Spiel mit und lief mit ihr stundenlang durchs Haus. In jedes Eck schauten die beiden, hinter jede Tür, überall, sogar ins Klo, in das sie die Kleinen versenkt hatte. Da beugte sie sich dann hinunter zu der gequälten Kreatur und säuselte ihr scheinheilig ins Gesicht: »Ja wo sind denn die Kleinen? Ja, wo sind sie denn? Da sind sie nicht, da sind sie auch nicht.« Und sie fühlte sich richtig gut dabei. Das war schlimmer als ihr eigenes Schicksal, viel schlimmer. Kinder auf die Welt gebracht zu haben und dann waren sie weg. Einmal umgedreht, einmal kurz nicht aufgepasst, einmal die Augen zugemacht, zack, weg waren sie, einfach weg. Mit einer Klospülung ins Jenseits befördert, was für ein Irrsinn. Noch Wochen danach kam sie sich vor wie eine leibhaftige Teufelin. Aber sie konnte auch noch wochenlang den Triumph schmecken. Gegenüber dieser Katze, die jedes halbe Jahr ihren Nachwuchs warf, wie andere Leute zum Scheißen gingen, gegenüber ihrem ganzen gottverdammten Scheißleben und vor allem gegenüber diesem Scheißkerl und seiner Mischpoke. Sie hätte schreien können. Und dann heulte sie wieder stundenlang.

Im Herbst hatte Tinka wieder Junge bekommen, und die ließ sie ihr dann. Sie selber litt still weiter. Bis zu dem Tag, als die Ärzte vom Kreiskrankenhaus bei einer Routineuntersuchung feststellten, dass er unfruchtbar war. Er! Keine Sekunde hatte sie daran gedacht, dass es nicht an ihr liegen könnte. Dreißig bittere Jahre hatte sie sich von ihm und seiner Familie wie Dreck behandeln lassen und das alles nur, weil sie keine Kinder kriegen konnte. Dreißig Jahre! Und jetzt? Der Vater war tot, hatte sich planmäßig ins Aus gesoffen. Meisterleitung. Die Mutter gleich hinterher. Die hatte auch ihr Maul gehalten die ganzen lumpigen drei Jahrzehnte zwischen hoffnungsfroher Jugend und Altwerden. Und das Sägewerk gab es auch nicht mehr.

Sie konnte gar nicht sagen, wie sie sich ekelte, wenn er jetzt angekrochen kam und lieb gehabt werden wollte, lieb sein wollte, jetzt, wo nichts mehr los war mit ihm, wo keine mehr mit ihm ficken wollte, auch wenn er noch gekonnt hätte, der jetzt nur noch zu Hause herumhockte. Geld genug hatte er ja. Was für ein erbärmlicher Anblick, wenn er, die graue Jogginghose über den Wanst gezogen, über seiner Heimatzeitung gebeugt, hirnlose Kommentare zur Weltpolitik absonderte und jedes Kreuzworträtsel verdarb mit seinen schwachsinnigen Einträgen. Und ansonsten einfach nur ein alter Depp war.

Was nun, Frau Schurike? So weitermachen bis zum bitteren Ende? Sozialverträglicher Selbstmord durch Alkohol? Scheidung? Oder am besten gleich aufhängen?

So weitermachen war undenkbar, bei Alkohol wurde ihr schlecht, Selbstmord kam ebenfalls nicht in Frage, das würde dem so passen, am Grab stehen und den trauernden Hinterbliebenen spielen. Also blieb nur die Scheidung.

Katharina stand am Fenster der Hotelküche und schaute ihrem Mann nach. Gerade rauschte ihr Sohn durch die Schwingtür.

»Wast, du Wast, was meinst, kommt ihr vielleicht heut' Vormittag einmal ohne mich aus? Weißt, ich war schon so lang' nicht mehr richtig draußen. Ich glaub' ich geh' heut' auf d' Alm, mal schauen, was der Papa so macht den ganzen Tag.«

Der große, nagelneue Kaffeeautomat entließ gerade einen dampfenden, schwarzen Schwall in seine Namenstasse.

»Schau, wie schnell das geht. Und der Kaffee schmeckt jetzt auch viel besser. Der hat sogar eine Selbstreinigungsautomatik. Magst auch einen?«

»Nein, danke, ich hab' schon einen g'habt. Also, was meinst?«

»Mama, ich sag' ja andauern, du musst einmal raus. Der Papa freut sich bestimmt, wenn du ihn besuchst.«

»Gut, dann geh' ich mal. Aber nur«, sie drehte sich noch einmal um, »wenn's wirklich geht.«

»Mama, bitte. Mach' dir keine Gedanken.«

»Also, ich geh' dann. Aber Mittag bin ich wieder da.«

»Muss gar nicht sein. Lass dir ruhig Zeit, es geht auch einmal ohne dich.«

»Und macht mir keinen Unfug. Ich seh' alles, auch wenn ich nicht da bin.«

»Dir wär's zuzutrau'n«, lachte er und ließ zwei Stück Zucker in seinen Kaffee plumpsen.

»Dann bis Mittag, Wast.«

»Bis später, Mama.«

Wie war ihr das bisher abgegangen, diese Ruhe, das Alleinsein, Bewegung, frische Luft. Sie fröstelte. Früher hatte ihr das nichts ausgemacht, da war sie bei jedem Wetter draußen gewesen und hat gar nicht darauf geachtet, ob es gerade kalt oder warm war, regnete oder schneite, ob ihr die Mittagshitze den Kreislauf fast zerlegte oder ob es im Winter in der Kammer manchmal so kalt war, dass sie mitten in der Nacht mit eingefrorenem Rotz in der Nase aufgewacht ist. Und sogar dem Schlaf war es zu kalt geworden, sodass er nicht mehr zurückkommen wollte. Und so mancher Bauer hatte nur darauf gewartet, dass man zu ihm ins Bett gekrochen kam zum Aufwärmen.

Erst noch ein wenig unsicher, dann immer kräftiger schritt sie bergan. Schnell erreichte sie die nötige Betriebstemperatur, noch schneller spürte sie die ungewohnte Anstrengung. Das Tempo, an das ihre Beine sich noch erinnerten, war nicht dasselbe, das ihre Lunge noch bereit war mitzumachen. Sie würde wohl ein wenig langsamer gehen müssen. Den Alfons würde sie sowieso nicht mehr einholen, das war klar. Aber sie wusste ja, wo er war: Bei seinen Kühen. Bei dem Gedanken musste sie unwillkürlich lachen. Ihr Alfons und seine Kühe, ein Bild für die Ewigkeit. Eigentlich bewundernswert. Ihr Alfons, der war schon etwas ganz Besonderes … Vielleicht sollte sie nicht mehr jeden Tag im Hotel verbringen, wieder öfter auf die Alm gehen, nach den Kühen schauen, Kräuter sammeln, vielleicht sogar wieder Käse machen. Ehrliche Arbeit in frischer Luft. Wo man sich hinterher zurücklehnen konnte und anschauen, was man geschafft hatte. Nicht so wie im Hotel. Jeden Tag neue Gesichter, die einen erwartungsfroh anschauten und die einem nichts bedeuteten. Jeden Tag dieselben Sprüchlein aufsagen. Und immer lächeln. Und kaum waren sie angekommen, reisten sie auch schon wieder ab. Kein Anfang, kein Ende. Nur der Kontostand zeigte die Sinnhaftigkeit des Tuns. Vielleicht konnte man sogar die alte Almhütte herrichten. Und sie würden hin und wieder oben übernachten. Sie würde gleich mal schauen, wie weit es fehlte. Und in der Zeit, in der sie nicht selbst die Hütte nützen würden, wäre sie eine feine Sache für ihre Hotelgäste, eine Jausenstation vielleicht. Schade, dass der Thomas nicht mehr war. Was hätte der wohl daraus gemacht. Aber ihr würde schon auch etwas einfallen. Vielleicht würde sie gar nicht viel ändern, nur einfach das Nötigste renovieren. Nostalgie, das kam an und war günstig zu haben. Zurück zur Natur, das war doch jetzt der Trend. Ja, ja, die Natur. Sie für ihren Teil war heilfroh, dass sie ihr entronnen war. Aber ein bisschen, in kleinen Dosen gewissermaßen, so für den Hausgebrauch, hin und wieder zum Entspannen.

Jetzt konnte es wirklich nicht mehr weit sein. Trotzdem, eine kurze Rast wäre nicht verkehrt. Einfach keine Kondition mehr. Mit so einem Hotel kam man einfach zu nichts mehr. Aber ich habe es ja so gewollt, schalt sie sich freundlich. Und jetzt auch noch die Sache mit der Almwirtschaft. Werd ich gleich heute Abend mit dem Sebastian besprechen, der wird Augen machen. Der Alfons wird bestimmt nichts dagegen haben. Der braucht die Hütte ja nicht wirklich, vielleicht könnte man ihn sogar … nein, der Alfons als Hüttenwirt, keine gute Idee. Das wäre was, das hieße ja den Bock zum Gärtner machen. Sie musste unwillkürlich lachen bei dem Gedanken.

Schon lange bezog sie ihn nicht mehr in ihre Überlegungen mit ein. Er war eh mit allem einverstanden, solange er nur weiter Bauer bleiben durfte. Eigentlich schön, dass der Alfons so geblieben war. So schön schlank. Kein Wunder. Wenn sie den ganzen Tag herumstrawanzen könnte, würde sie auch eine andere Figur haben. Sie schaute an sich herunter und dachte, ich möchte gar nicht wissen, wie viel ich wiege, wahrscheinlich mehr als der Alfons, und der ist ein Mann. Ja, der Alfons hat es gut, lebt einfach so in den Tag hinein, ganz ohne Stress, und so lebendig. Ein unverdorbenes Naturkind. Wer hat das neulich gesagt? Denkmal, Naturkind, also wirklich, auf Ideen kamen die Leute manchmal. Anker, fiel ihr ein. Da war doch was? Ach ja, einer ihrer Gäste lief den ganzen Tag mit einer Kapitänsmütze auf dem Kopf herum, verrückter Kerl. Aber reich. Wollte unbedingt für vier Wochen im Voraus bezahlen. Dafür hatte er aber auch so seine Macken. Champagner ans Bett. Und immer diese blöde Kapitänsmütze, und nach jeder Malzeit einen Schroffen, so ein besonderer Kräuterlikör. Den musste der Sebastian extra beim Abfüller bestellen. So ein Zirkus wegen einem einzelnen Gast. Na ja, was soll's, dafür hatten sie jetzt einen Verdauungsschnaps im Regal, den sonst keiner hatte. Zufrieden lächelte sie in sich hinein. Aber wie war sie jetzt eigentlich auf den Schroffen gekommen? Ach ja, der Kapitän und seine Mütze mit dem Anker, die er nicht einmal beim Essen abnahm, unmöglich eigentlich. Jetzt war sie schon wieder bei dem blöden Kerl. Sollte man eigentlich nicht sagen von einem Gast. Aber denken konnte man es. Na warte, was du für eine Schlussrechnung kriegst, Depp, blöder, preußischer.

Anker, ja, das passte besser als Denkmal oder Naturkind. Ein Anker für ihre stürmische Natur. Dachte sie an ihren Alfons, wurde sie sofort ruhig. Was für eine Macht der über sie hatte. Bloß gut, dass er davon nichts ahnte. Das wäre was!

Schön, so dazusitzen und vor sich hinzuträumen. Eine Brotzeit wäre jetzt recht. Eine Rast ohne was zum Essen dabei, nicht einmal etwas gegen den Durst, es bleibt dabei, einfach keine Übung mehr. Aber der Alfons würde seine Brotzeit bestimmt teilen. Was der sich wohl in der Küche immer einpacken lässt? Muss ich glatt einmal die Köchin fragen, man muss doch wenigstens wissen, was der eigene Ehemann isst, wenn man schon nicht mehr dazu kommt, ihn zu bekochen. Fast wurde sie ein wenig eifersüchtig auf die Köchin. Die bekam ihn wahrscheinlich öfter zu Gesicht als sie. Aber nicht mit ihrem Alfons. Nein, der wäre der Letzte für so was, der hatte doch überhaupt keine Augen für die Frauen um ihn herum.

Regine wartete nicht, bis er reagierte, sondern pflückte ihm die halb gerauchte Zigarette einfach aus dem Mund. »Ah, das tut gut.« Der ausgeatmete Rauch glitt an seinem Bauch entlang nach unten. »Wie halt ich das nur immer aus ohne dich. Du tust mir so gut, weißt du das?«

»Komm halt öfter«, entgegnete er gemütlich.

»Und wenn deine Frau …?«

»Was du immer hast. Du weißt doch, die ist beschäftigt. Die war schon Ewigkeiten nicht mehr da heroben.«

Abwechselnd sogen sie an seiner Zigarette.

»Und. Kannst schon wieder?«, fragte sie spöttisch.

»Mit dir immer.«

Jetzt konnte es nicht mehr weit sein.

Täuschte sie sich oder hing da eine dünne Rauchsäule in der Luft, wo gleich die Hütte auftauchen würde? Er war also da oder zumindest in der Nähe. Jetzt tauchte auch schon das Dach auf. Tatsächlich, er hatte den alten Ofen repariert, nicht schlecht. Vielleicht sollte sie sich das noch mal überlegen mit dem Renovieren. Obwohl, renovieren schon, aber vielleicht nicht für die Urlauber, für sich und den Alfons und die Kinder zum Entspannen. Das Wort Liebeslaube fiel ihr ein. Ein schönes Wort, eigentlich zwei schöne Wörter, Liebe und Laube. Lief da ein Radio? Er war also tatsächlich in der Hütte. Fauler Kerl. Aber was war das für ein komischer Sender? Und warum waren die Fensterläden zu?

Behutsam öffnete sie die Tür.

Versteinert sein heißt, dass kein Blut mehr durch die Adern fließt, kein Atem mehr die Lungenflügel bläht, kein Sinneseindruck mehr empfangen wird, kein Muskel mehr reagiert. Nichts mehr denken können, nichts mehr empfinden, und das Herz schlägt auch nicht mehr. Deshalb stellt man für gewöhnlich das kleine Wörtchen »wie« davor.

Wie versteinert, müsste man also sagen, wollte man mit zwei Worten beschreiben, wie sich Katharina in dem Augenblick fühlte, als sie in das diffuse Halbdunkel der einräumigen Almhütte blickte. Dann drehte sie sich um und ging. Erst als ihr schwindlig wurde und schon fast schwarz vor Augen, begann sie wieder zu schnaufen. Ein paar Kurven und Kehren weiter unten fing auch ihr Hirn wieder zu arbeiten an und sandte erste Signale. Fragezeichen. Erst einmal nur Fragezeichen. Dann kamen die ersten Ausrufezeichen und dann nur noch Ausrufezeichen.

Ihr Alfons mit dieser Schlampe Regine Häusler! Seit mehr als dreißig Jahren hatte sie an diesen Namen nicht mehr gedacht, Regine Häusler. Sie hätte dieses gottverdammte Miststück damals gleich packen und in die Klamm werfen sollen. Was bildete sich diese Person ein, hier aufzukreuzen und quasi vor ihren Augen den Mann zu verziehen. Sie hätte schreien können vor Wut. Nur die in den Mund gestopfte Faust hielt sie davon ab. Was für eine Schweinerei, was für eine unglaubliche, riesenhafte Schweinerei, du Dreckfetzen, du, du grausliger, du, oh Gott. Ihre Schneidezähne gruben sich tief in die Faust. Auf der Stelle würde sie umkehren und dieses Mistweib, nackt wie sie war, den Forstweg hinunterzerren und in die Klamm werfen. Oder nicht? Für einen Moment war sie wieder ganz ruhig. Das konnte doch nicht alles sein, da steckte doch mehr dahinter. Die wollte doch was. Obwohl ... Das Wiederhervorkramen der Szene, die sie gerade mit angesehen hatte, ließ das Feuer wieder hell auflodern. Wer da wen aufs Lotterbett geworfen hat, war ja wohl offensichtlich. So wie die auf ihm draufgehockt war, diese rothaarige Drecksau, diese elende. Wie die sich auf ihm gewunden hat, auf ihm, dem Volldepp, den man am Nasenring durchs Leben ziehen muss, diesem Klotz am Bein, diesem Hanskasper der Berge, der hat doch noch nie in seinem ganzen traurigen Dasein auch nur einen einzigen eigenen Gedanken in seinem Spatzenhirn zusammengebracht. Das war nur diese Regine, diese Mistsau, diese Ausgeburt einer Odelgrube. Pfui Teufel, ich speib auf dich. Ach was, steinigen sollte man so was, ganz langsam, oder ersäufen, auch ganz langsam. Ach was, einfach in die Klamm schmeißen, an so was macht man sich doch nicht die Hände schmutzig. Er konnte ja eigentlich gar nichts dafür, er, der Depp. Mit dem kann doch jede machen was sie will, den wickelt doch jede um den Finger, den Lapp, den Trauerkloß, diesen Ewiggestrigen, diese Witzfigur aus einem Heidi-Roman. Wo wär' denn der heute? Oh mei, du armes Würsterl. Sie fuhr sich übers Gesicht und wischte dann die Melange aus Rotz, Schweiß und Tränen an ihrer neuen grünen Stretchwanderhose ab. Gottlob hatte sie sich heute Morgen nicht geschminkt, sie sah bestimmt so schon furchtbar aus.

Langsam kehrte eine gewisse Ruhe, ein Stück der alten Katharina in ihr aufgewühltes Inneres zurück. Ohne dass sie es gemerkt hätte, ohne überhaupt auf den Weg zu achten, hatten ihre Beine sie mittlerweile schon ein ganzes Stück den Forstweg hinabgetragen. Wie lange geht das überhaupt schon? Hat nicht so ausgeschaut, als müssten sie sich erst noch kennenlernen. Die Erkenntnis gab ihr einen bösen Stich. Was sie gesehen hatte, was so schlimm war, dass es direkt körperlich weh tat, war die Leidenschaft, die totale Hingabe, diese Ekstase, mit der sie es getrieben hatten. Na herrlich, das waren ja schöne Aussichten. Im Grunde war sie froh, dass dieser ganze Sexzirkus, der ihr sowieso nie viel bedeutet hatte, endlich vorbei war. Ihr war da durchaus nichts abgegangen die letzten Jahre. Hin und wieder, gut, warum nicht. Aber diese Raserei. Und was hatte ihr Alfons da verloren? Der musste das doch auch nicht mehr haben. Das hätte sie doch gemerkt. Der wird sich doch nicht verliebt haben, der Depp. Zuzutrauen wär's ihm, so beschränkt, wie der sein konnte. Sie ließ sich auf den Stein plumpsen, auf dem sie heute schon einmal gesessen hatte. Nein, nicht heute, das war vor tausend Jahren.

Und genau so lange würde sie jetzt hier sitzen und weinen.

Keine zehn Minuten später kamen drei wanderfreudige Kegelbrüder aus dem Hotel um die Ecke.

Oh Gott, Hotelgäste. Sie huschte hinter den Felsen.

Einer von ihnen blieb direkt vor ihr stehen.

»Isch muss mal pisse«, quietschte er fidel in die Landschaft.

Sie bückte sich so tief sie konnte in die kleine Nische zwischen bemoostem Stein und Waldboden.

»Jetz scho'? Du fängsch ja früh an, wir sin' doch g'rad erscht los.«

»Wenn i muss, dann muss i. Ah, dud des gut.«

»Aber mach hinne«, meldete sich jetzt auch der Dritte, der schon vorausgegangen war, und stocherte dabei mit seinem Wanderstecken ungeduldig im nadelübersähten Waldboden herum.

»Nu' macht ma koi Hektik, Leut', gut Ding will Weile haben. Bin doch eh scho' fertisch.«

Umständlich zog er den Reißverschluss nach oben und drehte sich wieder zu seinen Freunden. Dabei strahlte er übers ganze Gesicht. »So, jetz' könne mer von mir aus marschiere, bis ihr schwarz werdet.«

Der mit dem Wanderstab schüttelte den Kopf und sagte: »Er nu wieder, erscht ned weiterkomme und dann die groß' Gosch habbe.«

Keiner beachtete das orangebraune, stinkende Rinnsal das sich neugierig um den Stein herumschlängelte und sich bereits bedenklich den Bergschuhen der Frau Wirtin näherte, die nicht anders konnte, als bewegungslos auszuharren und zu hoffen, dass der Stiefel auch wirklich wasserdicht war, wie es die Werbung für diesen neumodischen Goretex-Wunderschuh versprochen hatte. Einfache Gummistiefel wären ihr jetzt auf jeden Fall lieber gewesen.

Es war spät geworden. Die Regine hatte ihn heute ganz schön aufgehalten. Die Regine, auch wenn sie ein bisschen verrückt war, die tat ihm richtig gut. Und nicht nur einmal hatte sie gesagt, dass er sie noch in den Wahnsinn treibe und dass sie ohne ihn nicht mehr leben könne. Das hatte die Katharina noch nie zu ihm gesagt, die konnte sehr wohl ohne ihn leben. Zum Leben brauchte die ihn nicht.

Und dann hatte sich auch noch die Lizzi verstiegen. Seitdem die trächtig war, büchste die beinahe täglich aus, verstieg sich dann und wollte in ihrer Sturheit partout nicht mehr zurück zu den anderen.

Mit abendlichem Restschwung in den Hüften schritt er auf seinen Hof zu. Jetzt noch schnell beten, in aller Ruhe eine Halbe Bier durch die Kehle laufen lassen und dann hinübergehen ins Hotel.

Er liebte diese Zeit wenn er alleine am Berg war, wenn nur noch ein paar vereinzelte späte Wanderer ihm über den Weg liefen und vielleicht noch der Gmeiner Peter, jederzeit für eine Halbe und einen kleinen Ratsch gut. Aber am liebsten war er allein.

Ohne Licht zu machen betrat er den Flur, ging in die Küche und kniete sich in sein Eck. Schnell gewöhnten sich seine Augen an das Halbdunkel.

Schon lange war das Bild der Mutter nicht mehr das Bild von damals. Nur noch verschwommen sah er, wie sie vom fallenden Schnee begraben wurde, in jener seltsamen Nacht. Wie ein Märchen fast, so unwirklich war die Erinnerung. Richtig klar sah er nur noch den fallenden Schnee und die Sterne. War es eigentlich möglich, dass es schneite und er zugleich die Sterne am Himmel sehen konnte?

Eine kleine Bewegung unter dem Küchentisch, links neben ihm, ließ ihn zusammenschrecken. Bevor er in der Lage war, auch nur einen ersten Gedanken zu formen, hörte er eine Stimme.

»Alfons«, sagte die Stimme.

Alfons, ja, das war sein Name. Wie merkwürdig das klang. Was bedeutete das überhaupt. Hatte das überhaupt eine Bedeutung oder waren es nur zwei sinnlos aneinander gestückelte Silben, die sich zwischen das Gedenken an seine Mutter und dem wollüstigen Nachgeschmack von heute Vormittag geschoben hatten.

»Alfons«, sagte die Stimme noch einmal.

Was bei ihm ankam, war nicht mehr als ein Echo, und auch das nur verrauscht. Er hatte plötzlich Mühe, das Gleichgewicht zu bewahren, und seine Lippen fingen an zu zittern. Auch wenn sie jetzt gewusst hätten, welches Wort sie formen sollten, sie hätten es nicht gekonnt.

Seit Stunden saß sie schon da und starrte zum Fenster hinaus.

Sie wunderte sich immer noch, dass der Anblick der beiden sie so mitgenommen hatte. Es war doch klar, dass das nur eine Affäre sein konnte. Was hatte die denn schon zu bieten, die hatte doch überhaupt keine Chance. Sie brauchte doch nur einmal auf den zu Tisch hauen, dann kam der doch angekrochen wie ein Hund. Bei ihr lagen doch alle Trümpfe, das Hotel, das Geld, die Sicherheit, die Kinder, die gemeinsamen Jahre. Den würde sie schon wieder zur Räson bringen. Aber dass er mit der, dass der Alfons so sein konnte, so hemmungslos. Dass diese rote Schlampe das aus ihm herausgekitzelt hatte.

Sie hatte schon auch Sachen mitgemacht oder zumindest zugeschaut, bei den Amerikanern, die sich hier so richtig ausgetobt hatten mit den Frauen der Besiegten. Darunter feine Damen aus der Gesellschaft, die sich so schön zierten, die erobert sein wollten, trotz Hunger, die sich ihre angeborene Noblesse teuer bezahlen ließen. Und die Besatzer zeigten sich von ihrer besten Seite. Immer frisch geduscht, kein Fleck auf dem Hemd, Kaugummi statt Mundgeruch, immer satt, immer ein breites Lächeln im Gesicht. Echte Siegertypen eben. Schwer zu widerstehen wenn man zu Hause so eine ehemalige großdeutsche Lichtgestalt sitzen hatte, die heute aussah wie gestern der Untermensch und die es ihr an der Nasenspitze ansah, dass das kein Opfergang war, den sie da jeden Abend antrat, während draußen schon der Ami ungeduldig auf die Hupe drückte, hey Baby, let's go, let's have some fun tonight, c'me on, der die arme Sau, die da mit waidwundem Blick seiner Frau beim Hübschmachen zusah, nicht einmal ignorieren musste. Ach, waren das Zeiten …

Lustvoll trampelte sie auf seinem Bild herum, bis nichts mehr davon übrig war. Dann ging es ihr besser. Stopp! Das wäre ja noch schöner. Zum Schluss kam sie noch so weit, dass ihre Wut komplett verraucht war, bis er käme. Da hätte er das Vergnügen gehabt und sie die Rache nur in Gedanken. Das würde dem so passen. Nein, so kam er ihr nicht davon, so nicht. Mein ist die Rache, sprach der Herr, und wer der Herr war da heroben, das war ja wohl klar. Und jetzt erst recht, nach allem, was sie mitansehen musste. Wieder kochte die Wut in ihr hoch. Aber nur nicht gleich wieder überkochen, nur köcheln. Die Flamme auf mittlerer Hitze halten, bis er eintrifft. Gut so. Also, er kommt herein, dann darf er sich erst einmal hinsetzen. Er wird sich ein Bier aufmachen, ihr vielleicht auch eine Halbe anbieten, Prost, Katharina, Prost Alfons, wie war dein Tag? Genau. Perfekt. So würde sie es angehen, mit einem belanglosen Gespräch, genau, wie mit ihren Hotelgästen. Erst einmal fragen, wie sein Tag gewesen ist. Oder vielleicht doch gleich die Keule auspacken? Und, wie war es mit der Schlampe!? Hast du es ihr ordentlich besorgt!?

Er wagte immer noch nicht, den Blick zu heben.

»Ich hab' euch g'sehn.« Sie machte eine kleine Pause, gab ihm Gelegenheit, zu reagieren. »Alfons, hörst du mich?«

Er war immer noch in einer Art Schockstarre.

»Und, ist das alles, nichts? Bist jetzt stumm geworden? Bringst bei ihr auch kein Wort heraus, wenn sie auf dir herumreitet?« Langsam kam sie in Fahrt. »Schaust da auch immer so blöd in den Boden hinein? Redest nicht mit mir, hat's dir die Sprache verschlagen? Was sagst du, nein? Was nein? Nein, dass du nicht mehr reden kannst oder nein, dass dir bei ihr auch nichts einfällt? Da schüttelst jetzt den Kopf, ja, das denk ich mir, da fällt dir bestimmt was ein, mit deim bisserl Hirn, wenn du überhaupt eins hast. Ja, schau nur in den Boden rein, das kannst ja eh am besten.« Sie bückte sich hinab und redete ruhig weiter. »Du bist so blöd, Alfons, mir fehlen direkt die Worte. Aber das ist noch gar nicht das Schlimmste. Das Schlimmste, Alfons, das Schlimmste ist, du merkst das nicht einmal.« Als würde sie nicht nur an seiner, sondern gleich an der Dummheit der ganzen Welt verzweifeln, seufzte sie auf und ließ sich in die Bank zurückfallen. »Aber das wird der Misthur' ja nicht so wichtig sein, weil das, was die von dir will, das kann ja jeder Depp. Und, hast du es ihr auch gut gemacht, Alfons, nicht, dass mir da Klagen kommen? Ist schließlich das Einzige, was du kannst. Schon, gell, ja, das denk ich mir. Aber da brauchst du dir nichts drauf einbilden, dafür kannst du ja nichts. Weil wenn das, was du in der Hose hast, wenn das nach deinem Spatzenhirn geraten wär', dann wär' das nur ein Regenwurm, nicht mehr, und dann könntest schau'n, wie lang dieses Miststück dir bleiben tät. Keine zehn Minuten, das sag' ich dir, weil sonst hast du doch nichts zu bieten. Mein Gott, du bist so blöd! Alfons, ich hab' euch zug'schaut, ich hab' g'seh'n, wie ihr es getrieben habt, du, du, du …« Schon war sie drauf und dran, mit Fäusten auf ihn einzuschlagen, all das Toben und Brausen in ihrem Inneren brach sich mit einem Mal Bahn. »Ich hab' gesehen, wie du sie, wie ihr … du Drecksau, du Schwein, du, du …«

Da konnte er ausgefressen haben, was er wollte, so schlimm hatte die Mama nie geschimpft. Der kleine Alfons schüttelte nur immer wieder den Kopf und stierte weiter in den Küchenboden. Wenn geschimpft wurde, durfte man nicht aufschauen, auf keinen Fall, da musste man den Kopf schön gesenkt halten und warten, bis das Unwetter vorbei war. Das war immer noch das Beste. Bloß keine Widerworte.

»Schau mich an, wenn ich mit dir red'«, fuhr sie ihn erneut an. »Traust dich nicht … Ach so, hat er Angst, der Bub … der kleine Alfons … ja spinnst denn du! Ich bin doch nicht deine Mama! Oder meinst, du kommst mir aus, wennst einen auf blöd machst. Ja, sag einmal«, spottete sie, »flennst jetzt auch noch. Mein Gott, Alfons. Alfons, Alfons.« Jetzt schüttelte sie auch den Kopf, aber nicht wie aufgezogen, so wie er, der gar nicht mehr aufhörte, bei ihr sah es eher aus wie bei der Frau Lehrerin in der Schule, wenn einer der üblichen Kandidaten wieder einmal eine Frage ganz besonders blöd beantwortet hatte. »Schau dich doch einmal an, kniet da in seinem Eck wie ein kleiner Bub und zahnt. Ja, du Wurm, du Regenwurm, mein Gott, Alfons, immer noch der kleine Hosenscheißer am Rockzipfel von der Mama, immer noch das kleine Verklaghaferl, ja, ja, Verklaghaferl, oder meinst, ich weiß nicht, warum mich deine Mutter damals rausg'schmissen hat? Du und deine Mama, ihr zwei. Ja was wärst denn du ohne mich? Lasst sich der Depp mit dem Schlampen ein, dem Dreckfetzen, dem rothaarigen, der Alfons, der kleine Rockzipfellurer, oh mei oh mei, und auf so was hab' ich mich ein'lassen …«

Pure Verachtung gerann zu bösartigem Raunen, nie zu Ende gedachte Gedanken verließen leichtfüßig ihren Mund, nur allzu bereit, beim Adressaten größtmöglichen Schaden anzurichten. Und der kniete nur weiter da, schüttelte unablässig den Kopf und verstand kein Wort. Nur seine Seele verstand und zuckte bei jedem Wort zusammen. Und auch die Dämonen lauschten ergriffen den Schmähungen, vergifteten Andeutungen, Gemeinheiten, offenen Bosheiten. Wie warmer, schwarzer Sommerregen fielen die Niederträchtigkeiten und brachten Leben dahin, wo seit Jahr und Tag kein Leben mehr vermutet wurde. Behände sprangen die Schattenwesen über die Mauer und keiner da, der Einhalt geboten hätte. Nur ein heiser heraufgewürgtes Nein hing für einen kurzen Augenblick in der Luft. Allein, zu süß war der zarte Schmelz der Rache, zu stark die Lust an der totalen Vernichtung des vor ihr im Staub auf ein Ende des Wütens Harrenden. Noch hätte sie zurückkönnen, den bösen Worten Einhalt gebieten, vielleicht, wenn auch nur andeutungsweise, Verzeihung in Aussicht stellen, denkbar sogar ein Wort des Bedauerns über ihre rüde, aber doch durchaus verständliche Wortwahl. Und einen kurzen Moment lang schien sie sogar innezuhalten, schien etwas ihr Herz zu berühren. Doch zu spät, so viele böse Worte, die sich schon auf den Weg gemacht hatten und unbedingt noch ausgesprochen werden wollten.

»Ja, meinst denn du, ich hab' vergessen, wie ihr mich behandelt habt, nur wegen dem bisserl Herumtanzen. Wie eifersüchtig sie gewesen ist, genau, eifersüchtig war sie, jetzt fällt es mir erst auf, klar, eifersüchtig! Ha! Vielleicht ist sie ja deshalb g'sprungen, mein Gott, die war doch nicht ganz richtig im Kopf. Und du bist doch auch nicht ganz richtig, genauso die andere, diese perverse Sau, diese Kleinhäuslerin, Regine Häusler, der Dreckfetzen. Was ist? Tun dir die Knie weh? Wegen mir kannst ruhig da knien bleiben, von mir aus, bist schwarz wirst, Winselbruder, trauriger.« Pure Verachtung und immer noch kein Ende in Sicht. »Von wegen beten, das Gebet kann ich mir vorstellen, Pfui Teufel. Du und deine kranken Fantasien. Möcht' gar nicht wissen, was du dir da immer zusammenfantasierst. Ich kanns mir eh denken. Möchst das mit mir auch einmal machen? Nein, gell. Dafür hast ja diesen Dreckschlamp'n, diese … Alfons? Alfons! Knie dich sofort wieder hin! Was … nein … Alfons …«

Eigentlich hatte sie doch ganz ruhig mit ihm reden wollen, hatte sich nur hoch und heilig versprechen lassen wollen, dass das mit der Regine nie mehr vorkommen würde, ein Ausrutscher, mehr nicht, kommt in den besten Familien vor. Versprich, dass es aus ist und Schwamm d' rüber, vorbei und vergessen, aus und vorbei. Bestimmt hätte es noch eine Zeitlang geholpert und geknirscht in ihrer Ehe. Aber recht schnell hätte ihr Alltagsleben wieder die Oberhand gewonnen, das Leben musste ja weitergehen. Sicher hätte sie noch eine Zeitlang ihre Angst mit ihm auf die Alm geschickt.

Aber auch das wäre vorbeigegangen, und irgendwann, im Lehnstuhl auf der Hotelterrasse, bei einem guten Glas Wein oder einer frischen Halben wäre es einem vielleicht wieder eingefallen, die Sache mit der Häusler Regine. Lebt die eigentlich noch, hätte sie ihn gefragt, und er hätte nur mit den Schultern gezuckt, und sie hätte ihr Strickzeug weggelegt oder das aktuelle Angebot eines Saunaherstellers und hätte gesagt, mein lieber Scholli, das war vielleicht was. Oder irgendetwas in der Art. Auf jeden Fall wäre dann alles gut geworden.

Ein einziger Fausthieb beendete diese Möglichkeit.

Bei jedem Menschen gibt es wahrscheinlich einen Punkt, an dem schaltet das Hirn einfach ab, und keiner kann mit Bestimmtheit vorhersagen, wie er dann reagiert. Dass er nicht so reagiert wie der Stockinger Alfons, kann man nur hoffen. Es haben schon Leute zugeschlagen, von denen hätte man es im Leben nicht gedacht. Nur hatten die vielleicht gerade kein Nudelholz zur Hand oder sie waren nicht so stark, als dass sie irreparable Schäden anrichten hätten können.

Zitternd stand Alfons über seinem Opfer. Sie blutete nicht, lag nur bewegungslos am Boden. Zu Tode erschrocken sank er neben ihr auf die Knie, nahm ihren Kopf in die Hand und murmelte unter Tränen, dass es ihm leid tue, dass er das nicht gewollt habe. Und das mit der Häusler Regine, das sehe er auch ein, nie wieder würde er sie treffen, das wäre aus und vorbei, ein für alle mal, nur aufwachen solle sie jetzt, damit alles wieder gut werden könne, und er versprach auch, ihr ein Geheimnis anzuvertrauen, wenn sie nur wieder aufwachte, nämlich dass er seine Mutter umgebracht hätte, weil die mit dem Herrn Ingenieur, und das wäre so schlimm gewesen, dass er ganz kopflos geworden sei, und sie habe dann damit angefangen, habe ihm alles gezeigt und er habe sich überhaupt nicht mehr ausgekannt und dann furchtbare Angst bekommen, weil sie das dem Papa sagen wollte, was er mit ihr gemacht habe. Aber er habe doch gar nichts gemacht, das war doch die Mama selber, und der Papa hätte ihn dann vom Hof gejagt, hat sie gesagt. Und geschrien hat sie und getobt wie der Leibhaftige selbst und sich überhaupt nicht mehr eingekriegt, und nur damit eine Ruhe ist, weil das war ja nicht mehr auszuhalten, das glaubt doch kein Mensch, dass man sich so aufführen kann, habe er sie erschlagen und in die Klamm geworfen.

Eine ungeschickte Bewegung seiner Hand, und ihr Kopf knallte auf den Boden. Ein leiser Seufzer, ein erstes Zucken ihrer Lider. »Alfons.« Erste, unzusammenhängende Worte verließen ihre Lippen, »Alfons, du bist doch krank … Alfons, du hast deine Mama umbracht … du gehörst doch … ins Gefängnis.« Zögernd feierten Katharinas Lebensgeister Auferstehung.

»Und mich hast auch fast erschlagen, du gehörst ins Irrenhaus … Alfons, so was wie du … du gehörst doch aus dem Verkehr gezogen … du gehörst doch weggesperrt … oh Gott, mein Kopf … Alfons … das ist doch … du bist doch …« Sie versuchte, sich aufzurichten.

Da drückte er zu.

Seit drei Stunden lag Katharina jetzt schon im Schubkarren. Drüben im Hotel gingen gerade die letzten Lichter aus. Darauf hatte er gewartet.

Eigentlich wollte er sie ja in die Schlucht werfen, aber mittlerweile konnte man nie sicher sein, ob sich nicht irgendwo noch ein nachtaktiver Wanderer herumtrieb. Ein Bauer, der in der Nacht mit einem Schubkarren voller Heu unterwegs war, würde nicht auffallen. Das Entladen war der Punkt.

Beim dritten Bier kam ihm der rettende Gedanke.

»Herr Stockinger, glauben Sie mir, Sie sitzen hier nicht als Beschuldigter. Aber wir müssen uns schon ein möglichst genaues Bild von dem machen, was an dem Abend alles los war bei Ihnen. Das verstehen Sie doch sicher. Wenn Sie uns also nun bitte noch einmal erzählen könnten, wo Sie am Unglückstag in der Zeit von siebzehn Uhr bis null Uhr waren.«

Kriminalhauptkommissarin Christine Paulig, die es gewohnt war, in ruhigen, klaren Sätzen zu sprechen, besonders, wenn sie davon ausgehen musste, dass ihr Gegenüber der deutschen Sprache nicht so mächtig war, wie es die Situation erforderte, lächelte aufmunternd.

»Aber das hab' ich doch schon gesagt, erst war ich auf der Alm.«

»Auf der Rotalm«, konkretisierte sie. »Bewirtschaften Sie noch andere Almen?«

»Nein, wo denken S' denn hin. Mit den paar Kühen.«

»Sie waren also auf der Rotalm.«

»Ja, und dann war ich auf dem Hof, und da bin ich auch geblieben.«

»Die ganze Zeit?«

»Ja, hab' ich doch schon gesagt. Die ganze Zeit, bis es gekracht hat, dann bin ich hinüber ins Hotel.«

»Hat Sie da jemand gesehen?«

Auf das fragende Gesicht, das er jetzt machte, erklärte sie: »Bitte, Herr Stockinger, ich muss Sie das fragen, es tut mir leid. Also. Bitte.«

»Meine Frau, die Katharina.«

»Ich meine, außer Ihrer Frau. Wann hat Ihre Frau denn den Hof verlassen?«

»Ich schätz', so gegen zehn, hab' ich doch schon gesagt. Und ich hab' auch gesagt, dass ich das nimmer so genau weiß, ich hab' doch da nicht auf die Uhr geschaut. Vielleicht war es auch schon elf, keine Ahnung.«

Es entging ihr nicht, dass er die Art der Befragung als Zumutung empfand. Wie sie ihn unterbrach, nachhakte, präzisierte.

»Gut, also gegen zweiundzwanzig Uhr verließ Ihre Frau den Hof. Als Sie gegen achtzehn Uhr auf den Hof gekommen sind, war Ihre Frau da schon da?«

»Ja, die war schon da und wir haben uns dann unterhalten, und dann …«

»Über was?«

»Über was, Frau Kommissarin, das weiß ich nicht mehr, über alles Mögliche halt, Sie wissen doch bestimmt auch nicht mehr, was Sie letzte Woche, ich mein' …«

»Sie haben gestritten«, fiel ihm die Beamtin erneut ins Wort.

»Ja mei, g'stritten, was heißt g'stritten, ein bisserl vielleicht, mehr oder weniger.«

»Eher ein bisserl mehr, wenn man den Zeugen glauben schenken kann.« Sie merkte selbst, wie sie sich mehr und mehr in den frischgebackenen Witwer verbiss, der für sie schon nach der ersten Befragung als Hauptverdächtiger festgestanden hatte und der auch gleich auf diesen billigen Trick hereingefallen war und sie jetzt mit großen, leeren Augen anstarrte. Wenn so ein Blick als Beweismittel zugelassen wäre, und vielleicht kam das ja noch, irgendwann in ferner Zukunft, wenn es die nötige Technik geben würde, um so einen Blick gerichtsfest machen zu können, dann wäre er jetzt schon fällig. Er sah eigentlich ganz gut aus. Zumindest für einen Bauern, relativierte sie gleich wieder. Jedenfalls besser als seine stark übergewichtige Frau. Und warum sollte ausgerechnet so einer ein Heiliger sein, noch dazu bei den ganzen Versuchungen, all den gelangweilten Urlauberinnen um ihn herum. Also wenn sie ein Mann wäre … Hm …

»Welche Zeugen?«, fragte er mit ausdrucksloser Stimme.

»Die, die Sie gehört haben, Hotelgäste.«

Sie vermeinte direkt, die kleinen Rädchen zu sehen, die jetzt hinter seiner Stirn losratterten.

»Hotelgäste, aha, ach so, ah ja, mhm.«

Anscheinend war jetzt eines seiner Hirnräder von der Achse gesprungen.

»Also, jetzt habe ich den Faden verloren, wie, was haben Sie gefragt?«

»Wir waren bei dem Streit, den Sie mit Ihrer Frau hatten.«

»Ach ja, ich mein' nein, das war doch kein Streit, nicht mehr wie andere auch.«

»Wie, nicht mehr wie andere auch?«

»Wir haben nicht mehr gestritten wie andere auch.«

»Uns interessieren hier aber keine anderen«, entgegnete sie scharf.

Christine Paulig, Mitte vierzig, die langen, schwarzen Haare zu einem lockeren Pferdeschwanz zusammengebunden, auffallend groß, klarer

Blick – nur ihrer Stirn sah man die beinahe zwanzig Jahre gehobenen Polizeidiensts an, die sie bisher davon abgehalten hatten, eine Familie zu gründen, abgesehen davon hatte sie nie den passenden Mann für ein derartiges Unterfangen gefunden und jetzt war es zu spät – stand auf und machte ein paar Dehnübungen. Dabei atmete sie langsam ein und aus. Sie wusste, dass sie zu weit gegangen war.

Alfons starrte weiter auf den abgegriffenen Aschenbecher, der vor ihm auf dem Tisch stand.

Noch einmal Glück gehabt, er war nicht sauer geworden.

»Wegen was haben Sie gestritten, Herr Stockinger?«, setzte sie erneut an.

»Weiß ich nicht mehr.«

»Ah ja, typischer Fall von Blackout, wie mir scheint. Erinnerungslücken. Kennen Sie nicht? Blackout nennt man das heute. Haben Sie keinen Fernseher?« Sie lächelte ihn freundlich an und dachte, nicht einmal so einen billigen Witz versteht er.

»Wissen Sie, Frau Kommissarin, das ist halt alles ein bisserl viel für mich. Wissen S', so viele Bilder, ich kenn' mich irgendwie gar nimmer aus.«

»Ja, das glaube ich Ihnen ja, Herr Stockinger, und dass man sich nicht mehr an alles aus einem Gespräch erinnern kann, verstehe ich auch.« Vorsichtig, als hätte sie Angst, mit einer zu schnellen Bewegung doch noch alles zu verderben, setzte sie sich wieder hin. »Aber bei einem Streit ist das doch etwas anderes, für den hat es doch einen Grund gegeben.«

»Tut mir leid, aber da hab ich jetzt doch wirklich Dings, diese Dings, wie Sie schon gesagt haben, diese Erinnerungslücken.«

»Herr Stockinger, ich will Ihnen wirklich nicht zu nahetreten, aber es fällt mir schwer, das zu glauben, das muss ich Ihnen ganz ehrlich sagen. Obwohl, natürlich, möglich ist das schon. Aber vielleicht können wir ja zusammen herausfinden, was los war. Wollen wir das einmal versuchen? Ich könnte mir zum Beispiel vorstellen, dass sie vielleicht eifersüchtig war. Sie, ein gut aussehender Mann, immer viel draußen, unterwegs auf den … sehen Sie, jetzt fällt mir auch einmal ein Wort nicht ein, wie heißt das noch mal … Almen, genau auf den Almen, den Wegen, wo auch die Urlauberinnen gerne gehen, da hat es doch bestimmt mehr als eine Frau gegeben, die Ihnen nachgeschaut hat, Herr Stockinger. Ist doch so, oder?«

»Da ist mir nichts bekannt«, raunzte er.

Es war eigentlich nur ein Versuch gewesen, ein Schuss ins Blaue sozusagen. Aber er hatte zu lange nachgedacht.

»Herr Stockinger, nun tun Sie doch nicht so, Sie wissen doch, wie Sie auf Frauen wirken, Herr Stockinger, mir machen Sie nichts vor, ich bin selber eine Frau, ich kann das durchaus bewerten, glauben Sie mir.«

Sie dachte, es ist immer dasselbe. Wenn es nicht das Geld ist und davon hat er genug und es interessiert ihn nicht einmal, dann eben Motiv Nummer zwei: Eifersucht. Nur nicht zu viel denken, ermahnte sie sich, folge einfach deiner Intuition. Und dass sie etwas mit einem Gast anfängt? Und dafür alles aufs Spiel setzt? Eher unwahrscheinlich bei so einer strukturierten Frau. Da waren sich alle einig. Und das wäre ja auch aufgefallen in so einem großen Betrieb. Die Frau war doch keine Minute alleine. Er schon.

Er fing an, nervös auf seinem Stuhl herumzurutschen, kratzte sich am Kopf und grinste schief über den Tisch. »Na ja, der Allergreisligste bin ich nicht, das stimmt schon. Und jetzt, ich mein, wo Sie es selber sagen, fällt's mir auch wieder ein, sie war schon ein wenig eifersüchtig.«

»Und ihre Frau war ja auch schon älter als sie, sieben Jahre, wenn ich mich recht erinnere. Vielleicht hatte sie ja auch nicht mehr die Bedürfnisse, Sie wissen schon, was ich meine.«

Frau Paulig schickte einen bedeutungsvollen Blick über den Tisch.

»Nein, was für Bedürfnisse?«

»Ja, wie soll ich sagen, sexueller Art.«

Er reagierte, als hätte sie ihn in den Hintern gestochen.

»Nein, da liegen Sie aber ganz falsch, ganz falsch, Frau Kommissarin. Das war bei uns schon lang' kein Thema mehr.«

»Sehen Sie«, fuhr sie ruhig fort, »das meine ich ja. Da könnte es doch sein, dass Sie da, aushäusig sozusagen, was gesucht haben.«

»Nein, nein, das ist nicht wahr! So einer bin ich nicht, ich nicht, Frau Kommissarin, das müssen Sie mir glauben!« Fast wäre er vom Stuhl gefallen. »Da war nichts, da können Sie jeden fragen, jeden, da war nichts, rein gar nichts.« Sein Herz raste. Er dachte, so schnell kann es gehen und man hat sich verraten, wie beim Fernsehkrimi. Ab jetzt würde er aufpassen wie ein Luchs.

»Gut, lassen wir das. Ich wollte nur wissen, über was Sie gestritten haben, oder haben könnten. Eine andere Frage: Warum haben Sie eigentlich auf dem Hof übernachtet in der Nacht? Sie haben doch eine gemeinsame Wohnung im Hotel, mit einem gemeinsamen Schlafzimmer. Sie übernachten doch sonst auch nicht auf dem Hof?«

»Weil wir uns g'stritten haben, das wissen'S jetzt doch, das habe ich Ihnen doch gerade gesagt.«

»Also, sind Sie mir nicht böse, Herr Stockinger, ich finde das schon seltsam. Also, wenn ich mit meinem Mann ein bisschen streite, dann schlaf ich deshalb nicht gleich auf der Couch, nicht, wenn es nur ein bisschen ist. Anders sieht die Sache natürlich aus, wenn es sich um etwas Handfestes handelt, so wie das ja anscheinend bei Ihnen …«

»Ich hab' durchaus öfter einmal im Hof übernachtet, durchaus«, fiel er ihr gereizt ins Wort. »Wenn's bei einer Kuh so weit ist oder wenn eine krank ist, dann bleib ich durchaus auf dem Hof, durchaus, das ist ganz normal, das ist sogar mehr als normal, das muss direkt so sein …«

»Aber diesmal sind Sie wegen dem Streit dageblieben. Oder wegen einer kranken Kuh? Wegen was denn jetzt, Herr Stockinger?«

»Wegen dem Streit und wegen der kranken Kuh. Beides. Ganz genau. Wegen dem Streit und der kranken Kuh.«

Paulig zog einen Notizblock aus der Brusttasche ihrer sandfarbenen Armeejacke. Sie hätte gerne auch einmal elegante Damensakkos getragen, aber die hatten ausnahmslos keine Innentaschen. Was sie da schon gesucht hatte! Wahrscheinlich gab es ein Geheimabkommen zwischen den Herstellern von Damensakkos und der Handtaschenmafia. Sie hasste Handtaschen. So blieben nur Sportsakkos oder Armeejacken. Armeejacken fand sie cooler, näher am Beruf sozusagen.

»Bei Ihrer ersten Befragung haben Sie gesagt, Moment, haben wir gleich … da steht es: Ich zitiere: ›Sie wollte alleine sein und ist dann hinüber ins Hotel.‹«

Sinnlos blätterte sie in ihrem Notizbuch. Mit diesem billigen Trick hatte sie schon so manche Aussage ausgehebelt. Sie klappte das kleine schwarze Büchlein wieder zu und legte es demonstrativ vor sich auf den Tisch. Sie sah es ihm an der Nasenspitze an, jetzt ging es wieder rund in seinem Hirn, er durchlöcherte förmlich den Einband mit seinen Augen.

Was stand da drin? Was hatte er bei seiner ersten Befragung von sich gegeben?

Sie ließ ihm keine Zeit, seine Gedanken zu ordnen.

»Herr Stockinger, jetzt müssen Sie mir helfen, jetzt kenn' ich mich gerade nicht mehr aus. Erst war es Ihre Frau, die alleine sein wollte, weil sie sich gestritten hatten, und jetzt wollten Sie alleine sein? Und dann haben wir auch noch eine kranke Kuh, Herr Stockinger, wie soll denn das alles zusammenpassen?«

»Ja, das passt schon, Frau Kommissarin, das passt gut. Alles zusammen halt, ich find', da passt alles ganz gut zusammen.«

»Also, dann fasse ich jetzt einmal zusammen. Sie haben sich gestritten, gut, darauf wollte Ihre Frau alleine sein und Sie wollten auch alleine sein, auch gut. Und außerdem mussten Sie sowieso auf dem Hof bleiben, wegen der kranken Kuh. Stimmt das so?«

»Ja, genau, Frau Kommissarin«, aufmerksam hatte er ihren Ausführungen gelauscht, »genau so, ganz genau so war es.«

»Können Sie mir auch sagen, welche Kuh krank war oder noch ist?«

»Welche?«

»Ja, wie heißt die Kuh, die haben doch Namen. Wir können zwar die Kuh nicht befragen, aber wir können einen Tierarzt holen und der kann das dann bestätigen.«

»Ja, so, also die Kuh, wie die Kuh heißt.« Oh Gott, Scheißdreck verdammter, welche Kuh, wie heißt die Kuh, wie heißt die Kuh? In Gedanken ratterte er die Namen seiner fünf Kühe rauf und runter, auch die seines Nachbarn, überhaupt aller Kühe, die er kannte. »Also, Sie meinen, die kranke Kuh, wie die jetzt heißt, ja, also, das ist so, das ist, jetzt hab' ich's, ja klar. Die Lizzi! Die Lizzi, die heißt Lizzi. Aber da werden Sie nix finden, das sag' ich Ihnen gleich, die ist nicht krank, die ist trächtig, und dann hat sie sich auch noch verstiegen gehabt. Die war den ganzen Tag schon so komisch, wissen'S Frau Kommissarin. Das ist wie bei den Menschen, wenn da eine tragt, ich mein', in anderen Umständen ist, dann ist das mit der auch nicht immer so einfach, Sie wissen schon, Frau Kommissarin.« Er konnte kaum zu Ende reden und musste jetzt erst einmal tief durchatmen, das Herz klopfte ihm bis zum Hals.

»Also, die Kuh war nicht krank, sondern trächtig«, korrigierte sie seine Aussage.

»Ja freilich, die war doch nicht krank, trächtig ist doch nicht krank, oder? Sie sind gut, das muss man schon unterscheiden.«

»Sie haben doch gesagt krank«, unterbrach sie ihn. Dummdreister Bauerntrampel, wenn du meinst, du kommst damit durch, hast du dich geschnitten.

Aber Alfons Stockinger war nicht mehr zu bremsen. »Krank oder trächtig, das ist doch fast dasselbe, da dreh' ich die Hand nicht um.«

»Was jetzt, krank oder trächtig?«

»Trächtig, Frau Kommissarin, trächtig, auf jeden Fall.«

»Trächtig also«, hielt sie noch einmal fest.

»Wissen Sie, wenn eine trägt, ist die doch nicht krank, das ist nicht anders wie beim Menschen, wie soll ich sagen, so ähnlich, wahrscheinlich fast dasselbe, in dem Punkt ist so ein Rindviech doch gar nicht so weit weg vom Menschen, ich mein', wo ist da der Unterschied, sogar die Tragezeit ist fast dieselbe ... bitte verstehen Sie mich nicht falsch, natürlich ist da ein Unterschied zwischen Mensch und Kuh, das ist ja klar, wir verstehen uns schon, gell, Frau Kommissarin. Ach ja, und schicken Sie ihn ruhig hinauf, den Herrn Veterinär, der kann gleich mal schauen, ob alles stimmt mit der Lizzi, doch, doch, tät' mich direkt freuen, wenn der kommen würd'. Wär' das dann eigentlich kostenlos?«

Nichts war Christine Paulig mehr zuwider, als wenn ein Verdächtiger diesen kumpelhaften Ton anschlug.

»Über was haben Sie denn so gestritten, dass man es bis hinüber ins Hotel gehört hat?«

»Wir haben nicht gestritten.«

»So weit waren wir doch schon, Herr Stockinger. Sie haben selbst gesagt, dass Ihre Frau eifersüchtig war und Sie deshalb gestritten haben.«

»Wenn Sie das sagen«, sagte er pampig.

»Herr Stockinger, ich sage gar nichts, Sie müssen mir was sagen.«

»Muss ich nicht.«

»Nein, Sie können auch die Aussage verweigern.«

»Ja, dann verweigere ich die Aussage.«

Sie legte den Kopf schräg und schaute ihn direkt an: »Das macht Sie aber schon verdächtig, das wissen Sie schon. Das sieht ja fast aus, als hätten Sie etwas zu verbergen?«

»Nein, das weiß ich nicht, ich bin doch nicht verdächtig, ich bin doch der Hinterbliebene.«

»Das eine schließt das andere nicht aus, Herr Stockinger.«

»Ich verstehe gar nix mehr.«

»Das glaube ich Ihnen auf's Wort.«

Scheiße, das war zu hart. Bitte nicht bocken jetzt, bitte, bitte, nicht bocken. Zu spät.

»Ja, dann sind wir uns ja einig.«

»Wie sind wir uns jetzt einig, Herr Stockinger? Ich glaube, jetzt verstehe ich Sie schon wieder nicht.« Das war es dann, ein Blick in sein blödes Gesicht genügte. Schluss mit lustig. »Nein, Herr Stockinger, wir sind uns nicht einig! Noch einmal, was war los in der Nacht? Um was ging es bei diesem Streit, der so laut war, dass man es bis ins Hotel hinüber gehört hat?«

Es war klar, dass er auf diese Attacke hin sofort zumachen würde, aber es war ihr egal. Sie lehnte sich zurück und dachte, dich lass ich antanzen, bis du schwarz wirst, du kommst mir nicht aus. Aber jetzt habe ich erst einmal Hunger.

»Ich mag nimmer, ich kann nimmer, ich hab' alles gesagt. Meine Frau ist tot und Sie machen mich fertig. Ich geh' jetzt, ich steh' jetzt einfach auf und geh' heim.«

»Ja dann. Auf Wiedersehen, Herr Stockinger. Und bleiben Sie im Land.«

Aber er hatte schon recht, immerhin war er der Witwer, und nichts deutete darauf hin, dass zwischen den beiden Eheleuten etwas nicht gestimmt hatte. Da sagten alles das Gleiche, ein Traumpaar, sie die erfolgreiche Hotelbesitzerin, er der rundum zufriedene Almöhi.

Zwei geschlagene Stunden brütete sie jetzt bereits über den Aussagen zum Fall Katharina Stockinger. Sie hatte sie alle noch einmal gelesen, dann noch einmal nur diejenigen, die sich auf Alois Stockinger oder seine Frau bezogen. Wie sie es auch drehte und wendete, er war der Einzige, der einigermaßen ein Motiv hatte, die Gelegenheit und kein Alibi. Noch einmal spielte sie sich die Aufnahmen vor. Gestritten hatten die beiden, das stand fest, und bei dem Punkt mit den sexuellen Bedürfnissen wäre er ihr beinahe vom Stuhl gefallen. Aber was hieß das schon? Vielleicht war ihm das alles einfach nur peinlich, vielleicht kam sie deswegen auch nicht weiter. Vielleicht war da sonst gar nichts. Vielleicht, vielleicht, vielleicht. Und wenn die Presse ihn jetzt als verfolgtes Unschuldslamm darstellte? Sie sah schon die Schlagzeile: »Trauender Witwer von übereifriger Kommissarin gnadenlos verfolgt« oder noch besser: »Justizskandal, von Ehrgeiz zerfressene Kommissarin treibt trauernden Witwer in den Selbstmord«. Ganz toll. Selbstmordgefährdet sah er zwar nicht gerade aus, aber zum Schluss war er schon ziemlich fertig.

Apropos, da hatte sie sich vielleicht etwas aufgeladen, Patentante. Hätte sie gewusst, was da auf sie zukäme, hätte sie das im Leben nicht gemacht, auch nicht für ihre beste Freundin. Konnten sie nicht einfach einmal in den Englischen Garten gehen, beim Aumeister einkehren, sie ein Weißbier, die Kleine ein Eis? Nein. Tante Christine, gehen wir zu die Löwen? Bitte, bitte, bitte. Von wegen, die Kleine sei ja so pflegeleicht. Auch nur, wenn man nach ihrer Pfeife tanzte. Na ja, sie war schon lieb, aber eben auch eine gottverdammte Nervensäge, wenn sie was haben wollte.

Und wenn er wirklich unschuldig war? Unfall war es keiner, das stand außer Zweifel. Da waren die angesägte Gasleitung und die Reste einer Kerze auf dem Kellerboden. Eigentlich unglaublich, wie die das gefunden hatten, einen Kerzenstummel in all der Verwüstung. Die Spurensicherung ging davon aus, dass der Täter erst das Sicherheitsventil abgedreht hatte, um dann in aller Ruhe das Rohr anzusägen. Dann hatte er nur noch das Ventil wieder aufdrehen und unauffällig von der Bildfläche verschwinden müssen. Die brennende Kerze auf dem Boden würde den Rest übernehmen. Eine gewagte These, aber in sich schlüssig, und die einzige, die sie hatten. Vor ein paar Minuten war ihr Kollege eingetroffen. Während sie sich mit Stockinger unterhalten hatte, war der junge Mann, ein pfiffiges Kerlchen von der hiesigen Polizeiinspektion, hinaufgefahren, um in Abwesenheit des Bauern nach der Eisensäge zu suchen. War der Stockinger allerdings so schlau, wie sie es ihm zutraute, hatte er die Säge schon längst in die Klamm geworfen, und es würden Jahre vergehen, bis sie wieder zum Vorschein käme. Eher Jahrzehnte. Oder er hatte wirklich nichts damit zu tun. Es konnte auch ein unzufriedener ehemaliger Angestellter gewesen sein, aber unwahrscheinlich. Alle waren durchleuchtet worden, lauter nette junge Leute. Und alle hatten ein Alibi. Und wie stand es mit den Opfern selbst? Oder den Angehörigen der Opfer? Aber auch hier weit und breit kein Motiv. Sie und ihre Leute hatten nichts übersehen. Es war ein zu dicker Fall, als dass da jemand geschludert hätte. Ein unbekannter Dritter? Ein Neider? Die Konkurrenz? Wo sollte sie da einhaken? Unter den bisher eingegangen Hinweisen und den üblichen Denunziationen war absolut nichts Brauchbares gewesen, keine verdächtigen

Personen, die zur Tatzeit auf dem Berg gewesen waren, keine Autos, die irgendwo herumstanden, wo sie nicht hingehörten, nichts. Vielleicht ein Gast, der Selbstmord begehen wollte oder dem sein Abendessen nicht geschmeckt hatte? Sogar solchen Abstrusitäten waren sie nachgegangen. Nein. Es lief alles auf Alfons Stockinger hinaus. Brauchbares Motiv, kein Alibi, die Möglichkeit, es zu tun. Motiv zwar noch etwas wacklig, aber immerhin vorstellbar, gut vorstellbar sogar. Eifersucht war immer gut.

Also noch einmal von vorne: Katharina und Alfons Stockinger befinden sich im Hof und streiten. Irgendwann zwischen zweiundzwanzig und dreiundzwanzig Uhr verlässt sie den Hof, behauptet ihr Mann, aber keiner kann das bestätigen. Und wenn sie heimlich ins Hotel zurück ist? Aber warum? Das ergibt keinen Sinn, und was will sie mitten in der Nacht im Heizungskeller? Laut Gutachten war alles in Ordnung mit der Anlage. Selbstmord begehen und dabei gleich das halbe Hotel mitnehmen? Unmöglich. Nicht diese Frau, und vor allem nicht aus Liebeskummer, nicht nach allem, was sie über Katharina Stockinger herausgefunden hat. Und wäre sie dann nicht eher gesprungen? Erst eine Eisensäge suchen, dann die Leitung durchsägen, viel zu viel Technik im Spiel. Nein, das passte wesentlich besser zu einem Mann. Apropos gesprungen, hatte ihr heute nicht der Polizeihauptmeister, der mit dem völlig unbayerischen Doppelnamen Otto Port-Hannsen, von Stockingers Mutter erzählt, die Anfang der Fünfzigerjahre nackt in die Klamm gesprungen sein soll? Eine Schönheit soll sie gewesen sein. Nein, nein, jetzt nur nicht verzetteln.

Vierzehn Tage später, sämtliche Spuren waren ausgewertet und alle Aussagen nochmals überprüft, saß der einzig verbliebene Verdächtige noch einmal im Vernehmungsraum. Christine Paulig stand vor dem Spiegel der Damentoilette, atmete noch einmal tief durch und ging dann hinüber.

»Wir wissen von Ihrer Geliebten! Herr Stockinger, haben Sie gehört, was ich gesagt habe? Herr Stockinger? Was sagen Sie dazu?«

»Zu was?«, fragte er tonlos.

»Dazu, dass wir Ihre Geliebte gefunden haben«, echote es in dem Raum zwischen seinen Ohren. Dass wir Ihre Geliebte gefunden haben. Wo hatte er diesen Satz schon einmal gehört? Und warum hatte er das Gefühl, als würde an dem Satz etwas nicht stimmen, aber was und wie hieß es richtig? Und vor allem, wieso kam ihm dieser Satz so bekannt vor? Wie ging doch gleich der erste Satz, der, mit dem sie ihn überfallen hatte, kaum dass sie die Tür hinter sich zugemacht hatte, noch während des Gehens abgefeuert wie die Salve aus einer Maschinenpistole? Wir wissen von Ihrer Geliebten, genau, das war es, so lautete der Satz. Aber er gehörte nicht zu ihr. Stimme mit Bauch, fiel ihm ein. Es konnte noch nicht allzu lange her sein, die Erinnerung wirkte noch frisch, schnell, die Frau Kommissarin schien es diesmal besonders eilig zu haben, einen Moment noch, einen Moment noch, Stimme mit Bauch, Bauch mit Stimme, tief, Bauch mit Schnauzbart, ein Dackel, jetzt fiel ihm nur noch Mist ein, ich hab's gleich, verdammt, verdammt. Er wollte gerade aufgeben da fiel es ihm ein. Gustl Bayrhammer! Genau! Fast hätte er ihr den Namen in's Gesicht geschrieen, Gustl Bayrhammer! War es ihm doch noch eingefallen. War ja erst letzten Sonntag im Fernsehen gelaufen, und gewusst hatten sie gar nichts. Es war ein Bluff gewesen und der Beschuldigte, wie hieß der jetzt gleich wieder, egal, auf jeden Fall war er darauf hereingefallen. Wahrscheinlich schaute die Frau Kommissarin auch »Tatort«, musste sie vielleicht sogar, berufsbedingt sozusagen. Aber sie war nicht Gustl Bayrhammer und er kein wieselhaariger Filmschauspieler. Er musste jetzt eiskalt sein, wie die Verbrecher im Fernsehen, da half alles nichts, jetzt war Dreck Trumpf. Wie hieß das neuerdings? Cool bleiben. Noch einmal Luft geholt, dann plärrte er los. »Ich habe keine Geliebte!«

»Doch, Sie haben eine Geliebte, Herr Stockinger.« Sie hatte keine Lust, sich das so schnell wieder aus der Hand nehmen zu lassen. »Das war's dann für Sie, Herr Stockinger.«

Schon wieder so ein Krimispruch. Daher hatten die Kriminaler also ihre Sprüche und Methoden, vom Fernsehen. So was von billig, alles nur Theater. Aber bitte, Theaterspielen konnte er auch.

»Tut mit leid, Frau Kommissarin, aber da muss ich Sie leider enttäuschen, eine Geliebte gibt' s nicht. Dauert es länger?«

»Wie meinen Sie?«

»Ich meine, dauert es länger?«

»Was?«

»Weil, wenn es länger dauert, dann würd' ich gern' meine Joppe ausziehen.«

»Kann schon sein, Herr Stockinger«, knurrte sie. »Das weiß ich jetzt noch nicht, das liegt ganz bei Ihnen.« Also gut, Plan B. »Sie haben doch bestimmt eine Eisensäge.«

»Eine was? Warum? Nein, für was.«

»Wir haben uns noch einmal bei Ihnen umgeschaut, Sie hatten ja nichts dagegen.«

»Freilich nicht, ich hab' ja nichts zu verbergen.«

»Genau. Und wir haben auch Ihren Nachbarn, den Herrn Gmeiner, gefragt, ob der eine Eisensäge hat.«

Es war gekommen, wie sie befürchtet hatte, alle Sympathien galten dem unschuldig verfolgten Witwer. Der war mittlerweile sogar eine richtige Berühmtheit geworden, nicht nur im Ort. Direkt aufgeblüht kam er ihr vor.

»Ja, ist jetzt der Peter verdächtig? Verdächtigen Sie jetzt jeden, der eine Eisensäge hat«, sagte er lächelnd. »Bin schon gespannt, wer der Nächste ist.«

»Der Herr Gmeiner«, gab sie ebenso freundlich lächelnd zurück, »hat eine Eisensäge, und er meint auch, dass man eine Eisensäge schon immer wieder mal braucht. Warum haben Sie keine?«

»Ich brauch' keine, hab' ich noch nie gebraucht, aber jetzt weiß ich auf jeden Fall, wen ich frag', wenn ich einmal eine brauch'.«

»Herr Stockinger.« Sie spürte, wie sie unsicher wurde. Okay, ein letzter Versuch. Von einem Moment auf den anderen verfinsterte sich ihr Gesicht. »Herr Stockinger, ich glaube, es reicht jetzt, Schluss mit den Mätzchen! Ich sage Ihnen jetzt einmal, was wirklich los war. Sie haben Ihre eifersüchtige Ehefrau erschlagen und dann zur Vertuschung der Tat das Hotel in die Luft gejagt. Ihre Frau hat Sie so lange mit Ihrer Eifersucht verfolgt, bis Sie es nicht mehr ausgehalten haben. Und an dem bewussten Abend war es besonders schlimm, man hat es ja bis ins Hotel hinübergehört, dafür gibt es Zeugen, aber das wissen Sie ja. Und da haben Sie zugeschlagen. Und weil Sie ein kräftiges Mannsbild sind, haben Sie sie totgeschlagen! Geben Sie es einfach zu, dann ist es aus der Welt. Sie, Herr Stockinger, Sie ganz allein haben Ihre Frau erschlagen und dann das Hotel in die Luft gejagt! Sie und kein anderer! Wenn Sie jetzt gestehen«, sie machte eine bedeutungsvolle Pause, »wenn Sie jetzt gestehen, setze ich mich höchstpersönlich für Sie bei der Staatsanwaltschaft ein. Ich glaube Ihnen ja, dass es kein Mord war, dass keine Tötungsabsicht zugrunde lag, vielleicht war es auch nur ein Unfall. Sie haben gestritten, ein Wort ergab das andere, Sie haben sie geschubst, sie fällt unglücklich mit dem Kopf an den Herd und ist tot, ein Unfall. Wenn es ein Unfall war, sagen Sie es und Sie können auf der Stelle heimgehen, aber reden Sie mit mir. Jetzt! Das ist Ihre einzige Chance!«

Von wegen heimgehen. So ein Schmarr'n. Und die anderen Toten? Wenn er jetzt nachgab, würde er nie mehr heimkommen, in hundert Jahren nicht. Ganz ruhig sagte er: »So war es aber nicht.«

»Herr Stockinger, was soll das, glauben Sie mir, Sie kommen da nicht mehr heraus, schauen Sie, Sie haben ein Motiv, kein Alibi für die Tatzeit und die Gelegenheit. Das reicht. Das reicht dicke!« Die letzten drei Wörter hatte sie förmlich über den Tisch geschrien. Das war ihre Spezialität, blitzartiger Stimmungswechsel. Hatte sie tatsächlich geübt, zu Hause, vor dem Spiegel, bis ihre Katze Reißaus genommen hatte. Sie konnte ja nicht ahnen, dass Frauchen noch ein zweites Leben hatte, dem sie nachging, während sie den Tag verdöste. Und in diesem Leben war Frauchen, die nicht einmal ihre Mimik dem Zufall überließ, die Vernehmungsbeamtin mit der höchsten Aufklärungsquote bei Kapitalverbrechen im ganzen Freistaat.

Mit einem Satz war sie über dem Tisch. Mit der rechten Fußspitze gerade noch am Boden, das linke Knie auf der Tischplatte, zischte sie ihm so ungut wie nur irgendwie möglich ins Gesicht: »Herr Stockinger, Sie kommen hier nicht heraus, ehe Sie gestanden haben. So etwas hab' ich ja noch nicht erlebt. Ja meinen denn Sie, ich sitze hier zu Ihrer Belustigung, ja meinen Sie denn, wir sind hier alles Deppen!« Wie um sich zu beruhigen, atmete sie einmal tief durch. »Hin und wieder ist doch tatsächlich einer dabei, der meint, er könnte uns hier auf der Nase herumtanzen, aber glauben Sie mir, das geht in der Regel ganz schnell vorbei, ganz schnell. Oder meinen Sie wirklich, ich lasse mich von so einer Hanswurstiade beeindrucken?!« Sie warf den Kopf in den Nacken, lachte trocken auf und beugte sich dann über ihn. »Sie haben doch nicht wirklich davon geträumt, dass Sie hier noch einmal lebendig herauskommen, haben Sie das wirklich geglaubt? Haben Sie das auch nur einen Augenblick lang wirklich geglaubt? Herr Stockinger! Vergessen Sie's! Sie haben ein halbes Dutzend Menschen auf dem Gewissen! Meinen Sie, der Staat lässt Ihnen das durchgehen?« Bereit, diesem Wurm augenblicklich an die Gurgel zu gehen, zuckte sie noch ein-, zweimal mit dem linken Trizeps, ihrem Lieblingsmuskel, und sagte dann: »Sie sind am Ende. Sehen Sie's ein. Das war's für Sie.«

Jahrelange sonntägliche Fernsehkrimierfahrung hin oder her, schlagartig wich jegliche Energie aus Alfons Stockingers Körper. Die Nasenspitze knapp über dem Tisch, stierte er vor sich hin und schüttelte nur noch den Kopf. »Ich möchte' jetzt bitte heim. Bitte, bitte.«

Angewidert schaute sie auf seinen gebeugten Nacken. Angstschweiß, dachte sie. Erst große Klappe, dann die Hosen voll. Lautlos glitt sie zurück in ihren Stuhl und zündete sich eine Zigarette an. Er war am Ende. Na also, geht doch. Ein letzter, präziser Stoß und er würde fallen.

Für einen Moment war die Tür aufgegangen und eine Stimme klar und deutlich wie ein Nebelhorn zerteilte die destruktive Stille.

»Christine, Telefon, klingt wichtig. Bitte, können Sie kurz kommen?«

»Ich komme.« Betont langsam erhob sie sich von ihrem Stuhl. Gefühlvoll drückte sie die Pausetaste des Aufnahmegeräts und verließ den Raum.

Er war fertig, und das war er in fünf Minuten auch noch.

Behutsam hatte sie die Tür hinter sich ins Schloss gezogen und war zu ihrem Schreibtisch gegangen. Langsam drehte sie jetzt ihren Kopf in seine Richtung und sah ihn an. Sie hatten hier kein einseitig verspiegeltes Glas wie in der Stadt, nur Vorhänge, die aber nie zugezogen wurden.

»Herr Staatsanwalt …? Ja, Paulig hier … Nein … Okay … Nicht direkt. Ich weiß, aber er … Natürlich … Wer denn sonst? … Von wegen, ein großes Schauspieltalent, sonst nichts … Wie bitte? … Können Sie das wiederholen, das ist doch nicht Ihr Ernst! Also, das glaube ich jetzt nicht. Das … Das kann doch nicht … Ich hab' ihn doch schon so weit … Gestanden? Natürlich … Nein, aber gleich … Wie, keinen Psychoterror? Wie denn sonst …? Was heißt Presse, ich scheiß auf … Ich hab' ihn doch schon … Was hat denn mein Job damit … Aber … Aber … Aber das gibt's doch gar nicht! Das kann doch nicht angehen …! Aber das sag' ich Ihnen, das geht auf Ihre Kappe, Herr Staatsan … Wie, welcher Ton … Okay … Okay. Ganz wie Sie meinen … Ja, habe ich verstanden … Ja … Ja … Wie, was, jetzt gleich? … Ja … Nur noch zehn Minuten … Geben Sie mir noch zehn … fünf …! Unverzüglich …? Ja, sofort … Ja, ich weiß, was sofort heißt … Auf Wiederhören … Arschloch!« Das letzte Wort verrauschte ungehört in der Leitung.

Das war's dann. Die Staatsanwaltschaft hatte das Spiel kurz vor Ablauf der regulären Spielzeit abgepfiffen. Und dann kam er ihr auch noch mit ihren Ermittlungsmethoden, die gerade er immer so gelobt hatte, von wegen Effizienz vor Gefühlsduselei. Und jetzt das! »Wenn erst die Presse erfährt, dass Sie solche Psychotricks bei dem eh schon schwer geprüften Mann anwenden, dann gute Nacht, Frau Erster Hauptkommissar!«

Na gut, dann eben nicht. Ich lass mir doch von euch zwei Wichsern nicht die Karriere versauen. Arschlöcher. Alle beide.

»Christine? Geht's dir nicht gut?«

»Ist schon okay, ich glaub', ich mach' Schluss für heute.«

Drei Wochen später stellte die Staatsanwaltschaft auch offiziell ihre Ermittlungen ein und auf einmal war nicht einmal mehr sicher, ob es sich überhaupt um Fremdverschulden gehandelt hatte. Irgendwann hatte irgendwer die Weichen auf Unfall gestellt und dabei blieb es dann.

Sie erinnerte sich noch gut an den Fall Vera Brühne, den hatten sie in der Polizeischule. Da war es genauso, nur umgekehrt. Da hatte jemand beschlossen, dass sie schuldig war, und erst nach vielen Jahren, und auch erst als die Ungereimtheiten nicht mehr zu vertuschen waren, wurde sie freigelassen, vom großen bayerischen Zampano höchstselbst, ohne Begründung, einfach so.

Die Marktgemeinde, ohne Tourismus nur eine riesige Aussegnungshalle mit Bergblick, kam wieder aus den Schlagzeilen heraus, die Versicherung zahlte, ungewöhnlich genug, schnell und unbürokratisch die volle Summe, und, mein Gott, mit dem Gas war es halt so eine Sache, hatte seine Vorzüge, aber auch seine Tücken, und wenn es kracht, dann eben richtig.

Und als eines schönen Abends in den Neunzehnuhrnachrichten das Fernsehen mit Landrat und Bürgermeister groß im Bild, den Schlusspunkt hinter diesen spektakulären Fall setzte, konnte sich Alfons dem nur rückhaltlos anschließen »… und damit zum Wetter und zu Uwe Wesp«.

Die Nachbarn und die Leute im Ort hatten es ohnehin immer gewusst.

Der Alfons ein Verbrecher. Schwachsinn. Und auch für die Stockingerkinder gab es keinen Grund, das anders zu sehen.

Seit jeher verläuft das Leben der Bewohner vom Berg in etwas anderen Bahnen als das der Leute im Tal. Auf sich selbst gestellt, Sommer und Winter der Unnachgiebigkeit und den Gefahren der alpinen Bergwelt ausgesetzt, haben sie nur sich selbst oder höchstens einen oder zwei Nachbarn, die sie in der Not anrufen können.

In Jahrhunderten hat sich die raue, wilde Welt der Alpen so einen ganz eigenen Menschenschlag geschaffen. Stoisch bis zur Selbstaufgabe, stets bereit, ein von der Vorsehung auferlegtes Kreuz ohne Maulen durchs Leben zu schleppen, dabei wortkarg bis zur völligen Sprachlosigkeit. Aber wenn man ihn kennt, ist der Älpler ein durchaus umgänglicher, freundlicher und sogar äußerst humorvoller Mensch, denn mag das Leben am Berg zwar hart und entbehrungsreich sein, so hat der liebe Gott es doch durchaus gut gemeint mit diesem zähen Bergvolk und ihm eine grandiose Natur hingestellt, wie man sie in dieser unveränderlichen, verschwenderischen Schönheit so schnell nicht wieder findet.

Und besonders diese Unveränderlichkeit, so scheint es, haben seine Bewohner dem Berg abgeschaut.

Nur noch ein Stück ruhiger und noch nachdenklicher schien in der Folgezeit der Alfons geworden zu sein und auch ein wenig langsamer in seinen Bewegungen. Auch sein Blick schien etwas abbekommen zu haben von der ganzen schlimmen Geschichte. Wehmütiger und tiefgründiger denn je schauten seine naturtrüben Augen in die Welt. Dass diese Trauer der Häusler Regine gegolten hat, die sich einfach nicht mehr blicken lassen wollte, bis Gras über die Sache gewachsen sein würde, klar, dass er das für sich behielt.

»Alfons … Alfons, da bin ich.«

»Ja, Regine!«

»Pst, komm her, schnell, bevor jemand kommt.«

»Wer soll denn kommen?«, fragte er und war mit ein, zwei Sätzen bei ihr. Von Behäbigkeit keine Spur.

Sie war schon vorausgeeilt, weiter hinein ins Holz. Im Schutze eines großen Findlings setzten sie sich ins Gras.

»Regine, was tust denn so heimlich?«

»Ja, du bist gut! Ich weiß doch, dass die dich verdächtigen. Wenn die mitkriegen, dass wir was miteinander haben, dann bist du doch noch viel verdächtiger, und so lange zahlt auch die Versicherung nicht, das weiß man doch. Wir dürfen uns nimmer sehen, bis alles vorbei ist.«

»Aber das kann ja noch ewig dauern«, unterbrach er sie.

»Nein, das glaub' ich nicht, die werden schon herausfinden, was los war.«

»Meinst wirklich?«

Sie überhörte den besorgten Unterton in seiner Stimme, auch weil er seinen Worten gleich Taten folgen ließ, und ermahnte ihn eindringlich: »Und danach auch nicht so schnell, wir müssen auf Nummer sicher gehen ... Alfons, sei g'scheit ... lass mich aus, ich will doch auch, Alfons, ich weiß doch selber nicht, wie ich das aushalten soll, so lang' ... Alfons, hör zu ... du kannst doch nicht ... die Katharina ist keine drei Tage ... sie ist noch nicht einmal unter der Erde .... Alfons, du bist doch jetzt in Trauer, da können wir doch nicht gleich wieder ... Alfons ... nicht ...«

»Mhm, Regine, komm ... jetzt ... Regine ... mhm ... oh ... ah ...«

»Alfons ... ach ...«

Seitdem herrschte Funkstille zwischen den beiden.

Was der Brand übrig gelassen hatte, erledigte die Freiwillige Feuerwehr, die nicht eher ruhte, bis auch der letzte noch intakte Rest des Hauses abgesoffen war.

Nach einhelliger Meinung aller hinzugezogener Sachverständiger kam nur ein vollständiger Abriss mit anschließendem Neubau in Frage.

Bis das Hotel wieder bezugsfertig sein würde, zogen Sebastian und sein Vater zurück auf ihren alten Hof. Um ihr leibliches Wohl kümmerte sich eine der vorübergehend arbeitslos gewordenen Hotelangestellten, eine hiesige Bauerntochter, die bei der Arbeit auf dem Hof förmlich aufblühte, besonders wenn der Sebastian in der Nähe war.

Ein ganzes Jahr verging, und bevor die Herbststürme die Leute erneut daran erinnerten, dass auch dieses Jahr irgendwann zu Ende gehen würde, waren bereits die Schreiner im Haus.

Von außen glich das neue Hotel Stockingerhof schon jetzt dem alten wie ein Ei dem anderen, und auch für innen waren kaum Neuerungen geplant, so gut durchdacht waren Konzept und Ausführung von Anfang an gewesen. Aber auch um das Andenken an Katharina zu wahren, sollte alles so aussehen wie sie, ihr Schwiegervater und Thomas Meinarz es auf die Beine gestellt hatten. Wirklich neu würden nur die Wellnessabteilung, die Zufahrt zum Hotel und eine Tiefgarage sein, die sie dank der überraschend großzügigen Zahlung der Versicherung in den Berg hineintreiben konnten.

Den ganzen folgenden Winter blieb Sebastian noch bei seinem Vater auf dem Hof. Erst dann zog er wieder hinüber ins Hotel, wo er pünktlich zu Ostern die ersten Gäste begrüßen konnte. Sein Vater allerdings war nicht mehr dazu zu bewegen, ins Hotel zurückzuziehen, er blieb jetzt endgültig bei seinen Kühen. Während um ihn herum erst die Welt einstürzte und dann in Rekordzeit wieder aufgebaut wurde, lebte er einfach das Leben weiter, das er schon immer gelebt hatte. Nur, dass er jetzt wieder da war, wo er hingehörte, auf seinem alten Hof.

An die Regine dachte er nur noch, wenn ihn ein überraschender Wettereinbruch in den Stadel trieb, in der alles Unheil seinen Anfang genommen hatte, die Rotalm betrat er gar nicht mehr.

Katharina musste ihm wohl tatsächlich schon vor längerer Zeit abhanden gekommen sein. An sie dachte er von sich aus eigentlich gar nicht mehr, und er machte sich auch keine Mühe, das zu ändern. Schließlich war er an ihrem Tod ja auch nicht ganz unschuldig. Sie hatte sich den zwar durchaus selbst zuzuschreiben, hatte sie ihn doch lebenslang ins Gefängnis, wahlweise Irrenhaus sperren lassen wollen, aber trotzdem war er es gewesen, der sie erwürgt hatte. Aber ein schlechtes Gewissen wollte er sich dann doch nicht ans Bein binden. Auch nicht wegen der anderen ums Leben Gekommenen. Das war schließlich nicht seine Absicht gewesen. Also lieber nicht dran denken, und wenn doch, dann schnell wegschalten. Und der Schalter hieß »Selbst schuld« beim Tod von Katharina und »Wollt' ich nicht« bei den anderen Toten. Im Wegdrücken war Alfons geschult, um nicht zu sagen, ein wahrer Meister.

Da taten sich Felicitas und Sebastian schon wesentlich schwerer. Saßen die beiden zusammen, ging oft gar kein gescheites Gespräch zusammen, weil die Rede über kurz oder lang ja doch auf die Mutter kam. Ob es um den Hof ging, das Hotel, den Vater, die Kinder, jedes Gespräch endete bei der Mama und auch die Gesprächspausen gehörten ihr.

Alfons waren diese bedrückenden Momente besonders unangenehm, was sich natürlich auf die Kinder übertrug, weil sie den Vater, der jetzt jeden Abend alleine auf dem Hof saß, ohne Ansprache, nur mit seinen Kühen und der Murzl mit ihren Katzenbabys und dem Fernseher in der guten Stube, wieder traurig gemacht hatten.

Erst nach einigem Zögern gab Sebastian dem Vater nach und machte aus der schönen Wohnung seiner Eltern eine Suite für besonders betuchte Gäste.

Wenn es einmal so weit kommen sollte, vielleicht pflegebedingt, man wusste ja nie, dann könnten sie ihm die Wohnung ja wieder frei machen.

»Oder eine andere.«

»Was du immer redest, Vater, natürlich ziehst du dann wieder in eure alte Wohnung, das ist doch selbstverständlich.«

»Wennst meinst.«

Damit war es ausgemacht, und die Felicitas hatte dann auch gleich die Idee und das Hotel Stockingerhof eine Katharinensuite.

Schon früh hatte ihm das Schicksal ein Bein gestellt, und fast hätte es ihn gefällt. Jede noch so kleine Brise, die der große Wettermacher für uns Menschenkinder zur Genüge in seinem Wunderhorn bereithält, hätte ihn in diesem Zustand niedergestreckt. Dass es noch einmal etwas anderes geben könnte, dass auch für ihn noch einmal die Sonne scheinen würde, das hätte er da nicht einmal zu denken gewagt. Aber es war passiert. Für diese Aufgabe hatten ihm die Schicksalsgöttinnen Katharina ins Leben geschickt.

Als sie da war, wo sie zum geplanten Zeitpunkt sein sollte, hatte sie alles richtig gemacht, hatte ihn bei der Hand genommen, ihn ins Erwachsensein geführt, ihn zum Vater gemacht von Sebastian mit den blauen Augen. Und beim Anblick dieser Augen war er erneut eingeknickt, hatte sich aber noch im Fallen wieder aufgerichtet und nicht mehr aufgehört damit, bis er gerade war. Dann trat Regine auf den Plan und vollendete das Werk, machte ihn in seinen späten Vierzigern endgültig zum Mann. Noch einmal betrat Katharina die Bühne, um ihr Recht einzufordern, besiegelte damit aber nur ihr eigenes Schicksal.

Und noch einmal brach er ein, im Vernehmungszimmer. Aber er kam noch einmal davon, und wieder lernte er daraus.

Er lernte immer dasselbe: Sich möglichst auf nichts einzulassen, was nichts Greifbares war. Aber genauso wenig, wie er in der Welt des Unbegreifbaren zurecht kam, bemerkte er, dass er überhaupt drin war.

Wie man so ein Menschenschiff richtig steuert, wie man rechtzeitig erkennt, was die einzelnen Kontrollleuchten und Messinstrumente einem sagen wollen, wie man die jeweils passenden Knöpfe und Hebel sinnvoll bedient, hatte er nie gelernt. Man nehme nur einmal die Liebe, diese aufregende, so einfache und doch so unendlich komplizierte Sache zwischen zwei Menschen, wie da eins mit dem anderen zusammenhängt, wie eins das andere bedingt, diese ganzen unsichtbaren Verbindungen, diese unausgesprochenen, für jeden gesunden Menschen schon schwer genug durchschaubaren Vorgänge.

Aber er war bereit zu lernen. Nie mehr wieder wollte er in eine Situation kommen, die ihn noch einmal zum Mörder machen könnte.

Kam ihm ab jetzt auf seinen ausgedehnten Wanderungen jemand entgegen, verlangsamte er unmerklich seinen Schritt, zog freundlich lächelnd den Hut und signalisierte so Gesprächsbereitschaft. Darauf eingestellt, auf entsprechende Anzeichen sofort zu reagieren, blieb er allerdings nur dann wirklich stehen, wenn der andere es tat. Und zu seinem Erstaunen taten sie das auch, so abgeklärt, so in sich selbst ruhend, so ansprechbar wirkte dieser Alfons Stockinger, dem ein jeder seine Geschichte bringen durfte, dem es ganz egal war, wer ihm was erzählte, der nicht wertete, der nur zuhörte, sammelte und versuchte, sich einen Reim auf das Gehörte zu machen.

So stellte er recht bald fest, dass das meiste nur Wiederholungen sind, die nur immer in einem anderen Gewand daherkommen. Und noch etwas fiel ihm auf, dass nämlich die meisten Probleme, die Menschen letztendlich in oft ganz blöde Situationen hineinmanövrieren, ihren Anfang gerne in außer Kontrolle geratenen Gefühlsbewegungen haben. Ließ man die Gefühle weg, war die Lösung meist ganz einfach.

Mit der Zeit gewöhnte er sich an, dass er, während er noch zuhörte, bereits nach passenden Lösungsansätzen suchte und schon einmal testweise so eine Blaupause über das jeweilige Problem legte. Schien eine zu passen, hielt er damit nicht lange hinter dem Berg und gab sie, angepasst an den vorgetragenen Fall, mit unaufgeregter Stimme bekannt. Dann lüpfte er seinen Hüterhut und ging wieder seiner Wege. Manchmal gab es aber auch nur ein verschmitztes Lächeln von dem weisen Mann. Denn wenn man auch mitunter nicht einmal ansatzweise versteht, was der andere überhaupt von einem will, kann man zumindest höflich zuhören. Dazu ein fester, freundlicher Blick aus halb zusammengekniffenen Augen, der die kleinen Fältchen um die Augen so schön dramatisch wegsprengt und zum Abschied ein paar aufmunternde Worte. Das kann einer geplagten Seele schon einmal den Tag retten.

Alfons Stockinger, der Mann aus den Bergen mit dem grau melierten Schnauzbart, an dessen gut durchbluteten Ohren das Getöse der Welt höchstens als ein leises Raunen drang, wurde aber nicht nur durch seine erteilten Ratschläge als weiser Mann bekannt, sondern, und da fängt der weise Mensch ja eigentlich erst an, weil er durch eigene, bescheidene Lebensführung so ein erbauliches Vorbild abgab.

Die eiligen Wanderer in ihren buntscheckigen Sportanzügen, die frühen, mit Seil, Helm und Haken bewehrten Bergsteiger, die einmal in der Woche ihrem tristen Büroalltag entflohen, mit einem übermütigen Jauchzer auf den Lippen ihr Leben riskierten, die verrückten Radfahrer, die seit Neuestem die Berge heimsuchten und alles aufschreckten, vom Murmeltier bis zum weltkriegsgestählten Wandergreis, den sie mit einem kernigen »Aus dem Weg, oida Depp!« in die Büsche scheuchten, sie alle, wenn sie wieder in ihren Realitäten angekommen waren, erinnerten sich oft noch lange an diesen Alfons Stockinger.

Auf der Suche nach spirituellem Heil hatten die Erleuchtungssuchenden dieser Tage schon längst jeden Erdenwinkel abgeklappert, waren auf den Spuren fernöstlicher Heilsverkünder gewandert, hatten Wochen und Monate in selbst auferlegter Askese auf die fest eingeplante Erleuchtung gehofft, waren real existierenden und erfundenen Lehrmeistern bis in die Dschungel Südamerikas hinterhergepilgert, hatten Dutzende esoterischer Ratgeber gelesen und mit Drogen aller Art experimentiert, um sich nun, erschöpft an Leib, Seele und Geldbeutel, der unentdeckten Welt einheimischer Wundertätiger zuzuwenden. Der aktuelle Trend ging eindeutig Richtung Kraftorte. Dorthin zog es jetzt die nach frischer Energie, Lebenssinn und spiritueller Daseinsberechtigung lechzenden Mitteleuropäer. Nicht mehr Poona, der wahre Erleuchtung Suchende, bestieg seinen altersmüden Devotionaliendampfer, mit dem er mehr als eineinhalb Jahrzehnte auf der Suche nach höherer Erkenntnis und religiösen Beutestücken die halbe Welt abgeklappert hatte und zuckelte los in Richtung Landkreisgrenze. Altötting statt Kamasutra.

An einem der Wege zu dem als besonders mächtig ausgemachten Kraftort Zugspitze – wer außer Deutschlands höchst gelegenem Berg kam dafür in Frage – lag das Hotel Stockingerhof und mit ihm der Stockinger Alfons. Ein Hotel mit einem leibhaften, asketisch lebenden Weisen als Besitzer, der direkt neben den Verlockungen des Materialismus in der Einfachheit einer alten, bescheidenen Bauernkate wohnte, diese außerordentliche Konstellation war so ganz nach dem Geschmack der modernen Sinnsucher. Das verlieh der Veranstaltung doch gleich die richtige Würze. Davon abgesehen musste man auch nicht erst Hindi oder sonst eine krumme Sprache lernen, um mit so einem bayerischen Heiligen in Kontakt zu treten. Doch, das versprach eine runde Sache zu werden.

Irgendwann in der Zeit zwischen Ostern und Pfingsten schaute Alfons eines Morgens aus dem Fenster und stellte verwundert fest, dass er nicht mehr alleine war. Über Nacht waren an die zehn bunte Riesenmaulwurfshügel aus dem Boden gewachsen, ihnen vorgelagert etliche farbige Riesenmaden, die sich bei näherem Hinsehen als Schlafsäcke entpuppten. Gerade heute, wo er seine Lieblinge endlich auf die Alm bringen wollte. Er ging ans Telefon und rief im Hotel an, ob die etwas wüssten. Aber die wussten von nichts.

»Wir suchen den Alfons Stockinger. Sind Sie das?«

»Ja, das bin ich. Was kann ich für euch tun?«

»Ja, also, das ist so, also, man hat uns gesagt …« Der schmächtige Junge in seinem handgestrickten Ringelpullover, die blonden Haare zu einem Pferdeschwanz zusammengebunden, an den Füßen Uraltbergstiefel aus dem Heimatmuseum, kratzte sich an der Stirn. »Sie sind doch der Alfons Stockinger, der spirituelle Führer?«

»Führer? Was bin ich? Wer sagt denn so was? Ach so, jetz' versteh' ich. Nein, tut mir leid, ich bin kein Bergführer, da muss ein Irrtum vorliegen. Geht's doch einmal hinüber ins Hotel, die können euch bestimmt weiterhelfen.«

»Nein, nein, nicht Bergführer. Meinetwegen Lehrer, wenn Ihnen das besser gefällt.«

»Also, ich bin auch kein Lehrer. Nein, wirklich nicht, da bin ich ja noch eher Bergführer als Lehrer. Das Einzige, was stimmt ist, dass ich Stockinger heiß und Alfons. Seid ihr euch eigentlich sicher, dass ihr da heroben überhaupt richtig seid? Vielleicht seid ihr ja einfach am falschen Berg?«

»Nein, nein, wir sind schon richtig hier. Sie sind doch der Inhaber von dem Hotelklotz da drüben?«

»Ja, das bin ich, aber nur auf dem Papier. Machen tut das mein Bub, der Sebastian. Habt ihr vielleicht ein Seminar gebucht drüben im Hotel?«

»Nein, wir wollen schon zu Ihnen. Obwohl, das mit dem Seminar ist gar nicht so abwegig. Wir haben von Ihnen gehört und würden gerne bei Ihnen lernen.«

»Lernen? Von mir? Lernen? Ich mein', bei mir, auf dem Hof? Ja aber ich bin doch kein Ausbildungsbetrieb, und ihr schaut mir auch nicht gerade aus wie Jungbauern. Was wollt's denn bei mir lernen, um Himmels Willen?«

»Ja, alles. Über die Spiritualität der Berge und so. Wir suchen heilige Plätze, Kraftorte, darum sind wir hier. Und wegen Ihnen natürlich.« Der freundliche junge Mensch schickte sein strahlendstes Lächeln hinauf zu seinem neuen Wunschguru, der nicht wusste, wie ihm geschah.

»Wegen mir? Kraftorte? Seid's mir nicht bös', aber ich versteh' überhaupts nichts.«

»Nein, glauben Sie mir, wir meinen es ernst, bitte weisen Sie uns nicht ab. Uns ist schon klar, dass Sie Ihr Wissen nicht mit Kreti und Pleti teilen wollen. Aber glauben Sie uns, wir meinen es ernst. Hier ist so eine Power!«

»Power.« Es schien, als hoffte der Alfons durch die Wiederholung des letzten Wortes Sinn in das Gehörte zu bringen. Power, schmeckte er noch einmal nach.

»Tut mir leid, aber ich verstehe nur Bahnhof.«

Wie gerne hätte er sich jetzt einfach umgedreht und die Türe hinter sich zugezogen.

»Warten Sie, wir wollen Sie auch gar nicht stören. Wir würden nur einfach gerne da sein, im Hier und Jetzt, bei Ihnen auf dem Berg, dem Sitz der Götter und der Weisheit. Versuchen können Sie es doch wenigstens mit uns. Ich glaube, die Welt kann viel von Ihnen lernen.«

Es schien, als hätte er jetzt endlich sein Pulver verschossen. Mit hängenden Schultern und nicht mehr ganz so hoffnungsfroh stand er vor dem Herrn der Berge, dem Hüter der Weisheit. Der verstand zwar auch weiterhin kein Wort, aber irgendwie tat er ihm leid.

»Von mir?«

Der junge Mann fasste gleich wieder Mut, vielleicht hatte er aber einfach nur Erfahrung im Umgang mit renitenten Heiligen, und gab gleich wieder Vollgas.

»Aber ja, natürlich. Wenn jemand freiwillig so lebt wie Sie und hat neben sich so eine Edelhütte stehen, dann stimmt doch mit dem was nicht. Verstehen Sie mich bitte nicht falsch, was ich meine, was ich sagen will, wenn jemand nicht systemkonform ist, sondern quasi als Akt gelebter Konsumverweigerung nicht mitmacht beim Tanz ums goldene Kalb, dann hat er doch was zu sagen, dann hat er doch fast die Pflicht, uns Jungen etwas abzugeben von seinem Wissen, zu teilen, seinen Schatz zu teilen, ja, genau, das isses, muss ich mir direkt merken. Wo war ich? Ach ja, wir wollen doch gemeinsam an einer neuen, besseren Welt arbeiten, jeder auf seinem Platz, stimmt doch, oder?«

Spätestens jetzt stand für Alfons fest, dass es sich hier um eine ungeheuere Verwechslung handeln musste und dass er diese Eindringlinge nun wirklich schleunigst loswerden musste, wenn möglich ohne Polizei.

»Ja, aber ich weiß doch nichts!« Er hätte schreien können. Konnte der nicht oder wollte der einfach nicht verstehen. »Ich bin doch nur ein einfacher Bergbauer. Ich war auf der Landwirtschaftsschule, ich hab' doch nicht studiert, ich hab' nicht einmal Mittelschule.«

»Das ist es ja gerade. Sie sind ein einfacher Mann, unverbildet, das ist doch das, was wir heute brauchen. Authentizität, einfaches bewusstes Leben, natürliche Weisheit, die Weisheit der Berge eben. Die haben auch nicht studiert und stehen hier schon seit Urzeiten und werden noch dastehen am Ende aller Zeiten, wenn sich kein einziges Lebewesen an Menschen auch nur mehr erinnern wird. Kommen Sie, teilen Sie ihr Wissen mit der Welt. Wenn noch überhaupt jemand die Welt vor dem Untergang retten wird, dann sind das Leute wie Sie, die noch die Verbindung zur Natur haben. Man sieht doch, wo uns diese studierte Soldateska des militärisch-industriellen Komplexes hingebracht hat.« Unvermittelt unterbrach er seine Rede und schaute in das Gesicht des Bauern, gerade so, als wollte er fragen: Reicht das jetzt? Es schien, als würde es reichen.

»Wir suchen heute übrigens als Erstes einen Platz, wo jeder von uns seine Visionssuche starten kann.«

»Also, seid mir nicht böse«, nur mühsam bewahrte Alfons die Beherrschung. »Ich muss jetzt los, meine Kühe wollen auf die Alm.« Er machte eine Handbewegung als wollte er ein paar Hühner verscheuchen.

»Aber das ist ja ganz prima, dürfen wir uns Ihnen da gleich anschließen?«

»Anschließen? Wie anschließen? Und dann?«

»Nichts, wir würden einfach gerne mitgehen.«

Das klang nach Entwarnung. »Nur mitgehen, sonst nichts, nur mitgehen? Ja, das geht, ja. Wenn das alles ist?« Ihm fiel erst einmal ein Stein vom

Herzen, auch wenn er dem Frieden noch nicht traute. »In Gottes Namen. Wenn ihr meint, dann kommt halt mit, wenn ihr wollt.« Er drehte sich um, nahm die Joppe vom Haken und setzte sich seinen Hut auf den Kopf.

»Und wann soll es losgehen?«, fragte der Junge in seinem Rücken, noch ganz perplex von dem Tempo, das der heilige Mann auf einmal an den Tag legte. Typisch weise Männer, bei denen wusste man wirklich nie, wie man dran war. Aber deshalb ging man ja zu ihnen, eben weil sie so ganz anders waren als man selbst.

»Jetzt«, sagte Alfons trocken, »ihr müsst' bloß noch eure Schlafsäcke wegräumen, sonst latschen die Kühe drüber, und eine ist bestimmt dabei, die draufscheißt. Und außerdem bricht sich vielleicht noch eine einen Hax dabei. Und des braucht koa Mensch. Die Zelte könnt' ihr ja derweil stehen lassen, nur in der Mitte brauch ich einen Platz.«

»Oh Mann, ich sag's ja, hier sind wir richtig. Okee, ja dann wollen wir mal. Ach so. Die Schlafsäcke, können wir die in die Scheune legen, Alfons? Geht doch okee, wenn ich Alfons sage?«

»Passt schon, und wie heißt du?«

»Ich bin der Eringer Pit, studiere gerade BWL, kotzt mich aber an. Würde lieber so leben wie du. Aber wenn ich das Studium hinschmeiße, dreht mein Alter den Geldhahn zu. Scheiße, oder?«

Der Reihe nach stellten sich nun auch die anderen Teilnehmer der Sinnsuche vor. Gut erzogen schienen sie jedenfalls zu sein. Und was sie wirklich wollten, würde er schon noch herausfinden. Aber erst einmal war Entwarnung angesagt.

»Also gut, dann pack' mers halt, Pit.«

»Ja, Alfons, gute Idee, würde ich auch sagen, packen mers.«

Damit fing es an, dass sich Alfons diesen Sommer mal mit mehr, mal mit weniger jungen, bunt gewandeten und auch mit ein paar nicht mehr ganz so jungen und nicht mehr ganz so bunten Spiritualisten auf den Weg machte. Bis in den Herbst hinein bevölkerten kleine Zelte, Biwaks und Schlafsäcke die Grünflächen rund um den Hof. Und wenn in manchen Nächten, wenn der Winter, der Schelm, auch im Sommer einmal kurz vorbeischaute, vor Kälte zitternde Visionäre an seine Tür klopften und um ein warmes Plätzchen bettelten, stellte er sich mitten in der Nacht an den Herd und kochte ihnen heiße Suppe und Tee. Zum Dank spielten sie auf ihren Gitarren, Bongos und Mundharmonikas, sangen mit fremden Zungen, lieferten sich erregte Diskussionen oder hielten ihn sonst wie vom Schlaf ab. Und weil es dann meist ohnehin schon egal war, blieb er einfach bei ihnen sitzen, bis sein Kopf sich schließlich zur Seite neigte und er am Tisch einschlief. Aber bis es jeweils so weit war, nervten sie ihn noch mit allerlei Fragen über Sachen, von denen er noch nie etwas gehört oder gelesen hatte, höchstens in Märchenbüchern. Von wundertätigen Kraftsteinen etwa, wilden Berggeistern, buckligen Kräuterhexen, mythischen Urwesen, die in offen gelassenen Stollen in fast zweitausend Metern Höhe die Zeiten überdauert haben sollen, steinalten Baumwesen, die bei Vollmond ihre Plätze verließen und Frevler in den Tod stürzten. Sie berichteten ihm vom Tibetanischen Totenbuch, von Buddha und seinen Lehren, von Krishna und seinen unzähligen Götterkollegen, von denen er sich aber nur Kali merkte, den kannte er nämlich vom Fernsehen, vom »Tiger von Eschnapur«, und immer wieder von fernöstlichen Meditationstechniken und wie gut die taten. Auch dass man kein Fleisch essen sollte, erfuhr er, weil darin das Unheil nur so lauerte. Oder sie quälten ihn mit Fragen über den Sinn des Lebens. Fragten ihn, was er von Carlos Castaneda hielt oder von den Weissagungen des Nostradamus und von den Hopi oder vom Yeti, gerade er als Hochalpinist müsste dazu doch eine Meinung haben. Und ob er auch von Visionen heimgesucht würde, und er solle doch bitte nicht so tun, als hätte noch nie in einer sturmgepeitschten Mittsommernacht eine alte Drud an sein Fenster geklopft … Wahnsinn, und das alles ohne nennenswerten Einfluss von Drogen oder Alkohol. Alfons, der höchstens einmal das Horoskop in der Wochenendausgabe seiner Heimatzeitung las, blieb nichts anderes übrig, als bei seiner ersten Einschätzung zu bleiben, dass es sich wirklich um eine Verwechslung wahrhaft astronomischen Ausmaßes handeln musste, und manchmal wusste er wirklich nicht recht, wer da jetzt den größeren Vogel hatte, seine Besucher, und da waren hoch studierte Leute darunter, oder er, weil er so grottenblöd war, dass er aber auch gar nichts kapierte. Also tat er, was er konnte, setzte ein freundliches Gesicht auf, lächelte sein Lächeln, schwieg und beobachtete. Aber viel lernen konnte er nicht von ihnen, die waren irgendwie viel zu sehr am Jenseitigen interessiert, auf jeden Fall mehr als am Hier und Jetzt. Übrigens auch so ein Spruch, der immer wieder einmal fiel, und dessen tiefere Bedeutung ihm einfach nicht aufgehen wollte.

Und sie lernten nichts von ihm. Obwohl es so einfach gewesen wäre. Eine gelebte vierundzwanzigstündige Meditation hätte jeder Tag für sie sein können, immer im selben Tempo, immer mit der gleichen stoischen Ruhe und Unaufgeregtheit die täglich wiederkehrende Arbeit tun, heute die gleichen Wege wie gestern gehen, wie morgen, wie übermorgen, einmal erlernte Handgriffe so lange ausführen, bis der Körper sie von alleine tat.

Aus dem täglichen Zusammenfalten ihrer Schlafsäcke hätten sie eine Zeremonie machen können, ein Ritual aus dem Stallausmisten und eine zutiefst sinnliche Erfahrung aus dem Melken der Kühe, und, und, und. Aber sie texteten ihn lieber von früh bis spät zu, darüber, wie andere Völker aus dem Teeeinschenken eine heilige Handlung machten oder aus dem Falten von Papier. Sie erzählten, wie irgendwelche Neger in Australien tagelang bewegungslos auf einem Bein in der Gegend herumstanden und über das Land schauten und was der Kuckuck noch alles für Kunststücke. Darüber konnten seine Besucher Tag und Nacht diskutieren. Denn wie das alles genau funktionierte, sich lebendig in der Erde begraben lassen und nach vierzehn Tagen wieder putzmunter dem Sarg entsteigen zum Beispiel, sich einen Schaschlikspieß durch die Zunge bohren ohne Schmerzen zu empfinden oder wenigstens zu bluten, jahrzehntelang einen Arm hochzuhalten, bis der abstarb, eine Wohnung so einrichten, dass das Qui, diese chinesische Lebensenergie, nicht gleich wieder abhaut, hat natürlich keiner gewusst. Obwohl sie sich gerade in Hinblick auf diesen letzten Punkt nur in Alfons Bude umschauen hätten brauchen oder beim Gmeiner drüben oder bei irgendeinem anderen Alteingesessenen. Denn dass man beispielsweise den Esstisch, um den herum sich das Leben auf dem Land bis heute abspielt, nicht zwischen Haustür und Fenster platziert, muss man ja wohl keinem erst sagen. Ist doch klar, dass das zieht. Oder dass man das Bett nicht direkt unters Fenster stellt. Wer wacht schon gerne mit einem steifen Hals auf.

Mit seinen Augen hätten sie schauen lernen können, mit seinen Ohren hören, jeden Moment dort oben hätten sie in eine kleine Kostbarkeit verwandeln können. Wie viele Stunden hatte Alfons allein mit der Beobachtung der Wolken zugebracht, tausend Fragen hätte man ihm da stellen können. Tausend Antworten hätte er gewusst über alles, was da vor einem über den Weg schlich, kroch, hüpfte, sprang, lief, sich um einen Stein schlängelte, sich unter einem Kiesel versteckte, aufflog, schwebte, kreiste, über alles, was da pfiff, zischte, grunzte, knisterte, trällerte, plötzlich vor einem aus dem Unterholz brach, geheimnisvoll im hohen Gras raschelte, brummte und summte, zirpte und zwitscherte, piepste und fiepte, über das unheimliche Knacken der Bäume in der Nacht, das sanfte Gesäusel des Sommerwinds, das wilde Tosen winterlicher Schneestürme, so laut, dass es einem das Wort von den Lippen fetzte. So Sachen halt. Und wenn er erst mit den Kühen angefangen hätte, was er da alles wusste, aus wär's gewesen. Da wären sie wahrscheinlich nie mehr in die Zivilisation zurückgekehrt und hätten vielleicht gerade bei ihm ihre Mitte gefunden, von der sie so oft sprachen. Aber statt Augen und Ohren und ihre Herzen für das Leben oben in den Bergen zu öffnen, erzählten sie ihm lieber die Geschichte von den hundert Wörtern für Schnee, die die Eskimos angeblich kannten, und er staunte pflichtschuldig, obwohl er das eigentlich gar nicht so besonders fand. Hätte er sich Mühe gegeben, wären es vielleicht auch, die zusammengesetzten einmal mitgezählt, hundert Wörter geworden, die er zum Beispiel für Grün gefunden hätte.

Ja, Alfons hätte ihnen viel geben können, wenn er nur gewusst hätte, wie und was. So redeten sie freundlich lächelnd aneinander vorbei, das heißt, seine Gäste redeten und Alfons wunderte sich, und der Alfons verstand die Jungen nicht und sie ihn nicht. Auf die großen Fragen hatte er keine Antworten und für die kleinen Antworten waren die Sinnsuchenden nicht auf den Berg gekommen. Und dass Alfons seine täglichen Verrichtungen sozusagen ins Transzendentale übersetzen hätte können, das war nun wirklich zu viel verlangt. Das gab der Abschluss der Landwirtschaftsschule dann doch nicht her, da mochte er noch so ein Denksportler sein.

Eines schönen Morgens im Spätherbst stand Alfons am Fenster und stellte fest, dass er wieder alleine war. Gähnende Leere, wo am Tag zuvor noch bunte Vielfalt geherrscht hatte.

Der letzte esoterische Spähtrupp, der ihn in diesem Sommer heimgesucht hatte, war bei Nacht und Nebel grußlos abgezogen und es würde auch keiner mehr nachkommen. Alfons war es recht, obwohl er es auch ein bisschen schade fand. Sie waren schon nett gewesen, die jungen Leute. Bis auf die letzten vielleicht.

Bald bedeckten wieder fette, weiße Schneewogen die Almen und Wiesen, Gehöfte und Hütten im Wettersteingebirge. Die Kühe standen gemütlich kauend in den Ställen, das Ofenholz lag aufgeschichtet um das Haus, und deren Bewohner saßen in der warmen Stube und lauschten dem Knistern und Knacken im Herd, während im Fernseher ein dicker Österreicher durch den »Musikantenstadl« führte.

Der Winter brachte dieses Jahr nicht gar so viel Eis und Schnee mit wie sonst, dafür viel Wind und heftig ausschlagende Temperaturkurven. Erst als das Frühjahr schon in Sicht war und jeder dachte, das war's dann wohl, besann er sich und ließ es wochenlang schneien. Richtig kalt wurde es dabei aber nicht mehr, und das war gar nicht gut, denn wenn es immer wieder am Stück so viel schneit und tagsüber deutlich über null Grad hat und es nur in der Nacht Frost gibt, haben die einzelnen Lagen keine Möglichkeit, sich miteinander zu verbinden, mit dem Ergebnis, dass alle paar Tage Lawinen ins Tal donnern und alles mitreißen, was im Weg steht. Vor allem Bäume und unvorsichtige Skifahrer. Aber auch die ein oder andere vorwitzig in den Hang hineinspitzende Almhütte rauscht dabei mit ins Tal.

In diesen ungewöhnlich schneereichen Spätwinter grätschte nun ein ebenso außergewöhnlich warmer Vorfrühling mit Orkanstürmen in ungeahnter Stärke und Temperaturen weit im zweistelligen Bereich. Während sich am Berg noch die Skifahrer tummelten, saßen im Tal schon die Rentner hemdsärmlig vor den Cafés.

Ausbaden mussten diesen Wahnsinn die Menschen im gesamten Oberland, die von einer Überschwemmung heimgesucht wurden, wie sich noch keiner an eine hat erinnern können. Hätten sie gewusst, dass diese Art von Frühlingserwachen erst der Anfang war und dass nun bald alle zehn Jahre so ein Jahrhunderthochwasser kommen würde, hätten sie vielleicht Angst bekommen und sich auch einmal gefragt, ob sie nicht jahrzehntelang auf die falschen Leute gehört hatten, die ihnen nie gesagt hatten, dass alles seinen Preis habe, vor allem der Fortschritt, und dass es immer der kleine Mann sei, der ihn bezahlen müsse. Aber wahrscheinlich hätten sie erst aufmerksam zugehört und sich dann vorsichtig umgeschaut, ob irgendwo so ein kleiner Mann herumstünde, oder sie hätten sich gedacht, bis es ganz schlimm kommt, bin ich schon längst nicht mehr da. Jetzt wären ihnen vielleicht ihre Kinder und Enkelkinder eingefallen, und spätestens an diesem Punkt hätten sie dem ganzen unnützen Denken einen Riegel vorgeschoben und sich gegenseitig versichert, so weit würde es schon nicht kommen, alles nur Panikmache, man wisse ja, aus welcher Ecke das immer kam. Wie aufgewirbelter Staub wären die bösen Gedanken zu Boden geschwebt, die Mutter hätte sie beherzt unter den Teppich gekehrt, und pünktlich zur angegebenen Sendezeit würden alle vor dem Fernseher sitzen und sich gemeinsam eine Quizsendung anschauen, und alle würden sich mit dem Opa freuen, weil der als Einziger in der Runde wusste, dass die Hauptstadt von Amerika nicht New York, sondern Washington heißt. Und der wäre ganz beglückt gewesen, weil er wieder einmal bewiesen hätte, dass er nicht an dieser neuen Krankheit, die nach einem Herrn Alzheimer benannt ist, leiden würde, und die Oma würde sich still denken, was nicht ist, kann ja noch werden, aber wenigstens würde er es selbst nicht merken. Das war ja das Besondere an dieser Krankheit. Eine schöne Krankheit eigentlich.

Das Hochwasser verzog sich dann wieder, irgendwohin Richtung Norden. Die angerichteten Schäden im Oberland waren in einem gerade noch vertretbaren Rahmen geblieben, einige Betriebe abgesoffen, wer nicht gegen Hochwasser versichert war, und wer war das schon, die Versicherungsgesellschaften sind ja nicht blöd und verkaufen Hochwasserversicherungen in hochwassergefährdete Gebiete, hatte eben Pech gehabt, Hunderte von Hektar Bergwald vernichtet und zwei, drei Brücken weggeschwemmt. Summa summarum kein Grund zur Aufregung. Hat auch der Herr Ministerpräsident gesagt, nachdem er extra mit dem Hubschrauber drübergeflogen ist.

Tag und Nacht arbeiteten sich in den nächsten Wochen die Holzarbeiter durch den Bergwald, an allen Ecken und Enden kreischten die Motorsägen, wurde gehäutet, gestapelt, abtransportiert. Geländegängige Zugmaschinen marodierten brüllend von Schlachtfeld zu Schlachtfeld, zogen und zerrten, schoben und drückten die zu Tausenden kreuz und quer durcheinander liegenden Fichtenstangerl über die Forstwege oder was davon noch übrig war. Junge und alte, gesunde und kranke. Selten war es dem großen Forstmann so egal gewesen, was ihm unter die Finger kam.

Der Stockingerhof blieb von all dem weitgehend unbeeindruckt. Der Platz, den seine Erbauer einst ausgesucht hatten, direkt vor der schützenden Wand des Oberen Bärenfelsens, war gut gewählt. Da mochten die Wetter sich noch so abmühen, es war einfach kein Herankommen an den Hof. Abgesehen von einer eingedrückten Fensterscheibe, ein paar schlampig angewachsenen Obstbäumen, die es bei der Gelegenheit aus dem Boden gerissen hatte, und einer Stalltür, die der Wind einfach ausgehängt und ins Tal hinuntergeschmissen hatte, war nichts kaputtgegangen. Ach ja, ein paar Hühner hatte es noch verblasen. Nur den Gockel nicht, um den es am wenigsten schade gewesen wäre. Der Feigling war wieder einmal der Erste gewesen, der sich, kaum dass es losging, ins hinterste Eck der Scheune verzogen hatte. Und dort war er geblieben, bis seine Hühner ihm Entwarnung gemeldet hatten. Und noch etwas, die Überdachung, die seinerzeit für die Gastwirtschaft angeschafft worden war, hat der Wind gleich als Erstes aus der Verankerung gerissen und in die Klamm geworfen.

Den einzig wirklich erwähnenswerten Schaden hatte dem Hotel die große, alleinstehende Tanne zugefügt, die zum Entzücken aller Gäste immer am 24. Dezember mit Hunderten von Glühkerzen bestückt worden war und bis Heilig Dreikönig das gesamte Plateau in ein romantisches Winterlicht getaucht hatte. Wie um dem Hotel noch in der Stunde ihres Absterbens ihre besondere Zuneigung zu beweisen, fiel sie, die außer ihrer geradlinigen Schönheit dem Unwetter nichts entgegenzusetzen hatte, beim ersten großen Angriff nicht in Richtung Falllinie, sondern bretterte quer zum Sturm der Länge nach auf die Terrasse. Bloß gut, dass das die nach Mysterien lechzenden Besucher vom letzten Jahr nicht mitbekommen hatten, die wären imstande gewesen und hätten aus der Terrasse einen Wallfahrtsort mit Gnadenkapelle gemacht. Das Hausdach, von alten Vorbildern inspiriert, der Herr Ingenieur hatte sich damals schwer gewundert, wie ausgefuchst die alten Bergbauern doch gewesen sein mussten, aus einfachsten Mitteln solche über Jahrhunderte sturm- und wetterfesten Dächer zu bauen und, Kitsch hin oder her, beim Wiederaufbau eins zu eins nachgebaut, widerstand sogar diesem Jahrhundertunwetter.

Alfons' Großvater, der Adolf, war seinerzeit auch mit der Zeit gegangen und hatte auf die Fichte gesetzt. Aber wenigstens war er so schlau gewesen und hatte die ganz alten Laubbäume stehen lassen, besonders die am Rand. Vielleicht hatte er es aber auch einfach nicht übers Herz gebracht, all diese prachtvollen Bäume so mir nichts dir nichts umzuhauen und zu versilbern.

So konnte der Sturm in ihren kleinen Baumbestand auf der Alm auch nicht mit so harter Hand hineinregieren wie anderswo. Trotzdem ging Alfons jetzt wochenlang ins Holz und arbeitete sich im Schweiße seines Angesichts durch den Windwurf. Nur am Sonntag blieb er daheim.

An einem dieser Sonntagnachmittage stand sie dann einfach wieder vor der Tür. Regine Häusler mit ihren roten Haaren. Nach eineinhalb Jahren. Und immer noch so ein Weib. Hatte er schlichtweg vergessen.

Ganz anders sie. Kein Tag, an dem sie nicht an ihn gedacht hatte. Direkt Gewalt hatte sie sich manchmal antun müssen, wenn ihr das Herz schwer geworden war vor Sehnsucht. Aber sie gab nicht nach. Ein ganzes Jahr Buße hatte sie sich auferlegt wegen des fortgesetzten Ehebruchs an der so schrecklich ums Leben gekommenen Katharina. Dann wurde sie krank. Eileiterentzündung. Sogar operieren musste man sie. Und als sie wieder gesund war, traute sie sich nicht mehr, war sich plötzlich nicht mehr sicher. Aber jetzt war sie da. Und Alfons hatte nichts dagegen.

»Ich hab' schon auch an dich gedacht, Regine.«

Mit einem kaum hörbaren Säuseln entließ der in einem gebrauchten Filter vor sich hindümpelnde Hochlandkaffee seine Erinnerungen an die Plantagen seiner Heimat in die klare Frühlingsluft des Wettersteingebirges.

»Ehrlich, und wieso hast du dich dann nicht gemeldet?«

»Ich wollt' nichts falsch machen, ich hab' mir halt gedacht, du meldest dich schon wieder, wenn du mich sehen willst.«

Während er weiter in den Kaffeesatz starrte, machte sie einen kleinen Schmollmund, schaute ihn von der Seite an und sagte: »Das klingt jetzt aber nicht schön. War ich dir so wenig wichtig?«

»Nein, so war das nicht gemeint. Ich hab' halt gedacht, weil du doch gesagt hast, dass wir uns nicht mehr sehen sollen eine Zeitlang. So, der Kaffee ist jetzt fertig, magst ihn immer noch mit viel Milch?«

»Ja, da hat sich nichts geändert, und ohne Zucker. Danke. Gibst mir noch einen Löffel? Ich war übrigens letztes Jahr einmal heroben.«

»Letztes Jahr? Hab' ich dich gar nicht gesehen. Wann?«

»So Erntedank herum, ich wollt' mich nicht aufdrängen, und mir ging's auch nicht so gut, rein gesundheitlich jetzt. Und da waren auch so viele Leute um dich herum.«

Alfons lachte kurz auf. »Ja, das stimmt, da war schon was los.« Dann machte er schnell wieder ein ernstes Gesicht und fragte: »Was hast denn g'habt?«

»Nichts Schlimmes, ist auch schon lang wieder vorbei. Frau'ng'schichten halt. Aber sag' einmal, was waren das denn für Leute? Was haben die denn wollen von dir?«

»Das ist eine schwierige Frage. So genau kann ich das eigentlich gar nicht sagen, so Leute, wie soll man das sagen, die nach einem Sinn suchen, religiös quasi. Aber die waren schon recht ... ein bisserl verdreht vielleicht. Geh'n mir fast ein bisserl ab, war wirklich eine lustige Zeit mit denen, aber auch ganz schön anstrengend.«

»Und was wollten die bei dir?«

»Frag mich was Leichteres. Also, ich glaub', die haben sich gedacht, ich wär' so eine Art Bergheiliger. Wie hat eine g'sagt, eine Mischung aus Dalai Lama und Luis Trenker.«

»Du und der Luis Trenker? Na, ich weiß nicht. Aber was ist ein, wie heißt der, der Lahme?«

»Der Dalai Lama? Kann ich dir sagen, ein buddhistischer Gottkönig, der lebt sogar noch. Der hat sogar einmal ein eigenes Land gehabt, Tibet.«

»Ah, der.«

»Oh mei, wenn du wüsstest, was die mir alles erzählt haben. Aber frag mich nicht, wie die überhaupt auf mich gekommen sind. Wie g'sagt, die waren schon ziemlich g'spinnert, die meisten jedenfalls. Aber es waren auch ganz nette dabei.«

»Wie, nette? Hast da vielleicht mit einer, ich mein', da war doch nichts mit so einer?«

»Regine, wie kommst denn auf so was?«

»So halt, hätt' ja sein können.«

»Da fällt mir ein, magst ein Glaserl Wein? Eine von den Mädeln hat mir einen Rotwein dagelassen. Das war auch so eine lustige, hat zu mir allerweil nur Radieserlguru gesagt.«

»Aha, war wohl doch nicht ganz so harmlos.«

»Wo ist denn da der Korken?« Vergeblich mühte er sich mit dem Verschluss.

»Komm, gib schon her, und ein kleines Messer, am besten ein Kartoffelmesser.« Ein sauberer Schnitt trennte die rote Banderole vom Hals. »Wo bleiben die Gläser«, lachte sie ihn an. »Weingläser wären gut.«

Während der Alfons an dem raren Getränk nur nippte, war bei ihr gleich das halbe Glas leer.

»Der ist gar nicht schlecht«, sagte Alfons.

»Ein bisserl Luft braucht er halt noch.«

»Was braucht er?«

»Ein bisserl Luft. Wenn er noch ein bisserl offen steht, wird er noch besser.«

»Wirklich?«

»Ja freilich. Der Wein, das ist eine Wissenschaft für sich. Nicht so wie das Bier.«

»Und ich hab' denkt, der Wein soll nicht so lange offen herumstehen, weil er sonst ausraucht. Magst noch einen?«

»Ja, einer geht schon noch, aber nur, wenn du auch noch ein Glasl trinkst. Irgendwann raucht der natürlich schon einmal aus.« Sie lachte. »Aber nicht bei mir. Prost, Alfons.«

»Prost, Regine. Du hast ja einen ganz schönen Zug drauf.«

»Dafür trink ich kein Bier, so gleicht sich das wieder aus. Ach Alfons«, seufzte sie, »ist schon komisch, jetzt sitzen wir zwei da heroben und trinken Wein, als wär's das Normalste von der Welt.«

»Ja, schon komisch. Derweil warst du noch gar nie bei mir, ich mein', auf dem Hof bei mir.«

»Stimmt doch gar nicht, ich war doch damals mit meinem Ex heroben.«

»Mit dem Schurike? Ach ja, richtig, der Schurike Mike, stimmt, hab' ich ganz vergessen. Ist aber auch schon wirklich lange her. Da sieht man mal wieder, wie die Zeit vergeht.«

»Wennst willst, kann ich ja ab jetzt öfter heraufkommen zu dir. Aber nur, wennst willst.«

»Gern. Kannst kommen, so oft du magst, schlimmer als wie der Trubel letztes Jahr kann das auch nicht werden«, lachte Alfons.

»Das ist jetzt aber nicht besonders nett. Du willst mich doch nicht mit dem Gesindel vergleichen.«

»Nein, natürlich nicht, das ist doch ganz was anderes, war doch nur ein Witz.«

»So? Da merkt man aber nichts, dass du dich freust.«

»Doch, schon.«

»Und warum sitzt du dann so weit weg von mir?«

»Weiß ich auch nicht«, nuschelte er in seinen Schnauzer.

Sie legte ihre Hand auf den freien Platz neben sich und sah ihn erwartungsfroh an.

»Ja dann, dann bin ich halt so frei«, sagte er, stand auf und schlurfte um den Tisch herum. Den Moment, als er sich umständlich niederließ, nutzte sie, unauffällig etwas näher zu rücken.

»Hoppla, Alfons, du gehst aber ran.«

»Entschuldigung, das wollt' ich nicht. Also, dass ich mich so verschätzt hab'. Das muss der Wein sein.«

»Aber das macht doch nichts.« Demonstrativ rückte sie ein wenig zur Seite, gerade so viel, dass sie noch auf Tuchfühlung waren.

»Kannst dich noch erinnern, wir zwei, in der Hütte? Das war schon was, gell?«

»Ja.«

Etwas steif, beide Hände im Schoss, das schien ihm angemessen, blieb er sitzen.

Ihr schien die Enge nichts auszumachen, unbeirrt redete sie weiter.

»Weißt, das ist mir schon abgegangen, ich hab' zum Teil an gar nichts anderes mehr denken können.«

Er vermeinte, ein leises Schluchzen zu hören und fragte vorsichtig nach: »So schlimm?«

»Ist es dir nicht so gegangen?«

»Ja, doch, irgendwie schon.«

»Dann komm her … du …«

Über dem Herd der alten Almhütte hing ein ausgestopftes Murmeltier, aus dessem verrußten Fell sich gerade eine dicke Fleischfliege erhob, gemütlich in den Raum hineinflog, urplötzlich abdrehte und dann schnurstracks Richtung Fenster brummte, dagegen prallte, herunterfiel, sich wieder aufrappelte, erneut Anlauf nahm und wieder gegen das Fenster flog. Ohne irgendetwas im Ablauf zu verändern, wiederholte sie den Selbstversuch, immer und immer wieder. Es schien ihr nicht in den Sinn zu kommen, dass zwischen dem Halbdunkel im Inneren und der bunten, hellen Vielfalt daußen eine unsichtbare Barriere sein musste.

Ein paar Meter vor dem Fenster saß eine Amsel auf einer Sprosse des Jägerzauns, zwitscherte gut aufgelegt in Richtung Hütte und konnte nicht ahnen, dass ihr bald eine übermütige, fettschillernde Fleischfliege direkt in den offenen Schnabel fliegen würde.

Noch ganz erschöpft vom gerade genossenen Liebesakt lagen sie nebeneinander auf dem breiten Lager der Almhütte. Er mit seiner Filterlosen, sie mit etwas Leichterem, er wunschlos, sie nahezu glücklich.

»Du Alfons?«

»Ja?«

»Weil du einmal gemeint hast, dass die das nicht verstanden haben, dass du nicht im Hotel wohnst, ich meine, dass die das so toll gefunden haben, mein' ich.«

»Hm?«

»Diese Sektenleute, die vom letzten Jahr.«

»Ah so, die, was ist mit denen?«

»Gleich. Ich brauch' dringend frische Luft, es ist so stickig da herin.« Regine robbte in Richtung Fußende und öffnete das Fenster. Sofort war der Raum erfüllt vom Duft und den Geräuschen eines Sommernachmittags in den Bergen inklusive dem heiseren Gehuste eines vorbeifahrenden Traktors. »Du Alfons, warum magst du eigentlich nicht im Hotel wohnen?«

»Warum sollt' ich? Ich bin froh, dass ich wieder auf meinem Hof bin. Da bin ich mein eigener Herr und kann machen, was ich will. Was soll ich im Hotel unter all den fremden Leuten?«

»Hm, aber das Hotel, das gehört doch dir, oder?«

»Ja, auf dem Papier, das meiste jedenfalls. Aber eigentlich gehört es dem Sebastian und der Feli, am meisten eigentlich dem Sebastian, weil der hat ja auch die ganze Arbeit. Aber ist ja egal.«

»Also mir tät' das schon gefallen, im Hotel.«

»Nimmst dir halt ein Zimmer, sind ja genügend da. Ich krieg' bestimmt einen Sonderpreis«, meinte er vergnügt.

»Und du besuchst mich dann«, lachte sie.

Er hätte nicht sagen können, wann Regine bei ihm eingezogen war. Diesen einen bestimmten Tag gab es so gar nicht. Irgendwann fing sie an, ihre paar Lieblingsmöbel hinaufbringen zu lassen, ihre Kleider, ihre kleine Schallplattensammlung, und irgendwann hatte sie dann wohl auch ihre Wohnung gekündigt.

Wie es oft an Paaren zu beobachten ist, die erst in ihren späteren Jahren zueinanderfinden, war schnell eine rechte Normalität zwischen den beiden. Im Gegensatz zu den Jüngeren, die ihre Rollen oft erst noch finden müssen, weiß der Ältere eben einfach schon, was er will, und vor allem, was er nicht will. Dann passt es oder es passt eben nicht. Was sich in der Praxis vielleicht dahingehend äußert, dass er schon einmal seinen Lieblingskrimi mit dem gemeinsam mit ihm gealterten Fernsehkommissar einem leidenschaftlichen Schäferstündchen mit seiner Holden vorziehen darf, ohne dass die gleich sonst was denkt.

Es war ein Leben, fast so wie damals mit der Katharina, als es noch kein Hotel gab. Nur war viel mehr Nähe zwischen den beiden, viel mehr Harmonie, was natürlich auch daran lag, dass der finanzielle Druck fehlte, das Über-die-Runden-kommen-müssen, das ängstliche Schielen auf alles, was einem den Verdienst verhageln konnte, den Milchpreis, das Wetter, eine abgestürzte Kuh, unvorhergesehene Reparaturen an Haus und Gerät, oder Krankheiten die ins Geld gingen.

Hier im Oberland tragen viele Häuser, zumindest die alten, Eigennamen. Stand oder steht im Hof beispielsweise eine alte große Linde und setzt man dann den Vornamen seines Erbauers dazu, schon wohnt man »Beim Lindnerjackl«. Manchmal verweist das Anwesen auch auf die Gegend, aus der der Erbauer oder ein auffälliger Nachfahre ursprünglich herstammten, und zugleich auf eine Besonderheit seines Äußeren. Dann logiert der Urlauber vielleicht »Beim Schwarzen Schwaben« oder »Zum Wuid'n Allgäuer«. Ferienhäuser trugen und tragen dagegen häufig Namen wie »Zur Gemütlichkeit« oder einfach »Waldfrieden«, und zeigen so schon aus der Entfernung an, was seine Bewohner von ihrem Leben oder zumindest von den schönsten Wochen im Jahr erwarteten.

Hätte Alfons seinem Leben ein Motto umhängen wollen, wäre es wahrscheinlich die Zufriedenheit gewesen. Sie ist nicht so flüchtig wie andere Gemütszustände, zum Beispiel Glück und Freude, Frohsinn oder Herzenslust, andere beliebte Hüttennamen. Die Zufriedenheit ist praktisch für jeden und überall machbar, man muss sich quasi nur dafür entscheiden.

Der eine kommt leichter in so einen Zustand, dem anderen gelingt das nicht so einfach oder vielleicht überhaupt nicht. Für den Alfons war es zum Normalzustand geworden.

Nach der Arbeit, wenn er und Regine am Abend beieinander saßen, müde, aber tief befriedigt vom gemeinsamen Schaffen und Erleben, lasen sie bei einer gepflegten Halben oder einem Glas Wein gerne noch ein wenig in der Zeitung oder schauten fern, bevor sie nach einer letzten gemeinsamen Zigarette und einem von Regine gemixten Drink oder einem einfachen Obstler früh ins Bett gingen.

Am Wochenende unternahmen sie Ausflüge in die Umgebung. Nichts Großartiges. Eine kleine Bergtour vielleicht, zum Schachen hinauf oder auf den Kramer oder über die Gamshütte auf den Wank und weiter auf den Fricken. Oder mit dem Auto nach Eschenlohe und von dort auf den Krottenkopf, von dem man einen herrlichen Blick weit hinein ins Land hatte. Oder sie packten eine Wanderung an, die sie an guten Tagen bis an den Staffelsee führte. Manchmal gingen sie aber auch einfach nur ins Hotel hinüber. Und damit, mit diesem Hinübergleiten in eine ganz andere Welt, nur wenige Meter von der ihren entfernt, machte er ihr die meiste Freude.

»Herr Stockinger, bitte schön, Ihr Weizen. Frau Schurike, darf ich Ihnen noch ein Stück Tiramisu bringen? Auch gleich noch einen Cappuccino dazu? Mit Sahne oder aufgeschäumter Milch …? Mit beidem. Gerne, kommt sofort.«

Und die Leute schauten, tuschelten und fragten die Kellnerin, wer denn dieses Paar da sei. »Ach was, wirklich, der Herr Stockinger selbst? Nebst Begleitung?«

Wenn die beiden so beisammen saßen und ein jeder seinen Gedanken nachhing oder den Gedanken des Tagesschausprechers, glitt ihr Blick seit Neuestem immer öfter hinüber zum Hotel, das jetzt, wo es bereits wieder früh zu dunkeln begann, einen verführerischen Glanz annahm. Sie tat dann jedes Mal einen leichten bis mittelschweren Seufzer und blickte dabei aus waidwunden Augen über den Tisch. Schaute er dann auf und fragte vielleicht sogar besorgt nach, tat sie das meist mit den für solche Fälle vorgesehenen Ach-Kombinationen ab. Das konnte ein hingeworfenes »Achnichts« ebenso wie ein abwiegelndes »Achnurso« sein, ein andermal vielleicht die Allgemeinformel »Achmei« oder eine schöne Kombination aus beiden, ein »Achmeinurso«.

Am wenigsten konnte er mit dem Zweisilber »Achja« oder einem minimalistisch hingehauchten »Ach« anfangen. Der Anfang für eine Unterhaltung war allerdings gemacht, wenn nach einiger Zeit mit seinem Zutun aus den Achwörtern Achsätze wuchsen. Mit einem »Achduweißtschon« oder einem »Achdasverstehstdujadochnicht« ließ sich durchaus etwas anfangen. Zwar lohnte es sich nicht gleich, die Zeitung wegzulegen, aber immerhin konnte man mit einem »Wasverstehichnicht« weitermachen. Jetzt konnte sie ein paar bedeutungsschwere Momente verstreichen lassen und dann »Achnichts« sagen. »Wasnichts«, fragte er dann manchmal nach. Worauf sie mit einem leicht quengeligem »Achduweißtschon« die Diskussion beendete.

Natürlich wusste Alfons mittlerweile, was sie umtrieb, zumindest in groben Zügen.

»Was du immer mit dem Hotel hast, uns geht's doch gut da, wo wir sind. Wir haben doch alles, und dazu unsere Ruhe. Gefällt es dir nicht mehr bei mir?«

»Doch, schon«, lenkte sie ein, »das weißt du doch, aber …«

»Aber?«

»Achnichts.«

Ohne dass er sich weiter etwas gedacht hätte und ohne dass sich seine Stimmung auch nur andeutungsweise eingetrübt hätte, wandte er sich wieder seiner Zeitung oder dem Fernseher zu.

Sie verlangte nicht viel vom Leben. Nicht mehr. Aber wenn es eine Möglichkeit gab, sich zu verbessern, warum nicht zugreifen? Nur, wie den Alfons dazu bringen? Sie hatte ja bereits alles versucht, hatte ihm seine Lieblingsspeisen gekocht, auch unter der Woche, hatte mit so manch gutem Tropfen, den sie dann allerdings meist selbst getrunken hatte, seinen Gaumen verwöhnt. Aber nichts! Er nahm es dankbar an, freute sich, aber dass das alles Lockangebote sein könnten, kam ihm nicht in den Sinn. Obwohl sie immer wieder das Wort Hotel mit ihren Aufmerksamkeiten verband. Oder auf der Alm, wenn sie so Sätze wie »Daskönntemirschongefallen« oder »Daswärschonwas« an die Decke blies. Aber eben nichts Greifbares.

Auf das Nächstliegende kam sie erst, nachdem ihr wirklich gar nichts mehr einfiel. Mein Gott, klar! Heiraten mussten sie, einfach nur heiraten. Und warum eigentlich nicht? Sie mochten sich doch. Komisch, dass sie darauf nicht eher gekommen war. Obwohl, so komisch auch wieder nicht. Nach dem, was sie hinter sich hatte.

An ihre Scheidung erinnerte sie sich nur wie durch einen dicken Nebel, eigentlich waren es nur noch Gefühle. Die Erleichterung, als alles vorbei war, die Ruhe, die sich auf einmal in ihr ausbreitete. Und an die Enttäuschung über das bisschen Geld, das ihr für drei Jahrzehnte Knechtschaft zugesprochen worden war, gerade so viel, dass sie über die Runden kam. Aber die Schurikes hatten einen guten Anwalt, und plötzlich war der Mike gar nicht mehr so reich, wie es immer ausgeschaut hat. Aber damals wollte sie nur noch ihre Ruhe, nur noch raus, und das wog mehr als der Beschiss.

»Du Alfons?«

»Hm.«

»Alfons, hast du eigentlich schon einmal darüber nachgedacht, dass wir zwei eigentlich, ich mein', also, eigentlich könnten wir doch, ich mein', da spricht doch nichts dagegen, außer natürlich, du willst das nicht, das könnte ich natürlich verstehen, andererseits würde sich doch gar nichts ändern. Nicht viel auf jeden Fall, zumindest, also, ich mein', was ich sagen will … Alfons, du! Wir könnten doch heiraten, ich mein', meinst nicht? Ich mein', das wär' doch was, oder? Alfons? Heiraten?«

»Ja, schon.«

»Wie, ja schon?«

»Ja, warum nicht. Wennst willst, heiraten wir halt.«

»Und das sagst du so einfach?« Regine war der Sprachlosigkeit nahe. »Seit wann, ich mein', hast du da schon länger … ich mein', ich mein' …«

Jetzt legte er doch die Zeitung weg, an eine gepflegte Lektüre war ohnehin nicht mehr zu denken. »Da brauch' ich doch nicht nachdenken. Das ist doch logisch, dass wir das könnten.«

»Ja und? Was heißt das jetzt? Ja, heiraten wir dann jetzt?«

»Ja, wennst willst.«

»Alfons!« Schon hing sie an seinem Hals. »Du wirst es nicht bereuen, wennst mich nimmst, das kannst du mir glauben.«

»Regine, das weiß ich doch, ich weiß doch, was ich an dir hab'.« Jetzt packte auch ihn die Rührung. Aber ein wenig peinlich war es auch. Weil sie sich gar so anpries, fast wie eine Kuh. Das hatte sie doch gar nicht nötig, er war doch wirklich in höchstem Maße zufrieden mit ihr. Das klang jetzt aber auch nicht besser. Aber wenigstens hatte er es nicht ausgesprochen. Da sagte er lieber: »Regine, du.«

Viel Zeit hätte sie sich ersparen können und einen Haufen überflüssiger Achs und Wehs.

In letzter Zeit war vielleicht nicht gerade ein leichter Unfrieden, aber doch so eine Stimmung aufgezogen. Nicht ungut, bestimmt nicht. Wie gesagt, kein Grund zur Unruhe. Denn dass zwischen Mann und Frau nicht immer alles eitel Sonnenschein sein kann … und wenn das alles ist?

Aufgeregt war Regine wie eine junge und so voller Tatendrang, dass sie gleich am nächsten Morgen angefangen hat, den ganzen Hof auf den

Kopf zu stellen. Alfons ging derweil los, um als Ersten den Sebastian zu informieren.

Als er zurückkam, ein bisschen später als gedacht, und ihre leuchtenden Augen und roten Wangen sah, krempelte er auch gleich die Ärmel hoch. Aber sie meinte nur: »Wenn ich dich brauch', dann ruf ich dich schon. Zieh deinen schönen Anzug an und geh wieder rüber ins Hotel und lass dich verwöhnen, du lieber Mann du. Und untersteh dich, dass du in den Stall gehst«, lachte sie ihm hinterher.

Also zwängte sich Alfons mitten unter der Woche in seinen guten Anzug, ging wieder zurück ins Hotel und setzte sich in den Frühstücksraum, nahm eine Zeitung und ließ sich bedienen. Sebastian lachte nur, als er seinen Vater so schnell wieder sah. Ob sie ihn schon vor der Hochzeit vor die Tür gesetzt habe. »Das kann ja heiter werden mit euch zwei.«

Und der Alfons hat gegrinst.

Regine ging derweil die Hausarbeit von der Hand wie schon lange nicht mehr und die Gedanken flogen ihr nur so zu. Gerade so, als würde auch in ihrem Kopf ein Großreinemachen stattfinden. Endlich durfte sie zu Ende denken, was schon so lange in ihrem Kopf herumgeschwirrt war, konnten sich all die herumfliegenden Teile zu einem großen Ganzen zusammenfügen.

Der Alfons als einsamer Witwer auf seinem alten Hof, das war schon in Ordnung gewesen. Keine Frage. Aber mit ihrer Hochzeit würde es schlagartig weder einen Witwer Alfons Stockinger noch eine geschiedene Frau Schurike mehr geben, ergo auch keinen Hof, in dem ein Witwer und seine geschiedene Lebensgefährtin gleichen Namens wohnen würden. Nur noch das Hotelbesitzersehepaar Alfons und Regine Stockinger. Und das würde sofort hinüberziehen in ihr Hotel, selbstredend in die Katharinensuite, nur, dass die dann logischerweise nicht mehr Katharinensuite heißen würde. Obwohl, warum nicht, klang schon gut, jedenfalls besser als Reginensuite. Na ja, da konnten die drüben gleich sehen, dass man mit ihr reden konnte. Den alten Namen lassen, obwohl man ein Recht auf die Umbenennung hätte. Genau, sie würde auf ihr gutes Recht verzichten und sich großherzig zeigen. Musste ja keiner wissen, dass sie den Namen Katharinensuite sowieso besser fand als Reginasuite. Und dieser großherzige Verzicht wäre ihr Trumpfblatt, der Joker, den sie ziehen konnte, wenn es doch einmal Probleme geben würde mit dem Sebastian. Obwohl sie nicht davon ausgehen wollte. Aber ein gutes Blatt in der Hinterhand hat noch keinem geschadet. Wo war ich stehen geblieben? Ach ja, ein Hotelbesitzerehepaar wohnhaft in einem alten Berghof? Quasi auf Abbruch? Geradezu grotesk! Als Hotelier wohnt man in seinem Hotel und sonst nirgends. Im Leben ist nicht nur alles eitel Sonnenschein, da gibt es auch Pflichten, nicht zuletzt gegenüber seinen Gästen. Wenn sie alleine an das Personal dachte. Ausgeschlossen, da auch nur einen

Tag nicht anwesend zu sein. Das würde der Alfons schon noch einsehen, das musste der einfach einsehen. Das mit dem Personal war eh so eine Sache. Da musste man streng sein können, ob man wollte oder nicht, da kam man ja gar nicht drum herum. Und wer streng sein wollte mit seinen Untergebenen, nein, musste, von wollen kann ja gar keine Rede sein, der musste zu allererst streng sein können mit sich selbst. Und streng sein mit sich, das konnte sie, das hatte sie gelernt. Ob man da ohne Kündigungen auskommen würde? Bestimmt herrschte schon ein rechter Schlendrian im Hotel.

Je länger sie auf dem Thema herumritt, umso mehr wurde es ihr ein Rätsel, wie das bisher überhaupt ohne sie gegangen war. Noch dazu wo der Sebastian nicht einmal eine Frau an seiner Seite hatte, was bei Licht betrachtet jetzt natürlich ein Vorteil für sie war. Eine andere Frau, Nebenbuhlerin quasi, das würde zwangsläufig Ärger bedeuten. Schon schön, wie sich da eins zum anderen fügte. Regine Stockinger, der neue Stern am bayerischen Prominentenhimmel. Genau, der Jetset, die oberen Zehntausend, nicht mehr Hinz und Kunz, Kreti und Pleti oder so Neureichenplebs wie die Schurikes und ihresgleichen. In einer Reihe mit St. Tropez, St. Moritz, Kitzbühel. Ein Muss, für jeden der dazu gehörten wollte. Obwohl, das Fußvolk durfte man nicht aus den Augen lassen, die brachten schließlich auch Geld. Um die konnte sich ja der Sebastian kümmern, tat er ja sowieso schon, da würde sich für ihn also gar nichts ändern. Ihre Domäne wäre der Adel, die Reichen, die Prominenz aus Film und Sport. Jetzt aber weiter im Text. Hurtig, hurtig, keine Müdigkeit vorschützen. So ein Tag dauert ja schließlich nicht ewig. Das eigentliche Problem, Problem war vielleicht zu viel gesagt, war der Alfons. Obwohl, ach was, dem würde das schon noch gefallen, das wäre doch gelacht. Sich von hinten und vorne bedienen lassen, wem würde das denn nicht gefallen. Ja, arbeiten sollte ihr lieber Mann nicht mehr müssen. Repräsentieren vielleicht. Aber das war ja keine Arbeit, das war ja reines Vergnügen. Repräsentieren, das klang schon so, so richtig. Sie, Regine Stockinger, für einen Moment ließ sie den mit Möbelpolitur getränkten Putzlappen auf der Kommode liegen und lauschte dem exquisiten Klang des noch ungewohnten Namens hinterher, sie würde sich um alles kümmern, hätte ihre Augen und Ohren überall, wäre Tag und Nacht für die Gäste da. Frau Stockinger hier, Frau Stockinger da, da würde schon was auf sie zukommen, da bräuchte sie sich erst gar nichts vormachen. Aber mit dem Alfons an ihrer Seite, das wäre doch gelacht. Und da war ja auch noch der Sebastian, mit dem würde sie als Erstes reden müssen, der war ja quasi der Hotelmanager. Nicht nur wegen des Umbaus vom Hof zum Gästehaus. Aus der Alm zum Beispiel ließe sich ein formidables Brotzeitstüberl machen, ganz edel natürlich, für ihre VIPs. Mein Gott, wie das sprudelt, wenn man es lässt! Und damit der Sebastian gleich sieht, wer von jetzt an die Zügel in der Hand hat, mein Gott, ist die Kommode schwer, puh, geschafft, und so viel Dreck dahinter, habe ich mir doch gedacht, das schaut ja aus! Erst einmal einen Eimer warmes Wasser und den Schrubber holen … Oder sollte sie sich lieber erst einmal zurückhalten, nicht gleich mit der Tür ins Haus und so, erst einmal abwarten? Vielleicht kam er ja auf sie zu? Er wusste ja jetzt Bescheid über sie und den Alfons. Doch, sie würde ihm Zeit lassen, doch, das war sie ihm schuldig, wo er jetzt schon seit Jahren die Stellung hielt. Und bis zur Hochzeit waren es eh noch etliche Wochen, sie hatten ja noch nicht einmal einen Termin. Die Hochzeit, genau, das hatte jetzt Priorität, erst einmal der Hochzeitstermin, alles andere würde sich dann schon finden.

Gegen Mittag klingelte das Telefon. Er wollte nicht noch einmal riskieren, weggeschickt zu werden. Und eine bestens aufgelegte Regine beschied ihm dann auch tatsächlich, drüben zu bleiben und es sich nur weiterhin recht gut gehen zu lassen. Er solle sich nur gleich daran gewöhnen, dass die schweren Zeiten jetzt für ihn vorbei wären, ein für allemal.

Der dritte Adventssonntag war gerade noch ein machbarer Termin gewesen im Hotel, denn ab Weihnachten – keine Chance, voll bis unters Dach mit Skifahrer.

Die Feier wurde gegen den Prostest der Braut von den beiden Stockingerkindern ausgerichtet und auch bezahlt. Sie deutete es als gutes Zeichen, aber ein bisschen überfahren kam sie sich schon vor. Wenn man es genau nahm, war das schon ein wenig unverschämt, wie die beiden ihr alles aus der Hand genommen hatten. Natürlich war es ihre Hochzeit und natürlich wollte sie es sich dabei gut gehen lassen. Aber gleich so abgefertigt werden wie von der Felicitas, als sie nur einmal in die Küche hatte schauen wollen. Nicht unfreundlich, im Gegenteil. Aber trotzdem. Beim Sebastian hätte sie ja noch ein Auge zugedrückt, aber die Felicitas hatte da heroben doch überhaupt nichts zu sagen, die war doch selber nur Gast. Jetzt steckten die beiden schon wieder ihre Köpfe zusammen, jetzt schauten sie auch noch zu ihr herüber. Na wartet, wir werden schon sehen, wer da heroben das Sagen hat. Prost, Felicitas, Prost, Sebastian. Und erst die Hochzeitsreise, Tunesien, auch so eine Zumutung von den Zweien. Nichts Halbes und nichts Ganzes. Malediven, das wäre etwas gewesen, oder Indien, das Taj Mahal. Aber dazu waren die beiden wohl zu geizig.

»Endlich!«

»Hat's dir denn gar nicht gefallen, Regine?«

»Doch, schon, aber jetzt bin ich froh, dass ich wieder daheim bin.«

»Ja, da hast recht, daheim ist's immer noch am schönsten.

Auf einer Backe, wie sie es sich vorgenommen hatte, saß die Regine die vierzehn Tage Tunesien dann doch nicht ab. Eigentlich hielt sie die Flitterwochen nur aus, indem sie sich ununterbrochen mit ihren Hotelplänen beschäftigte. Nicht nur einmal musste Alfons nachfragen, ob sie sich denn gar nichts aus Sonne, Strand und Meer machte.

Ohne auch nur einen Anflug von Begeisterung zu zeigen, sagte sie dann so Sachen wie: »Schon, schon, ist halt mal was anderes« oder: »So toll, wie du tust, ist das jetzt auch nicht« oder sie mäkelte am Essen herum.

Achselzuckend wandte er sich dann wieder seiner Zeitung zu, seiner Heimatzeitung wohlgemerkt, in Tunesien, und das frisch und jeden Tag. Da hätte der Urlaub ruhig doppelt solange dauern können.

Dabei hatte er mehr an Regine gedacht als an sich selbst, als ihm die Feli mit Tunesien gekommen war. Er hätte nicht weg müssem, er wäre genauso gern zu Hause geblieben.

Aber wenn man schon einmal da war, sollte man das auch genießen. Es war aber auch wirklich lustig. Daheim schneite es und hier saß er, der Stockinger Alfons, mit einem sauber eingeschenkten Weißbier, vor sich auf dem Tisch der »Oberlandbote«, und in der Ferne leuchtete das Mittelmeer. Das allein war es doch schon wert gewesen.

Eine seltsame Scheu hatte die frisch gebackene Frau Stockinger bisher davon abgehalten, Alfons in ihre Pläne einzuweihen. Sie sagte zum Beispiel nicht: »Alfons, komm, wir müssen reden. Ich bin keine Bäuerin, ich möchte nicht den ganzen Tag in der Kittelschürze herumrennen. Das bin ich einfach nicht. Ich wäre lieber die Frau Stockinger vom Hotel. Ich will noch einmal ganz von vorne anfangen, und das Hotel, das wär' genau das Richtige dafür. Mit Leuten umgehen, den Sebastian unterstützen. Ich glaube, das könnte mir liegen. Ich gehöre doch jetzt zur Familie. Lass es uns wenigstens versuchen.« Aber so hatte sie das nie gesehen. Sie hatte einfach den Inhalt ihrer Illustrierten mit der Realität eines straff geführten Fünf-Sterne-Hotels verwechselt, und immer wenn ihr Verstand sie darauf aufmerksam machen wollte, machte sie schnell die Leitung dicht. Bis das nicht mehr ging, weil der Traum ja wahr werden wollte. Weil es ja keine Illusion war. Nicht so wie der Traum vom Märchenprinz, von dem man weiß, dass es ihn nicht gibt. (Gut, Prinzen gibt es schon, aber die sind rar gesät und auch nicht mehr das, was sie einmal waren.)

»Alfons, ich halt das nimmer aus!«

»Was hältst du nimmer aus?«

»Das alles!«

»Was, das alles?«

Bedächtig stellte Alfons die Schneeschaufel ab und schaute Regine ernst an, gerade so, als würde er sich eben an etwas erinnern oder als wäre er eben erst aufgewacht. Und eine seltsame Unruhe war auf einmal in ihm.

»Alfons! Ich mag nimmer! Ich kann nimmer! Ich will nimmer! Ich will ins Hotel. Alfons. Jetzt gleich.«

»Ins Hotel?«

Er musste nicht erst nachdenken, um sich darüber im Klaren zu werden, dass es sich hier nicht um ein Wochenende in der Wellnessabteilung handeln sollte, sondern um Grundsätzliches.

Mit belegter Stimme sagte er: »Aber du weißt doch, dass ich nicht ins Hotel will. Was soll ich denn da? Wie kommst denn nur auf so etwas?«

»Alfons, ich kann so nimmer leben, ich kann einfach nicht mehr!«

»Regine, was hast denn?«

Irgendetwas in ihr geriet gerade aus den Fugen, irgendetwas in ihm war gerade dabei, sich zu sammeln.

»Ich kann den Hof nimmer seh'n, ich will ins Hotel, bitte, Alfons, bitte, lass uns ins Hotel ziehen, jetzt sofort.«

Obwohl er längst aufgehört hatte zu schaufeln, beschleunigte sich sein Puls.

»Wir können nicht ins Hotel ziehen, selbst wenn wir wollten, da ist doch alles belegt«, antwortete er geduldig. »Und außerdem ...«

»Aber warum nicht, das ist doch dein Hotel?«

Bedächtig schüttelte er den Kopf. »Das ist nicht mehr mein Hotel.«

»Nimmer? Das ist doch dein Hotel? Hast du mich angelogen? Ich mein', natürlich nur der Teil, der dir gehört, ich weiß ja, dass dir nicht alles gehört, Alfons ...« Sie merkte nicht, wie ihr die Stimme nach oben wegrutschte und sie zu zittern begann.

Aber Alfons' Dämonen hatten es gemerkt. Aufmerksam verfolgten sie den weiteren Verlauf des Gesprächs.

»Schau, Regine, alles, was mir noch gehört hat, hab' ich der Feli und dem Sebastian überschrieben. Da gehört jetzt nichts mehr mir, das gehört jetzt den zweien ganz allein und das ist auch richtig so.«

Das letzte Mal, dass sie etwas so dermaßen in ihren Grundfesten erschüttert hatte, dass sie sich so schwach, so zerstört fühlte wie jetzt, war, als sie zum ersten Mal die nach einer fremden Frau riechende Unterhose ihres Exmannes in der Hand gehalten hatte, worauf sie sich gerade noch über den Korb mit der Schmutzwäsche beugen konnte, bevor sie sich übergeben musste.

»Wann?«

»Bevor wir nach Tunesien geflogen sind, damit alles seine Richtigkeit hat. Regine, schau, was brauchen denn wir zwei das blöde Hotel ... Regine, ist dir nicht gut ...? Regine, was hast denn? Geht's dir nicht gut?«

Jetzt musste sie sich nicht übergeben, sie fragte nur ganz, ganz vorsichtig nach, weil sie sich nicht sicher war, ob sie ihn auch wirklich richtig verstanden hatte: »Dann gehört des Hotel gar nimmer uns, dir?«

»Nein, das gehört jetzt dem Sebastian und der Felicitas.«

»Aber es hat dir schon einmal gehört, gell, Alfons?« Dazu machte sie ein Gesicht wie ein kleines Mädchen, dem man gerade mitgeteilt hat, dass seine Lieblingspuppe im Ofen gelandet sei. »Aber die Wohnung, Alfons«, es klang wie ein letzter verzweifelter Hilferuf, »die Wohnung von deiner Katharina selig ... können wie da nicht ... nein ...?« Sie wusste, dass er ihr mit dem nächsten Satz den Gnadenstoß versetzen würde. Mit beiden Händen hielt sie sich die Ohren zu und schüttelte vorsichtig den Kopf. »Nichts sagen, Alfons, nichts sagen ... jetzt nichts sagen, Alfons ...«

»Regine, Regine, was hast denn?«

Tränen liefen über sein Gesicht, dicke, heiße Tränen, so leid tat sie ihm in diesem Moment.

»Du Alfons?«

»Ja?«

»Dann ziehen wir nicht ins Hotel?«

Wie um ihn am Sprechen zu hindern, führte sie ihre Hände langsam an seinen Mund und schüttelte dazu den Kopf.

»Aber das macht doch nichts, das blöde Hotel, wer braucht denn das schon. Wir haben doch uns.«

»Doch Alfons, doch, das verstehst du nicht«, ihre Stimme war nur noch ein Flüstern, als vertraute sie ihm ein großes Geheimnis an, »das macht schon was, das macht ganz viel, weißt, Alfons ... das ist ganz schlimm, ganz schlimm ist das. Alfons, wirklich.«

»Aber Regine, was redest denn, was hast denn ...? Regine, wo willst denn hin ...? Regine? Regine!«

Sie hatte denselben Fehler begangen wie damals beim Schurike Mike. Da hatte sie auch weiß Gott was hineingelegt, nur um irgendwann festzustellen, dass das alles nur Illusionen waren. Ganz deutlich sah sie ihre Zukunft vor sich, sah sich bis an das Ende ihrer Tage in dieser Bauernkate sitzen und herüberschauen auf das Hotel, und nie würde es ihr gehören, nicht einmal dort wohnen würde sie. Ja hatte der Alfons, dieser Depp, wirklich gemeint, sie würde seine Dienstmagd spielen bis an das Ende ihrer Tage? Das war doch verrückt, einfach verrückt, verrückt.

Nur einmal blieb sie noch stehen, am hinteren Gartentürl. Sie öffnete und ging dann einfach weiter. Auch als gar kein Weg mehr da war.

»Na, Herr Stockinger, gut geschlafen?«

»Guten Morgen, Frau Kommissarin. Nein, nicht besonders.«

»Sie kennen das Spiel ja, bitte nehmen Sie Platz.«

»Danke schön.«

»So, dann wollen wir mal. Sie bleiben dabei?

»Was?«

»Sie brauchen immer noch keinen Anwalt? Aber ich sag' es Ihnen noch einmal, besser wäre es für Sie. Sie können es sich ja noch überlegen. Nein? Gut, ganz wie sie wollen, ich kann Sie nicht dazu zwingen.«

»Glauben Sie mir's doch endlich, ich hab' nichts g'macht.«

»Soso. Dann erzählen Sie mir doch noch einmal, wie das war gestern Abend. Kaffee?«

»Ja, gerne.«

»Mit Milch und Zucker?«

Er nickte. Sie gab dem anwesenden Polizeibeamten ein Zeichen.

»Für mich auch, schwarz, ohne Zucker.«

Dann wandte sie sich wieder dem Beschuldigten zu.

»Also, Herr Stockinger, ich höre.«

»Hm, und wo soll ich anfangen?«

»Wo Sie wollen.«

»Also gut, also. Ja, dann fang ich am besten da an, wie wir von Tunesien gekommen sind, oder?«

»Ganz wie Sie meinen.«

»Aber was Neues werden Sie nicht zu hören kriegen, das kann ich Ihnen gleich sagen.«

»Das lassen Sie nur meine Sorge sein.«

»Ja, also, wie wir von Tunesien gekommen sind. Also eigentlich war alles wie immer.«

»Nicht wie immer«, unterbrach sie ihn.

»Warum?«

Sie hätte lachen können über das blöde Gesicht, das er machte, aber sie war nicht in der Stimmung.

»Das würde ich gerne von Ihnen hören, wir wissen das ja nicht«, blaffte sie ihn stattdessen an.

»Aber das habe ich Ihnen doch schon …«

»Gestern«, unterbrach sie ihn hart. »Gestern haben Sie uns gesagt, dass ihre Frau seltsam still gewesen ist.«

»Ja, so, das, ja, freilich.«

»Also eben nicht wie immer. Sonst war Ihre Frau ja eine recht lustige und energische Person, Sie haben sie zumindest so beschrieben, und das deckt sich auch mit dem was wir bisher von Ihrer Frau wissen.«

»Ja, freilich, sonst war sie schon immer so, ich mein', so gut habe ich sie jetzt auch nicht, ich mein', wir waren ja noch nicht lange verheiratet. Aber das ist schon wahr, sie war schon immer so eine Lustige. Deswegen ist es ja so schlimm. Ich hab' sie wirklich gern g'habt, so richtig gern.«

»Herr Stockinger, bitte! Mir kommen gleich die Tränen.«

»Ich mein' ja bloß. Auf jeden Fall, so wie gestern war sie vorher noch nie, und deswegen ist mir das auch erst später aufgefallen. Ich hab' mir vorher partout nichts gedacht, wenn sie vielleicht mal stiller war als sonst, das müssen Sie mir glauben. Es ist mir halt nicht aufgefallen. Und ich mag das ja, wenn es still ist.«

»Sie haben also gerne Ihre Ruhe, aha, und aufgefallen ist ihnen den ganzen Tag nichts, erst am Abend. Ist das so richtig?«

»Ja, genau«, antwortete Alfons, froh, dass sie endlich einmal einer Meinung waren.

»Das klingt nicht logisch, Herr Stockinger. Wenn Ihre Frau immer so lustig war, wie auch sie uns hier bestätigen, dann muss Ihnen doch die Wesensänderung an Ihrer Frau umso mehr aufgefallen sein. Herr Stockinger, das ist nicht logisch, das sehen Sie doch ein? Herr Stockinger, sehen Sie das ein? Es muss doch einen Auslöser gegeben haben?«

»Jaja, genau so kann man das sagen, Wesensänderung, genau, das war es, genau, sie war plötzlich eine ganz andere, wie ausgewechselt. Aber erst später, beim Schneeräumen, erst dann hat das angefangen mit der Wesensänderung, und da ist sie dann auch ziemlich schnell ganz komisch geworden. Wesensänderung, genau«, wiederholte er das neu entdeckte Wort, das dem Unbegreiflichen einen Namen gab.

Sie vermied es, ihm direkt in die Augen zu sehen. Sie hatte keine Lust auf Spielchen. Sie wollte erst einmal versuchen, das Gehörte nicht gleich wieder einzuordnen. Wertneutral, ergebnisoffen. Darauf hatte sie erst neulich in ihrem Vortrag »Psychologie in der Polizeiarbeit« hingewiesen. Unglaublich was die Kommissaranwärter heute alles wissen mussten, dachte sie schnell und fragte dann weiter.

»Wie, komisch geworden? Das reicht mir nicht, das möchte ich schon noch genauer wissen. Das habe ich bisher noch nicht so ganz verstanden, Herr Stockinger.«

Sie wurde einfach nicht schlau aus diesem Mann. Es war erst zwei Jahre her, dass sie sich hier gegenüber gesessen hatten, da hatte er auch einen auf blöd gemacht. Aber sie hatte ihn dann doch klein gekriegt, nur dass sie ihn am Schluss hatte laufen lassen müssen. Alleine der Gedanke daran beschleunigte ihren Puls. Aber diesmal war er fällig!

»Ich versteh' es ja selber nicht. Wissen Sie, Frau Kommissarin, es war so, dass sie auf einmal partout im Hotel hat wohnen wollen, und ...«

»Und das war Ihnen neu«, fiel sie ihm ins Wort.

»Nicht direkt, nicht direkt, Frau Kommissarin, sie hat schon immer mal wieder damit angefangen, aber immer nur kurz und eher vor der Hochzeit. Nachher dann eigentlich nimmer so, bis, ja bis … ja, und da ist sie dann richtig ausgeflippt. Ich hab' mich gar nimmer ausgekannt.«

Er brach ab. Aber das feuchte Glitzern in seinen Augen konnte sie nicht täuschen.

»Ausgeflippt ist sie, aha. Und wie schaut das aus, wenn Ihre Frau ausflippt?«

»Wie das ausschaut? Hm, ja mein Gott, wie soll ich sagen, erst war es ganz laut, ich bin richtig erschrocken, und dann ist sie ganz schnell ganz leise worden, aber anders, eher so wie ein Hund wenn er geschlagen wird, dann fangt der auch so zum Winseln an, aber jetz' versteh'n Sie mich bitte nicht gleich wieder falsch. Ich weiß nur nicht, wie ich das anders sagen soll.«

»Aha, jetzt wissen wir wenigstens schon einmal, welchen Stellenwert Ihre Frau für Sie hatte. Und geschlagen haben Sie sie also auch, das ist ja schon einmal etwas. Wir machen Fortschritte, Herr Stockinger, gratuliere.«

»Ich, ich, wie, aber das war doch nur ein Beispiel! Ich hab' noch nie jemand geschlagen, also das müssen Sie mir glauben! Nicht einmal meine Kinder! Ich hab' doch extra g'sagt, das war nur ein Beispiel.«

Einen Versuch war es jedenfalls wert gewesen. Ja, reg dich nur auf, du Mistkerl. Zwei Frauen auf dem Gewissen und immer noch diese blöde selbstgerechte Fresse. Du hast sie beide verprügelt, ich seh's dir doch an, und wenn das nicht mehr gereicht hat, dann hast du sie kalt gemacht.

»Ein Beispiel, aha, ein schönes Beispiel. Und wie ging es dann weiter?«

»Ich hab' ihr dann gesagt, dass mir das Hotel gar nimmer g'hört.«

»Das hat sie noch gar nicht gewusst? Das wird ja immer schöner.«

»Nein, woher denn, das ist ja nur mich und meine Kinder was angegangen, ich mein', das Hotel, das war doch …«

»Finden Sie. Ja klar, für jemanden, dessen Frau den Stellenwert eines Hundes hat, warum soll man seinem Hund so etwas Existenzielles mitteilen, klar. Oder seiner Frau. Geht ja viel einfacher, kann man sie ja einfach umbringen und in die Klamm werfen, wenn sie einem blöd kommt, klar, warum reden. Oder Herr Stockinger, ist doch so.«

»Ja, nein, Sie verstehen das nicht. Das war immer schon das Hotel von der Katharina und den Kindern, mich hat doch das Hotel nie interessiert. Und bevor ich noch einmal heirate, ich mein', jemand Fremden, ich mein', da haben die Kinder halt gemeint, soll ich das regeln, weil wenn mir was passiert oder mir und der Regine, ich mein', uns zwei auf einmal, dann kommen da vielleicht plötzlich Wildfremde und wollen in dem Hotel mitreden, das geht doch nicht. Also das geht doch wirklich nicht. Da hat der Sebastian doch recht, das muss man doch versteh'n!«

»Aha, dann ist jetzt wohl der Sebastian schuld an allem, aha. Aber gut, lassen wir das. Und wie ging das dann weiter, ihrer Meinung nach?«

»Ja, nichts mehr, sie ist auf einmal losmarschiert und dann, dann ist sie g'hupft, ich mein', gesprungen.«

»Aha, losmarschiert und dann gesprungen, einfach so, weil ihr danach war. Klar, mache ich auch jeden Tag. Immer wenn mir danach ist, springe ich irgendwo runter, das finde ich richtig erfrischend, logisch. Doch wohl weil Ihre Frau da angeblich zum ersten Mal gehört hat, dass Sie das Hotel Ihren Kindern überschrieben haben, oder?«

»Ja, genau. Da sagen Sie es ja selber. Was anderes weiß ich auch nicht.«

»Und vorher hat sich Ihre Frau nie für das Hotel interessiert?«

»Doch, schon, aber ...«

»Aber nicht so richtig, nicht so wie an diesem Abend?«

»Ja, genau.«

»Andere Frage: Warum taten Sie Ihrer Frau nicht einfach den Gefallen, ins Hotel zu ziehen? Wenn Sie sie doch so mochten? Wäre das denn so schlimm gewesen? Das wäre doch möglich gewesen? Sie haben doch früher auch da gewohnt.«

»Ja, nein, ich mein, ich hab' doch gar keine Zeit mehr g'habt. Auf einmal is' sie, ich mein', war sie weg.«

»So, Herr Stockinger, es reicht. Genug der Märchen. Ich erzähle Ihnen jetzt einmal meine Version der Geschichte, und im Gegensatz zu Ihrer kommt die der Wahrheit in entscheidenden Punkten wesentlich näher als das, was Sie uns hier auftischen wollen. Also, Sie haben sich gestritten, wie das halt so ist, kommt in den besten Ehen vor, kein Problem bis dahin. Okay, die Schläge lassen wir einmal außen vor. Ein Wort ergibt das andere, der Streit eskaliert, auch kein Problem, aber«, sie hob beschwörend die Arme, »aber anders als bei anderen hört das bei Ihnen ab einem bestimmten Punkt nicht mehr auf! Im Gegenteil! Das wird immer schlimmer! Bis Sie sich nicht mehr auskennen vor lauter Wut, und dann schlagen Sie zu! Und Ruhe ist erst dann wieder bei Ihnen, wenn einer tot am Boden liegt oder eben in der Klamm, oder im Heizungskeller. Jajajaja! Schauen Sie mich nur an, ich weiß, das hatten wir alles schon einmal. Erinnern Sie sich, das ist nichts Neues, das kennen wir schon, gell Herr Stockinger?«

Paulig zündete sich eine Zigarette an, und auch Alfons fischte sich eine aus seiner Schachtel. Zwei brennende Streichhölzer landeten hintereinander im Aschenbecher, krümmten sich ein letztes Mal, hoben dabei fragend ihre Köpfchen und verrauchten.

»Aber warum? Was war der Anlass? Ich sag' es Ihnen, Ihre Frau war eifersüchtig, ja, schon wieder. Die Menschen töten aus immer den gleichen Motiven, wussten Sie das nicht? Haben Sie mal wieder einen Blick zu viel riskiert? Beim Badeurlaub? Der fesche Bergbauer und eine heißblütige Miturlauberin? Oder war es mehr als ein Blick? Ist Ihnen Ihre Frau draufgekommen? Hat sie Sie zur Rede gestellt? Hat sie angefangen, Sie zu nerven, hat sie in Ihnen herumgestochert? Ja, ja, das mag er gar nicht, der Herr Stockinger, da wird er ganz wuschig, und wenn eine dann vielleicht noch aus der Rolle fällt, vielleicht herumschreit, eine Szene macht, nein, das mag er überhaupt nicht, da wird er ganz nervös, der Herr Hotelbesitzersbergbauer … Ja, ich weiß, gehört Ihnen nicht mehr, hat Sie nie interessiert, ist schon recht, Herr Stockinger, aber um das geht es hier nicht. Ihr Scheißhotel interessiert hier herinnen niemanden! Sie haben Ihre Frau umgebracht, Herr Stockinger. Darum geht es hier und sonst um nichts.« Sie lehnte sich zurück und sog an ihrer Zigarette. »Ja, der Herr Stockinger, so ist der Herr Stockinger. Wenn ihn eine aufregt, dann bringt er sie halt um, schlägt sie tot und wirft sie in die Klamm wie einen toten Hund. Gar nicht blöd, so wie die ausschauen, wenn wir die dann aus der Klamm fischen, da bleibt nicht mehr viel übrig, geschweige denn eine eindeutige Todesursache. Das Schöne für uns, wir bekommen sie frisch gewaschen. Das sind unsere saubersten Leichen. Ach ja, haben Sie die Fotos gesehen? Wollen Sie sie sehen? Wollen Sie nicht? Ich habe sie hier, ich kann sie Ihnen gerne zeigen.« Ohne ihn aus den Augen zu lassen, griff sie in ihre Aktentasche und warf ein gutes Dutzend Fotos auf den Tisch. So wie sie zum liegen kamen, konnte er auf jeder dieser Postkarten des Grauens einen kleinen Ausschnitt erkennen, bis auf der obersten, die ihm bis vor der Nase gerutscht war und ihn an den Anblick moderner Kühlhäuser erinnerte.

Regine, aufgebahrt im Keller der Pathologie in München. Auf einigen der anderen Bilder konnte er am Rand Kieselsteine erkennen. Das mussten die Bilder vom Fundort sein. Regine zerschmettert in der Klamm.

»Warum hat sie nicht geahnt, was Sie für einer sind? Warum hat sie sich überhaupt mit Ihnen eingelassen, einen, der nur gerade so davongekommen ist? Sie hat doch gewusst, dass Sie schon einmal eine umgebracht haben … Dass Sie verdächtig waren, ich weiß, wir müssen hier nicht so tun, wir wissen beide, dass Sie es waren. Ich sage es Ihnen, auch dafür gibt es eine einfache Erklärung. Es gibt einfach Frauen, die stehen auf solche Typen wie Sie, harte Schale, weicher Kern. Aber bei Ihnen, hinter dieser Schale, da gibt es keinen weichen Kern, weil da, wo andere ein Herz haben, da haben Typen wie Sie ein Loch, ein schwarzes Loch, ein riesiges, schwarzes Loch.«

Er riss die Augen auf. Was sie da sagte, und vor allem wie, so kalt, als wäre er gar kein Mensch. Als wäre er nur ein besonders furchtbares Tier im Zoo und sie die Frau Lehrerin, die ihrer Klasse den Text der Informationstafel vorlas, und gleich würden sie weitergehen, würden ihn zurücklassen, und dann würde die Nacht kommen und ihn verschlucken und nie mehr hergeben.

Teilnahmslos sammelte sie die Fotos wieder ein. Längst hatte sie sich abgewöhnt, den Anblick von Leichen, und mochten sie noch so zugerichtet sein, in ihr Herz zu lassen. Außer bei Kindern. Kinderleichen fanden immer einen Weg.

»Nicht schön, gar nicht schön. Ja, Herr Stockinger, ja, schauen Sie nur, so schaut eine Frau aus, die das Glück hatte, sie kennenlernen zu dürfen.« Sie sog noch einmal an ihrer Zigarette. So würde sie es nie schaffen, mit dem Rauchen aufzuhören, bei dem Abschaum, mit dem sie ständig zu tun hatte. »Sie haben Ihre Frau unter irgendeinem Vorwand an die Kante gelockt, niedergeschlagen und runtergeworfen. Oder haben Sie sie einfach so in den Abgrund geworfen, bei vollem Bewusstsein? Ich trau's Ihnen zu, Ihnen trau ich das zu. Haben Sie wieder einmal die Nerven verloren wie damals bei Ihrer ersten Frau …? Unterbrechen Sie mich nicht, ich kann Ihren selbstgefälligen, verlogenen Mist nicht mehr hören. Ja, haben Sie wirklich gemeint, Sie machen hier wieder einen auf treuherzig und alle fallen darauf herein? Und dann können Sie wieder heimgehen und das war's dann? Herr Stockinger, vergessen Sie es! Diesmal ziehen Sie Ihren Kopf nicht mehr aus der Schlinge. Ich bringe Sie in den Knast, und da bleiben Sie drin, bis Sie verrecken. Lebendig kommen Sie da nicht mehr heraus, dafür sorge ich höchstpersönlich. Glauben Sie mir, das war es mit Ihrem Leben. Was jetzt kommt, das können Sie sich nicht einmal vorstellen, und das bis zum bitteren Ende. Das Gericht wird sich bestimmt gerne an den ungesühnten Mord an Ihrer ersten Frau erinnern. Das sieht doch sogar ein Blinder: Zweimal die Ehefrau, und zweimal so, dass die Todesursache möglichst nicht mehr eindeutig ermittelt werden kann. Oder meinen Sie, so ein Richter hat das nicht mit auf der Rechnung? In so einem Fall hat sich's mit der Unschuldsvermutung. Da hat sich's ausvermutet! So schaut das aus. Gar nicht gut schaut das aus. Von wegen im Zweifel für den Angeklagten. Nicht bei so einem, nicht bei einem, der nur grad so durchgerutscht ist. Da muss er gar nicht so schau'n, der Herr Stockinger, mit seinem Zeiserlblick.« Unvermittelt krachte ihre Rechte auf das fleckige Resopal. Mit einem Satz war sie auf den Beinen. Den Oberkörper über den Tisch gebeugt, die Arme durchgedrückt, die Handflächen in die Tischkante gekrallt, zischte sie ihn an: »Stockinger, Sie sind am Ende und Sie wissen das auch! Ich habe Sie an den Eiern! Hören Sie, das war's für Sie. Machen Sie endlich Ihr selbstgefälliges Maul auf. Ich habe keine Lust mehr, mich weiter mit Ihnen herumzuschlagen. Reden Sie! Jetzt! Ihre einzige Chance ist, dass Sie jetzt reden! Ich sage Ihnen das nur einmal, es liegt einzig an mir, ob Sie jemals wieder aus dem Loch herauskommen oder ob Sie bei lebendigem Leib drin verfaulen!

Er konnte sich nicht erinnern, dass er je so etwas empfunden hatte. Dieser wahnsinnige Blick aus ihren Augen, kurz, bevor sie gesprungen war, dazu dieser winselnde Diskant, der lauter als jeder Schrei direkt in sein Herz gefahren war. Seitdem fühlte er etwas, das er nicht verstand, das wehtat und sich trotzdem wohl anfühlte, das eine Leere ausfüllte, von der er nicht gewusst hatte, dass sie in ihm war. Dabei hatte sie ihm einfach nur leid getan. Wie sie so in seinen Armen hing, kraftlos, zerbrechlich wie eine Schaufensterpuppe, trotz ihrer Fülle, und ihm mit blinden Händen durchs Gesicht fuhr.

Hätte er jetzt in sich hineinschauen können, hätte er ein leeres Nest gefunden. Seine schwarzen Untermieter über all die Jahre, einfach ausgeflogen, einfach weg.

Nur wohin?

Und warum war die Regine wirklich gesprungen? Hatte sie in ihn hineingeschaut, grad in dem Moment, als ihr Verstand sich von ihr verabschiedet hatte, hatte sie sie da gesehen? Und die sie? War es vielleicht gar nicht wegen dem Hotel gewesen, dass sie gesprungen ist? Wollten sich die schwarzen Reiter der Apokalypse vielleicht nur nicht diese einmalige Gelegenheit entgehen lassen? Wollten sie vielleicht nur endlich wieder einmal etwas erleben, endlich wieder einmal die Sau herauslassen, endlich wieder einmal jemanden umbringen? Hatten sie sich vielleicht gesagt, wenn nicht jetzt, wann dann?

Oder gehörte das alles zu einer ganz anderen Geschichte, einer, die schon vor langer Zeit passiert war?

Vielleicht hatte das alles seinen Anfang genommen, als Regine zum ersten Mal zu Alfons heraufgekommen war. Damals, als Katharina ihr den Kaffee auf den Tisch gehauen hatte? Als sie begreifen musste, dass da heroben nicht ihre Schönheit zählte, sondern ganz andere Qualitäten: Härte, Zähigkeit, Unerschrockenheit, die Bereitschaft, um etwas zu kämpfen, sich hineinzukrallen in den nackten Fels, nur um des bloßen Überlebens willen. Lang hatte es sie beschäftigt, dass sie nicht mithalten konnte mit dieser Katharina, die ihr an Schönheit, Eleganz und Anmut nie das Wasser würde reichen können und die ihr trotzdem turmhoch überlegen war, die sich den geheimnisumwitterten Alfons, den großen Schweiger mit den dunklen Augen einfach wegschnappt hatte. An der Nasenspitze hatte sie es dem Trampel von einer Magd angesehen, dass die über ihr feines Getue, ihre läppischen Versuche, den Alfons zu bezirzen, nur gelacht hatte. Nicht, dass sie den Alfons damals heiraten hätte wollen, die Aussichten auf ein Leben als Bergbäuerin waren alles andere als verlockend, aber dass sie, die es gewohnt war, ihre Konkurrentinnen allein durch ihre Anwesenheit in die Schranken zu weisen, hier nicht einmal eine Gegnerin war ... Oder war es später gewesen? Vielleicht als ihr erster Mann, der Schurike Mike, der schon eine ganze Weile mit einem süffisanten Grinsen im Gesicht an der Badezimmertür lehnt und ihr dabei zuschaut, wie sie an seiner getragenen Unterhose schnüffelt, mit der einen Hand am Türrahmen, in der anderen sein erigiertes Glied, so aufgegeilt hat ihn der Anblick der Frau, für die gerade eine ganze Welt eingestürzt ist, die sich jetzt nach vorne beugt, weil sie kotzen muss, wie er ihr den Rock hochschiebt, die Unterhose nach unten zerrt, ihr eine Ladung Speichel in den Schritt schmiert, seinen Schwanz hineinsteckt, aufstöhnt und sich dann einfach umdreht und ins Wohnzimmer geht, gerade noch rechtzeitig zum »Tor der Woche«.

»Warum soll ich sie denn umbringen? Wir haben uns doch mögen. Und überhaupt, warum hätt' ich denn bei der Polizei anrufen sollen, wenn ich es selbst gewesen wäre?«

»Wir haben uns doch mögen, wir haben uns doch mögen. Ja, wollen Sie mich verarschen, Stockinger?! Sie haben Ihre Frau in die Schlucht geworfen wie ein Stück Vieh! Was machen Sie denn, wenn Sie mal jemand nicht mögen! Ja vierteilen Sie den dann!? Und warum Sie uns angerufen haben, gleich nach der Tat, das liegt doch auf der Hand. Mein Gott, Stockinger, meinen Sie, Sie sind der Erste, der auf diese geniale Idee gekommen ist, meinen Sie, Sie sind automatisch aus dem Schneider, wenn Sie die Polizei holen? Ja, meinen Sie, wir sind von vorgestern! Da hätten Sie sich schon ein bisschen mehr Mühe geben müssen. Sich zum Beispiel die Frage stellen, wer es denn sonst gewesen sein soll, um diese Uhrzeit, auf Ihrem Hof. Sie haben ja nicht einmal einen Knecht, auf den Sie es schieben können. Ja, wer bleibt denn da? Und wer hat denn schon einmal seine Frau umgebracht? Machen Sie Ihren Mund wieder zu, ich weiß was da rauskommt. Und ich kann es nicht mehr hören!«

»Aber Frau Kommissarin, warum soll ich mir denn einen Knecht ausdenken, wenn ich das doch gar nicht war. Wenn sie doch g'sprungen ist. Die Regine ist einfach g'sprungen. Das müssen Sie mir glauben! Was soll ich denn machen, wenn uns keiner gesehen hat.«

Das war jetzt schon das dritte Verhör. Gleich nach der Tat das erste, dann in der Nacht noch einmal und jetzt wieder. Aber er war einfach nicht abzubringen von seinem Mist. Er blieb stur bei dieser schwachsinnigen Selbstmordgeschichte, die, so unglaublich blöd sie auch war, einen Vorteil hatte, sie war leicht zu merken. Normalerweise tauchen irgendwann im Lauf der Verhöre Ungereimtheiten auf, Widersprüchlichkeiten, meistens gleich beim ersten Mal, sodass es gar nicht mehr zu weiteren Befragungen kommt. Das geht eigentlich immer ganz schnell. Hier ein bisschen herumstochern, da ein wenig dran ziehen, schon fällt das Kartenhaus in sich zusammen … Verdammt, die springt doch nicht einfach!

»Was ich nicht verstehe«, unternahm sie einen letzten Anlauf, »Herr Stockinger, kommt das bei Ihnen mehr so anfallartig, dass Sie zum Monster werden? Schauen Sie mich nicht so an. Sagen Sie mir einfach, was los war. Oder war es ein Unfall? Herr Stockinger, da muss doch was gewesen sein, da muss doch was vorgefallen sein. Wenn es ein Unfall war, dann sagen Sie das doch einfach. Haben Sie gerangelt, ist sie dabei abgestürzt? Der Unterschied zwischen kaltblütigem Mord und Totschlag ist Ihnen doch bewusst, oder? Bei Mord verfaulen Sie im Knast, bei Totschlag kommen Sie bald wieder raus. Wenn es ein Unfall war, sind Sie mittags wieder auf Ihrem Hof. Aber das wissen Sie ja alles. Herr Stockinger, machen Sie es uns und Ihnen doch nicht so schwer. Wir finden doch sowieso heraus, wie es war, alles nur eine Frage der Zeit, glauben Sie mir.«

Sie stand auf, ging ein bisschen auf und ab, öffnete dann die Tür und sagte: »Ich bin hier fertig. Bringen Sie ihn weg.«

Obwohl es schon etwas merkwürdig war, erst die Katharina und jetzt diese Regine aus Weilheim, glaubte natürlich keiner im Ort ernsthaft, dass Alfons etwas mit den beiden Todesfällen zu tun gehabt haben könnte. Hätte ja auch keinen Sinn gemacht. Für alle, die ihn kannten, hatte Alfons einfach nur Pech gehabt. Und die, die sich noch an den tragischen Tod der Mutter erinnerten, konnten sowieso nur den Kopf schütteln über so viel Unglück, das einem einzigen Menschen widerfahren konnte.

Aber ins Gefängnis musste er trotzdem. Auch wenn jedem, der beim Prozess dabei war, sofort klar war, dass hier einer unschuldig in die Mühlen der Justiz geraten war. Auch dem Richter war sichtlich unwohl in seiner Haut, weil dieser Angeklagte halt so gar nichts von einem Gesetzesbrecher an sich hatte. Und das Motiv war auch nicht gerade eindeutig. Aber die Geschichte, die Alfons auch dem Gericht zumutete und von der er im Laufe der Verhandlung um kein Jota abweichen wollte, da konnte jetzt auch der Herr Richter insistieren wie er wollte, war dann doch zu blöd. Sodass der ihn, quasi gegen seinen Willen, einfach verurteilen musste. Wenn auch nur zu zehn Jahren wegen Totschlags.

Für Kriminalhauptkommissarin Christine Paulig, die der Verhandlung zunehmend fassungslos gefolgt war, bedeutete dieses Urteil das Ende ihrer polizeilichen Laufbahn. Für was, fragte sie sich, sollte sie weiter Mörder fangen, wenn die nach nur ein paar Jahren wieder frei herumlaufen durften, als wäre nichts gewesen. Sie ließ sich aus gesundheitlichen Gründen in den vorzeitigen Ruhestand versetzen und gründete im Anschluss eine Sicherheitsfirma, mit der sie sich in den nächsten zehn Jahren eine goldene Nase verdiente. Ungefähr zu der Zeit, als Alfons wieder aus dem Gefängnis entlassen wurde, verkaufte sie ihre Firma und zog nach Mallorca.

Erst nach zehn Jahren ließen sie ihn wieder frei, keinen Tag vorher. So hatte es das Gericht nachträglich verfügt. Und nur so konnte die Staatsanwaltschaft davon abgehalten werden, dieses Schandurteil, wie sie es nannte, öffentlich in Frage zu stellen.

Zehn Jahre. Nicht viel Zeit für einen Berg, noch nicht einmal viel für die Leute, die auf ihm leben. Aber zehn Jahre, in denen sich für Alfons alles veränderte und, so komisch es klingt, in denen er mehr von der Welt sah als in seinem ganzen bisherigen Leben zusammen.

Zweiundsechzig Jahre war er alt, als sie ihn wieder herausließen.

Nach und nach, in den vielen Gesprächen, die er mit der Anstaltspsychologin führte, ging ihm auf, dass er erstens nicht der Einzige war, der im Leben schlimm wurde und dass es für alles einen Grund gab. Und für das, was er der Mama angetan hatte, konnte er sowieso keine Verantwortung übernehmen, weil er da noch ein Kind gewesen war. Und auch, dass die Kindheit überhaupt der Dreh- und Angelpunkt jeder Lebensgeschichte ist, lernte er.

Die Gefängnispsychologin war nicht so, wie man sie sich vielleicht vorstellt, mit Hornbrille und wehendem Arztkittel, so eine Strenge. Nein, sie war noch sehr jung, eine, die die Welt noch aus den Angeln heben will, die, gerade erst von der Universität gekommen, mit einer echten Begeisterung an ihr Tagwerk ging. Für die ihr Resozialisierungsauftrag mehr war als nur eine Möglichkeit, Punkte zu sammeln für eine eventuell angestrebte Akademikerlaufbahn, die umsetzen wollte, was sie gelernt hatte.

Wie eine Wiese breitete er seine Psyche vor ihr aus, immer weiter ließ er sie im Lauf der Gespräche vordringen. Immer wieder bis zu dem Punkt, an dem er, Psychologie hin oder her, dass er sie mochte, wunderbar, aber da war dann jedes Mal Schluss.

Dass seine Mutter in den Tod gegangen war, wusste sie aus den Akten und entsprechend vorsichtig näherte sie sich jedes Mal diesem Punkt, kreiste ihn mal um mal enger ein, entfernte sich dann wieder ein Stück, verlor ihr Ziel aber nie aus den Augen. Und er folgte ihr, mal vorsichtig über ihre Schulter hinweg den Weg beobachtend, den einzuschlagen sie gerade dabei war, dann wieder, mit ihr gemeinsam suchend, neben ihr und manchmal auch ein paar Schritte voraus. Vieles, das er schon längst vergessen hatte, fand sich auf diesen Wegen wieder. Trauriges, Lustiges, Ernstes und Peinliches, bedeutsame und weniger bedeutsame Sachen. Bis ihm klar wurde, dass sie nicht eher Ruhe geben würde, bevor sie hatte, was sie wollte. Und als sie das nächste Mal mit der besagten Nacht vor vielen Jahren, als seine Mutter sterben musste, fertig waren, hatte diese Geschichte zwar nicht viel mit der Realität zu tun, aber es war eine schöne Geschichte, eine stimmige Geschichte geworden. Alfons war ganz gerührt, als er sah, wie glücklich die Psychologin darüber war. Sie bemerkte seine Reaktion natürlich und wusste, dass sie etwas ganz Besonderes vollbracht hatten. Sie und ihr Lieblingsalfons.

Jetzt geht das Ganze schon wieder los, dachte er erst als sie ihn fragte, ob er sich vorstellen könnte, sie bei der Gruppentherapie zu begleiten. Nein, nicht als Teilnehmer, das hätten sie ja hinter sich, nein, einfach so, und dass er einen günstigen Einfluss auf seine Mithäftlinge haben könnte. Und er solle keine Angst haben, er müsse nichts sagen, nur dabei sein. Es wäre ein Experiment mit unbestimmtem Ausgang und sie wisse selbst nicht genau, aber man müsse halt immer bereit sein, »neue Wege zu gehen«, egal, wie alt man sei. »Alfons, nur nicht nachlassen!« Und da er ohnehin nichts Besseres vorhatte, ließ er sich darauf ein.

Ohne dass er es richtig mitbekommen hätte, band ihn die energiegeladene Psychologin mit dem kurzen Pferdeschwanz, den sie wie einen Springbrunnen hoch am Hinterkopf trug und an dem sie im Lauf jeder Sitzung so lange herumzupfte, bis er irgendwann aussah wie ein von gelangweilten Küken zerpflücktes Vogelnest, nach und nach so in ihre Arbeit ein, dass man durchaus den Eindruck gewinnen konnte, er sei ihr Assistent. Auch dass er irgendwann zu reden anfing, hatte sie so geschickt veranlasst, dass er es gar nicht mitbekam. Nach jeder Sitzung fragte sie ihn um seine Meinung. »Alfons, bitte ganz frei, ohne langes Nachdenken.« Dazu versorgte sie ihn mit Fachliteratur, wegen des nötigen theoretischen Unterbaus, wie sie meinte. Und Alfons, zum ersten Mal in seinem Leben intellektuell gefordert, hängte sich ernsthaft rein. Später, nach einigen Jahren, nahm er ihr auch schon einmal eine kleine Gruppe ab, dann und wann, wenn es ihr terminlich nicht ausging, und noch später fast regelmäßig. Aber da stand er schon kurz vor seiner Entlassung.

Man glaubt gar nicht, wie offen er bald auf seine Mitmenschen zuging, egal, ob kleiner Gelegenheitsstricher mit ungesundem Hang zu fremdem Eigentum, Kinderschänder, Mörder, Wärter oder Gefängnisdirektor. Keine Scheu, kein Zaudern, kein Abwarten mehr. Kam zum Beispiel ein Neuer auf seinen Block, war es Alfons, der ihn in Empfang nahm und ihm die Feinheiten des Vollzugs erklärte. Aufrecht, klarer Blick, freundliches Lächeln und als erste Handlung ein fester Händedruck, ganz einfach und da, wo er herkam, eine Selbstverständlichkeit, kaum der Rede wert. Aber hier im Haus gab es genügend, denen hatte noch nie jemand die Hand gegeben. Und für die war das schon etwas.

Der Mehmet Butzmann zum Beispiel, den hatte nie jemand, nicht einmal seine Mutter, jemals mit einem liebevollen Blick bedacht. Der war immer nur im Weg. Bis zu seinem fünfzehnten Geburtstag, da schenkte er sich erst einmal ordentlich einen ein, fasste sich dann ein Herz, ist rauf zur Nina, der schönen Tochter von Frau Aspers, der Alleinerziehenden im dritten Stock, packte sie, genauso wie der Typ im Fernsehen, zärtlich an den Haaren und zog sie zu sich hoch. Aber anstatt dass sie anschmiegsam geworden wäre, jetzt geküsst hätte werden wollen, wie diese Julia Dingsbums in dem Film, hatte sie ihm eine gescheuert, dass er schlagartig nüchtern wurde. Und er, zum ersten Mal, und wie oft hatten ihn seine Mutter und ihre diversen Männer vertrimmt, und er hatte sich nie dagegen gewehrt, schlug einfach zurück, rein aus Reflex.

Und dann lag sie da, schaute ihn mit großen Augen an, auch das zum ersten Mal in seinem Leben, dass ihn jemand direkt anschaute, und natürlich fing sie auch gleich zu heulen an, bat und bettelte, er möge aufhören, sie würde auch alles tun, was er wolle, und hob auch gleich ihr Röckchen. Aber das interessierte ihn gar nicht, nur, dass ihn endlich jemand wahrgenommen hatte, dass endlich einmal jemand vor ihm Angst gehabt hatte und nicht immer nur umgekehrt, dass er auch einmal wer war, das war schön.

»Respekt, Alfons, verstehst, Respekt. Das kannst du dir gar nicht vorstell'n, verstehst, du hast das ja nicht, da kommt nix hin, verstehst, wie ein Rausch, bloß noch schöner, verstehst, Alfons.«

Und zwar so schön, dass er erst mit Schlagen aufgehört hatte, als sie tot vor ihm auf dem Parkett gelegen hatte.

Das war vor acht Jahren, und dafür hatte er fünf Jahre Jugendstrafe abgesessen, was aber nicht viel brachte. Kaum war er drei Tage draußen gewesen, hatte er sich eine zwölfjährige Gymnasiastin auf dem Nachhauseweg direkt von der Straße gepflückt, in den nächsten Busch gezerrt und erwürgt. Das war sein Traum, ohne dass das jemand geahnt hätte. Und darauf war er stolz wie auf sonst nichts, darauf, dass er das fünf Jahre für sich behalten hatte. Bis es endlich so weit war.

»Alfons, kannst du dir das vorstell'n? Ich hab' fünf Jahr', verstehst, ganze fünf Jahr' hab' ich mein Maul g'halten, kannst du dir das vorstellen, nicht schlecht oder? Hab' keinem was verzählt, verstehst, gar keinem, auch mei'm besten Freund, dem Adi nicht, verstehst, keine Sau hat das g'wusst!«

Sein Traum war eine mit Hirn. Er wollte nur sehen, wie sich so eine beim Sterben anstellte. War aber dann doch nicht so toll.

»Hätt' ich mir sparen können, kein Vergleich zum ersten Mal, vergiss es, Alfons, verstehst.« Danach versteckte er sich vierzehn Tag bei einem Knastkumpel. Bis der ihn verpfiff. Und seitdem war er hier.

Ja, Alfons entwickelte sich im Lauf seiner Haftzeit wirklich weiter, holte alles nach, was er versäumt hatte. Mehr noch, er wuchs über sich hinaus. Wenn jemals jemand ein Anderer wurde im Knast, ein Besserer, dann Alfons. Und die Altersdepression, die so manchen Althäftling vor der Zeit dahinrafft, konnte ihm auch nichts anhaben. Dafür hatte er einfach keine Zeit.

»Alfons, komm, es is' so weit, pack mer's. Oder bleibst uns am End'?«

»Nein, nein. Ich komm' ja schon.«

Auf den Tag genau zehn Jahre nach Antritt seiner Haftstrafe öffnete sich die kleine, graue Stahltür, und Sankt Adelheim spuckte ihn wieder aus, genauso emotionslos wie jeden anderen, der seine Strafe abgesessen hat. Plötzlich war er wieder ein freier Mann, und es hat ihn fast umgehauen, als er auf einmal draußen gestanden ist, ganz schwindlig wurde ihm, weil auf einmal keine Mauern mehr da waren, an denen seine Augen sich hätten abstützen können. Aber Sebastian und Feli waren da und umarmtem ihn. »Endlich bist wieder draußen«, stotterten sie und weinten. Dann stiegen sie ins Auto und fuhren heim.

Im Herd knisterte und knackte es und überall im Haus war es schön warm, und es kam ihm vor, als wäre er nur einmal kurz vor der Tür gewesen, aber auch, als hätten sie ihn dabei ausgetauscht. Nur nicht, als wäre er zehn Jahre im Bau gewesen.

Er ging zum Herd, öffnete die Tür zum Feuerraum, legte ein paar dürre Zweige auf die Glut, wartete einen Moment und warf dann einen kräftigen Keil hinterher.

»Wir lassen dich jetzt erst mal ein bisserl alleine, damit du zu dir kommst, gell Vater?«

Sie schwiegen erneut ein paar Sekunden, in denen nur der Ofen zufrieden vor sich hin schmatzte, dann antwortete er: »Ja, ich glaub', das wär' vielleicht nicht schlecht, ich bin noch gar nicht richtig da. Das ist alles noch so unwirklich. Werdet mir wohl ein bisserl Zeit geben müssen, damit ich mich wieder zurechtfind' in meinem Leben. Ich komm' dann einfach rüber, oder ich ruf' an, das heißt, wenn das Telefon …«

»Das geht, haben wir schon angemeldet.«

»Natürlich nur, wenn es überhaupt okay ist, dass einer wie ich …«

Der Satz war ihm eigentlich nur so herausgerutscht, aber jetzt hing er im Raum wie ein fader Furz und wartete darauf, dass jemand ihn erlöste.

Felicitas reagierte als Erste. Sie machte einen unbestimmten Schritt auf ihren Vater zu und sagte dann: »Freilich, komm einfach rüber, wann immer du willst, du bist doch da daheim, da hat sich doch nichts geändert. Ja, du bist gut. Oder Wast?«

Sebastians Gesichtszüge schienen zwar keine große Übung im Lachen zu haben, aber seine Augen drückten ehrliche Freude aus, als er bestätigend nickte. »Ja, freilich. Ist doch logisch.«

»Das tut gut, das tut wirklich gut, ich hab' ja nicht gewusst, ob ich noch willkommen bin, in eurem Leben, ihr wisst schon ...«, seine Stimme begann zu zittern, »Sebastian, Feli, das freut mich ehrlich, dass ihr noch zu mir steht. Nein, nein, da braucht ihr gar nicht abwinken, für euch war es bestimmt auch nicht immer einfach. Wenn einem die Leute hinterherschau'n, miteinander tuscheln, wenn man sich wegdreht, die Kinder in der Schule blöd angeredet werden, glaubt mir, ich kann mir schon vorstellen, was ihr durchgemacht habt. Da mach' ich mir nichts vor.«

Felicitas hob abwehrend die Hände. »So schlimm war's auch wieder nicht. Die Leute haben immer zu uns gehalten, waren immer auf deiner Seite, keiner hat ja geglaubt, dass du das wirklich warst.«

»Also, Feli«, widersprach Sebastian, der im Übrigen mit Worten genauso sparsam umging wie sein Vater, »so einfach, wie du jetzt tust, war's aber auch nicht, da hat der Vater schon recht. Geredet haben sie schon, ich mein', das ist doch klar, bei so was. Und wenn ich an die Schmiererei ...«

»Wast!«, rief sie scharf.

»Was für eine Schmiererei, Wast?« Noch nie hatte ihn der Vater mit Wast angesprochen, immer nur mit Sebastian. Wast klang irgendwie fremd aus seinem Mund, aber nicht unangenehm, im Gegenteil.

»Ah nix, so eine Schmiererei halt.«

»Komm, spuck's aus. Am Haus, am Hof? Doch nicht bei dir drüben?«

»Nein, nein. Eh nichts Großartiges, aber schon am Hof, an der Seite zum Hotel hin. Und wenn ich es hab' abwaschen lassen, hat es keine drei Tage gedauert, dann war es wieder da. Und bis heute wissen wir nicht, wer der Saukerl war.«

Seine Art zu reden erinnerte an einen alten Wasserhahn, der schon allein dadurch überrascht, dass er überhaupt etwas zustande bringt. Und gerade so, als würde ihm zum Ende hin die Kraft ausgehen, beendete Sebastian die Sätze nicht, sondern ließ sie einfach auslaufen. Dass er fertig war, merkte man daran, dass er nicht mehr weiterredete.

»Und was, was hat da gestanden?«

»Ja, was wohl, kannst es dir ja denken.«

»Komm schon, es interessiert mich. Ich hab' gar nichts gesehen.«

Jetzt war es Sebastian, der kurz zu seiner Schwester hinüberschielte, die schon die ganze Zeit warnend die Brauen gehoben hatte.

»Ja mei, was schon, Mörderhaus. Mörderhaus haben s' d'raufg'sprüht.

Aber wie gesagt, ich hab's ja immer gleich wieder wegmachen lassen. Wahrscheinlich ist es dem dann irgendwann zu blöd geworden, auf jeden Fall hat es irgendwann aufgehört. Und dann hab' ich gleich den ganzen Hof streichen lassen. Wie es endgültig vorbei war, mein' ich, wie nichts mehr nachgekommen ist.«

»Jetzt wo du's sagst«, der Alte zog die Augenbrauen nach oben und pfiff anerkennend durch die Zähne, »ich hab' mir gleich gedacht, irgendetwas ist anders, dass der Hof gar so strahlt. Ich hab' erst gedacht, dass ich mir das nur einbild', weil ich mich so g'freut hab'. Frisch g'strichen«, er schüttelte den Kopf, »so einfach ist das oft.«

»Am Anfang war er noch viel schöner. Das war ja alles ziemlich bald nachdem du nach München bist.«

Ein Zucken im Gesicht seines Vaters ließ ihn innehalten.

»Nach München bist? Ist das bei euch die offizielle Sprachregelung?«

Zum ersten Mal betrachtete er seine beiden ausführlicher. Felicitas, die schon vor Jahren in den Ort hinunter geheiratet hatte und mittlerweile Mutter von drei Kindern war und gerade angestrengt zum Hotel hinüberschaute, war noch ein wenig mehr in die Breite gegangen. Auch dass sie nicht sehr groß war, fiel ihm wieder auf. Und ihre lebhafte Art und ihr faltenfreies Gesicht. In den letzten Jahren war sie immer mehr zum Abbild ihrer Mutter geworden, die er vor vielen Jahren in einem Anfall von Geistesgestörtheit getötet und anschließend mitsamt ihrem Hotel in die Luft gesprengt hatte.

Wie eine dunkle Wetterwolke überkam ihn das Gefühl der Schuld. Sein Blick wanderte weiter. Der Sebastian, auch er glich, je älter er wurde, immer mehr seinen Vorfahren, sogar die Haare, oben wild und struppig, an der Seite ganz kurz, trug er wie er selbst und wie auch schon der Großvater. Bestimmt wusste er, dass das jetzt bei den wilden, jungen Leuten in der Stadt Mode war. Nur die blauen Augen, vor denen er bei der Geburt so erschrocken war, schienen mit den Jahren an Strahlkraft zu verlieren. Überhaupt machte er einen eher abgespannten Eindruck. Zu wenig frische Luft und zu wenig Bewegung. Aber das wusste er bestimmt selbst.

»Nein, nein, müsst nichts sagen, ich versteh' euch gut«, wehrte Alfons die Erklärungsversuche seiner beiden Kinder ab. »Das war bestimmt nicht einfach für euch, mit so einem Vater und dazu die Schmierereien.« Resigniert zuckte er mit den Schultern. »So ist das halt, wenn man so einen in der Familie hat.« Aber dann lächelte er. »Ach ja, die Feli hat mir gesagt, da gibt's jemand, in deinem Leben?«

»Feli!«

Begütigend legte ihm sein Vater eine Hand auf die Schulter. »Schimpf nicht, das ist doch schön, ich freu' mich für dich. Du bist ja auch nicht mehr der Allerjüngste. Oder ist es doch nicht so ganz …?«

»Nein, doch, das passt schon mit der Tereza.«

»Ah, Tereza heißt sie. Ist sie von da?«

»Nein, ich hab' sie übers Hotel kennengelernt. Tereza hat letztes Frühjahr bei mir angefangen. Ich hab' jemand für die Rezeption gesucht, weil die Widl Irmi, ach so, die hast du ja gar nicht mehr gekannt, auf jeden Fall, die hat ein Kind kriegt. Ja, und da ist halt die Tereza gekommen. Ja, und wie es halt so ist, ich mein' …«

»Aber das ist doch schön und das passt auch, ich mein', beruflich. Ich freu' mich für dich. Schön, dass endlich jemand deine Qualitäten erkennt.«

»Deine Qualitäten. Wie du red'st, Vater.«

»Naja, stimmt doch. Ist doch besser, als wenn sie dich wegen deiner blauen Augen nimmt, oder? Und dann ist sie auch noch vom Fach. Das ist doch optimal.«

»Doch, doch, nur …«, hilfesuchend schaute Sebastian zu seiner Schwester.

»Ich hab' dir doch gesagt, dass der Vater sich verändert hat.«

»Ist das so auffällig, hab' ich mich wirklich so verändert? Ich merk' das ja nicht, na ja, zehn Jahre sind eben doch zehn Jahre.«

»Nein, nur wie du redst. Fast wie ein Studierter.«

»Ah, Feli, bitte, jetzt übertreibst aber. Das kann man doch nicht vergleichen. Ich und ein Akademiker.«

»Jetzt, schon wieder. Vater, ich glaub', du kannst gar nicht mehr anders«, lachte sie.

»Nein, Vater, da übertreibt sie nicht, da hat die Feli schon recht. So wie du red'st, wie meine Hotelgäste.«

»Jetzt hört's aber auf!«

»Vater«, zog Sebastian nun wieder einen Unterboden in das Gespräch, »ich wollt' mich übrigens noch entschuldigen, ich bin einfach nicht weg'kommen, und wenn ich dich einmal besuchen hab' wollen, dann …«

»Sebastian, bitte, lass stecken. Du hast mich oft genug besucht. Und außerdem warst du immer bei mir, in meinem Herzen. Ihr alle beide. Und damit ist alles gesagt.«

»Ja, wenn du das so sehen kannst, aber recht war's trotzdem nicht.« Sebastian schien ein Stein vom Herzen gefallen zu sein. Er ging hinüber zum Fenster und stellte sich neben seine Schwester. »Aber die Feli hat schon recht, du hast dich wirklich verändert.«

»Ich hoff', nur zu meinem Besten.« Alfons stand am Herd und schaute hinüber zu dem großen Schatten, zu dem seine Kinder zusammengewachsen waren.

»Ja, sowieso«, antwortete seine Tochter.

Dann war Stille. Unbeweglich stand das Schattenmonster am Fenster, bereit, sich im nächsten Augenblick auf ihn zu stürzen.

Mutig ging er darauf zu.

Fast beiläufig fügte sich sein Dasein wieder in das Leben am Berg. Wie gesagt, im Nachhinein sind zehn Jahre eben doch nicht so furchtbar viel. In der Stadt ist das schon eher eine Macht. Freunde ziehen weg, weil ein lukrativer Job sie in die Fremde gelockt hat, aus der gemütlichen Stammkneipe an der Ecke ist ein albanischer Schnellimbiss geworden. Sogar ganze Häuserzeilen können mit der Zeit verschwinden. Stattdessen residiert da jetzt eine große Bank, die keiner kennt und in die auch keiner, den man kennt, sein Geld bringt, in der man nicht einmal Geld abheben kann, auch wenn man da ein Konto hat. Und wo die ursprünglichen Bewohner hin sind, kann einem auch keiner sagen.

Einer Stadt merkt man zehn Jahre an, einem Berg nicht. Da genügt ein ausgedehnter Rundgang, ein Ratsch mit den Nachbarn, und man ist wieder mittendrin in seinem alten Leben.

Tagelang hatte ihn ein diffuses Gefühl, eine Art Fremdeln, davon abgehalten, sich zurückzumelden. Bis zur Peinlichkeitsgrenze schob er den eigentlich sofort fälligen Besuch hinaus. Am Ende wurde es eine geschlagene Woche.

»Lang nimmer g'seh'n.«

»Ja der Alfons! Also wirklich, ich hab' schon 'dacht, du kommst überhaupt nicht mehr rüber. Ich hab schon g'hört, dass du wieder heraußen … ich mein, ich hab' dich natürlich g'seh'n, logisch«, stöpselte Peter herum. Er wollte ja nichts Falsches sagen. Wer weiß, wie jemand reagiert, der gerade frisch aus dem Gefängnis kommt. Weiß man ja nicht, hat man ja keine Erfahrung, in der Regel. Und außerhalb der Regel? Er musste grinsen über den blöden Spruch, den erst neulich aufgeschnappt hatte.

»Hast schon wieder ein Witz auf Lager?«, fragte Alfons.

»Ah so, nein, nichts G'scheit' s. Nur so einen Schmarr'n«, druckste Peter herum und wurde rot.

»Der Peter, ganz der Alte, immer ein Witz auf Lager. Komm her, lass dich in den Arm nehmen.«

Zum ersten Mal in seinem Leben ließ Peter sich von einem Mann in den Arm nehmen. Dann stiegen ihm auch noch Tränen in die Augen.

»Komm lieber rein, trinken wir erst einmal eine Halbe.« Fast wäre er jetzt über die Schneeschaufel gestolpert, die er immer noch in der Hand hielt und die er mit einem befreienden »Scheißschaufel, blöde!« in den nächsten Schneehaufen pfefferte.

»Gut schaust aus, Alfons, richtig erholt … ich mein' … versteh' mich nicht falsch, ich mein' … du weißt schon …«

»Danke, du auch. Aber es stimmt schon, ich fühl' mich auch gut. Wo sind eigentlich deine Leut'?«

»Unterwegs. Im Ort. Einkaufen.«

Alfons setzte sich auf den Lieblingsplatz vom Jakob selig, der Peter ihm gegenüber, und im Handumdrehen war alles wie immer.

»War's schlimm?«

»Anfangs schon, aber dann ist es besser geworden. Und als ich dann«, er nahm einen Schluck aus der Flasche, »als ich dann im psychologischen Dienst angefangen hab', da war gar keine Zeit mehr für Depressionen, ich hab' ja auch lernen müssen. Beschäftigung ist halt immer noch die beste Medizin bei so was, und überhaupt, es gibt so viele arme Schweine auf der Welt. Du machst dir ja keinen Begriff, was da alles hereinschwappt.«

»Jaja«, sagte Peter, »schon, aber trotzdem, ich mein', du warst doch unschuldig.«

»Peter, schau doch mal in deinen Fernseher, schau dir bloß die Abendnachrichten an. Die sind auch alle unschuldig, zum Beispiel diese ganzen kleinen Schwarzen, die dich da mit ihren großen Hungeraugen anstarren. Und die haben wirklich lebenslänglich. Ich hab' ja gewusst, es ist nicht für ewig.«

»Ja schon, aber trotzdem. Das kann man doch nicht vergleichen. Ich mein', die sind das doch g'wöhnt, so wie die leben, die da unten in Afrika zum Beispiel. Also, ich weiß nicht, ich tät eingehen wie eine Primel. Und außerdem warst du doch … aber sag einmal, was hast du da gemacht? Psychologischer Dienst? Du hast doch gar keine Ausbildung zu so was, ich mein', da muss man doch studiert haben.«

»Das war ja nicht offiziell bei mir. Aber so abwegig ist das gar nicht. Man kann schon studieren im Knast. Aber in zehn Jahren kann man auch so viel lernen, besonders wenn man jemand hat, der einen mitnimmt.«

»Und so jemand hast du g'habt im Gefängnis?«

»Ja, und ich sag' dir eins, im Nachhinein bin ich froh um jeden Tag im Bau. Wenn du dich nicht hängen lässt, wie soll ich sagen, wenn du lernst, dass du mit deinem Hirn mehr machen kannst als nur Erdäpfel zählen, dann kannst du da drin so viel lernen. Das ist eine ganz eigene Welt da drin. Ich mein', da triffst du so viele unterschiedliche Menschen, und keiner kommt dem andern aus, und, und das ist vielleicht das Schlimmste, du kommst dir da selber nicht aus. Ein Spaß ist das jedenfalls nicht, das kann ich dir flüstern.«

Der Peter hatte seine Halbe geleert und zwei weitere aus der Speisekammer geholt. »Also wie du redest. Der Wast hat mir schon erzählt, dass du jetzt quasi ein Studierter bist. Aber gleich so. Ich hab's ja nicht geglaubt, aber er hat recht, wie ein Studierter. Aber dafür«, triumphierend hob er Stimme und Flasche, »hast nicht mehr den Zug wie damals.«

»Der kommt schon wieder, keine Angst.«

Ein trockenes Klacken signalisierte den beiden frisch geöffneten Halben, dass ihre Stunde gekommen war.

»Prost, Alfons.«

»Prost, Peter.«

Ohne abzusetzen, leerten sie ihre Flaschen.

»Na also, geht doch. Und im Übrigen, ich bin immer noch der Alfons. Runderneuert von mir aus, aber immer noch der alte Alfons. Wo bleibt der Nachschub?«

»Kommt sofort.«

Diesmal stellte er gleich vier Flaschen auf den Tisch.

»Und was machst jetzt, ich mein', was hast du jetzt vor? Ich hätt' zwei Einjährige für dich und sogar einen Jungstier ... Was lachst, bist doch nicht mehr ganz der Alte, nichts mehr mit Bauer sein?«

Alfons rülpste. Dann sagte er: »Nur so halt. Ich lach', weil das so typisch ist. Aber hast ja recht, wär' eigentlich das Naheliegendste. Aber ich weiß nicht, ich muss mich erst einmal sortieren, ich weiß noch nicht so recht, vielleicht. Aber wenn, dann nimmer so wie früher. Weißt, das gefällt mir schon gut, Zeit haben, zum Lesen, zum Nachdenken. Und wandern tu ich halt jetzt, na ja, so weit das bei dem Schnee geht. Prost. Aber im Frühjahr geht's richtig los, da möcht' ich wieder einmal so richtige Touren gehen, übers Reintal rüber zur Mieminger Kette oder gleich die Dolomiten, was G'scheites halt, drei Tage Minimum. Oder eine ganze Woche von mir aus. Und wer kümmert sich derweil um die Viecher? Nein, nein, das läuft mir nicht davon. Weißt Peter, die schlimmste Zeit im Knast, das war für mich in der Früh, das Aufwachen. Die ersten Monate, eigentlich sogar Jahre hab' ich jede Nacht von daheim geträumt, und ich hab' immer unsere Berge g'seh'n. Und da war so eine Sehnsucht. Und aufgewacht bin ich dann in der Zelle, Blick auf die Zellentür oder das vergitterte Fenster. Das war hart, das war wirklich hart. Jede Nacht frei sein und jeden Morgen wieder eingesperrt werden.« Er stockte, Tränen stiegen ihm in die Augen. »Weißt, wir haben es so schön da heroben, so unglaublich schön. Aber trotzdem, das mit Bauer sein, also wenn überhaupt, dann nur mit einer Hilfe, weil allein, auf gar keinen Fall. Aber wieder mit jemand Fremden unter einem Dach, es ist so schön, wenn man allein ist, ich weiß nicht recht. Andererseits ... ein leerer Stall ... na ja, das läuft mir ja nicht davon.«

»Eine Magd«, der Peter hatte sein Bier abgesetzt und wischte sich mit dem Ärmel über den Mund, »also eine Magd, da wüsst' ich dir vielleicht sogar eine.«

»Öha, öha, scheint, als hätt'st du dir schon mehr Gedanken über meine Zukunft gemacht als ich selber.«

»Einer muss ja normal bleiben«, lachte Peter.

»Und das bist du«, lachte Alfons zurück. Und auf einmal war eine Ruhe in ihm und eine Klarheit, als wäre der Fernsehelektriker da gewesen und hätte das Bild neu eingestellt und den Ton gleich dazu.

»Prost, Peter.«

»Prost, Nachbar.«

Man merkt ja oft erst, dass Ton und Bild nicht ganz sauber eingestellt sind und das vielleicht schon seit Jahren oder sogar seit man denken kann, wenn plötzlich wieder alles stimmt. Und oft hat es gereicht, dass jemand kräftig dagegengehaut hat. Ein andermal konnte nur ein Fachmann helfen. Und oft genug wird die Beeinträchtigung nie entdeckt, und man stirbt, ohne jemals ein schönes, klares Bild empfangen zu haben. Aber wenn man es nicht anders gewohnt ist, macht das vielleicht gar nichts. Vielleicht stirbt es sich sogar leichter, wenn man nicht weiß, wie schön das Leben sein kann.

»So, das wär' jetzt also die Swetlana.«

Alfons schwante gleich nichts Gutes. Swetlana, das klang schon so nach Erntehelferin. Dunkel erinnerte er sich daran, dass der Peter irgendetwas in der Richtung hatte fallen lassen. Während der sich gleich an den Tisch setzte, schickte seine Begleiterin erst einmal nur einen scheuen Blick in die Stube.

Die Gmeiners hatten es sich nicht nehmen lassen, bis tief in die Nacht hinein die wiedererlangte Freiheit ihres Nachbarn zu feiern. Mit dem Ergebnis, dass Alfons, der das nicht mehr vertrug, erst gegen Mittag mit schweren Gliedern und einem hohlen Gefühl im Magen aus dem Bett gekommen war und ihm jetzt bei jeder Bewegung der Kopf wehtat. Das Letzte, was er jetzt bräuchte, wäre Besuch, besonders, wenn der was von ihm wollte.

»Ja, servus Peter, Grüß Gott. Swetlana, hab' ich schon richtig verstanden? Wollen Sie nicht hereinkommen?«

»Hast nichts dagegen?«, fragte der Peter sicherheitshalber noch einmal nach.

»Was fragst denn so blöd. Du bist doch eh schon herin. Ein Bier?«

»Logisch.«

»Wollen Sie auch ein Bier, Swetlana, oder lieber einen Wein? Oder einen Wodka? Swetlana, das ist doch russisch?«

Die vermeintliche Erntehelferin hängte Mantel, Schal und Mütze an einen freien Haken der Garderobe und trat nun ebenfalls ein. »Ja, Swetlana ist russisch, komme aus Nowosibirsk. Soll ich Schuhe auch ausziehen?«

Alfons drehte sich um. Für einen Augenblick trafen sich ihre Blicke.

»Geht so oder soll ich lieber ausziehen?« Wie ein kleines Mädchen streckte ihm die große Frau mit dem blonden Haaransatz die Sohle ihres rechten Moonboots entgegen.

Er dachte, zieh' sie aus, die tropfen ja schon. Aber gesagt hat er: »Nein, passt schon, kannst sie ruhig anlassen.«

»Wirklich?«, fragte sie verwundert nach.

»Ja, wirklich. Wenn ich es doch sage«, grantelte er. Und jetzt ärgerte er sich tatsächlich, aber über sich. Was konnte sie dafür, dass er das Gegenteil von dem sagte, was er dachte. Aber warum fragte sie auch so blöd? Hätte sie sie einfach ausgezogen, hätten sie jetzt nicht so eine blöde Situation.

»Ziehe ich lieber aus.«

Na also, warum nicht gleich so, dachte er.

»Wennst meinst, da sind Hausschuhe, such dir welche aus. Freie Auswahl«, schob er gewollt lustig hinter.

»Nowosibirsk? So weit her?«

»Sie kennen Nowosibirsk?«

»Nein, gab er zu, »aber klingt irgendwie nach Sibirien. Liege ich richtig?«

»Ja, Sibirien. Weit weg.« Die Erinnerung an ihre Heimat schien sie ein wenig traurig zu machen.

»Sie sprechen gut deutsch, Swetlana. Ist auch ein schöner Name. Swetlana.«

Augenblicklich röteten sich ihre Wangen. Sie senkte den Blick und sagte: »Oh, danke sehr.«

Er dachte, sie sieht aus wie die Engel in der Kirche. Die haben auch so rote Bäckchen und so weiße Haut. »Prost, Swetlana. Peter.«

Gemeinsam hoben sie die Gläser.

Die Russin schien geübt im Umgang mit der bayerischen Hochkultur. Als sie ihr Glas abstellte, hatte sie nicht mehr drin als die beiden Männer. Mit dem flachen Handrücken fuhr sie sich über den Mund und sagte: »Ist gut, das Bier.«

»Das freut mich, hab' gar nicht gewusst, dass die Russen sich so gut mit Bier auskennen. So, aber jetzt, was kann ich für euch tun? Ihr seid doch bestimmt nicht wegen dem Bier bei mir?«

Peter, der sich bisher nicht in die Unterhaltung der beiden eingemischt hatte, lehnte sich zurück, senkte sein Kinn und holperte los. »Du hast doch g'sagt, wenn du eine Magd hättest, dann würdest du wieder Bauer werden …«

»Nein, nein«, wehrte Alfons ab. »So hab' ich das nicht gesagt. Darüber geredet, darüber geredet, nur darüber geredet.«

»Bin ich Bäuerin, ist kein Problem, so kleiner Hof«, versicherte Swetlana eilig.

Ein kurzer Blick in die Augen seines Nachbarn und Peter wusste Bescheid. Dass sie Kleinbauern waren, wussten sie beide. Das hieß aber noch lange nicht, dass man sich das von jedem Hergelaufenen aufs Brot streichen lassen musste. Da half auch kein beschwichtigendes »Die Swetlana war vorher auf einer Kolchose, Alfons, die Swetlana ist ein richtiger Profi«.

Was sollte denn das jetzt heißen? Waren sie etwa keine Profis? Ein ganzes Leben auf dem Berg, mehr Profi geht doch gar nicht. Entsprechend angefressen reagierte er.

»Ein Profi, aha, sauber.« Sollte er jetzt etwa auch noch vor ihr auf die Knie fallen oder was? Mit einer fahrigen Bewegung zuckte seine Rechte zum Bier. Fast hätte er es umgeschüttet. Zur Strafe soff er es in einem Zug aus. Dann kramte er eine Schachtel Filterlose aus der Außentasche seiner Joppe, schnippte gekonnt lässig die letzte aus der Box, Profi, so eine Frechheit, und ebenso wie gerade sein Bier fraß er jetzt freudlos einen Schwall Rauch in sich hinein. Und außerdem hatte er Kopfweh.

»Ich weiß nicht, welchen Floh Ihnen der Peter da vielleicht ins Ohr gesetzt hat, weil das Hotel«, er nahm noch einmal Anlauf, »ich weiß nicht, ob Sie da Bescheid wissen, das gehört meinen Kindern. Leben tu ich von dem Geld, das mir mein Sohn jeden Monat überweist. Ich kann gut leben davon, mehr aber nicht. Bitte sind Sie mir nicht böse.« Langsam hatte er sich wieder im Griff und fragte sich, wie er jetzt um Himmels Willen auf das Hotel gekommen war. »Ich will bloß, dass Sie nicht meinen, dass ich, ich mein', dass Sie keine falschen Hoffnungen …« Er kam nicht dazu, den Satz zu beenden.

Der Rauch brannte ihr in den Augen, ihr Gesicht glühte. »Ich nicht hier für mich beleidigen lassen! Auf Wiedersehen! Doswidanje!«

Sie war schon fast an der Tür, als Alfons reagierte. »Aber so bleiben Sie doch! Ich wollte Sie doch nicht, also … also wirklich …«

»Swetlana! Swetlana! Jetzt bleib doch. Der hat's doch nicht so g'meint.« Auch der Peter versuchte zu retten, was noch zu retten war. »Jetzt bleib doch da, Kruzifix.« Dann drehte er sich zu Alfons, der immer noch genauso dasaß wie zu Anfang, und fuhr ihn an: »Was war denn des jetz' für ein Scheiß! Du, du psychologischer Dienst, du!

Alfons versuchte, Normalität herzustellen, indem er sich stur eine weitere Halbe einschenkte. »Geh komm, hol sie zurück, so kann ich die doch nicht gehen lassen«, brummte er. »Also so was G'spinnert's.«

Peter griff nach seiner Zipfelmütze und stürmte der mit großen Schritten davoneilenden Russin hinterher. »Swetlana, Swetlana! So wart' doch, g'spinnert's Weib, g'spinnert's! Das gibt's doch nicht. Swetlana!«

Alfons vermied es, seinen Brummschädel in Richtung Fenster zu drehen. Obwohl ihn der Anblick der davonstürmenden Russin in ihrem bunten Mantel und der glitzernden Baseballkappe und der ihr hinterherhechelnde, gut einen Kopf kleinere Peter, bestimmt in eine bessere Stimmung versetzt hätten.

»Scheißweiber, blöde Kuh, Kreuzkruzifixkruzifix, so bleib doch steh', Swetlana, Scheiße, jetzt bleib doch stehn. Was hast denn jetzt auf einmal!

Da tut man und macht und dann so was. Ach Scheiße, jetz' wart' doch endlich. So bleib doch stehn!«

Aber der Einzige, der stehen blieb war er selbst. Nachdem er wieder zu Atem gekommen war, drehte er sich um und stapfte nach Hause, wo er die heimatliche Haustüre so heftig in's Schloss schmiss, dass seine Frau sich verwundert umdrehte.

»Na! Was hast denn? Was bist denn so grantig?«

»Ach nichts, ich geh' in den Stall. Rufst mich, wenn's Essen fertig ist.«

»Ja, mach' ich, zehn Minuten vielleicht noch, brauchst eigentlich gar nichts mehr anfangen. Das lohnt sich eigentlich gar nimmer. Habt ihr euch g'stritten, du und der Alfons?«

»G'stritten? Wie kommst denn auf so was?«

»Ich mein' bloß, weil du die Tür so zuhaust.«

»Schmarr'n, die ist mir bloß aus der Hand g'rutscht.«

»Ah so, ja dann. Magst nicht gleich hierbleiben und aufdecken?«

»Ich hab' doch g'sagt, ich bin gleich wieder da.«

»Du willst dich doch nur vor'm Aufdecken drücken.«

»Schmarr'n.«

Weil man im Winter im Gebirge nicht vernünftig wandern kann, kaufte sich Alfons kurz entschlossen eine Skiausrüstung, absolvierte einen Skikurs und legte sich einen Saisonpass zu.

In der Früh, nachdem er die Katzen gefüttert, gefrühstückt und den Herd eingeschürt hatte, schnallte er sich die Ski an, fuhr hinüber zum Hausberg, bog in die Abfahrt und war mit drei, vier großen Schwüngen am Lift. Mit ihm ein paar frühe Rentner vom Tal und eine Handvoll Hausfrauen, die gerade ihre Kleinen in den Kindergarten oder in die Schule gebracht hatten und noch schnell ein paar Abfahrten machen wollten, bevor die große Hausbergbahn gleich wieder fuderweise die Brettlnarrischen aller Länder den Berg hinaufkarren würde.

Er schwang leicht ab, spurte nach rechts am Kartenleseautomaten vorbei, begab sich auf Position und wartete, bis ihm eine der neuen Sechsergondeln die Vorderkante in die Kniekehlen rammte. Ein kurzes, nervöses Ruckeln, und schon riss es ihn in die Höhe. Er zog den Sicherungsbügel nach unten, lehnte sich zurück und erwartete freudig den Moment, in dem er sich wieder den Hang hinunterstürzen konnte.

Bei seiner ersten Fahrt hatte er den Absprung verpasst. Er hatte gedacht, der Lift würde zum Aussteigen anhalten. Also war er sitzen geblieben und hatte auf den Halt gewartet. Unter dem Gelächter des Personals war er wenige Minuten später wieder unten eingefahren.

»Zieh deine Haxen an, Opa, sonst bist deine Ski los.«

Mit krampfhaft hochgezogenen Beinen und glühenden Ohren passierte er die Gummimatte vom Einstieg. Beim zweiten Versuch reagierte er dann viel zu früh und sprang aus circa zwei Metern Höhe aus der Kabine und landete in einer für Fälle wie diesen extra aufgehäuften Schneewehe. Mit grimmigem Herzen, aber ungebrochen stellte er sich in Fahrtrichtung und bretterte hinunter. Unten angekommen, musste er sich erneut vom Liftpersonal auslachen lassen. »Was macht der Arsch, alles noch dran?«

Klar, dass sie ihn von unten beobachtet hatten. Er reagierte mit einem trockenen »Halt's Maul, Hosenscheißer«, was ihn sofort als einen rückhaltlos zu respektierenden Einheimischen kenntlich machte.

»Ja, he, dann bist du gor koa Urlauber«, meinte der, der ihm am nächsten stand.

»Schau i so aus, du Nas'nrammefresser«, bellte er zurück, »i bin der Stockinger Alfons!«

»Der Stockinger, Wahnsinn he, der Stockinger. Ja, dann nix für unguat. An scheena Tag noch, gell. Der Stockinger. Wahnsinn, he.«Gegen Mittag fuhr er hinüber in die Almwirtschaft, aß dort eine Kleinigkeit, meistens einen Germknödel, wenn der auf der Karte stand, und ruhte sich danach ein wenig aus. Nach einem erneuten Einkehrschwung am frühen Nachmittag stieg er ein letztes Mal auf seine Ski und fuhr, bis ihn die einsetzende Dämmerung endgültig nach Hause schickte.

Die Abende verbrachte er mit seinen Büchern, einer Schachtel Kekse, einer Kanne Tee und den üblichen Halben Bier. Da saß er dann und studierte und las, bis ihm irgendwann in der Nacht die Augen zufielen. Daran, dass er wieder Kühe einstellen könnte, dachte er im Moment auf jeden Fall nicht.

Erst hatte man ein bisschen über Sibirien, über Russland geplaudert, sie über ihre Kindheit und Jugend in den unendlichen Weiten der Tundra, er über das, was er aus dem Fernsehen wusste. Dann erzählte er aus seinem Leben am Berg. Sie hörte ihm zu, erst aufmerksam, dann ließ sie ihn reden, und dann haute sie ihm dieses Ding vor den Latz.

»Du hast deine Frau tot gemacht.«

Er hatte das erst gar nicht richtig mitbekommen. Genauso arglos, wie er eben noch auf die Frage, wie viel Milch denn seine Kühe so gaben, mit: »Vielleicht zehn, fünfzehn Liter, mehr oder weniger« geantwortet hatte, sagte er jetzt: »Nein, aber ich war im Gefängnis dafür.«

»Dann du hast anderen Mensch tot gemacht.«

»Nein, das war ein Justizirrtum. Ich hab' niemand umgebracht. Hat dir das der Peter erzählt?«

»Jus-tiz-irr-tum, Jus-tiz-irr-tum«, wiederholte sie das Wort ein paar

Mal. Dann schüttelte sie bedächtig den Kopf. »Glaube ich nicht, Justizirrtum. Peter hat gesagt, du zehn Jahre im Gefängnis, unschuldig.«

»Na also, dann weißt du ja alles.«

Aber sie ließ sich nicht abbringen. »Liebe Gott nicht schicken so viel Unglück ohne Grund. Peter hat gesagt, deine erste Frau auch tot und du warst ver … ver …?«

»Verdächtig, genau, verdächtig, nur verdächtig.«

»Verdächtig, genau, nur verdächtig«, wiederholte sie. »Vielleicht du hast anderen Mensch tot gemacht, vielleicht in Krieg, und dafür im Gefängnis? Wegen Schicksal, weißt.«

»Was ist denn das jetzt, ich war doch nicht im Krieg, da war ich ja noch ein Kind. Ja sag einmal, was soll denn das jetzt auf einmal, also so was, also wirklich. Schicksal, so ein Schmarr'n, so ein ausg'machter!«

Er stand auf, wie immer wenn er nervös wurde. Mit beiden Fäusten in den Hosentaschen starrte er in die Dämmerung. Sein ganzes Leben hatte er es verstanden, die beiden Welten zu trennen, die Wahrheit, die nur er kannte und die er sich in den letzten zehn Jahren so zurechtgebastelt hatte, dass sie passte wie eine zweite Haut, und die Wahrheit, die er nach außen lebte. Und nun kam diese Russin, wie alt mochte sie eigentlich sein, irgendwas zwischen fünfunddreißig und Anfang vierzig vielleicht, die rotblonden Haare zu einem Pferdeschwanz zusammengebunden, blaue Augen, ausgeprägte Wangenknochen, setzte sich auf seine Eckbank, direkt neben den Herrgottswinkel und knallte ihm, kaum dass sie sich ihren Arsch einigermaßen aufgewärmt hatte, eine Wahrheit ins Gesicht, dass ihm fast schlecht geworden wäre.

»Bitte nicht böse werden, Alfons, ich verrate nicht.«

»Was verrätst du nicht? Was willst du denn verraten …? Vielleicht hast du ja deinen Mann … oder was weiß ich. Vielleicht bist du ja … Oder bist du vielleicht eine Hellseherin?« Er spürte, wie sich bei dem Gedanken sein Magen verkrampfte. »So schaust aus, Bauerntrampel, russischer«, brummte er in seinen Schnauzer.

Bloß gut, dass ihn jetzt keiner sehen konnte. War nicht mehr viel übrig vom freundlichen Stockinger Alfons, dem Weisen vom Berg, dem Reservepsychologen aus Stadelheim, der sich ein Fachbuch nach dem andern kaufte und meinte, er hätte die Weisheit mit Löffeln gefressen. Und da saß diese Russin, die, weiß der Teufel warum, sich noch einmal auf den Weg zu ihm gemacht hatte, und plapperte drauflos ohne Rücksicht auf Verluste, sagte Sachen … Wieso hatte sie eigentlich keine Angst vor ihm, wenn sie ihn schon für einen so gefährlichen Mörder hielt? Oder war sie einfach zu blöd, um so weit zu denken? Vielleicht waren es aber auch einfach nur sprachliche Problem, die sie so ungut klingen ließen. Die eigentliche Frage war natürlich, was wusste sie wirklich? Und die Antwort war: nichts natürlich. Woher auch. Aber warum schaute sie ihn dann so an, mit so einem Blick, wie die Madonna von Wasweißichwo, als könnte sie bis hinab auf den Grund seiner Seele schauen. Und was sollte das mit dem Krieg? Das wollte sie doch eigentlich gar nicht sagen. Sie wollte etwas anderes sagen, etwas ganz anderes, sie wollte sagen ... Unmöglich! Und trotzdem hatte er auf einmal eine Scheißangst. Er spürte, dass er drauf und dran war, ihr alles zu gestehen. Dabei kannte er sie doch gar nicht. Und warum ausgerechnet ihr, das war doch völlig irre. Einer Wildfremden, nach all den Jahren! Im Gefängnis hatte er zehn Jahre lang seinen Mund gehalten, sein ganzes Leben lang hat er seinen Mund gehalten. Aber wieso dachte er jetzt überhaupt so ein Zeug? Das passte doch alles nicht zusammen. Er begann zu zittern. Er musste sich direkt Gewalt antun, um nicht loszuschreien. Wer war diese Frau? Wo kam die her? Wer hatte die geschickt? Die Katharina? Regine? Seine Mutter? Ja, spinn ich denn? Ja, leckts mich doch alle am Arsch! Esoterischer Papp, depperter!

»Du wollen Liebe?«

Er starrte sie an, sie starrte zurück. Sie sah aus wie ein Engel, wie ein russischer Bauernengel. Hatte sie das eben wirklich gesagt? Hatte sie ihm wirklich gerade angeboten, mit ihm ins Heu zu springen?

»Genug«, krächzte er, »verschwind'. Hau ab, hau bloß ab, du, du ...« Gerade dass er nicht auf sie losgegangen war, aber seine Worte taten dieselbe Wirkung. »Und lass dich bloß nimmer sehen da heroben, du, du, Wahnsinnige! Scheißruss'nschlamp'n!«

Und dieses letzte der Hinausstürzenden hinterhergeplärrte Schimpfwort, das eigentlich überhaupt nicht zu seinem kleinen Vorrat an Schimpfwörtern gehörte, Schlampe, so etwas hatte er überhaupt noch nie gesagt, bereute er hinterher am meisten.

Dass er immer noch nicht ganz im Lot war, merkte er spätestens am nächsten Vormittag auf der Piste, als ihm ein angetrunkener Holländer die Vorfahrt nahm und er den unvermeidlichen Zusammenprall nur durch einen beherzten Sprung in den nächsten Schneehaufen verhindern konnte. Johlend und ohne überhaupt etwas von dem Beinahezusammenstoß mitbekommen zu haben, raste der Urlauber weiter, der schneebedeckte Alfons wutentbrannt hinterher. Aus voller Fahrt, direkt vor den Augen der Freunde des Holländers, die ihnen schon von Weitem mit kleinen Schnapsfläschchen zuwinkten, watschte er den Touristen von den Skiern und fuhr, ohne anzuhalten oder sich auch nur umzudrehen, weiter Richtung Talstation, und erst in der Gondel, die ihn wieder nach oben bringen sollte, holte ihn sein schlechtes Gewissen ein.

Noch am selben Abend beschloss Alfons, Swetlana wiederzusehen. Erstens sicherheitshalber und zweitens war es ihm immer noch höchst unangenehm, wie er sich ihr gegenüber aufgeführt hatte. Und der Holländer war auch spurlos verschwunden, mitsamt seinem lustigen Haufen. Anscheinend direkt nach der Ohrfeige. Auf jeden Fall hatte er ihn den ganzen Tag nicht mehr gesehen, und er konnte ja schlecht jedes Hotel in Garmisch abklappern und nach einem Holländer, der heute eine Ohrfeige erhalten hatte, fragen. Er wusste ja nicht einmal, wie er aussah. Da könnte er sich ja gleich auf den Weihnachtsmarkt stellen und rufen: Suche abgewatschten Holländer oder: Welcher Holländer wurde heute von sackgrobem Einheimischen im Hausberggebiet von den Skiern gewatscht? Vielleicht war der aber auch schon abgereist oder logierte gar nicht in Garmisch. Wird schon nicht so schlimm gewesen sein. Er könnte jetzt noch einige Zeit mit dem Holländer weiterspinnen oder gleich zum Thema kommen: Swetlanas vergiftete Anspielungen. Anspielungen? Anspielungen auf was? Schwachsinn! Trotzdem musste er sie schleunigst wiedersehen, das war ja nicht mehr auszuhalten. Er musste unbedingt herausfinden, was sich hinter dieser scheinheiligen russischen Bauernlarve verbarg. Andererseits durfte er jetzt aber nicht den Fehler begehen, ihr panikartig hinterzuherlaufen. Obwohl es das war, was er am liebsten getan hätte. Aber das wäre dann der nächste Fehler gewesen. Erst ausrasten, dann hinterherlaufen. Nein, das ging gar nicht. Besser, er würde morgen zum Peter hinübergehen und ihn ganz beiläufig nach ihr fragen.

Zu blöd, dass er keine Adresse von der Frau hatte, nicht einmal ihren Nachnamen wusste er. So eine Unruhe!

Wie wäre das eigentlich? Schon oft hatte er dieses Szenario in Gedanken durchgespielt. Würde man den einen, den begangenen Mord, gegen den anderen, den nicht begangenen, aufrechnen? Und was käme dabei heraus? Würde er eine finanzielle Entschädigung erhalten für die zu Unrecht erlittene Haft und müsste im Gegenzug für den Mord an Katharina zurück ins Gefängnis? Sicher würden die Richter nicht so argumentieren wie er, einmal gemordet, einmal gesessen und basta. Der Fall Regina Stockinger würde nicht noch einmal aufgerollt werden. Warum auch. Es gab keinerlei neue Erkenntnisse. Er war der rechtskräftig verurteilte Mörder. Und für den Mord an der Katharina, und es war ja nicht nur die Katharina alleine, die damals gestorben war, würde er einfach wieder einfahren, und zwar für den Rest seines Lebens. Ohne Abzüge, ohne Gnade. Aber das war erst der Anfang. Er würde nicht einfach sang- und klanglos im Loch verschwinden. Er wäre ein Festmahl für die Medien, der Aufmacher jeder Illustrierten im Land, das Topthema einer jeden Nachrichtensendung. Und ganz schnell wären sie dann bei seiner Kindheit angelangt.

Was für ein Fressen, das Monster, das schon als Knabe zum Mörder seiner Mutter geworden war, und spätestens jetzt würde er sich umbringen. Aber das würde ihm auch nicht helfen. Um sich hatte er keine Angst, sterben muss schließlich jeder einmal, er dachte an seine Kinder und Enkelkinder, und bei dem Gedanken wäre er am liebsten sofort aufgestanden und in die Tenne gegangen. Das Hotel könnten sie gleich zusperren, das Mörderhotel, das wäre das Erste. Dann würden sie weggehen müssen, weit weg, ganz weit weg, am besten auf die andere Seite der Welt, und dort ganz neu anfangen und dabei immer hoffen, dass keiner jemals ihre Identität aufdecken würde. Wie viele Generationen würde es dauern, bis der Makel getilgt sein würde? Eine? Zwei? Drei? Und das alles wegen ihm, dem Monster vom Berg. Seine Gedanken rasten. Wie immer, wenn er nicht auf sie achtgab oder wenn sie sich in schlaflosen Nächten von der Leine rissen.

Aber all das würde nicht passieren. Sie konnte nichts ahnen. Unmöglich. Ausgeschlossen. Damals lebte sie noch glücklich auf ihrer Kolchose. Nein, nein, da war nichts. Wie dem auch sei, ein blödes Gefühl blieb, auch nach der zweiten Schachtel Zigaretten, die er an diesem Abend niederrauchte. Wollte sie nicht seine Viehwirtschaft wieder aufbauen? Das wäre doch ein Ansatz? Er würde gleich morgen zum Peter hinübergehen. Oder lieber jetzt gleich. Noch besser, einfach drüben anrufen. Und wenn seine Frau dran wäre? Nein, besser er ging selbst hinüber. Aber heute war es schon zu spät. So spät ging er nie zum ihm hinüber. Nein, das wäre zu auffällig. Wenn sie überhaupt noch wollte. So wie er sie behandelt hatte, wäre es ein Wunder. Scheiße! Verdammte Scheiße! Wie kann man nur so blöd sein und sich so gehen lassen! Er war so ein Depp! Und das gleich zweimal. Doppeldepp! Ach was, er würde sie einfach um Entschuldigung bitten. Nichts, was man nicht reparieren könnte. Der Peter musste ihm nur ihre Telefonnummer geben. Dann würde er sie einfach anrufen. Gleich morgen in der Früh. Er würde sie um Entschuldigung bitten. Und wenn sie wollte, könnte sie gleich bei ihm anfangen. Warum eigentlich nicht? So ein leerer Stall war doch wirklich kein Zustand. Und der Peter würde höchstens sagen: Na also, warum nicht gleich.

Und er könnte ja trotzdem weiter sein neues Leben leben.

Schon seit Stunden heulte ein unangenehm heftiger Fönsturm durch die Nacht. Ununterbrochen klatschten fette, nasse Schneebatzen fast waagrecht an die Fensterscheiben, rüttelte es an den Läden, trommelte es gegen die Haustür und riss am Scheunentor, dass die Kette nur so klirrte. Man vermeinte förmlich die Wut zu spüren, mit der das Unwetter gegen das Haus anrannte, das sich mehr aus Gewohnheit denn aus Sorge dagegenstemmte, wie der Sturm jetzt sogar versuchte, das Dach aus seiner Verankerung zu hebeln. Dann war schlagartig Ruhe. Bis es erneut anfing.

Morgen würde man noch früh genug sehen, was der Wind, der alte Blödmann, wieder angerichtet hatte.

Durch all das Tosen, Rumpeln, Ächzen, Quietschen und Heulen schaffte es ein leises, beständiges Klopfen, an das Ohr des Hausherrn zu dringen. Nicht, dass dieses Geräusch den Lärm übertönen hätte können, allein die Regelmäßigkeit verriet den Menschen hinter dem rhythmischen Geräusch. Es hätte auch ein Knacken irgendwo im Holz sein können. Auch die Stalltür rüttelte so in ihrer Verankerung, dass man schwören hätte können, dass da ein menschliches Wesen dahintersteckte. Jetzt schon wieder.

Das gibt's doch nicht, wer soll denn um diese Zeit … Er glaubte immer noch nicht daran, trotzdem stand er auf und verließ seufzend den gemütlichen Sitzplatz zwischen Herd und Herrgottswinkel und schlurfte zur Tür. Nicht, dass doch jemand geklopft hat und der erfriert mir dann bis in der Früh.

»Entschuldigung, dass ich störe so spät.«

»Swetlana!«

Vom fahlen Licht der Korblampe nur unzureichend beleuchtet stand die Russin, dick eingepackt in ihren rot-braun-gelb karierten Stoffmantel, und auch der Wollschal, Marke Langweiliges Wochenende, schlang sich wieder um ihren Hals. Auf dem Kopf trug sie ihre strassbesetzte, silberfarbene Holzfällermütze mit den zwei heruntergeklappten Hängeohren, von denen eine aufgeregt im Wind flatterte und die ihn an einen amerikanischen Weihnachtsfilm erinnerte, in dem ein Mann durch die Nacht irrt, während der Rest der Familie schon sehnsüchtig unter dem Weihnachtsbaum auf ihn wartet. Er war sich nur nicht mehr sicher, ob der im Schneesturm an sich und den Unbilden der Natur leidende, stark übergewichtige Familienvater noch rechtzeitig zum Truthahnessen nach Hause gekommen war oder erst am nächsten Morgen.

»Mein Gott, wo kommst denn du her? Jetzt geht doch schon lang keine Bahn mehr … Du bist doch nicht zu Fuß da herauf?«

Sie nickte.

»Jetzt komm schon rein, bevor die Tür gar nimmer zugeht vor lauter Schnee. So ein Wahnsinn, bei dem Sturm, da sieht man ja nicht einmal die Hand vor Augen.« Er ging voraus, drehte sich dann um und sagte zu der immer noch schwer Schnaufenden: »Mein Gott, du bist ja fix und fertig. Komm, ich helf' dir aus dei'm G'wand.«

»Geht schon«, erwiderte sie.

»Erzähl' mir nix, du klappst doch gleich z'samm.« Sein Blick fiel auf ihre Beine. »Ja, was ist denn das? Und mit diesen Plastiklatschen bist du zu Fuß den Berg rauf!? Ich glaub', ich spinn … So, jetzt aber runter mit dem

G'wand. Mein Gott, ist der Mantel schwer, kein Wunder, dass du schnaufst wie ein Ross. Du dampfst ja richtig. Du bist ja tropfnass! Weißt was, du gehst jetzt gleich in die Wanne.«

»Aber …«

»Nix aber, ich such' derweil was Trockenes zum Anziehen.«

Grammatikalisch einwandfrei protestierte sie erneut. »Ich will aber nicht.«

»Und ich will nicht, dass du krank wirst. Mein Gott, schau' dich doch einmal an, du bist doch fix und fertig. Ach was, auf geht's, da frag' ich doch gar nicht lang'. Komm her, ich helf' dir aus deine' Stiefel. Mein Gott, so ein G'lump«

Sie konnte sich nur noch auf seine Schultern stützen und wie ein Pony beim Beschlagen die Beine heben.

»Ja, so ist's brav. So, und jetzt komm. Also weißt, du bist schon komisch, erst tät'st mit mir ins Bett hüpfen, einfach so, und dann bist g'schamig wie eine Jungfrau beim ersten Mal. Du wirst doch keine Angst haben vor mir?«

Während sie noch halb angezogen vor der Badewanne stand und unsicher sein Tun beobachtete, hatte er schon beide Wasserhähne aufgedreht, ein ganzes Stück Badesalz in die Wanne geworfen und sein schönstes Badetuch auf den Klodeckel gelegt.

»So, und jetzt ziehst dich aus, und ab in die Wanne, ich such' derweil was zum Anziehen. Schaffst des alleine?«

Sie nickte.

Er ging nach oben in die alte Mägdekammer und öffnete erst das Fenster, dann die Bodenklappe. Sofort durchströmte eine angenehme Wärme den kleinen Raum und vertrieb den Geruch nach Unbehaustheit und Mottentod. Er raffte die Laken zusammen, schüttelte den Staub von Jahren in die wilde Nacht hinaus und verstaute sie anschließend im Wäschekasten.

Für diese Nacht würde es genügen. Und wenn sie länger bleiben wollte, würde sie sich schon selbst um alles kümmern. Er schlug die Bettdecke zurück und schnippte lässig die Mottenkugel, die dabei zum Vorschein kam, in Richtung Wand, von wo aus sie klackernd auf den Boden fiel und ihm vor die Füße rollte. Übermütig warf er sie im hohen Bogen zum Fenster hinaus. Nach kurzem Suchen fand er in der Kommode einen von Regines Schlafanzügen, den er dekorativ auf das schmale Bett legte. Als Letztes schloss er die Fenster. Ach ja, jetzt hätte er fast das Wichtigste vergessen, Regines rosa Jogginganzug. Swetlana brauchte ja was zum Anziehen. An die Unterwäsche ging er nicht, das war ihm irgendwie zu heikel. Sie sollte sich einfach selbst nehmen, was sie wollte. In der untersten Schublade fand er mehrere Paar dicke selbst gestrickte Strümpfe. Er nahm die mit dem freundlichsten Muster, ging wieder nach unten, legte die Wäsche auf einen Schemel und horchte kurz an der Tür. Sie summte.

»Ich leg dir was zum Anziehen vor die Tür.«

Sie verstummte, dann sagte sie: »Kannst du schon hereinkommen.«

»Nein, nein, ist schon in Ordnung. Ich hab' dir was zum Anziehen vor die Tür gelegt.«

Dann ging er in die Küche. Wo war denn nur der Wodka? Oder war es Slivovitz?

»Was treibt dich denn um diese Uhrzeit zu mir herauf, das ist doch ein Wahnsinn. Wie leicht hätt'st du abstürzen können, bei dem Wetter.«

Wie sie so auf der Bank saß, mit ihren glühenden Wangen, bis zum Hals in rosa Frottee getaucht, ein großes, weißes Handtuch um den Kopf gewickelt, und sich von ihm ausschimpfen ließ, konnte er sich gar nicht mehr vorstellen, dass ihn der Gedanke an diese Frau noch vor eine Stunde schier in Panik versetzt hatte.

»Ist nix gegen Winter bei uns«, gab sie unbekümmert zurück.

Erstaunlich, wie frisch sie schon wieder klang.

»Ach ja, Sibirien.« Er hatte nicht vor, sich schon wieder auf die Palme bringen zu lassen. »Ich versteh' schon. Aber bei uns in den Bergen ist der Winter auch nicht so ganz ohne. Da sind schon ganz andere erfroren. Oder abgestürzt. Oder beides.« Als wäre der Winter bei ihnen heroben gar nichts. Als wäre es normal, einfach mitten in der Nacht bei diesem Schneesturm in die Berge zu gehen, als wäre das ein Spaziergang. »Aber ich weiß immer noch nicht, warum du heraufgekommen bist, bei dem Traumwetter.«

Sie lachte. Er hatte sie zum Lachen gebracht.

»Bitte nicht böse sein, weißt, wollte nicht deutsche Winter beleidigen. Ist schon gefährlich in die Berge, weiß schon, Berge mit Winter, immer schlimm, immer gefährlich.

Mit spitzen Lippen nippte sie an ihrem Tee.

»Schmeckt er? Ist er dir nicht zu heiß? Soll ich kaltes Wasser nachschütten?«

»Nein, ist schon okay. Du, Alfons, aber weißt, was du gesagt letztes Mal ...«

»Letztes Mal habe ich einiges gesagt«, unterbrach er sie, »und auch einiges, was ich lieber nicht gesagt hätte.«

»Was du sagen ... ich meine, was du sagen, wenn ich ... weißt, ist nicht so leicht, für mich, sagen ...«

Er hatte bisher eigentlich nicht das Gefühl gehabt, als würde ihr die deutsche Sprache größere Probleme machen. Oder ging das jetzt schon wieder los? Eine selten harmonische Klangfolge aus dem Ofeninneren, die unvermittelt in einem trockenen Plopp endete, schien den Knoten in ihrem Kopf zum Platzen gebracht zu haben.

»Also, Frage, nur Frage, also … was du würden sagen, wenn ich auch jemand … ich meine tot gemacht? Ist nur vielleicht.«

Alfons war sofort hellwach. »Ich hab' keinen tot gemacht. Was red'st denn da schon wieder. Fängst jetzt schon wieder … Äh. Wie? Du? Wie tot gemacht? Du hast …? Willst du mich verarschen?«

»Weißt, letztes Mal du gesagt, ich jemand tot gemacht, vielleicht.«

Sie nippte wieder an ihrem Tee.

»Nein, du hast mich, wie soll ich sagen, provoziert und ich hab' irgendwas gesagt, wie gesagt, tut mir leid. Aber ich hab' nie behauptet, dass du jemanden umgebracht hast.«

»Peter hat gesagt, mit dir man kann reden.« Sie stellte die Tasse ab und hob den Kopf. »Du zur Polizei gehen, wenn ich vielleicht Mörderin?«

»Ich? Zur Polizei gehen, wenn du eine Mörderin wärst?« So ging das nicht weiter. »Wie, vielleicht. Mörderin oder nicht, da gibt es kein vielleicht.«

»Weiß nicht?«

»Wie, weiß nicht.« Eigentlich wäre jetzt der Augenblick gekommen, sie wieder vor die Tür zu setzen. »Was weißt du nicht? Ach so, ob du mir trauen kannst. Ich fürcht', da wirst dich schon entscheiden müssen. Und der Peter? Ich mein' weiß der …?«

»Peter? Ich kennengelernt in München.«

»In München?«

»Ja, in Club 69.«

»Club 69. Aha. Aber wir reden schon von demselben Peter?« Er deutete mit dem Kinn Richtung Gmeinerhof.

Unbeirrt fuhr Swetlana fort: »Weißt, ist Sexclub, Club 69. Ich gearbeitet.«

»Ist mir schon klar, dass das kein Kegelclub ist. Aber der Peter im Sexclub, jetzt wird's lustig.« Er stockte kurz. »Aber dann bist du ja eine …«

Sie nippte weiter an ihrer Tasse, was jetzt irgendwie affig aussah. Eine Nutte, die an einer Teetasse nippte. Irgendwie ergab das ein falsches Bild. Und es machte ihn traurig.

»Weißt was, also ich glaub', du fängst jetzt einfach von vorne an.«

»Von Sibirien?«

»Von mir aus.«

»Aber was du wollten sagen?«

»Ich? Wann? Ich wollt' gar nichts sagen.« Er spürte, dass er rot wurde.

»Doch, weiß schon, und du jetzt auch.«

»Was? Ich? Was soll ich wissen?«

»Bin ich Nutte, war ich Nutte. Hast du Problem?«

»Ach so, das meinst du«, antwortete er gedehnt. »Ein Problem? Für mich? Wie kommst denn da drauf«, log er frech.

»Oh, Alfons, bin ich aber froh, wirklich. Weißt, habe gedacht, dass du … weißt schon …« Auch sie bekam jetzt noch ein wenig zusätzliche Farbe ins Gesicht. »Dann ich erzähle. Also gut, weißt, fange ich an von Sibirien, ist, glaub' ich, besser. Ja, also, bin ich in Sibirien geboren, ja, war ich Tochter von Chef von Kolchose, weißt. Wichtiger Mann, mein Papa, bis Perestrojka, und Kolchose geschlossen.« Sie nippte wieder. »Papa sich getötet mit Strick und Mama ist gestorben deswegen vor Herzeleid, dann war ich ganz allein. Ja, dann neuer Chef ist gekommen, hat gesagt, ich kann bei ihm arbeiten, Okay, bin ich geblieben, was sonst. Nach erste Monat wollte ich erste Lohn, hat er mir aber nur halbe Lohn gezahlt von was ausgemacht und hat gesagt, die andere Hälfte bekomme ich, wenn er mich ficken. Habe gesagt, Geld oder mache ich Anzeige, aber hat nur gelacht. Dann geholt zwei von die Arbeiter und die mich festhalten und dann er mich gefickt und die beiden mich die ganze Zeit festhalten.«

Zunehmend fassungslos hatte er bis jetzt zugehört. »Mein Gott, das ist ja schrecklich.«

»Ja, ist schrecklich.«

Er wusste nicht, was ihn mehr verstörte. Was sie gerade gesagt hatte oder die Art und Weise, wie. Er hob die Tasse und nahm einen tiefen Schluck, der ihm die Kehle verbrannte. Er hätte schreien können.

Im Gefängnis hatte er oft mit Russen zu tun gehabt, besser gesagt, mit Russlanddeutschen. Das waren die Brutalsten im Knast. Vor denen hatte sogar er sich in achtnehmen müssen. Die hatten vor absolut gar nichts Respekt, außer vor ihrem Gott.

»Wohin?« Swetlana wirkte misstrauisch.

»Keine Angst, ich hol' nur schnell Zigaretten, aus der Joppe.« Er deutete zur Küchentür. »Willst du auch eine? Sind aber ohne Filter.«

»Joppe? Ja gerne, ohne Filter, gerne.«

Wieder an seinem Platz, klopfte er zwei Zigaretten aus der Box, steckte sich beide in den Mund, zündete sie an und reichte ihr eine. Sie zögerte.

»Ach so, Entschuldigung, alte Knastgewohnheit. Soll ich dir eine frische geben?«

»Was?«

»Das mit der Zigarette, weil ich die jetzt alle beide … ich mein', willst du eine frische?«

»Nein, kenne ich. Ist nur, weil ist alte Puffgewohnheit, weißt«, lachte sie.

»Puffgewohnheit, ah so, ja klar«, sagte er und rang sich auch ein kleines Lächeln ab. Er spürte, wie die Hitze wieder in seinen Kopf stieg. »Ganz schön heiß der Tee, gell?«

»Ja, schön heiß. Gut.«

»Schon, gell. Eine gute Tasse Tee am Abend, das ist schon was. Aber so richtig schmeckt er mir erst bei so einem Sauwetter. Sonst ist mir ein Bier lieber.« Sein Blick ging zum Fenster. »Das hört ja gar nicht mehr auf … Ja, also, wo waren wir, ach ja. Sind dir die wirklich nicht zu stark?«

»Nein, nicht zu stark, schön stark. Aber nicht Joppe.«

»Joppe?«

»Steht nicht Joppe auf Schachtel. Sind Gauloises.«

»Gauloises? Joppe auf Schachtel? Ach so, Joppe heißt Jacke. Die Zigaretten waren in der Jacke, in der Joppe, also in meiner Jacke.«

»Ach so, bin ich dumm, habe ich gedacht, Joppe ist Name von Zigarette.«

»Aber geh. Das kannst du ja nicht wissen. Und wie ging das dann weiter, ich mein' danach?« »Nachdem neuer Chef mich …?«

»Ja, und die anderen beiden, ich mein' … die dich festgehalten haben, haben die dann auch, ich mein' … Entschuldigung, das war jetzt blöd, vergiss es.«

»Nein, nein, schon gut. Nein, die nicht, aber die gelacht dabei und das noch schlimmer, irgendwie, blöde Schweine, blöde. Danach ich bin weggelaufen.«

»Zur Polizei.«

»Nein, neue Chef von Firma hat gesagt, zahlt Polizei, kann man nichts machen. Besser, nichts sagen. Wer weiß, vielleicht Polizisten mich dann auch noch wollen ficken, weißt. Lieber nicht. Bin ich gegangen zu Mann von Goethe-Institut in Nowo, hat gesagt, bringt mich nach Deutschland, wenn ich bin freundlich. Und ich freundlich, drei ganze Monat, jeden Tag zweimal.« Sie nippte wieder an ihrem Tee.

Er verschluckte sich fast. »Ah so, aha, Goethe-Institut. Versteh' ich richtig? Du meinst doch nicht? Der auch? Hat der dich auch …?« Unbemerkt hatten sich zwei Finger der rechten Hand in die geöffnete linke Faust geschlichen und sich dort ein paar Mal hin und her bewegt.

Sie lachte laut auf. Er folgte ihrem Blick und riss die Hände auseinander.

»Entschuldige. Oh Gott. Also, also das klingt jetzt vielleicht blöd, aber das hab' ich gar nicht gemerkt. Das haben meine Hände ganz allein, also, also das musst du mir glauben, also so was, das schaut ja jetzt aus … also das gibt's doch gar nicht, dass man das nicht merkt.«

»Mich gefickt«, fuhr sie fort, »ja, jeden Tag zweimal, immer pünktlich nach die Mahlzeiten, Mittag und Abend. Alfons, muss dir nicht peinlich sein, Mann von Goethe-Institut auch nicht peinlich, weißt, hat gesagt, Pünktlichkeit ist deutsche Tugend, muss man lernen, bevor nach Deutschland. Hat gesagt, wenn lernen wie Spiel, dann, äh, deutsche Sprache so schwierig, wenn lernen spielisch, dann bleibt besser in einem drin. Schlauer Mann, gibt's nix.«

Und weil sie jetzt schon wieder lachte, traute er sich auch, aber nicht zu laut. Sie würde bestimmt gleich zusammenbrechen, und das mochte er nicht auch noch fördern.

»Ich glaub', ich mach' uns noch einen Tee. Oder willst du was Stärkeres?« Der Wodka fiel ihm wieder ein oder was auch immer es war was seit Menschengedenken ganz hinten im obersten Regal der Speisekammer stand.

»Nein, danke, Tee ist gut.«

»Und der hat dich dann nach Deutschland gebracht, verstehe, quasi als Bezahlung. Und wie ist das dann weitergegangen?«

Er fingerte zwei Teebeutel aus der alten Lebkuchendose vom Bord oberhalb der Spüle und ließ sie schwungvoll über den Rand der alten dunkelroten Emailkanne fliegen. Er hätte schon längst eine neue kaufen sollen, man musste sich ja direkt schämen, so abgeschlagen wie die war, und der Henkel quietschte wie eine rostige Gartentür. Allerdings machte Swetlana nicht den Eindruck, als würde sie sich an solchen Kleinigkeiten stören, trotz strassbesetzter Winterhaube. Die war bestimmt auch nicht gerade auf Rosen gebettet gewesen in Sibirien. Er brauchte ja nur zurückzudenken an seine eigene Zeit. Wer hätte sich damals Gedanken gemacht über abgeplatztes Emaille.

»Drei Monate ich war bei Mann von Goethe-Iinstitut und habe gewartet auf Papiere und Ficket.«

»Auf was?«

»Auf Ficket. Ich erfunden, gut oder? Ficket?«

»Na ja, Geschmacksache. Zweimal am Tag. Wie Zähneputzen. Das ist doch pervers.« Alfons kam nicht los von dem hilfsbereiten Herrn vom Goethe-Institut.

»Ja, Mann von Goethe-Institut auch gesagt.«

»Was?«

»Das mit Zähneputzen. Aber Zähneputzen besser dreimal, immer nach die Mahlzeiten. Aber ficken immer nur zweimal, immer gleiche Zeit, immer pünktlich, wegen Unterricht und wegen Frau, dass nichts merkt. Hat keine schöne Frau, würde ich auch nicht wollen f ...«

»Swetlana, bitte! Kannst du vielleicht ein anderes Wort gebrauchen für ... du weißt schon?«

»Für ficken? Kenn ich auch andere, pimpern, vögeln, bumsen, rammeln, Liebe machen, und in München, weißt, ganz lustig, heißt schnackseln.« Sie hielt kurz inne, legte den Kopf auf die Seite und fragte ernsthaft: »Alfons, sag, wie du sagen, wenn du wollen du weißt schon?«

»Wie? Ich? So ein Schmarr'n. Gar nichts.«

»Glaub' ich nicht. Komm sag.«

»Ja, also, keine Ahnung. Was weiß ich. So was sagt man doch nicht einfach.«

»Aber irgendetwas du denken«, beharrte sie.

»Was ich denke? Du meinst, was ich denke, wenn ich an so was denke. Ja, wenn du unbedingt meinst, wenn dir das so wichtig ist, ja dann, hm, Liebe machen vielleicht. Ja, das klingt für mich am schönsten.«

»War aber nicht Liebe machen, war nur ficken.«

Kam jetzt der fällige Zusammenbruch?

»Entschuldige«, sagte er vorsichtig, »tut mir leid, also gut, dann bleiben wir halt dabei. Nenn' es, wie du willst. Aber vielleicht nicht mehr bei jedem zweiten Satz, okay?«

»Was soll ich dann sagen, soll ich sagen hmhm? Und musst nicht entschuldigen. Aber jetzt, Alfons, sag, wenn du denken hmhm, denken du dann ficken oder Liebe machen?«

Er hasste es, Fragen zu beantworten, deren Sinn ihm nicht sofort aufging. Noch dazu, wenn er das Gefühl hatte, dass jemand versuchte, ihn auf's Glatteis zu führen. So etwas konnte ihn richtig gehend sauer machen.

»Ist ganz einfach, kann man doch ficken auch ohne Herz dabei, ohne Liebe. Und welches Wort du denken da?«

»Swetlana, du nervst. Erzähl lieber deine Geschichte weiter. Hast du dein Deutsch eigentlich nur in den drei Monaten im Goethe-Institut gelernt? »

»Ja, schon viel, aber meiste in Schule, ich weiß, ist nicht besonders gut, aber wird besser. Soll ich wieder erzählen?«

»Ja, ja, erzähl weiter. Dein Deutsch ist übrigens sehr gut. Ein paar Kleinigkeiten vielleicht.« Mit einem langen Cocktaillöffel hinderte er die beiden Teebeutel am Auftauchen.

»Ist nicht mehr viel. Weißt, Chef von Goethe-Institut hat mir Adresse gegeben von Freund in Hamburg. Ist auch Russe. Und der mich gekauft.«

»Gekauft?«

»Ja, hat Fi ... äh Ticket bezahlt und Papiere und fünftausend Mark für Swetlana.«

»Also das glaub' ich jetzt nicht. Er hat dich richtig gekauft, wie eine Kuh, für fünftausend Mark? Das ist ja unglaublich!«

Ungerührt fuhr Swetlana fort: »Ja, und muss ich abarbeiten in Puff. Hat gesagt, geht ganz schnell, dann gehört alles mir, was ich verdiene, weißt.« Sie legte wieder den Kopf auf die Seite, stellte eine steile Falte in die Stirn und fixierte ihn mit einem Blick, den zu deuten ihm nicht gegeben war.

»Meinst du, bin ich nicht wert? Ist Kuh mehr wert wie ich? Bist du jetzt beleidigend?«

»Was, wie, ich hab' dich doch nicht mit einer Kuh vergleichen wollen. Fünftausend Mark für eine Kuh ist doch viel zu viel. Du bist bestimmt, aber Swetlana, das ist doch, also das kann man doch nicht vergleichen, und überhaupt, wie kann man sich denn nur auf so etwas einlassen.«

»Wie viel du würden bezahlen für Swetlana?«

»Ich? Vergiss es, auf so etwas geb' ich keine Antwort, erzähl' lieber weiter, du Sonderangebot.«

»Sonderangebot?«

»War Spaß. Erzähl' weiter.«

»Ach so, Spaß, Alfons, du bist lustig. Also Sergei mich an Flughafen abgeholt, hat Pass genommen und in Puff gebracht, geht ganz flugs.«

Alfons hatte die beiden Teebeutel am Innenrand der Kanne ausgedrückt und dann mit etwas zu viel Schwung in Richtung Kohlenkasten befördert. Jetzt klebten sie am Ofen. Schnell bückte er sich und schnippte sie nach unten weg. Zurück blieb ein brauner Fleck.

»Und wie bist du dann nach München gekommen?«

»Weißt, Sergei mich nix gehen lassen. Hat immer gesagt, noch eine Woche, noch eine Woche, und so, aber dann mich gebracht nach München zu Kroate, mich wieder verkauft, Sonderangebot, weißt.«

»Swetlana, bitte, das war doch nur ein Witz.«

»Alfons, weiß ich schon, kein Problem mit Sonderangebot, mache ich auch nur Spaß.«

Er hatte den frischen Tee auf den Tisch gestellt und sich wieder hingesetzt.

»So bist du also nach München gekommen. An einen Kroaten. Aha.«

»Ja, nur Kroate, keine Name, aber hat mich gleich am ersten Tag geschlagen. Damit ich weiß, wer Chef, hat er gesagt. Und dass er mich behalten, solange er will.«

»Hat er dich auch, du weißt schon ...«

Ihre fast schon abnorme Gleichgültigkeit gegenüber allem, was wer wann und wie mit ihrem Körper veranstaltete, machte ihm ernsthaft zu schaffen.

»Muss sein, muss ausprobieren, ob Ware gut, weißt. Aber schlagen geht zu ... zu ... weit weg, richtig?«

Aha, gab es also doch etwas, was ihr etwas ausmachte. Bei Schlagen war jedenfalls Schluss.

»Aber jetzt bist du ja hier. Übrigens, es heißt nur ›zu weit‹, das reicht schon. Magst noch einen Tee? Aber vorsichtig, der ist noch ganz heiß.«

»Hab' noch.«

»Sag mal Swetlana, seit wann bist du denn eigentlich schon in Deutschland?«

»Seit vierundzwanzigste Mai.«

»Dieses Jahr?«

»Ja, dieses.«

»Und seit wann bist du in München?«

»In München seit Oktoberfest.«

»Oktoberfest?«

»Kroate mich extra gekauft für Oktoberfest, ist Hochsaison für Fickgeschäft.«

Heftig rührte er dem sich schnell auflösenden Honig hinterher. »Unser Oktoberfest! Wahnsinn!«

Sie war wohl genau so, wie sie sich gab. Wahrscheinlich auch kein Abgrund, der nur darauf wartete, dass sie hineinstürzte. Vielleicht war das in Sibirien so ähnlich wie bei den Eskimos, die einem Gast das schönste weibliche Wesen des Iglus zur Verfügung stellten, wenn das überhaupt so stimmte. Quatsch, wird ja wohl kaum mit der Gegend zusammenhängen. Nein, das musste sie erworben haben. Kein Wunder bei ihrer Geschichte. Es machte ihn ganz durcheinander, er würde sich umgehend ein Fachbuch zum Thema besorgen. Vielleicht war sie aber einfach nur pragmatisch, vielleicht konnte oder wollte sie sich nur einfach nicht den Luxus leisten, das Organ, mit dem sie als Frau ohne Bildung das meiste Geld verdienen konnte, beim Broterwerb außen vorzulassen? Aber dann wäre Nutte ein Beruf wie jeder andere. Und die Gefühle, konnte man die so einfach an- und abschalten? Mit jedem ins Bett gehen müssen, egal, wie der sich vielleicht benahm?

Kann man nein sagen, wenn einer stinkt wie Schwein, würde sie jetzt vielleicht antworten.

»Aber sag einmal, du bist doch nicht illegal hier, oder?«

»Nein, habe ich Papiere, bin ich Russlanddeutsche.«

»Ja, aber dann verstehe ich nicht, warum du nicht einfach zur Polizei gegangen bist. Das muss man sich doch nicht gefallen lassen.«

Immerzu machte sie solche Gesichter und schaute ihn dabei an, als könnte er nicht bis drei zählen. Jetzt zum Beispiel.

»Ja, ich weiß, ich red' mich leicht, ich mein' ja nur …«

»Alfons, wenn du immer eingesperrt, wann willst du gehen zu Polizei, hm?«

»Hm, ja, schon, aber, aber hast du nicht einmal versucht, abzuhauen?«

»Abhauen ist gefährlich, wenn dich erwischen, dann geht dir schlecht.« Eine dunkle Wolke zog über ihr Gesicht.

»Das heißt, ich mein', hast du es einmal probiert? Bist du abgehauen, hat er dich geschlagen, der Kroate?«

Sie nickte.

»Sieht man gar nichts mehr, ist anscheinend gut verheilt.«

»Bist du blöd, Alfons. Ist nix verheilt, ist gar nix verheilt. Sieht man, aber woanders. Schlagen nicht in Gesicht und Titten, weißt, Kroate nicht blöd. Auslage darf nicht beschädigt werden.«

»Mein Gott, das ist doch …«

»Alfons, Kroate brutal, nicht blöd.«

Hörte er da einen Anflug von Stolz heraus? Auf ihren Exzuhälter? Oder doch nicht ex?

»Ja, nimmst ihn jetzt auch noch in Schutz, das Schwein? Solche Typen gehören doch, für solche Typen, also wirklich ... na ja, was soll's, irgendwie hast du es ja dann doch geschafft. Geht mich ja auch nichts an.«

»Du nicht zur Polizei?«

»Gute Lust hätt' ich, aber ... ich mein', wenn du das willst ...«

Sie schüttelte bedächtig den Kopf. »Nicht wegen Kroate, ist wegen mir.«

»Wegen dir? Wieso wegen dir? Warum sollte ich? Du hast doch nichts angestellt.«

»Schwörst du?«

»Ich weiß zwar nicht warum, aber wenn's dir Spaß macht.«

Sie blieb bei ihrem Gesicht.

Er steckte sich wieder eine Zigarette an und hielt auch ihr die Schachtel hin.

Aber sie schüttelte nur den Kopf, und fragte: »Was ist wichtigste Mensch in deinem Leben?« Es schien ihr ernst zu sein.

»In meinem Leben? Schwierig.«

Ihre Augen ließen nicht locker. »Vater? Frau? Deine Mutter?«

»Warum meine Mutter?«

»Egal. Oder Vater oder Frau, deine Kinder?«

»Nein, nein, meine Mutter ist schon recht.«

»Okay, dann du schwören bei deiner Mutter.«

Ihr schien das wirklich wichtig zu sein.

»Also gut, ich schwöre auf meine Mutter. Beruhigt dich das? Zufrieden?«

»Ich habe Kroate tot gemacht.«

Mit einem dumpfen Zischen landete seine Zigarette im Tee.

»Was hast du?«

»Hast du schon richtig gehört. Dann Pass genommen und zehntausend Mark, war vor sechs Wochen, Montag ... Wo du hin? Nicht weggehen, wenn du gehen, dann ...«

Aus den Augenwinkeln heraus nahm er eine Bewegung wahr, die ihm nicht gefiel.

»Komm Mädel, leg das Messer weg. Ich hab' dir mein Wort gegeben. Ich schütt' doch nur den Tee weg. Komm, sei g'scheit, leg das wieder hin.«

»Entschuldigung, nicht böse sein, aber will ich nicht in Gefängnis. Habe ich gehofft, du mich verstehen, du lange im Gefängnis.«

Tee samt Zigarette landeten im Ausguss. Dann ging er zurück auf seinen Platz.

»Ja, ist ja schon gut, ich versteh' dich ja. Mir tut es nicht leid um dieses Schwein, keine Sekunde. Aber das braucht schon erst einmal verdauen, das musst schon verstehen ... und dann noch zehntausend Mark mitgehen lassen, ganz schön dreist.«

»Ist neben Pass gelegen, gehört mir, habe ich gut gearbeitet, und nichts bekommen, nichts, gar nichts!«

Dass sie um ihren Lohn betrogen worden war, schien sie richtig aufzuregen. Aber was hatte das alles mit ihm zu tun? Und warum setzte er sie jetzt nicht endlich vor die Tür? Dieser ganze Wahnsinn ging ihn doch überhaupt nichts an. Und wenn sie bei Sturm und Tod den Weg zu ihm herauf gefunden hatte, könnte sie ihn jetzt, wo draußen langsam wieder Ruhe einkehrte, auch wieder hinunterfinden. Oder zum Peter hinüber. Genau, zum Peter, der hatte sie schließlich angeschleppt. Welche Rolle spielte der eigentlich in dieser ganzen Geschichte?

»Und dann, wie ging's dann weiter?«

»Dann habe ich Peter angerufen.«

»Den Peter? Wie angerufen? Woher hattest du denn seine Telefonnummer?«

»Von Club 69, habe ich schon gesagt.«

»Vom Puff.«

»Ja weißt, Peter mir erzählt von die Berge und ich erzählt von Sibirien, und dann er mir geben Telefonnummer.«

»Einfach so?«

»Nicht einfach so, nicht gleich, später, nicht gleich. Peter ist Freund, hat gesagt, wenn Probleme, dann ich ihn anrufe.«

»Aha. Und der Kroate, hast du den wirklich selbst ...?«

Sie nickte ernst. »Habe zugeschlagen, ganz fest, wie ich konnte, so lange bis tot.« Mit wilder Entschlossenheit durchtrennte sie die Luft vor ihrer Nase. »Ist umgefallen wie Baum und dann hat sich nicht mehr bewegt, weißt.«

»Wie du das sagst, als wär das nichts. Swetlana, du hast einen Menschen getötet.«

Ein letzter Hieb traf die Tischplatte.

»War Schwein, hast du selbst gesagt, hat Tod verdient, habe ich kein Problem. Njet, kein Problem.«

Damit schien das Thema Schuld für sie beendet, falls es überhaupt jemals ein Thema gewesen war.

»Ja und jetzt? Wie soll das jetzt weitergeh'n? Ich mein', die suchen dich doch bestimmt schon längst.«

»Suchen mich nicht«, klang es trotzig. »Keiner weiß, dass ich hier. Keine Papiere von Swetlana, keine Sachen von Swetlana, wo Swetlana? Nirgends, keine Swetlana, ich nie gewesen in Club 69.«

Sie hatte wirklich an alles gedacht.

»Hast du mit jemand darüber geredet?«

»Nein, nur Peter und du. Und du hast versprochen.« Sie sah ihn streng an.
»Ja, ja, ich sag' schon nichts, zu niemandem.«
»Schwörst du?«
»Swetlana, bitte, ich sag' nichts. Wenn ich sag', ich sag' nichts, dann sag' ich auch nichts.«
Gemeinsam hoben sie ihre Tassen. Es sah aus, als würden sie darauf trinken. Dann stand er auf und warf ein dickes Holzscheit in den Ofen und gleich noch eins hinterher. Sobald sie ihm alles erzählt hätte, würde er versuchen, sie schleunigst loszuwerden. Alles andere war sowieso nur Einbildung. Sie wusste nichts. Sie kannte nur ihre eigene Geschichte, und die hatte mit seiner absolut nichts zu tun.
»Und Irina. Ist Kollegin. Hat geholfen. Haben Kroate in Mülltonne gelegt, Irina ihn durchgeschnitten, weißt, Irina auch aus Nowo, war in Schlachthof, ist auch mit Goethe-Institut nach Hamburg. Aber schon länger. Wir uns kennengelernt auf Transport nach München, Schicksal, weißt.«
Er starrte immer noch in die Flammen. »Swetlana, du machst mich fertig. Komm, das ist doch alles nicht wahr, das hast du dir doch ausgedacht.«
Sie schüttelte wieder den Kopf, er brauchte gar nicht hinzuschauen.
»Ist schon wahr, kannst du schon glauben. Soll ich jetzt weitererzählen oder nicht?«
Er klappte das Ofentürl zu und sagte: »Ja, erzähl' weiter.«
»Also, Irina hat Kroate durchgeschnitten. Aber alleine, war ich nicht dabei, hat gesagt, das nix für mich, zu viel Gestank und Blut und so, weißt. Für Irina kein Problem.« Ein böses, trockenes Lachen hing für einen Moment in der Luft. »Hat gesagt, ist wie Schwein, hat gesagt, darf man nichts anderes denken, dann geht das schon. Und dann eingepackt in Altpapiersacken, lustig, gell? Kroate in Altpapier ... Nicht lustig? Nein? Alfons?«
Er war ans Fenster getreten und starrte in die Nacht. »Sag mal, weiß das der Peter auch alles?«
»Ja, alles, und Peter mich verstanden, obwohl er noch nie jemand tot gemacht ... hat? Hat richtig?«
»Ja, hat ist richtig«, schnaufte er und fragte sich, wann er endlich aufwachen würde.
»Weißt, muss besser lernen Deutsch, hilft nix, weißt.«
So schön hatte er mit seiner Vergangenheit abgeschlossen, hatte an sich gearbeitet, erfolgreich gearbeitet, hatte alles richtig einsortiert und beschriftet, Kindheit, Katharina, Regine, alles eben, hatte sich auf den beschwerlichen Weg durch das Labyrinth seiner Psyche gemacht. Es gab bestimmt nicht viele Menschen, die so eine Ordnung in sich geschaffen hatten. Mittlerweile konnte er jede seiner Schubläden öffnen und hineinschauen, sich ein Teil herausnehmen, es von allen Seiten ansehen und wie-

der zurücklegen, ohne dass das in seinem Inneren groß etwas ausgelöst hätte.

»Ich verstehe dich ja … irgendwie, aber sei mir nicht böse. So wie du das erzählst, als wär es das Normalste von der Welt, dass man einen Menschen absticht wie eine Sau und dann zerlegt … Mein Gott, wenn ich mir das vorstelle, das muss doch eine Riesensauerei gewesen sein.«

»Nein, hat ihn gleich in Badewanne gelegt, in seiner Wohnung, weißt, Irina kennt sich aus, kann man nichts machen, ist Beruf, weißt.« Sie hob die Schultern und ließ sie langsam wieder sinken. »Soll ich weitererzählen oder ist zu grausig?«

»Nein, nein, erzähl nur.« Er ging zurück zum Ofen und legte ein weiteres Stück Holz in den Brennraum. Verwundert heulte der Wind durch den Kamin. Swetlana fuhr zusammen.

Bei so etwas Natürlichem wie einem Luftzug erschrickt sie, aber über ihren Mord kann sie erzählen wie ein anderer von seinem Urlaub. Alfons schüttelte den Kopf. Er fühlte sich auf einmal alt und gebrechlich.

»Weißt, Irina ihn hat bluten gelassen bis ganz leer und dann mit viel Wasser, äh gespülen. Weißt, für Irina war wie Arbeit, glaube, hat ihr auch Spaß gemacht, muss ich schon ehrlich sein, wegen Erinnerung an Heimat, weißt. Hat gemeint, Hände Arbeit gemacht wie ganz alleine, wie hätten sich erinnert. Weiß schon, ist schon schlimm, aber weißt, der Kroate so ein Schwein. Ich dir nicht alles erzählen, was er mit mir gemacht hat und auch mit ganz junge, noch nicht einmal fünfzehn Jahr. Musst du kein Mitleid haben mit ihm, sicher nicht, war so ein Schwein. Ich scheiß auf sein Grab!« Sie wartete vergeblich auf ein »Swetlana, bitte!«. »Ja, und dann sie hat ihn durchgeschnitten, aber habe ich schon erzählt.«

Diese Irina hätte er gerne kennengelernt, das musste ja ein richtiges Monster sein. Sofort hatte er ein Bild vor Augen: Weiße Metzgerschürze über nackter Haut, blutverschmierte Gummistiefel, schwarze Strapse, die Lippen knallrot, grellgrün geschminkte Augenpartie, angeklebte Riesenwimpern, in einer Hand ein Beil, in der anderen ein riesiges Schlachtermesser, der Schweiß läuft ihr über den Rücken, tropft auf den Boden, hin und wieder wischt sie sich eine einzelne Haarsträhnen aus dem Gesicht. Sie werkelt, macht, schuftet, schnauft, ritsche, ratsche, ritsche, ritsche.

»Und wie, ich mein', da braucht es doch ein Werkzeug, Säge, Beil, Schlachtermesser?«

Die Arme vor der Brust verschränkt, lehnte er an der Ofenreling und wartete auf Antwort. Obwohl er nicht wusste, für was das gut sein sollte, schließlich war es egal, wie sie ihn zerlegt hatte, die sibirische Schlachtermeisterin aus dem Puff um die Ecke, fragte er noch einmal nach. »Und?«

»Mit Beil.«

Also nicht ritsche, ratsche, sondern hack, hack.

»Aha.«

»Ja, habe ich besorgt.« Wieder schaute sie ihn an, als wäre das Leben ein Ratespiel und er müsste nur eine kluge Frage stellen, damit es weiterging.

»Was schaust denn jetzt schon wieder so kariert, ich hab' doch gar nichts gesagt?«

»Wirst aber gleich. Erst schwören.«

»Was soll ich denn jetzt wieder schwören, dass ihr ihn mit einem Beil ..., ach so, dasselbe Beil mit dem du ihn erschlagen hast. Mit irgendwas musst du ihn ja erschlagen haben, also warum nicht mit einem Beil?«

»Mit Beil«, bestätigte sie ernsthaft.

»Und jetzt, was soll ich jetzt fragen?«

»Du hast geschworen?«

»Von mir aus.«

»Dann ich jetzt sage, woher ich Beil habe, okay?«

»Ja, von mir aus, wenn es dir Spaß macht. Und, wo ist das Beil her?«

»Du weißt.«

»Swetlana, bitte!«

»Du weißt.«

»Aha, kommt jetzt der Peter ins Spiel.«

Sein Hirn war der einzig möglichen Spur gefolgt und bei seinem Nachbarn rausgekommen. Aber der Peter und Mord?

»Hat nur Beil besorgt. Peter nichts gewusst. Habe ich ihm erzählt, dass ich einen Bruder in Nowo, weißt, und der braucht Werkzeug. Und erst einmal ein Beil schicken und schauen, ob funktioniert. Weil wenn Beil funktioniert mit Post, dann andere auch kein Problem.«

»Aha, und den Schmarr'n hat er dir abgekauft, das glaubst doch selber nicht. Der Peter ist doch kein Depp.«

»Nein, ist doch kein Depp. Aber in Sibirien kriegst kein Werkzeug, ist nicht wie hier in Deutschland. Kein Supermarkt an jede Ecke. Und Sibirien groß und immer ist was kaputt und muss man alles selber reparieren. Gibt es keinen Dings, weißt schon, wo repariert. Gutes Werkzeug so wichtig in Sibirien, weißt.«

»Dann habt ihr das ja richtiggehend geplant, du und die Dings.«

»Irina.«

»Irina, ja. Dann fällt Affekt auf jeden Fall aus. Das ist dann Mord. Du weißt schon was das heißt?«

»Hilft nix, muss du gut planen. Wenn Totmachen nicht funktioniert, dann Kroate machen uns tot, das kannst glauben, da kennt der nix. Und weil Dienstag Müllabfuhr, Kroate totmachen Montag. Guter Plan, weißt.«

Er ging zurück an den Tisch, schenkte sich frischen Tee ein und führte die Tasse dann vorsichtig zum Mund.

»So, findest du. Swetlana, das ist doch krank. Ich mein', jetzt hast du auch noch den Peter hineingezogen. Und mich möchtest jetzt auch noch hineinziehen.«

Sie hob ebenfalls die Tasse zum Mund. Dabei schüttelte sie noch einmal ruhig den Kopf und erwiderte dann: »Alfons, nicht krank. Notwendigkeit.«

Oft ist es nur ein Satz, ein paar Worte, ein Blick, der Tonfall, und plötzlich ist alles anders. Erst viel später wird jemand sagen, es war genau dieser Augenblick, und er wird behaupten, er habe es gleich gespürt.

»Notwendigkeit. Ja, so kann man das natürlich auch sehen. Aber du kannst doch nicht einfach, ich mein', ihr könnt doch nicht einfach … Was ist eigentlich aus deiner Kollegin geworden?«

»Irina? Zurück nach Hause, ist bestimmt schon wieder in Nowo. Weißt, wir haben geteilt, sie fünftausend, ich fünftausend. Ist viel Geld in Russland.«

»Und jetzt, was soll jetzt werden, du weißt, ich müsste dich eigentlich sofort anzeigen.«

»Du hast geschworen«. Belustigt zuckte sie mit den Schultern.

»Geschworen, geschworen, das ist doch kein Spiel mehr! Swetlana, bitte! Wach auf! Wie soll denn das jetzt weitergehen?«

Sie sah ihn an, als wäre es das Logischste von der Welt. »Leben geht einfach weiter, immer weiter, ganz einfach. Wenn du nicht verraten, dann gibt das kein Problem. Habe alles, wie heißt, fertig gedacht, und du hast versprochen, weißt.«

»Jetzt hör mal zu, Swetlana, ich muss gar nichts, ich muss die Gesetze einhalten, sonst nichts. Und ich möchte' nicht wieder in's Gefängnis, noch dazu wegen einer Sache, die mich absolut nichts angeht.«

»Alfons, bitte. Alfons. Ich möchte hierbleiben, bei dir auf Hof. Mache die ganze Arbeit, kaufe Kühe von Peter oder woanders. Ich kann arbeiten, auch ohne Geld. Hab' ich die fünftausend. Können wir teilen, Alfons. Aber nicht verraten. Bitte. Ich …«

Sie brachte den Satz nicht zu Ende. Er wollte wegschauen.

»Swetlana, ich verrate dich schon nicht. Ich will doch nur, dass du mich verstehst, dass du verstehst, dass das für mich nicht so einfach ist, nach allem was war, ich mein', was bei mir war.«

»Ich kann bleiben?«

»Ja, in Gott's Namen, wenn dir das so wichtig ist, dann bleibst halt.«

Erst im Nachhinein erfasste er, was er gerade gesagt hatte. Sein Gehirn raste. Was red' ich denn da. Grad' wollt' ich sie noch rausschmeißen. Auf was lass' ich mich denn da bloß ein. Ich muss das sofort wieder …

Sie legte eine Hand auf seinen Arm und sagte, »Alfons, danke, habe gewusst, du bist guter Mensch.«

»Ein Depp, meinst.« Schwerfällig stand er auf. »Ich glaub', ich brauch' jetzt was zur Stärkung.«

Bevor er auch nur Öha sagen konnte, sprang ihm Swetlana an den Hals und warf dabei die Teekanne um. Eine Welle heißen Behagens brandete gegen sein Gemächt. Dann tat es ziemlich schnell weh.

»Swetlana, nicht ... aber das ist doch nicht ... ist ja schon gut, Swetlana, bitte, aua.«

Nur mit Mühe konnte er sich aus ihren Armen befreien.

»Oh, oh, Entschuldigung, oh, oh, tut mir so leid. Wo Eimer, Lumpe. Alfons, war ich unvorsichtig, mache ich gleich wieder sauber.«

»Lass nur, so viel war das auch nicht, das meiste hat eh meine Hose abbekommen.«

»Alfons, muss sein.« Sie war nicht davon abzubringen.

»Wenn du unbedingt meinst, draußen im Gang, wart ich hol's dir.«

»Nein, find' ich schon.« Im Nu war sie vor der Türe. Er ging nach oben.

Als er zurückkam, kniete sie immer noch am Boden.

»Sag mal, was hättest du eigentlich gemacht, wenn ich nein gesagt hätte?«

»Hm, weiß nicht?«

Es war mehr ein Gefühl, das ihn bewog, noch einmal nachzufassen, so eine Schwingung, eine kaum messbare Verzögerung zwischen dem Hm und dem Rest, ein falsch gesetztes Fragezeichen.

»Sei mir nicht böse, aber ich kann mir nicht denken, dass du den Weg auf dich genommen hast so ganz ohne Plan. Und dann das Risiko, dass ich dich anzeige. Und außerdem weiß ich immer noch nicht, wie du dir das alles vorstellst, ich mein', wie das hier weitergehen soll.«

Damit hätte er die Befragung auch schon wieder beendet, aber sie, abgelenkt durch die Wischerei, vielleicht wollte sie auch nur ein neues Wort ausprobieren, antwortete fehlerlos aber ohne Sinn: »Nein, hätte ich nicht genommen.«

»Was hättest du nicht genommen?« Alfons schaute auf die Uhr und gähnte. Eigentlich sollte er schon längst im Bett liegen. »Du musst doch nicht den ganzen Boden aufwischen, Swetlana, das reicht doch schon längst. Aber jetzt sag, was hättest du nicht genommen?«

»Was meinst du?«

»Das frage ich dich. Du hast doch gerade gesagt, das hättest du nicht genommen. Also was hättest du nicht genommen? Komm sag', ich bin müde.«

»Will ich nicht sagen. Bitte nicht fragen.«

»Swetlana, nicht schon wieder Rätselraten, ich dachte, damit wären wir durch. Ich mag nicht mehr. Wenn es noch was zu sagen gibt, dann sag es.

Ich bin müde, ich will ins Bett. Und steh endlich auf, du kannst doch nicht den ganzen Küchenboden wischen.«

»Kann ich schon«, bockte sie.

»Swetlana, sag mir lieber was noch ist und komm endlich hoch.«

»Will nicht sagen, nicht wegen mir, musst du mir glauben. Aber will hierbleiben. Alfons, versteh', Berge so schön, will bleiben, nicht wegschicken. Bitte.«

»Aber ohne Vertrauen geht das nicht. Wenn du mir nicht traust, musst du wieder gehen, und hör auf zu quietschen. Und komm jetzt endlich hoch.«

Mit dem feuchten Lumpen zwischen ihren Knien sah sie an ihm hinauf. »Nein, ich kann nicht, Alfons, ist Geheimnis, weiß kein Mensch außer mir …«

Er setzte sich wieder auf seinen Platz. »Swetlana, ich bin saumüd'. Wenn du mir nicht traust … Weißt was, ich würd' sagen, du stehst jetzt einfach auf, packst deine Sachen und gehst und wir vergessen das Ganze. Den Jogginganzug kannst meinetwegen behalten. Ich brauch' jetzt einen Schnaps und dann geh' ich ins Bett.« Er schnaufte geräuschvoll aus und erhob sich dann etwas eckig von seinem Platz. »Willst auch einen, bevor du gehst?«

»Tut mir leid, aber kann ich nicht, versprochen, weißt?«

»Ich zwing' dich zu nichts. Schau 'naus, es hat zum Schneien aufg'hört. Spricht also nichts dagegen, dass du jetzt gehst. Dann behältst du dein Geheimnis und ich meine Ruh'. Ist wahrscheinlich sowieso das Beste für alle.«

»Peter.«

Er war bereits an der Anrichte. »Was? Ich versteh' dich nicht.«

»Wenn du willst mehr wissen.«

Er ging zurück und setzte sich wieder hin. »Weißt was«, schnaufte er müde, »reden wir morgen weiter. Wennst willst, ich hab' dir oben die Kammer hergerichtet.«

»Danke, Alfons. Rauchen wir noch eine Joppe zusammen?«

»Hä? Ja. Wenn du endlich aufstehst, du Sonderangebot.«

Es war noch stockdunkel, als Peter Gmeiner das Scheunentor öffnete und seinen alten Deutz in den meterhohen Schnee hinausknüppelte. Er hatte es zwar nicht eilig, aber was erledigt ist, ist erledigt. Dass er mit dem Geknatter das halbe Hotel aufwecken würde, nahm er dabei gerne in Kauf.

»Des macht der doch mit Absicht«, schimpfte Alfons in das Kopfkissen. Ohne sich noch einmal umzudrehen, schälte er sich aus dem warmen Bett und tastete im Dunkeln nach seinen Kleidern. Den Schlafanzug würde er anlassen, ebenfalls die Bettsocken, ein Rest von Behaglichkeit.

Er hatte bereits die ersten Stufen hinter sich gebracht, als sich die Tür zur Mägdekammer einen Spaltbreit öffnete. Im diffusen Licht der Deckenleuchte erkannte er den Schirm von Swetlanas glitzernder Baseballkappe.

»Komme schon, bin ich gleich fertig«, gähnte sie.

»Bleib liegen, es ist doch noch mitten in der Nacht«, brummte er schlafgrantig zurück.

»Nix. Wenn Bauer auf, dann ich auch, bin ich gleich unten.«

Während er noch dabei war, dem Herd neues Leben einzuhauchen, war sie bereits bei der Kaffeemaschine.

»Alfons, wie viel Löffel Kaffee?«

»Nimm zwölf gestrichene, eher dreizehn, aber lass, ich mach' schon.«

»Nein. Du Bauer, ich Kaffee.«

»Na, gut, wie du meinst. Ich dreh' dann mal eine Runde, nur das Nötigste. Kannst du dich auch um den Ofen kümmern, dass der nicht ausgeht?«

»Ja, mach' ich, kein Problem.«

Wenigstens sagte sie nicht, ist kein Vergleich mit Ofen in Sibirien, bin ich Profi im Einheizen, oder so etwas in der Art.

Eine Stunde später saß er frisch rasiert und sauber angezogen auf seinem Platz am Küchentisch. Zur ersten Tasse Kaffee schmierte er sich ein Marmeladebrot, zur zweiten steckte er sich eine Zigarette an. Und sie sah keinen Grund, es anders zu halten.

Dann stand er wortlos auf und ging hinüber zu seinem Nachbarn.

»Magst auch einen Kaffee, ich hab' g'rad' einen aufg'setzt?«

»Nein danke, hab' schon. Obwohl, warum nicht. Ja, schenk mir auch einen ein.«

»Ganz schön viel Schnee.«

»Ja, Gott sei Dank hat's aufgehört. War ein ganz schöner Sturm heut' Nacht, ich hab' schon gedacht, der hört gar nimmer auf.«

Hin und her, als würde jeder auf den anderen warten, aber es war an Alfons, irgendwann mit dem Grund für seinen Besuch herauszurücken. »Ja, ja, Wahnsinn, schon … aber, ehrlich g'sagt, ich hab' gar nicht so viel mitgekriegt von dem Wetter.«

»Hab' ich mir schon gedacht.«

»Wie, was hast du dir gedacht?«

»Sie ist doch bei dir drüben, oder?«

»Du meinst, die Swetlana. Ja schon. Aber woher weißt du das schon wieder?«

»Ich hab' sie gesehen, beim Schneeräumen, durchs Küchenfenster.«

»Wo du nur wieder deine Augen hast«, lachte Alfons. »Bist du eigentlich allein'? Ich mein', können wir reden?«

»Ja, schon, keiner da, wir sind ganz allein. Sind alle unten im Ort. Um was geht's?«

»Tja, wie soll ich anfangen, also … und du hast nicht gewusst, dass sie zu mir will?«

»Nein, keinen Schimmer. Sie hat mich nicht vorher gefragt, wenn du das meinst. Ist das wichtig?«

»Nein, nein, ich frag' bloß.«

»Hat sie so etwas g'sagt, ich mein', in der Richtung?«

»Nein, nein. Überhaupt nicht.«

»Aber geredet habt ihr schon miteinander?«

»Wie? Was? Ach so, natürlich. Nur geredet. Nicht, dass du auf falsche Gedanken kommst.«

»Was heißt falsche Gedanken. Sie ist doch eine fesche Frau, ein richtiges Prachtweib«, grinste Peter.

»Ja, ja, schon. Aber wir haben trotzdem nur geredet. Sie hat mir erzählt, von sich und von ihrem Leben und vom Dings, du weißt schon, von München, von dir und von dem Club …«

Er brach gleich wieder ab, keine schöne Eröffnung, der zweite Zug vor dem ersten.

Peter war sofort hellwach. »Aha, und was noch?«

»Na ja, zum Beispiel, also wenn du es genau wissen willst, zum Beispiel das mit dem Beil, du weißt schon … ich mein', du weißt doch, was sie mit dem Beil gemacht hat? Oder stimmt das vielleicht gar nicht?«

»Doch. Schon. Aber erst hinterher. Mein Gott, was hätt' ich machen sollen, hätt' ich sie anzeigen sollen? Sie hat dir doch bestimmt erzählt, was das für einer war, den sie da zerlegt haben.«

Genau wie Alfons, wenn er nervös wurde, war jetzt auch Peter von seinem Stuhl aufgestanden und zum Fenster gegangen. Sein Blick fiel auf den Stockingerhof. Dann schaute er hinüber zum Hotel, von wo sich die ersten Wintersportler bereits wieder auf den Weg Richtung Skigebiet machten.

»Und was machst jetzt, behältst sie bei dir? Ich glaub', du tät'st nicht nur ihr einen Gefallen damit.«

Es dauerte einen Moment, bis Alfons reagierte. »Wie meinst jetzt das?«

»Hast schon vergessen, du wolltest doch eine Magd.«

»Nein, du wolltest, dass ich eine Magd nehme«, lachte Alfons und verspürte eine unbestimmte Fröhlichkeit. »Aber ehrlich gesagt, ich kann mir sogar vorstellen, dass ich sie behalt'. Ich glaub' eh fast, dass ich die nicht mehr los werd'.«

Jetzt war es Peter, der etwas unsicher wirkte. »Das klingt nicht gerade, als wärst du unglücklich deswegen.«

»Nein, sie ist schon recht. Trotzdem dass sie, du weißt schon …«

»Was?«

»Na ja, dass sie eine Nutte ist, war, mein' ich.«

»Hat sie dir nicht erzählt, wie sie da hineingerutscht ist?«

»Ja, doch, ja, ich sag' ja, dass sie schon recht ist, und ich hab' ja auch nichts mit ihr. Aber dass du ins Puff gehst? Der Peter. Du bist mir schon einer.«

»Ja mei …«

»Und dann gibst ihr auch noch deine Telefonnummer. Also sei mir nicht bös', aber da hast uns jetzt schon was eingebrockt.«

»Ja mei, wie das halt so kommt, wir haben uns unterhalten …«

»Unterhalten«, lachte Alfons. Wenn er in den Knast musste, hieß es nach München gehen und wenn der Peter ins Bordell ging, hieß das, sich zu unterhalten.

»Danach halt«, korrigierte der Peter, der automatisch damit begonnen hatte, die Skifahrer und Snowboarder zu zählen, die das Hotel verließen. »Ich hab' ihr von unseren Bergen erzählt und sie von Sibirien. Ich sag' dir, Sibirien, unglaublich.« Bei einundzwanzig Skifahrern und fünf Snowboardern kam er draus. »Ich sage dir, bis minus sechzig Grad, das kann man sich gar nicht vorstellen. Minus fünfundvierzig sind im Winter normal. Normal, verstehst! Er starrte in die Ferne. Da war zwar nicht Sibirien, aber wenn man von seinem Hof aus in Richtung Welt blicken wollte, gab es nur die eine Blickrichtung. »Na ja, und irgendwann hab' ich ihr meine Telefonnummer gegeben. Ich hab' g'sagt, wenn sie mich mal braucht. Ich weiß selber, dass man einer Nutte nicht seine Telefonnummer gibt. Aber bei der Swetlana war das irgendwie was anderes. Aber du hast schon recht, logisch war's ein Schmarr'n.«

»Und die Vroni? Wenn die Swetlana bei euch anruft und deine Frau ist am Apparat?«

Der Peter drehte sich um und ging zum Herd. »Ich bin doch nicht blöd, was meinst denn du? Wir haben uns auf der Landwirtschaftsmesse kennengelernt, sie ist Vertreterin für eine russische Melkmaschinenfirma. Da staunst jetzt, nicht schlecht, gell? Und überhaupt, die Vroni, die traut mir doch so was nie zu, auf so was kommt die doch gar nicht.« Er machte eine kleine Pause und sagte dann: »Und jetzt ist sie bei dir.«

»Russische Melkmaschinenfirma?« Alfons musste lachen. »Aber sag einmal, du hast ihr das doch nicht geglaubt mit dem Beil und ihrem Bruder?«

»Ja, warum nicht? Sie hat mir gesagt, sie arbeitet so viel, sie kommt da nicht heraus und wüsste auch gar nicht, wo sie ein Beil herkriegen soll, und es sollte ja was G'scheites sein. Dass sie damit ihren Zuhälter umbringt, auf die Idee musst erst einmal kommen. Und da hat sie eben bei mir angerufen, weil sonst hat sie ja keinen gekannt, außerhalb ihrer Arbeit, mein' ich. Ja, und seitdem wohnt sie in Partenkirchen, unten in der Pension Erika, und wartet darauf, dass ich ihr eine Stelle besorg'. Und das mitten im Winter, das musst dir mal vorstellen.« Er machte eine kleine Pause und sagte dann bedeutungsvoll: »Aber jetzt haben wir ja dich.«

Und außerdem sieht man das einem auch an, auch von hinten, wie einer so dasteht, ob angespannt oder locker, ob ihn was bedrückt oder ob er mit sich und der Welt im Reinen ist, so wie Peter jetzt.

»Schau, jetzt kommt schon die Sonne raus. Es wird schön heut'. Würd' man gar nicht glauben, bei dem, was da gestern Nacht los war.«

»Ja, schaut so aus. Ich nehm' mir noch einen Kaffee wenn's recht ist.«

»Ja freilich, nimm nur.«

»Du Peter, sag einmal, jetzt muss ich schon dumm fragen, ist da noch was zwischen der Swetlana und dir?«

Ohne sich umzudrehen und mit einer Selbstverständlichkeit, als hätte Peter nur auf die Frage geantwortet, kam die Antwort: »Ja, schon.«

Alfons' Stimme hatte etwas Brüchiges, als er nachfragte. »Jetzt auch noch?«

»Ja, sag ich doch.«

»Aha, ah so … ja, also, ist das … dann ist das der Grund, ich mein', der eigentliche …. hast du sie mir deshalb … zugebracht? Damit du sie näher bei dir hast?«

»Kann man so sagen.«

Der Gedanke, dass sie und der Peter, vielleicht noch bei ihm auf dem Hof, in der Mägdekammer, wo sonst, zumindest im Winter, und er geht derweilen spazieren oder Ski fahren oder wie? Und im Sommer treiben sie es dann auf der Tenne? Mit festen Terminen oder wann immer es ihn überkam?

»Das kommt davon, wenn einem der Verstand in die Hose rutscht«, polterte Alfons los. »Du spinnst doch! Wie soll denn das gehen, wie hast du dir das denn vorgestellt? Kommst dann heimlich zu mir herüber und ich wart' derweil in der Küche, bis ihr fertig seid? Oder wie soll das ablaufen!?«

»So oder so ähnlich«, kam es trocken zurück. »Aber ich geh' nicht heimlich hinüber, das ist doch der Witz. Ich kann dich doch so oft besuchen, wie ich will. Wer soll da schon auf schlechte Gedanken kommen. Die Vroni sicher nicht.«

»Wenn du dich da mal nicht täuschst. Die Vroni ist doch nicht blöd, die spannt das doch irgendwann.«

Weder schüttelte Peter jetzt den Kopf, noch sah er sich veranlasst, auch nur die Hände aus den Hosentaschen zu nehmen, als er sagte: »Nicht, wenn du schön mitspielst.« Dann drehte er sich langsam um. »Und wenn doch …« Er schaute Alfons direkt in die Augen. Ein fester Blick war bisher nie seine Sache gewesen, aber jetzt versuchte er sich daran. »Dann mach' ich es halt genauso wie du.«

»Wie, wie ich?«

»Wie du mit der Katharina.« Kaum satt sehen konnte er sich an dem

Gesicht, das Alfons jetzt machte. »Gell, da schaust? Ich hab' dich g'seh'n, Alfons, dich und die Katharina ... im Schubkarren in der Küch' ... damals, in der Nacht. »

Keine Andeutung, kein komischer Blick, nichts, rein gar nichts hatte er sich anmerken lassen all die Jahre. Aber jetzt war es heraus. Und ganz einfach ist es gegangen, der Boden ist nicht unter seinen Beinen weggesackt, der Himmel ihm nicht auf den Kopf gefallen, kein Blitz hat ihn erschlagen. Nur dem Alfons hat die Erde gebebt.

»Warum ...?«

»Was warum?«

»Warum hast du nie, ich mein' ...? Mein Gott ...«

»Warum ich nichts g'sagt hab'? Ich weiß nicht. Das heißt, ich weiß schon. Kannst du dir das nicht denken, das nennt man Freundschaft, Alfons, Freundschaft. Ja, da schaust.« Er ging zum Ofen und legte nach. »Ich war dir doch immer scheißegal. Luft war ich für dich ... Da musst du gar nicht abwinken. Oder hast du dich jemals gefragt, wie's mir geht? Wie's überhaupt irgendjemand geht? Ja, ja, da brauchst jetzt gar nicht so kariert schau'n.«

Er hatte nicht die geringste Lust, sich das jetzt nehmen zu lassen. Am allerwenigsten von dem, der da jetzt völlig aufgelöst vor ihm in der Luft hing, dem auf einmal siedendheiß vor Augen stand, was das heißen konnte, dass der Peter das wusste. Eine Wolkenwand, schwarz wie tausend Sünden, legte sich auf sein Gemüt und ließ ihn nur noch ein kümmerliches »Aber« hervorbringen.

»Nichts aber. Aber mach dir keine Sorgen. Ich kann schweigen, das hast ja gesehen. Und außerdem, ich sag's dir ganz ehrlich, ich hab' es ihr vergönnt, dem Amischlamp'n. Die Katharina, ha. Nachdem deine Mutter sie rausgeschmissen hat, angekrochen ist sie bei mei'm Vater, grad froh war sie, dass wir sie aufgenommen haben. Dafür waren wir gut genug. Aber statt dass sie dankbar gewesen wär', von wegen, ausg'lacht hat sie mich, hat g'meint, dass ich, dass wir, dass sie mit mir ... ach, was soll's ... sie, die Aminutte ... ach, was soll's ... aber dann als deine Mutter tot war, kaum war sie unter der Erde, hat sie sich gleich an deinen Vater rangewanzt, und erst dann, wie der nicht wollen hat, ist sie doch auf dich gekommen. Ja, der hat schon g'wusst, warum er sie nicht anlangt, den Schlamp'n. Oh mei, Alfons, was weißt du schon. Und dann das Hotel, Grüß Gott Frau Stockinger, habe die Ehre Frau Stockinger, Frau Stockinger hier, Frau Stockinger da. Und wir, die wir schon immer da waren, die wir sie aufgenommen haben, obwohl wir sie gar nicht gebraucht haben und nicht einmal gewusst haben, wie wir sie bezahlen sollen, ja, uns hat sie behandelt wie die letzten Kleinhäusler. Wie die letzten Deppen sind wir auf einmal dagestanden. Dem Vater war das egal. Nur keinen Neid, hat er immer gesagt, nur keinen Neid.

Aber find' du mal eine g'scheite Frau, wennst kein Geld hast! Und überhaupt, immer geht's g'rad' so um, zu viel zum Sterben, zu wenig zum Leben, so schaut's doch aus! Dir war ja immer alles egal. Keine Kunst, wenn immer jemand da ist, der es einem richtet. Ja, mit vollen Hosen ist gut stinken. Dir ist doch immer alles zugeflogen. Der weise Mann vom Berg, dass ich nicht lach', mit den treuherzigen Augen, dem die Mädel schon in der Schul' nachg'laufen sind. Unterbrich mich nicht. Während dir die Weiber nachg'laufen sind und wir schon gedacht haben, ob du nicht ein warmer Bruder bist, hat sich's unsereins rausschwitzen können. Ach, ist doch wahr! Es ist halt nicht jeder so ein Scheißheiliger gewesen. Stattdessen hab' ich mich reingehängt in den Scheißhof. Und was hab ich davon? Nichts, nichts als diesen blöden Scheißhof! Logisch, freilich, ich hätt' ihn ja verkaufen können. Und dann? Wo hätt' ich denn hin sollen? Und außerdem, erst war der Vater da und dann die Vroni, ›du kannst doch den Hof net verkaufen, das geht doch nicht‹, bla, bla, bla, Scheißgejammer! Ach, was soll's … Ja, und dann liegt sie da, im Schubkarren, wie eine tote Sau. Ja, soll ich da Mitleid haben, wie sie uns behandelt hat all die Jahre? Wirklich nicht. Und dich verraten, das wär' mir nicht einmal im Traum eingefallen. Du warst immer mein Freund, auch wenn dir das egal ist, Freund bleibt Freund. Aus, Äpfel, Amen. Ja, und dann ist die Regine aufgetaucht, ausgerechnet die Regine. Die Regine! Hinter der war ja wirklich jeder her, bis auf dich natürlich. Aber du brauchst ja nur warten, dir fliegen sie ja irgendwann sowieso zu, die Weiber. Da brauchst du gar nicht schon wieder den Kopf schütteln. Selber schuld, wenn du die alle auslässt, wenn du es nicht einmal merkst, wenn eine dir nachläuft. Dir muss eine ja erst die Hose aufmachen, damit du merkst, dass eine was von dir will. Ach Alfons.«

So hatte er die Angelegenheit nie gesehen. Aber es stimmte schon, zumindest das mit den Frauen. Er hatte nie wirklich etwas dazu getan, dass mit ihm und dem weiblichen Geschlecht etwas vorwärts ging. Das war nie von ihm ausgegangen, weder mit der Katharina noch mit der Regine.

»Ja, und dann haben sie dich doch noch gekriegt. Bist schon ein Hund, Alfons. Wenn dir die Weiber auf den Wecker gehen, bringst sie einfach um. Aber bei der Regine bist du nicht davongekommen. Du weißt, ich hätt' dich nie verraten, hab' ich auch nicht. Aber diesmal warst du fällig. Und ich müsst' lügen, wenn ich mich da nicht ein bisserl gefreut hätt'. Aber wie es dann g'heißen hat, dass du zehn Jahre kriegst, hast du mir eh schon wieder leid getan. Zehn Jahre. Wegen so einem Schlamp'n. Die wollt' sich doch auch nur ins gemachte Nest setzen. Aber so was merkst du ja nicht, für so was hast du ja keinen Draht. Erst haut sie den Schurike zum Teufel, kassiert bei dem ab, und dann will sie sich dein Sach' auch noch unter den Nagel reißen.«

»Aber ich hab' die Regine nicht umgebracht!«

»Schmarr'n.«

»Nein, wirklich! Das musst du mir glauben!«

»Geh Schmarr'n. Das glaubst doch selber nicht.«

»Nein, wirklich! Das war ich nicht!«

»Wie, was, willst du mir vielleicht erzählen …? Ja wer denn sonst! Schmarr'n. Geh weiter, also wirklich, Alfons. Erzähl' keinen Scheiß'. Weil das nehm' ich persönlich, das sag' ich dir. Verarschen lass' ich mich nämlich nicht von dir.«

»G'sprungen ist sie, wie ich g'sagt hab vor Gericht. G'sprungen. Du glaubst doch nicht …. Also da wärst du der Erste.«

»Der Erste vielleicht, aber bestimmt nicht der Einzige, du Träumer. Meinst du, die ganze Welt ist blöd? Aber ist ja egal. Darum geht's auch nicht. Also mir ist das egal, ob du die Regine jetzt um'bracht hast oder ob s' von allein g'hupft ist. Aber ich glaub' dir natürlich, wenn du sagst, du warst es nicht. Außer du behauptest, dass du die Katharina auch nicht um'bracht hast. Weil da war ich dabei. Und die anderen alle. Wahnsinn. So viele Menschen.«

Alfons deutete ein kurzes Nicken an.

»Und dass wir uns da nicht missverstehen, ich bin bestimmt nicht der Einzige, außer deine Kinder vielleicht, aber nicht einmal bei denen bin ich mir sicher …«

»Wie, mit was bist du dir nicht sicher?«

»Jetzt sag' ich es dir noch einmal, meinst denn du wirklich, dass keiner außer mir gedacht hat, dass du das warst? Alfons, bitte! Es war doch eine ausgemachte Sache, dass die Regine nur hinter dem Hotel her war. Ja, du hast natürlich wie immer nichts gemerkt, das ist mir schon klar. Aber denk' dir nichts, der hat keiner auch nur eine Träne nachg'weint, das kannst mir glauben. Wegen dem Scherben will dir keiner was, aber auch gar keiner. Da haben dir alle recht gegeben, dass du die weggeputzt hast. Und das mit der Katharina, das weiß nur ich allein, und ich kann mein Maul halten, das hast ja g'seh'n. Aber jetzt noch einmal: Ja, hast du sie wirklich nicht in die Klamm g'schmiss'n, die Regine? Also ich glaub' dir das, keine Frage. Wenn du das sagst. Aber verlang nicht, dass ich das auch noch versteh'.«

»Es stimmt aber, ich war das nicht. Ich schwör'. Es war genauso wie ich g'sagt hab' vor Gericht. Sie ist g'hupft. Oder sagst du einfach, einmal Verbrecher, immer Verbrecher.«

»Geh komm, lass gut sein, so ein Schmarr'n, einmal Verbrecher, immer Verbrecher, Schmarr'n, nein, ich glaub' dir das … Pech g'habt, aber was soll's, ist dir ja nicht schlecht bekommen, die Zeit im Knast. Ha! Und ich hab' gedacht, du kommst als alter Mann heraus. Von wegen. Schaust besser aus als jemals zuvor, direkt wie von der Kur. Und gleich wieder g'scheit daherreden. Nichts mehr von wegen Bauer sein. Nein, nein jetzt tun wir Skifahren. Nicht am Sonntag, nein, auch nicht am Samstag, nein. Jeden Tag latscht der feine Herr Hotelbesitzer, von mir aus Exhotelbesitzer, wenn dir das lieber ist, jetzt bei mir am Hof vorbei und winkt dem Deppen und seiner Frau zu, die sich da abbuckeln. Sag nichts, sag bloß nichts. Und was hab' ich? Ich sitz da, mit der Vroni, der alten Schachtel, und dem alten Hof, und hint' und vorn' koa Geld und wart' auf's Sterben oder was!? Ach leck mich doch am Arsch!«

»Gut, hast ja recht, vom Hotel kommt schon was rüber jeden Monat, wenn du das meinst. Aber das hat mir doch eigentlich nie gehört. Mein Gott, das Hotel. Was hab' ich denn mit dem Scheißhotel zu tun?«

»Aber das ist es ja, genau das ist es ja, so und nichts anders!«, plärrte Peter zurück. »Dich hat doch nie was interessiert, aber es war immer da. Da kann mich schon was nicht interessieren, wenn immer alles da ist. Das ist doch noch schlimmer! Du musst ja nicht einmal einen Finger rühren dafür. Ja leck mich doch am Arsch. Was weißt denn du von finanziellen Sorgen?«

»So ist es jetzt aber auch wieder nicht, also so wie du …«

»Ach was, was heißt, so ist das nicht, genau so und nicht anders, da reicht doch ein Anruf und dann ist die Kohle da. Oder vielleicht nicht? Oder vielleicht nicht?«

»Ja gut, ist ja gut, du hast ja recht.«

»Natürlich hab' ich recht«, schnaufte Peter. »Ach, was soll's, es ist, wie's ist. Und jetzt bin ich einmal dran, lass mir wenigstens das bisserl Freud'. Zwing mich nicht …« Er brachte den Gedanken nicht zu Ende.

»Ich dich zwingen«, sagte Alfons in die Pause hinein. »Ich zwing dich zu nichts.«

»Alfons, ich sag' das jetzt nur einmal, nur ein einziges Mal, und dann nie mehr wieder. Ich hab' euch beide in der Hand, dich und die Swetlana. Also bitte zwing mich nicht. Lass mir das bisserl Glück mit der Swetlana, mehr verlang' ich nicht. So, und jetzt brauch' ich einen Schnaps. Magst auch einen?«

»Kann nicht schaden.«

Er wollte beleidigt sein, wenigstens ein bisschen. Er wollte enttäuscht sein von seinem alten Freund und Nachbarn. Aber es gelang ihm nicht. Tatsächlich hatte er nie viel über ihn nachgedacht. Er war immer der Meinung, dass der ein Leben führte wie er es sich wünschte. Nie wäre ihm eingefallen, dass es Sehnsüchte gab, die über das hinausgingen, was das Schicksal für ihn bereit gestellt hatte. Aber warum sollte er das jetzt ausbaden? Und die Swetlana? Aus Dankbarkeit, dass der Peter ihn nie verraten hatte? Es gab schlechtere Gründe.

»Also gut, ich denk' drüber nach.«

Peter griff sich an den Schritt und sagte: »Ja, tu das, aber nicht zu lang, mich juckt's nämlich schon, wenn du verstehst, was ich mein'. Also. Servus derweil.«

»Ja dann, Servus Peter.«

»Servus Alfons, und nichts für ungut. Und grüß mir die Swetlana. Und sag ihr … du weißt schon.«

Er trat vor die Tür und schaute hinüber auf seinen Hof, der ihm an diesem frostklaren Wintermorgen so unglaublich schön erschien, dass es ihm förmlich das Herz zerriss. Für einen Moment schloss er die Augen und stapfte dann los Richtung Rotalm. Nicht zu weit und nicht zu schwer, gerade richtig zum Nachdenken.

Wie er es auch drehte und wendete, Peter hatte sie in der Hand, und er hatte nicht den geringsten Schimmer, wie er das ändern könnte. Wobei er eine Sache noch gar nicht bedacht hatte. Automatisch war er die ganze Zeit davon ausgegangen, dass Swetlana auf seiner Seite stehen würde. Was, wenn nicht? Bei dem Gedanken wurde ihm richtiggehend schwindlig. Er lehnte sich so fest an den nächsten Baum, dass einige Äste ihre weiße Last verloren und Alfons plötzlich knietief im Schnee stand. Ein verirrter Skifahrer schoss vor Schreck in den Wald.

Er schaute ihm hinterher bis er außer Sicht war und ging dann schnell zurück nach Hause, zog sich Stiefel und Jacke aus, stellte sich vor die Russin und sagte ihr, dass er sie möge. Und dabei war es ihm völlig egal, wie sie reagieren würde. Aber sie weinte nur und sagte, dass sie ihn auch möge, und zwar schon vom ersten Augenblick an, und nicht nur, weil er sie an ihren Vater erinnere. Und dass sie deshalb auch davongelaufen sei, weil er so böse mit ihr war. Und dass sie nicht mehr mit dem Peter zusammen sein wolle, jetzt, wo sie wisse, dass der Alfons sie auch lieben würde, wenn auch bestimmt nicht so stark wie sie ihn, aber das sei ihr egal. Und dass es aus sei, das würde sie dem Peter einfach sagen. Und dass er mit ihr, gegen ihren Willen, nein, das könne sie sich nicht vorstellen.

»Nein wirklich, so weit ich ihn schon kennen. Glaube ich. Bin ich schon sehr sicher.«

Und dass er sie beide anzeigen würde, das würde sie ihm auch noch ausreden. Was sollte er denn davon haben? Außerdem wäre das Erpressung, und das wäre doch sicher strafbar.

»Auch in Bayern, oder Alfons?«

Mein Gott, dass er da nicht selbst drauf gekommen war, das war die Lösung, und sofort stellte er ihr die Frage, ob der Peter wirklich riskieren würde, dass alles aufkäme. Genau! Schließlich handelte es sich hier um einen eindeutigen Fall von Erpressung. Und sexuelle Nötigung war auch dabei. Außerdem hatte er zwei Morde gedeckt. Und für einen, noch dazu den jüngeren, hatte er sogar das Tatwerkzeug besorgt. Da kam doch einiges zusammen.

»Deutsche Recht man kann manchmal schon gut gebrauchen«, fasste sie zusammen. »Werde mit ihm sprechen. Musst nur noch aufschreiben, weil kann ich mir nicht alles merken, die ganzen Verbrechen vom Peter. Musst keine Angst haben, wirst sehen, wird alles gut. Bin ich bestimmt gleich wieder da. Werde ihm sagen, dass immer dankbar, für alle Zeit, aber nicht mehr so, du weißt schon.«

»Meinst, soll ich ihm das nicht lieber selbst beibringen?«

»Nein. Habe ich, wie heißt, Suppe eingebrockt und muss ich auch wieder auflöffeln.«

Sie wartete, bis er den Zettel geschrieben hatte und marschierte dann los.

Alfons fütterte erst den Ofen, dann die Katze und ging danach mit einer Halben Bier ins Wohnzimmer und versuchte, sonntägliche Normalität herzustellen. Nach einer knappen Stunde Fernsehen, aber nach dem Programm hätte ihn später keiner fragen brauchen, hörte er erstaunt, wie Peter den Traktor anwarf. Bevor er sich noch einen Reim drauf machen konnte, hörte er das Gefährt auch schon aus dem Unterstand rumpeln. Er dachte sich noch, hat der aber heute einen Fahrstil, wer weiß, wie das Gespräch verlaufen ist und schon kroch wieder die Panik in ihm hoch. Aber das, was ihn im Moment noch mehr beunruhigte, war, dass der Traktor anscheinend direkt auf seinen Hof zuhielt.

»Ja, spinnt denn der!«

Wenn er jetzt nicht augenblicklich den Kurs änderte, würde er in wenigen Sekunden zwischen die Obstbäume hindurchbrettern und dann in seine Küche krachen. Mit einem Satz war er am Fenster und sah gerade noch, wie der Traktor des Nachbarn und mit ihm ein halber Obstbaum und ein Teil des Gartenzauns am Fenster vorbeirauschten.

Swetlana hatte sich eben aus einem Schneehaufen herausgearbeitet und stand jetzt mit glühenden Wangen, schwer atmend am Rand des Felsens und hob langsam die Schultern. Zwischen ihnen im im Schnee lag die strassbesetzte Baseballkappe mit den Hängeohren. Er ging hin, setzte sie ihr auf den Kopf und sagte: »Sonst erkältest dich noch.« Und erst jetzt fiel ihm auf, dass Peter, als er gerade vorbeigedonnert war, die gleiche aufgehabt hatte.

»Was hast denn mit dem gemacht?«, fragte Alfons.

Bevor sie antworten konnte, drehte er sich um und ging zurück ins Haus.

Bei einer Tasse Tee für die innere Erwärmung und einer Zigarette für die Nerven erzählte sie ihm dann alles. Dass der Peter sie ausgelacht habe wegen des Zettels, den sie ihm eigentlich in Ruhe habe vorlesen wollen, und dass er stattdessen versucht habe, sie auf der Stelle auf den Tisch zu werfen. Und weil sie nicht wollte, er aber unbedingt, auch mit Gewalt wenn es sein müsste, habe sie ihm eine Bierflasche über den Schädel gezogen, was er, im Gegensatz zur Flasche nicht überlebt habe, wobei sie sich nicht sicher war, ob es an der harten Flasche oder an der weichen Birne vom Peter gelegen habe. Und weil das anscheinend Brauch sei auf dem Berg, habe sie ihn in die Scheune geschleppt, ihn irgendwie auf den Traktor gezerrt und sei dann los Richtung Klamm. Weil der Peter aber dummerweise nicht auf seinem Platz bleiben wollte, ihr vielmehr gleich in die Gänge gefallen sei, habe sie nicht mehr richtig schalten können. Und in der ganzen Hektik habe sie dann auch noch die Übersicht verloren und sei deshalb in den Zaun gerast. Und ebenfalls wegen der verlorenen Übersicht war sie auch erst in letzter Sekunde, deutlich später als vorgesehen, abgesprungen, und der Peter, wie geplant, mitsamt dem Traktor in die Schlucht gerast.

Er lag nicht mehr auf der Intensivstation. Während er schlief, hatten sie ihn verlegt. Er lag jetzt alleine in einem hellen, modern eingerichteten Zweibettzimmer. Sogar ein Strauß Blumen stand auf dem kleinen Tisch an der Wand. Drehte er seinen Kopf nach rechts, fiel sein Blick auf den Wank, einen Berg, mit dem er nie viel hatte anfangen können, keine dreizehnhundert Meter hoch.

Aber immer noch besser, als gegen die Wand schauen. Und wie schön die Sonne heut' untergeht.

Wie lange lag er eigentlich schon hier? Wahrscheinlich war es immer noch sein erster Tag im Krankenhaus. Er würde wohl länger hier bleiben müssen. Aber eigentlich spielte es gar keine Rolle, er hatte ja Zeit. Und die Swetlana kam gut ohne ihn zurecht. So konnte er wenigstens einmal richtig ausschlafen. Das war fast wie Urlaub. Wo steckte sie eigentlich? Hoffentlich kam sie bald und brachte ihm was zu lesen. Wo war eigentlich die Fernbedienung? Und warum war der Fernseher so weit weg? Wie sollte man denn da was sehen. Ach so, der war für beide Betten. Ganz schön schlau. Hoffentlich fiel der nicht herunter. So ein Fernseher ist schließlich nicht aus Pappe. Mein Gott, bin ich müde. Und was macht man, wenn man sich nicht auf ein gemeinsames Programm einigen kann? Warum bin ich bloß so müde? Wahrscheinlich die Medikamente. Schlafen. Schön.

Mama. Mama? Bist du das? Das ist aber schön, dass du mich besuchst. Kommt die Swetlana auch …? Nein …? Wie, die brauchen wir nicht. Aber Mama, Mama, weißt, die Swetlana … Ich hab' doch nur g'meint … Nein, bin ich nicht, ich bin nicht beleidigt, ich freu' mich doch … Ja, und wie …

Mama, ich kann doch nicht einfach so gehen, ich hab' einen Schlaganfall gehabt, meine linke Seite, weißt, Mama, das kann dauern, bis ich wieder … Na gut, wenn du meinst …

Wo gehen wir eigentlich hin? Mama, wart' auf mich, ich kann nicht mehr so schnell, ich bin doch keine … Wie alt …? Ich soll mich mal anschauen …? Mama, das ist ja Wahnsinn … Wo ich solche Ausdrücke her hab' …? Aber Mama, so redet man heutzutage … Ah so, nicht wo du herkommst … Aha, und wo ist das …? Ich soll nicht so neugierig sein …? Ja, Mama.